Un Noël
à Covent Garden

JULES
WAKE

Un Noël à Covent Garden

Traduit de l'anglais (Grande-Bretagne)
par Florence Szarvas

J'AI LU

POUR elle

Si vous souhaitez être informée en avant-première
de nos parutions et tout savoir sur vos auteures préférées,
retrouvez-nous ici :

www.jailu.com

Abonnez-vous à notre newsletter
et rejoignez-nous sur Facebook !

Titre original
COVENT GARDEN IN THE SNOW

Éditeur original
Harper*Impulse* an imprint of HarperCollins Publishers

Pour Maman, Di – maquilleuse pour de vrai –
et mes enfants, Ellie et Matt,
qui m'ont passé le virus du théâtre.

Chapitre 1

De : Matilde@lmoc.co.uk
À : Felix@nutsmarketing.co.uk
Sujet : URGENT - Pénurie de PQ

Je finis tard ce soir, STP n'oublie pas le match d'Arsenal et pense au PQ !!! Pourrais-tu en acheter en faisant les courses tout à l'heure ? Et oublie les nounours en gélatine et les cacahuètes enrobées de chocolat, il nous faut des trucs avec lesquels on puisse préparer un vrai repas !

Tu n'aurais pas vu mon bouquin, *The Rosie Project* ? J'ai l'horrible impression de l'avoir oublié dans le train.

Tilly x

À peine avais-je envoyé le message que je me mis à taper sauvagement sur le clavier de mon ordinateur pour essayer – vainement – de rattraper mon erreur. Oh non ! Non ! Stop ! La situation m'échappait totalement, je me serais crue dans une scène de *L'Apprenti Sorcier* : à une vitesse effrayante, sous mes yeux impuissants, ma messagerie était en train d'envoyer l'e-mail à des destinataires toujours plus nombreux.

Cinq !

Puis dix !

Douze, dix-huit, vingt et un, trente et un.

— Et merde...

Des e-mails intitulés « Urgent – Pénurie de PQ », qui auraient dû parvenir à Felix, filaient vers la Terre entière.

Jeanie, ma chef, leva les yeux de la perruque à laquelle elle travaillait.

— Qu'est-ce que tu as encore fait ?

Elle vint se poster derrière moi en levant au ciel ses yeux soulignés d'un épais trait de khôl.

— Ne me dis pas que tu as encore envoyé à Alison un mail destiné à Felix ? Ou une photo de Dr Who en pièce jointe au chef costumier de la Scala, au lieu de celle du chanteur qui interprète le premier rôle ?

Avec une palette de maquillage, deux ou trois pinceaux et un postiche adéquat, je peux transformer un grand-père de soixante ans en un Lothario irrésistible. Mais mes chances de manipuler correctement un ordinateur sont à peu près aussi élevées que celles de réussir la fission de l'atome dans ma cuisine à l'aide d'un fouet électrique.

C'est à cause de mon champ magnétique ; apparemment, il est instable. Mes téléphones portables rendent l'âme régulièrement et les montres retardent dès que je les porte. La technologie et moi, ça fait deux. En plus, je n'ai pas de patience, ce qui rend mon apprentissage difficile. Mais tout de même, je croyais maîtriser enfin l'envoi d'e-mails !

Malheureusement, une fois qu'on a cliqué avec la souris, on ne peut pas revenir en arrière. Quel que soit le cas de figure.

Par exemple, récemment, je n'ai pas pu résister à l'envie d'ouvrir un fichier. Une sorte de boîte de Pandore. À ma décharge, à vingt-neuf ans passés, flanquée d'un fiancé qui semble s'intéresser davantage au billard qu'à mes zones érogènes, comment étais-je censée résister à la tentation d'ouvrir un e-mail envoyé par un expéditeur inconnu intitulé « Un amour de Père Noël » ?

Ça semblait mignon et inoffensif… Et quand j'ai ouvert le fichier compressé en pièce jointe, c'était encore plus mignon : un Père Noël très beau gosse s'est mis à danser sur mon écran sur l'air de *Jingle Bells*.

Sauf que, soudain, il a baissé son pantalon et montré sa lune en souriant de façon très coquine par-dessus son épaule. Vite, j'ai déplacé le curseur pour essayer de fermer l'image. Trop tard ! le Père Noël s'est mis à fuser dans tous les sens en heurtant les limites de l'écran comme une mouche folle. L'image du personnage ne faisait plus que rebondir contre les bords de l'écran comme une bille de flipper lancée à pleine vitesse. Puis tout est parti en vrille.

À présent, une chose bien plus grave que la pénurie de PQ à la maison venait probablement de se produire. Le nombre de destinataires continuait d'augmenter.

Cinquante-six, soixante-neuf…

Je connaissais vraiment tout ce monde-là ?

Dans la tour posée sous le bureau, le disque dur vrombissait de plus en plus fort, comme un avion qui met les pleins gaz. Il ne servirait sans doute à rien d'y donner un coup de pied. Il allait décoller d'un instant à l'autre.

Jeanie pointa l'écran.

— Dis donc, Noël n'est que dans six semaines. Alors, qu'est-ce que c'est que *ça* ?

— Un amour de Père Noël. Je n'arrive pas à le fermer.

— Quoi, tu as ouvert un lien ?

Je répondis en haussant les épaules, avec un grand sourire – ce n'était pas le moment de corriger son langage en lui faisant remarquer qu'on disait « une pièce jointe ».

— Qui ? Moi ? C'est possible. Oups.

— Tu es folle ou quoi ?

Nous restâmes plantées devant l'ordinateur.

— Je ne connais qu'une solution efficace, dis-je finalement.

Sur ces mots, je me mis à quatre pattes sous le bureau, les fesses en l'air, et fis ce qui me semblait le plus évident.

Je débranchai. Radical !

Jeanie retint un cri. Je sortis de sous le bureau en me tortillant, sentant ma jupe remonter sur mes cuisses.

— Quoi ? Qu'est-ce que ça peut faire ? dis-je

Le silence régnait et quelque chose me dit que quelqu'un venait d'entrer. Quelqu'un qui avait une vue plongeante sur ma culotte préférée, en soie et dentelle lilas, avec une forte proportion de dentelle, si vous voyez ce que je veux dire.

Toujours à quatre pattes, je me retournai suffisamment pour découvrir un M. Beau Comme Un Dieu qui me fusillait du regard – je dirais toutefois que son visage évoquait plutôt Sa Grandeur Sérieusement Énervée.

— Salut, couinai-je, tel un cochon d'Inde géant.

Les yeux fixés sur lui, je sentais mon cœur battre par saccades.

— Qu'est-ce que vous fabriquez au juste ? s'enquit-il.

Vraiment trop injuste. Même sa voix avait le velouté du chocolat fondu, avec une légère trace d'accent. Il y en a qui sont vraiment gâtés en matière de sex-appeal. Celui-ci avait dû rafler tout le quota réservé à son année de naissance. Hélas, ce n'était pas pour ma pomme. Pour l'instant, si *hot* qu'il fût, il m'observait attentivement d'un œil froid.

Ses yeux verts, ses pommettes hautes et ses cheveux noirs coupés court, tout chez lui éveilla en moi une attirance immédiate, d'ordre sexuel sans aucun doute, et mon rythme cardiaque atteignit une vitesse passible des soins intensifs. Un élan de désir. Ma libido qui s'ouvrait et se manifestait. Faute d'attention à la maison, ces derniers temps. Oui, quoi d'autre ?

Je m'aperçus qu'il attendait toujours ma réponse.

— J'ai pensé que... l'ordinateur... Il avait besoin d'être réinitialisé.

J'avais sorti la formule au hasard, l'ayant déjà entendue dans la bouche de Felix.

L'inconnu plissa les yeux, pinça les lèvres. Je déglutis de terreur et de fascination. Même lorsqu'il me faisait peur, il restait diablement séduisant.

— *Réinitialisé ?*

Il avait craché ce mot avec assez de venin pour paralyser toute l'équipe maquillage. Il ferma les yeux avec une expression douloureuse et serra les dents. C'est pas bon de stresser comme ça.

— Hé, lui dis-je, c'est juste un ordinateur. Ne vous en faites pas. On ne l'utilise pas beaucoup, de toute manière.

Du coin de l'œil, je vis Jeanie me faire signe de ne pas m'enfoncer. J'aurais dû en tenir compte...

— Je me débrouille très bien avec du papier et un crayon, ajoutai-je, souriante, pour rassurer mon interlocuteur.

Cette fois, Jeanie prit l'air horrifié.

L'homme aux yeux verts faillit s'étrangler. Et pourtant, je voyais bien qu'il contenait un petit sourire.

— Mademoiselle, reprit-il alors, savez-vous qui je suis ?

Il ne semblait pas espérer une réponse affirmative de ma part. Dans son costume, qui accentuait l'effet électrochoc de l'aspect général (et je ne suis pas très cadre sup, d'habitude), il ne semblait pas à sa place dans la maison. Sa veste en fin drap de laine soulignait sa carrure imposante et son pantalon à pli net laissait deviner de belles jambes musclées. Sponsor de passage ? Candidat venu pour un entretien d'embauche ? Prestataire de services ?

C'est alors que je remarquai le badge caché sous sa veste. Ce devait être le nouveau...

Nom d'un petit bonhomme ! Le nouveau ! Une note avait circulé la semaine précédente pour nous signaler l'arrivée du grand crack qui allait révolutionner notre outil informatique ! Je l'avais classée dans la catégorie sans importance – autrement dit, « direct poubelle ». Liquéfiée par ma découverte, je m'interposai entre l'ordinateur et lui, comme si je pouvais encore dissimuler mon récent délit.

— Monsieur Circulaire... Je veux dire, euh. Monsieur euh... euh...

Pouvais-je m'enfoncer encore davantage ?

— Walker, rectifia-t-il. Directeur du service informatique.

Il avait dit cela comme s'il avait annoncé « défenseur de la foi » ou quelque chose d'aussi important.

— Oui...

— Eh bien, mademoiselle, madame... ?

Jeanie intervint.

— Je vous présente Matilde Hunter. Elle fait partie de l'équipe.

Elle avait prononcé mon prénom à la française, peut-être à dessein, afin de suggérer que l'anglais n'était pas ma langue maternelle et que, par conséquent, on ne pouvait pas me confier un ordinateur.

— Voilà exactement ce dont je parlais l'autre jour lors de la réunion de gestion, expliqua Walker en fusillant Jeanie du regard.

Elle hocha la tête.

— Et, ainsi que je l'ai dit lors de cette réunion, poursuivit-elle, nous n'avons guère l'utilité des ordinateurs, ici. Nous sommes plus dans le manuel, si vous voyez ce que je veux dire.

— Foutaises, rétorqua Walker. Nous sommes au XXIe siècle. Comment gérez-vous votre inventaire ?

Il regarda autour de lui, dans la pièce désordonnée, jusqu'à l'étagère où s'alignaient les têtes, certaines coiffées de perruques terminées, d'autres couvertes d'un tulle prêt à accueillir de nouveaux cheveux, d'autres en cours de fabrication... Tel un étrange arc-en-ciel, des cheveux de toutes les couleurs débordaient de l'étagère, du blanc des poils de yak servant pour les perruques poudrées jusqu'au blond doré des tresses de Brunhilde, en passant par un postiche à base de nattes compliquées, de l'époque du Titien, et une couronne de boucles d'un noir profond.

— Vous avez forcément besoin de comptabiliser les perruques que vous avez et les matériaux que vous utilisez.

Jeanie et moi jetâmes un coup d'œil en direction de l'antique armoire à dossiers suspendus renfermant notre vieux fichier à fiches cartonnées.

Walker me transperça du regard.

— Non seulement cet endroit a besoin d'un réaménagement de fond en comble mais vous...

Un bref instant, quelque chose s'alluma dans ses yeux.

— ... vous allez devoir apprendre à vous servir correctement d'un ordinateur. On ne débranche pas un ordinateur allumé... Jamais. On l'éteint. On ne...

Il l'avait refait. Ce petit frémissement au coin de la bouche.

— ... le *réinitialise* pas.

Son visage se radoucit, de quelques degrés s'entend. Il restait assez effrayant.

— Laissez cela aux experts, je vous en prie.

— OK, ça marche, dis-je avec un sourire enjoué.

Heureusement pour moi, il n'était pas arrivé deux minutes plus tôt, quand les e-mails s'envolaient en masse de ma messagerie. Je m'en étais au moins tirée de ce côté-là.

À : tous les services et ateliers

Je vous prie de vous joindre à moi pour souhaiter la bienvenue à notre premier directeur de l'informatique, M. Walker, qui nous vient d'un important établissement financier de la City.

Il s'agit d'une création de poste à la Metropolitan Opera Company. C'est pourquoi j'espère que vous l'accueillerez chaleureusement et qu'il pourra compter sur votre entière coopération pour se familiariser avec notre merveilleux travail au sein du théâtre.

Julian Spencer
Directeur général
London Metropolitan Opera Company

Chapitre 2

Après la pagaille et l'encombrement de la salle des perruques, j'eus l'impression de pénétrer dans un bloc opératoire en rejoignant l'ambiance calme et froide de la salle de maquillage.

Les ampoules encadrant la rangée de miroirs baignaient la pièce d'une lumière crue. Sous les miroirs, un plan de travail d'un blanc immaculé courait sur toute la largeur de la pièce, le long duquel étaient alignés des fauteuils pivotants en cuir crème, aussi majestueux que des trônes attendant des altesses royales.

— Coucou, Pietro.

L'imposant propriétaire des larges épaules et du large torse remplissant le fauteuil m'attendait.

— Tilly, mon chou.

Sous les sourcils broussailleux qui contrastaient avec ses cheveux argentés, ses yeux pétillaient de joie. Dans les fauteuils situés à sa gauche et à sa droite, les autres chanteurs d'opéra bavardaient en attendant leurs maquilleurs respectifs.

— Comment allez-vous aujourd'hui ?

Je m'emparai d'une cape de protection noire et l'étalai sur son costume richement brodé.

— Votre petite-fille a-t-elle aimé le zoo ?

— Elle a *adoré*, mon chou.

Bien qu'il vécût depuis de longues années en Angleterre, il n'avait jamais vraiment perdu son accent italien et sa façon de rouler les *r* me faisait toujours sourire.

— Surtout les serpents.

Avec un frisson théâtral, il m'adressa un clin d'œil dans le miroir.

— Cette petite a des goûts répugnants. La prochaine fois, nous irons chez Selfridges. Voir le Père Noël, ce sera nettement plus civilisé.

Il n'en pensait pas un mot : il adorait littéralement Lottie, sa petite-fille de douze ans, et était même allé parler de son métier dans l'école qu'elle fréquentait à Notting Hill. À ma connaissance, toutes les stars internationales n'en faisaient pas autant.

J'étalai mon nécessaire en vérifiant deux fois qu'il ne me manquait rien. Cela me mettait sur les nerfs de devoir m'interrompre au milieu du travail pour aller chercher un crayon à sourcils ou le pinceau adéquat.

Tout était bien à sa place. Je regardai Pietro dans le miroir. Devant lui, sur une tête en bois, était posée la longue perruque souple qui allait achever de transformer ce grand-père gâteau en Don Giovanni.

— Comment s'est passée ta matinée ?

— J'ai chopé un virus, un sale truc. Je crois que je l'ai refilé à tout le monde.

— Quoi ?

L'air affolé, Pietro porta la main à sa gorge dans un geste d'inquiétude. Ses précieuses cordes vocales seraient inutilisables s'il attrapait un rhume.

— Non, non ! Pas un vrai virus ! Une de ces saletés de virus informatiques.

Tout en riant, je lui tapotai le bras pour le rassurer. Refiler un virus à un premier rôle, surtout au baryton le plus célèbre au monde, occupait le troisième rang dans l'ordre des péchés capitaux que pouvait commettre une maquilleuse.

— Je ne suis pas malade, insistai-je en agitant les mains.

Tandis que je soulignais et ombrais les contours de son visage, notre conversation alla bon train, comme d'habitude. Il me narra des anecdotes scabreuses sur son principal rival, un baryton américain en pleine ascension, des racontars sordides sur les chanteurs avec qui il avait travaillé sur un autre spectacle et m'expliqua la difficulté qu'il avait à mémoriser un air pour son prochain rôle.

Une demi-heure plus tard, je reposai mes pinceaux et ma palette.

— Merci, merveilleuse enfant.

Pietro se leva et s'admira dans le miroir avec un sourire maléfique.

— Dieu ce que je suis beau !

Il tapota l'énorme braguette ornant ses culottes en daim.

— Prêt à séduire mon contingent quotidien de jeunes vierges.

— Oooh, Pietro, vous êtes un mauvais garçon, chantonna Vince.

Il apportait la dernière touche aux yeux de biche d'une des infortunées vierges en question. Dans un éclat de rire général, Pietro se pavana dans la salle, pelvis en avant. Même Jeanie, qui aimait que l'équipe garde le calme avant une représentation, se fendit d'un sourire.

Je rappelai l'artiste à son fauteuil.

— Par ici, jeune homme. Vous n'irez séduire personne avant que j'aie vérifié une seconde fois votre perruque.

Glissant les doigts en lisière de la perruque, je tirai dessus, d'un côté puis de l'autre, pour en éprouver la fixation. Bien arrimée. Parfait. Péché capital numéro deux : que quelque chose se détache en pleine représentation. Jeanie nous l'avait dit et répété : quitte à leur enfoncer une épingle dans le crâne, la perruque ne devait pas bouger.

— Comment la sentez-vous ?

Je reculai d'un pas, observant l'ajustement de la perruque. Elle rendait magnifiquement sur lui. Toutes étaient faites à la main. La plupart étaient confiées à des artisans extérieurs de confiance, mais celles des rôles principaux étaient fabriquées au théâtre. Je préférais ne pas penser aux heures de travail manuel qu'avait exigées celle-ci.

D'un geste félin, Pietro rejeta la longue chevelure par-dessus son épaule.

— Je dirais qu'elle me va bien. Je vais peut-être la garder pour rentrer chez moi. Ma femme adorerait, ajouta-t-il avec un clin d'œil suggestif.

Une voix jaillit dans le haut-parleur.

— Premier acte, côté cour, s'il vous plaît.

Un courant électrique traversa le calme plat de la pièce. Un grand silence se fit car tout le monde se concentrait avant d'entrer sur le plateau. Le compte à rebours avant le lever du rideau venait de commencer et, avec la précision d'une armée bien entraînée, les maquilleurs se redressaient, lissaient, aplatissaient, vérifiaient une dernière fois l'aspect des artistes dont ils avaient la charge avant de les livrer au public nombreux qui les attendait, tandis que les habilleuses, telles des demoiselles d'honneur un jour de mariage, jaugeaient, tiraient sur des ourlets ou rentraient des hauts dans des bas.

Plusieurs étages plus bas, deux mille personnes s'installaient dans les luxueux fauteuils de velours, impatientes d'assister à la représentation. Je voyais la salle comme si j'y étais : le bourdonnement des murmures excités, la *ola* des têtes à chaque fois qu'un spectateur se glissait jusqu'à sa place et ceux qui, à l'aide de leurs jumelles de théâtre, regardaient s'accorder les musiciens, déjà installés dans la fosse.

Alors que nous allions sortir de la salle de maquillage et nous entasser dans le couloir pour rejoindre les coulisses, Pietro porta brusquement la main à sa poitrine. Un bref instant, j'eus l'horrible impression qu'il faisait un malaise cardiaque. Mais, avec un regard penaud, il sortit de son costume son téléphone portable.

— Pietro ! le grondai-je à voix basse.

Les téléphones portables étaient strictement interdits en coulisses, car ils pouvaient créer des interférences avec des dispositifs techniques. C'était la première fois que je voyais Pietro enfreindre la règle.

Son visage s'assombrit et des plis amers se dessinèrent autour de sa bouche quand il regarda le numéro d'appel.

— Je dois répondre, dit-il sèchement.

Et il se réfugia dans la salle de maquillage déserte en claquant la porte derrière lui.

— Merde. Qu'est-ce que je fais ?

Je sautillai d'une jambe sur l'autre, regardant alternativement la porte close et Jeanie. J'étais dans l'inconnu. On ne discute pas avec une star de la stature de Pietro, mais je devais pourtant faire en sorte qu'il soit en coulisses au lever du rideau. Pas d'excuse, pas d'atermoiement qui vaille.

— Fais chier, dit Jeanie en consultant sa montre. Va le chercher.

Elle me poussa vers la porte en jetant un regard inquiet aux autres interprètes qui piétinaient dans le couloir.

— Sois ferme. Je descends avec eux, mais débrouille-toi pour nous suivre de près.

En entrant, j'entendis distinctement l'interlocuteur de Pietro dont la petite voix excitée me parvenait sans que je puisse comprendre ce qu'il disait. Ce n'était pas utile, d'ailleurs : la tête de Pietro en disait suffisamment long.

— *Porca miseria !*

Tandis que ces mots tonnaient dans la pièce, il se mit à tourner en rond, éructant çà et là des exclamations en italien.

Fixant ma montre d'un œil paniqué, je me mis délibérément en travers de son chemin.

— Euh, Pi...

Il me jeta un regard furieux en secouant la tête, tel un lion en colère prêt à m'arracher la tête.

— Ils n'ont pas intérêt à en publier un seul mot ! Pas un mot, tu m'entends ! rugit le lion.

Disparu, le grand-père bienveillant. Sa colère se répandait dans la pièce par ondes de choc. J'étais si près de lui que j'avais l'impression de tenir le punching-ball de Mohamed Ali pendant qu'il travaillait son crochet droit.

Je sentais la sueur perler sur mon front. C'était horrible. Je devais absolument faire descendre le fauve sur le plateau.

La petite voix se remit à jacasser tel un Dalek enragé.

— Je m'en moque !

Parvenu au bout de la pièce, Pietro fit demi-tour et se figea, tel un taureau furieux prêt à charger.

— Débrouille-toi pour empêcher ça. Colle-lui une injonction.

Sa voix bruissait de menace.

Il posa sur moi son regard gris acier qui étincelait et mon cœur s'arrêta un instant. On se serait crus dans *Le Parrain*.

— Tu arrêtes ça ! Tu es mon agent, Max. Je ne veux pas que cette histoire soit publiée.

Il écouta un instant, puis vira au cramoisi.

— Tu ne voudrais pas que tes petits-enfants voient ce genre de photos dans les journaux. Tu arrêtes ça. C'est ton boulot ! Fais-le !

Pietro mit fin à l'appel en serrant furieusement le téléphone dans son poing.

— *Merda !*

Il lança l'appareil si violemment sur la table qu'il voltigea jusqu'au mur et rebondit sur le sol.

Ce geste me tira de ma torpeur.

— Pietro, je suis désolée, mais il faut descendre. Immédiatement.

J'étais la première étonnée de m'entendre m'exprimer avec un tel calme. Intérieurement, j'avais l'impression qu'une chauve-souris essayait de s'évader de ma poitrine. Il fallait que j'emmène Pietro sur le plateau.

— *Immédiatement*. Tu me vois entrer en scène *immédiatement* ?

Il porta la main à sa gorge et resta planté là, la tête renversée.

— Oui, dis-je.

J'espérais avoir l'air ferme malgré mon impression d'avoir sauté d'une falaise. Il ne pouvait pas rater son entrée. Jeanie allait me tuer. Elle comptait sur moi pour le faire descendre.

— Mes cordes vocales sont bien trop tendues. Je suis trop énervé.

Pietro se dirigea vers un fauteuil – la diva dans toute sa splendeur.

Je lui touchai légèrement le bras.

— Mais pas autant que le public, Pietro. Certains spectateurs attendent de vous voir depuis des années. Vous n'avez pas le droit de les décevoir.

Il se redressa et, plissant les yeux, hocha la tête.

— Faites-le pour eux. Ne laissez pas...

Je désignai le téléphone abandonné par terre.

— ... ces gens gagner.

J'ouvris la porte et m'effaçai pour le laisser sortir avant de lui emboîter le pas. Il marchait à si grands pas que je devais presque courir pour le suivre. Quand il s'arrêta brusquement, je lui rentrai dedans. Il se retourna et m'empoigna le bras en me regardant fixement.

Quoi encore ? J'osai regarder ma montre au bout de mon bras prisonnier. Lever de rideau dans quatre minutes.

— Tu adores ton boulot. C'est ce que tu as toujours rêvé de faire ?

Je hochai la tête tout en me disant que je pourrais dire adieu à ce boulot si je ne m'occupais pas de lui. Il savait combien j'aimais mon travail.

Sa poigne s'adoucit brusquement et ses yeux s'emplirent de regret et de je ne sais quoi d'autre.

— Moi aussi, je fais ce que j'ai toujours rêvé de faire. Mon père, un pauvre homme, travaillait dans les champs. Cultivateur. Sa voix... *Bellissima*. Il serait devenu un plus grand chanteur que moi, mais il n'a jamais pris de cours. J'avais besoin de cours. D'argent pour me payer les meilleurs professeurs.

J'acquiesçai, tâchant de rester patiente et de ne pas trahir mon agitation – il m'avait déjà dit tout cela à plusieurs reprises.

Son anglais, impeccable d'habitude, le trahissait.

— Mais... en... dans ma jeunesse, je...

Il s'interrompit pour me murmurer le reste à l'oreille.

Je ne pus retenir un cri de surprise. La vache !

On leva le rideau avec deux minutes de retard. Le public ne le remarqua peut-être pas, mais toute l'équipe technique, si. Une nette tension régnait dans les coulisses.

— Ça va ? me demanda Jeanie sans faire de bruit.

Je croisai les doigts en secouant la tête. Vince se glissa jusqu'à nous pour me serrer brièvement contre lui.

— C'était horrible, lui glissai-je à l'oreille. J'ai vraiment cru qu'il allait refuser de venir. Il est vraiment secoué.

Vince me répondit avec une mimique de sympathie.

Grâce aux quelques vocalises que j'avais persuadé Pietro de faire dans l'ascenseur, sa voix s'était posée rapidement et avait empli le théâtre dès la deuxième mesure. Le public lui pardonnerait sans doute ses premières notes chevrotantes.

— Mais à quoi tu joues, bordel ? chuinta une voix furieuse tout près de moi dans les coulisses.

C'était Alison Kreufeld, directrice artistique et grand chef – et je croyais presque voir de la fumée sortir par ses oreilles.

— Je... je...

— C'est carrément impardonnable. Je t'attends demain. Dans mon bureau.

Sur ces mots, elle me tourna le dos et quitta le plateau. Quand je me retournai vers les autres, ils scrutaient tous attentivement le sol.

En compagnie d'un gin tonic, je m'installai à la table de la cuisine et j'y posai le front. Quelle journée ! J'avais envie de pleurer. Comment Alison Kreufeld, notre redoutable et super supérieure directrice artistique, se débrouillait-elle toujours pour me surprendre en train de faire une bêtise ou une erreur monumentale ? Comme la fois où, dans un élan d'enthousiasme, j'avais cru l'impressionner en dessinant des coiffures pour le corps de ballet dans *Le Lac des cygnes*. Seulement, je n'avais pas lu ses notes attentivement : c'était la production de Matthew Bourne, avec une distribution exclusivement masculine. Elle m'avait ressorti cette bourde pendant des semaines.

Après une telle journée, j'aurais dû éviter de répondre au téléphone. Nous avions toujours une ligne fixe. Seules trois personnes appelaient sur ce numéro : la mère de Felix, ma mère et ma sœur.

— Coucou, Tilly. C'est Christelle.

Je grimaçais en entendant sa voix, sa diction soignée et toujours un peu maniérée. Mais je fis de mon mieux pour montrer un minimum d'enthousiasme.

— Salut, Christelle. Comment ça va ? Ton rhume est terminé ?

— Oui, merci. Ça remonte à plusieurs semaines, tu sais.

Déjà ?

— Parfois, ça traîne. Et le travail ? Tu es très occupée ?

— Incroyable. J'ai de plus en plus de dossiers. Mais de plus en plus de clients importants, ce qui est bon signe.

J'arrangeai machinalement les photos sur la cheminée. Toutes des photos de Felix et moi dans des poses grotesques, en compagnie d'amis. Je me rendais soudain compte que nous étions toujours avec quelqu'un.

Journée à la plage – Felix et cinq potes ensevelis jusqu'au cou dans le sable. Felix, des amis et moi au parc Alton Towers. Felix et moi, plus trois de ses potes et leurs petites amies, le jour où il m'avait demandée en mariage.

— La semaine à la cour a été excellente. Nous avons gagné un procès important. J'ai un nouveau greffier. Pas vraiment brillant mais je pense qu'il va s'améliorer. Tu sais comment c'est, avec eux.

Christelle, comme toujours, s'exprimait par phrases brèves et détachées.

— Bien sûr.

J'avais honte de mentir. Je ne connaissais pas plus son univers qu'elle ne connaissait le mien. C'était un as du barreau, une surdouée abonnée aux A, qui avait décroché un diplôme prestigieux et, apparemment, un poste dans un tribunal convoité.

La petite aiguille poursuivait sa révolution sur le cadran de ma montre. En trente secondes, nous avions déjà pratiquement épuisé nos répliques habituelles. Je constatai avec un pincement au cœur que nous avions bien peu de points communs.

— Maman n'a pas eu de tes nouvelles depuis un moment. Tu ferais peut-être bien de l'appeler. Elle a remporté un tournoi de bridge. Et Papa s'est encore esquinté le dos.

Cette fois, je lui en voulus. Inutile de me rappeler à l'ordre. Maman pouvait m'appeler, elle aussi. J'adoptai aussitôt un ton désinvolte.

— Pauvre Papa ! Encore chez la chiropractrice. À croire qu'il est amoureux d'elle. Il passe presque plus de temps avec elle qu'avec Maman. Non que…

— Tilly !

— C'était juste pour plaisanter.

Ma pauvre sœur était vraiment la fille de son père. Un vrai bloc de glace.

— Tu ferais mieux d'appeler Maman. Quand est-ce qu'on déjeune ? Mercredi, ça te va ? 13 h 30 ?

Que répondrait-elle si je lui disais tout à coup : « Non, je ne suis pas libre » ? Elle serait peut-être soulagée, qui sait ? Nos déjeuners entre sœurs n'avaient rien de plaisantes parties de cancan arrosées de chardonnay.

— Je pense que oui...

Elle était tellement organisée qu'elle devait connaître par cœur son emploi du temps en dehors du travail et enregistrer ses rendez-vous sur son smartphone, alors que, de mon côté, je n'étais même pas certaine de l'endroit où j'avais posé mon antique téléphone portable.

— Je vérifie et je t'appelle si je ne peux pas.

— Au Café Paul habituel, 13 h 30. À bientôt alors. Et, Tilly, tâche de ne pas être en retard.

Je levai la tête au bruit familier que faisait Felix en gravissant par bonds l'escalier qui conduisait à notre appartement au premier étage. La porte se referma avec fracas tandis qu'il s'écriait :

— Je suis rentré, m'dame !

Puis il fit irruption dans la cuisine.

— Je tuerais pour une bière.

D'un seul élan, il sortit une bouteille du frigo, la décapsula et y but à longs traits, puis, regardant mon verre.

— Tu veux un autre gin ?

— Non, celui-là était déjà bien tassé, marmonnai-je en trinquant avec mon verre à moitié vide.

Après m'avoir embrassée sur le front au passage, il se débarrassa de son pardessus de la RAF, le jeta sur une chaise et, le regardant glisser par terre sans s'inquiéter, vint se jucher sur le comptoir de la cuisine, scrutant ma mine contrariée en balançant les pieds contre les portes des placards.

Je fis la grimace. Les gonds de la porte du placard étaient déjà à moitié défaits.

— Qu'est-ce qui se passe ? On dirait que quelque chose t'est resté en travers de la gorge ?

— Journée de merde. De vraie merde. La plus merdique des journées de merde.

— Raconte à Tonton Felix.

Je secouai la tête en grimaçant.

— Beurk, « Tonton Felix » me donne la chair de poule. Et c'est une sale histoire.

— Est-ce qu'un mojito s'impose ?

— Non, pas cette fois, soupirai-je en avalant une lampée de gin. Je n'aurai peut-être plus jamais les moyens de m'offrir des mojitos.

— À ce point-là ? dit Felix avec un air horrifié.

Par moments, son inlassable obstination à ne rien prendre au sérieux était usante. Je lui répondis malgré moi par un demi-sourire.

— Un vrai festival de catastrophes. Ça a commencé par un virus. Ensuite, je me suis fait engueuler par le nouveau responsable informatique et Pietro est arrivé en retard pour le lever de rideau. Et Alison Kreufeld... a piqué une crise et veut me voir demain.

Je me couvris le visage des mains pour étirer la peau de mes pommettes.

— Je sais parfaitement qu'elle veut se débarrasser de moi. Et que cette fille en free-lance, Arabella Barnes, ferait tout pour décrocher une place.

— Mais elle ne peut pas parce que tu es géniale et que Jeanie et Vince verseraient du laxatif dans le café de cette Arabella. Mais, personnellement, je ne te comprends pas. Comment fais-tu pour supporter ces horribles braillements ?

La main sur le cœur, l'autre tendue devant lui, il entonna avec une épouvantable voix de fausset quelque chose qui ressemblait vaguement à « Bohemian Rhapsody ».

— Achevez-moi tout de suite, je vous en supplie. Je ne veux plus entendre cette horrible musique.

J'éclatai de rire malgré moi.

— Tu es infect. Tu devrais venir une fois, tu aimerais peut-être.

Il secoua la tête comme un bébé récalcitrant.

— Tu devrais essayer avant de dire non.

— C'est ce que les mères disent à leurs enfants pour leur faire manger des trucs verts comme les brocolis, les choux et les choux de Bruxelles. Si j'ai des enfants un jour, ils auront le droit de se nourrir exclusivement de crème glacée et de jelly, s'ils veulent.

— Ce serait de la malnutrition !

— Oui, mais ce serait les enfants les plus heureux du quartier.

Il but une longue lampée de bière, vidant presque la bouteille d'un coup avant de la reposer bruyamment sur la table.

— Bon, raconte-moi ce que tu as fait.

Je lui parlai de l'amour de Père Noël parce que, honnêtement, j'estimais que c'était le moindre de mes problèmes.

— Oh, m'dame ! La grosse bécasse !

Il sauta par terre, indifférent à la porte du placard qui venait de se décrocher un peu plus et, me serrant brièvement contre lui, vola vers le frigo où il prit une autre bière.

— À ta place, je ne m'en ferais pas pour ça, dit-il en souriant. Des virus, on en attrape tout le temps. Ce n'est pas grave. Ça va s'arranger. Je suis sûr qu'une fois sur deux, les informaticiens brandissent juste les virus pour faire peur aux gens et se faire passer pour indispensables.

— Justement, nous en avons un nouveau. Un directeur informatique. Il est un peu rabat-joie. Il m'a surprise en train de débrancher l'ordinateur.

— Un directeur ? Un homme important. Je suis sûr qu'il a mieux à faire que de s'occuper de ça. Sujet suivant.

Les yeux fermés, je songeai à mes palpitations quand j'avais craint de ne pas pouvoir faire descendre Pietro sur le plateau.

— C'est encore pire... un cauchemar absolu. Il a fallu retarder le lever de rideau à cause de Pietro.

— Punaise.

Même Felix se rendait compte de la gravité des faits. Il me pressa aussitôt le bras pour me montrer qu'il compatissait. Il savait vraiment combien mon travail comptait pour moi.

— Ce n'était pas ma faute, mais la Kreufeld a aussitôt conclu que si. Elle ne m'a même pas laissé le temps de lui expliquer que Pietro avait reçu un coup de fil et que la presse… Il est victime d'un chantage.

— Ooooh, qu'est-ce qu'il a fait ? Il s'est fait pincer dans une posture compromettante avec un jeune prostitué à la billetterie ?

— Felix ! Ne sois pas infect.

— Alors qu'est-ce qu'il a fait ? Pire encore ?

J'hésitai un instant devant son regard avide ; sa curiosité était telle que je le voyais presque se pourlécher d'avance.

— Ça l'a mis dans un tel état, soupirai-je. Dans sa jeunesse, sa famille n'avait pas les moyens de lui payer des cours de chant. Il a tourné dans un film porno pour gagner l'argent nécessaire.

— J'ai hâte de raconter ça à Kevin.

— Felix ! Tu ne dois le dire à personne.

— Je plaisantais. Et alors, que s'est-il passé ?

— Son connard d'ex-beau-frère l'a menacé de le révéler à la presse si Pietro n'est pas gentil avec lui. Autrement dit, s'il ne lui verse pas une grosse somme. Tu imagines ? Si la presse a vent de l'affaire, le film se retrouve sur Internet. Pour le moment, si Pietro arrive à étouffer cette histoire, il y a peu de chances que quelqu'un retrouve ce film.

— Punaise. Quelle histoire !

Je secouai la tête en soupirant. Pauvre Pietro.

— Il m'en a dit deux mots. Ça m'a l'air assez osé. Très Lady Chatterley. Apparemment, il jouait le rôle d'un jeune jardinier séduit par une comtesse. Ça s'intitulait *Il Giardiniere*.

— Il s'occupait du gazon de madame, s'esclaffa Felix. Classique. Eh bien, mon Pietro, j'en connais qui paieraient cher pour avoir des photos.

— Felix, tu ne devrais parler comme ça. Ce n'est pas drôle. J'ai de la peine pour lui. Si tu avais vu dans quel état il était. Il a failli ne pas pouvoir chanter.

— Tu es trop compatissante. Il s'en remettra. Rien de tel qu'une mauvaise publicité pour une carrière.

À : personnel des ateliers perruques, coiffure et maquillage

De : directeur de l'informatique

Je rappelle à tous les membres du personnel qu'ils ne doivent sous aucun prétexte ouvrir des pièces jointes envoyées par des expéditeurs non identifiés, ni télécharger aucun document non autorisé.

M. Walker

Directeur de l'informatique

London Metropolitan Opera Company

Chapitre 3

Des missiles en forme de cœurs réduisaient Londres en miettes, tandis que la Kreufeld me tendait un casque antiaérien de la Seconde Guerre mondiale – tels furent les rêves qui me hantèrent toute la nuit et me laissèrent un peu vaseuse au réveil. Réunissant hâtivement mes anglaises en queue-de-cheval, je les attachai à l'aide d'un foulard à imprimé cachemire emprunté à l'atelier costume, contemplai mon reflet anémique dans le miroir et palpai, maussade, les poches sous mes yeux. Tous les trucs de maquilleurs n'allaient pas suffire à les dissimuler.

Je jetai un bref coup d'œil à l'ordinateur de l'atelier. Pas question de toucher à ce machin aujourd'hui. Vince, qui venait d'arriver, surprit mon manège et sourit.

— Bonjour, Tilly. Tu veux que je consulte ta messagerie pour toi, ma belle ?

— Non. Je suis maudite. Je ne touche plus à cette machine à moins d'y être absolument obligée.

— Ça me fait penser qu'on a livré des trucs pour toi.

Il désigna mon espace de travail avec un sourire entendu.

Je contemplai, maussade, la pyramide de rouleaux de papier hygiénique qui avait poussé sur ma table de travail.

— Ha, super drôle. On devrait peut-être fonder un club d'humoristes.

Vu le nombre de rouleaux, tous les gens travaillant dans le bâtiment avaient dû recevoir mon message de la veille. Vraiment génial. Alison Kreufeld allait adorer.

Vince me tourna autour pendant que je sortais mes matériaux pour me mettre au travail.

— Je peux t'emprunter... Oh, voilà des poches qui demandent encore un peu de travail, ma grande.

— Merci mille fois, mais j'ai usé déjà la moitié d'un tube d'anticernes. Je n'ai pas dormi beaucoup.

Tandis que lui... avait le teint frais comme une rose.

— Tandis que toi, tu m'as l'air frais comme un gardon. Tu es encore allé chez Beauty Flash Balm ?

— Moi, mon chou ? Je te jure que non, d'autant que je me suis couché aux aurores.

— Aux aurores ? Tu veux dire que tu es sorti hier soir ?

— Si je ne m'amusais pas en dehors du travail, je serais très ennuyeux, crois-moi. Je suis allé boire un peu, danser un peu, tu sais ce que c'est.

Derrière lui, Jeanie poussa un soupir.

— Boire ? Danser ? Je me demande où tu trouves l'énergie nécessaire.

— La joie de vivre, Jeanie ! La joie de vivre !

— Allons bon. Et qui est-ce, cette fois-ci ?

Vince renifla en faisant la moue.

— Qui te dit qu'il y a un homme là-dessous ?

Jeanie et moi échangeâmes un regard.

— Il y a toujours un homme là-dessous !

— Pas cette fois. C'est juste un ami.

Il avait beau vouloir jouer les braves, il gardait un accent tragique.

— Oh, Vince, compatis-je en lui tapotant le bras.

Il semblait voué aux amours malheureuses et nous aurions aimé qu'il trouve le bon partenaire.

— Tu veux dire qu'il est hétéro, dit Jeanie en levant les yeux au ciel. Ah, Vince... Qu'est-ce qu'on va faire de toi ?

— Il n'est pas hétéro ! s'emporta Vince. Il est dans le déni.

— Vraiment ? Il finira peut-être par changer d'avis, alors.

Vince retira vivement la main que je lui tapotais et sa bouche prit un pli amer.

— Facile à dire pour toi. Toujours à faire la belle avec ton fiancé.

Cette repartie me fit l'effet d'une volée de grêle inattendue. Cela ne ressemblait pas à Vince d'être aussi cinglant.

— Excuse-moi, Tilly, excuse-moi, se reprit-il avec un regard penaud. Je... je... Je ne voulais pas m'en prendre à toi.

Jeanie, qui serrait les dents, l'approuva du regard.

Hésitant à le toucher, je hochai la tête.

— Ne t'inquiète pas, Vince. Je comprends. Si tu as besoin de parler...

Voulant englober Jeanie dans ma proposition, je remarquai son visage fermé et songeai qu'elle était plus en retrait depuis quelque temps.

— Merci, mon chou, mais personne ne peut rien pour moi, cette fois-ci.

Son air désolé me donnait envie de le réconforter, mais quelque chose dans son regard me retint.

— Bon, alors au travail.

— Viens dans mon bureau, me dit Jeanie. Il faut qu'on planche et qu'on se mette à réfléchir sur *Roméo et Juliette* pour la saison prochaine.

Elle s'interrompit, l'œil soudain pétillant d'enthousiasme.

— Et devine quoi ? Ce sera situé à l'époque Regency.

— Oh, dis-je en me frottant les mains. Recherches en vue.

— *Recherches*, râla Vince. Je sens déjà que Tilly va filer à la National Portrait Gallery.

Aux anges, je sentais déjà les doigts me démanger en songeant aux postiches que nous allions devoir fabriquer.

— Eh bien, avant que tu ne t'envoles vers la galerie des portraits, on peut commencer par ça, me dit Jeanie en désignant des livres immenses empilés à ses pieds.

Bien qu'à peine plus grand qu'un placard à balais, son bureau renfermait une vaste collection de livres.

— Comme nous sommes sexistes, nous allons consulter ceux-là pour avoir une idée des coiffures d'époque pour les dames et toi, Vince...

Elle poussa une autre pile de livres en direction de l'intéressé.

— ... tu regardes pour les messieurs.

Vince m'adressa un clin d'œil.

— Super, plein de beaux mecs à mater.

Après environ une heure ponctuée de quelques « qu'est-ce que tu penses de ça ? », nous avions marqué un certain nombre de pages à l'aide de post-it jaunes et fait quelques gribouillis dans nos cahiers, quand Vince se leva.

— J'ai affreusement mal aux genoux, mes chéries. Besoin de caféine.

— Ça m'étonnerait que ça apaise tes genoux, mais je ne dis pas non, dis-je en brandissant mon mug vide.

Tandis que Vince m'enjambait, j'en profitai pour étendre mes jambes dans le peu d'espace qu'il venait de libérer et poussai un soupir de soulagement en étirant mon dos endolori.

Le téléphone portable de Jeanie vibra, elle se pencha par-dessus moi pour l'attraper et prit l'appel.

— Je vous l'envoie tout de suite, répondit-elle avec un visage résigné.

Le bureau d'Alison Kreufeld était beaucoup plus spacieux que celui de Jeanie dans la mesure où il y avait de quoi s'y retourner. Comme j'approchai de la porte ouverte, elle m'invita à entrer d'un petit signe de la tête. Je n'y étais venue que rarement et j'étais fascinée par le patchwork de dessins qui recouvrait les murs : croquis de décors, de maquillages, de costumes, de plans d'éclairage. Son travail était capital : telle une araignée au centre de sa toile, elle devait tisser tous les fils nécessaires pour créer tout l'aspect visuel et l'atmosphère d'une production. Je ne l'aimais pas beaucoup, mais elle avait une redoutable réputation.

— Bonjour, Matilde. Assieds-toi.

Puis elle soupira en secouant la tête.

— On a eu une merde hier soir.

— Oui. Pietro... Il a fait une petite crise.

— Tu sais quoi ? Je m'en contref... C'est lui la star. Je ne peux pas l'engueuler. Mais toi, si. C'est à toi de faire en sorte qu'il se trouve au bon endroit. Toi, je peux te virer. Et je ne me gênerai pas pour le faire si tu nous remets dans la merde.

Qu'étais-je censée répondre ?

— Je suis désolée, mais...

— Comme je viens de le dire, je m'en moque. Et, effectivement, je sais que c'est injuste, mais c'est comme ça et tu dois t'écraser.

Alison se tourna en soupirant vers la vue qui s'offrait de sa fenêtre.

— Tu es une bonne maquilleuse. Douée. Mais ce ne sont pas les maquilleuses douées qui manquent. Elles font la queue, là, dehors. Tu dois devenir mieux que bonne. Savoir gérer. Par exemple, conduire Pietro sur le plateau en temps voulu quoi qu'il arrive. Tu n'es pas assez exigeante. Tu dois prendre tes responsabilités.

J'ouvris la bouche pour protester. J'avais fait descendre Pietro sur le plateau. Je l'avais apaisé dans l'ascenseur. Je lui avais fait faire des vocalises. Ce n'était pas ma faute s'il avait eu deux minutes de retard.

— Tu es trop désinvolte. Un peu trop décontractée. Ce n'est pas acceptable. Tu te laisses aller. Le conseil de direction a décidé d'embaucher un chef d'atelier adjoint pour seconder Jeanie à partir de janvier prochain. C'est un poste de cadre.

Elle planta ses yeux dans les miens.

— Et le recrutement se fera en interne et en externe. Je serais ravie que tu sois candidate, mais il faudrait d'abord que tu te ressaisisses. Je vais t'avoir à l'œil. Encore un cafouillage et c'est la sanction disciplinaire. Considère-toi comme mise à l'épreuve à partir de maintenant et jusqu'à Noël.

J'ouvris la bouche, horrifiée, mais j'eus la bonne idée de la refermer aussitôt. Alison me lança un bref regard calculateur indiquant que le geste ne lui avait pas échappé.

— Mise à l'épreuve ?

Qu'est-ce que cela signifiait ?

— Oui. Au cours des prochaines semaines, j'examinerai de près ton travail et, à la fin de cette période, je déciderai si je te recommande pour ce poste ou pas. Tu as tendance à réagir instinctivement sans réfléchir aux conséquences. Ce n'est pas ainsi que doit agir un cadre. Un cadre réfléchit, trouve une idée, puis agit.

— J'aimerais beaucoup postuler. J'adore cette maison et…

— J'en suis ravie, mais nous cherchons quelqu'un qui ne se contente pas d'accomplir son travail mais qui ait aussi une vision globale. Tu adores ce boulot. Super. Tu le fais à merveille. Génial. Mais tu n'es qu'un simple rouage. Le maquillage, c'est important, c'est vrai. Mais le son, les costumes, les électriciens, les éclairagistes, les accessoiristes aussi. En tant que cadre, tu ne peux pas te permettre de penser que ton service joue un rôle plus important, plus précieux, plus déterminant dans la réussite du spectacle. Je sais le sens du détail, l'attention, le travail que cela demande mais…

Elle s'interrompit en me lançant un regard féroce.

— Si tu ne m'amènes pas les artistes sur ce foutu plateau, tout ça vaut que dalle et sape le travail de tous les autres couillons qui ont fait le leur tout aussi consciencieusement et n'ont pas été mis au jus. Je veux bien supporter des divas sur scène, mais pas dans l'équipe technique et artistique.

Elle se rassit à son bureau et se mit à feuilleter son agenda.

— Tu dois prouver que tu sais faire autre chose que manier une brosse à cheveux. Et pas de cafouillage du genre envoyer une photo de Dr Who à ma collègue de la Scala quand elle attend des photos de la prima donna. Oui, l'incident est parvenu à mes oreilles et nous a fait passer pour des idiots. Et c'est d'autant plus fâcheux que nous sommes en concurrence avec le Royal Opera House qui est à deux pas d'ici.

— C'était...

Un de mes plus grands moments de flottement.

— Pas du tout professionnel, acheva Alison.

— Mais... ils ont trouvé ça drôle, dis-je d'une toute petite voix.

— Drôle ? Cela sape la réputation de la London Metropolitan Opera Company, le cœur de ce que nous sommes : une institution de renommée mondiale n'employant que le personnel le plus compétent, pas une bande d'amateurs incapables d'utiliser les nouvelles technologies. Quelle image de nous donne ce genre de conneries ? Que nous sommes une bande de dinosaures ? Nous sommes censés être en première ligne de la création artistique, une équipe à la pointe, ultramoderne, innovante, d'avant-garde.

Je l'écoutai continuer sa tirade en me mordant la lèvre, m'accrochant au maigre espoir que me donnait son « Je serais ravie que tu sois candidate ».

— Et puis il y a la petite histoire d'hier, ce virus. Ce qui m'amène au second point, qui sera d'une importance capitale dans ta mise à l'épreuve.

Elle saisit un stylo et inscrivit mes initiales dans son agenda à la date du 24 décembre.

J'eus un léger pincement au cœur.

— Tu veux bien m'expliquer ce qui s'est passé ?

— Oui, dis-je en grimaçant. Je regrette d'avoir pensé que... c'était sans danger.

— Effectivement. As-tu la moindre idée de la pagaille qu'a causée cet incident ?

— Non.

J'avais même espéré que peu de personnes s'en seraient rendu compte.

— Que s'est-il passé ?

— Ce qui s'est passé, c'est qu'à l'instant où tu as ouvert cette pièce jointe, elle s'est attachée à toutes les adresses e-mails de tes contacts.

— Oh, dis-je en me tortillant sur ma chaise.

Ça n'augurait rien de bon.

— Elle s'est ensuite jointe à tous les contacts de tes contacts, et ainsi de suite.

C'était donc bien pire que je ne l'avais cru. Je me sentis rougir.

— Je suis profane en la matière mais M. Walker, notre nouveau directeur informatique, m'a expliqué que les conséquences auraient pu être extrêmement graves s'ils n'avaient pas réussi à tout arrêter et à s'en débarrasser. Excellent début pour lui. Maintenant, grâce à toi, il nous prend tous pour une bande de crétins incompétents.

— Oh...

Je baissai la tête, le visage en feu.

— Le service informatique a passé toute la nuit à essayer de se débarrasser de ce virus. Après que tu l'as généreusement partagé avec toutes les adresses e-mails de l'établissement.

Je glissai les mains sous mes cuisses en me mordant la lèvre, me sentant toute petite.

— J'en suis désolée. Vraiment désolée.

— Inutile de me présenter tes excuses. Tu vas devoir t'excuser auprès de M. Walker et de Fred, l'assistant informatique, qui a passé une bonne partie de la nuit à tenter de résoudre le problème. Tout cela n'a pas produit la meilleure impression auprès de notre nouveau directeur informatique.

— Aïe...

Je flanchai intérieurement. Déjà que notre première rencontre ne s'était pas vraiment bien passée…

— Aïe, comme tu dis. Il nous a fallu des trésors de persuasion pour le convaincre d'accepter le poste. Julian Spencer n'est pas plus content que moi, étant donné que tu as conforté M. Walker dans les doutes qu'il pouvait nourrir quant à la capacité de l'Opera House à entrer dans le XXIe siècle.

Je baissai les yeux vers son bureau, essayant en vain d'imaginer comment tourner des excuses appropriées. En fait, j'avais espéré qu'après notre première rencontre nez à nez, je n'aurais plus jamais affaire à M. Beau Comme Un Dieu.

Posant les mains sur son bureau, Alison planta sur moi son regard furieux.

— Tu m'écoutes ?

Je hochai vigoureusement la tête.

— Tant mieux, parce que j'ai décidé de convaincre notre nouveau directeur informatique que tous les ateliers sont ouverts et sensibles au progrès. Tous les membres de l'équipe sont prêts à embrasser la technologie et à faire en sorte qu'elle soit à notre service.

Comme… à l'heure du thé ? J'aimais beaucoup l'idée du lecteur de CD s'éjectant à la demande pour exhiber une jolie tasse à thé et sa soucoupe en porcelaine, ainsi qu'une assiette à gâteau assortie, garnie d'un éclair au chocolat. Mais je m'aperçus que je n'avais pas écouté ce que venait de dire Alison.

— … porte-parole de l'informatique, qui soit en lien avec le service informatique et promeuve l'utilisation de nouveaux outils dans son service.

Sur ce, Alison se posa lourdement dans son grand fauteuil en cuir avec un regard non dénué d'espoir.

Quoi ? J'avais raté quelque chose d'important.

— Pendant ta mise à l'épreuve, c'est toi qui feras le lien entre les ateliers coiffure, perruque et maquillage, d'une part, et le service informatique, d'autre part. Tu travailleras en étroite collaboration avec M. Walker pour identifier les logiciels appropriés aux ateliers afin de rationaliser et de moderniser votre travail.

— *Moi ?*

Elle plaisantait sûrement.

— Mais je suis nu...

— Nous nous sommes mis d'accord. Il t'attend demain.

— Qui ? M. Walker ? dis-je en me cramponnant au fauteuil.

Alison plissa les yeux, ce qui devait signifier que oui.

— Mais... mais... j'ai du travail... du vrai travail à faire. Les dessins pour Juliette. Et Pietro à préparer ce soir.

Alison se fendit d'un sourire qui n'avait rien de gentil tout en tapotant son agenda d'une manière éloquente.

— M. Walker me tiendra au courant de tes progrès.

Je lui répondis d'un pauvre sourire. Il ne manquait plus que ça.

Comme je me levais pour partir, elle se pencha pour ramasser quelque chose sous son bureau.

— Cadeau pour toi, dit-elle.

Un rouleau de papier hygiénique.

— Elle t'a proposé le poste de chef d'atelier adjoint ? me lança Vince en hochant la tête, dès que je fus de retour dans le réduit de Jeanie.

— Tu plaisantes, j'espère ? Cette femme me hait. Je suis une « idiote », une « imbécile », qui « cafouille » et travaille comme un « amateur ». Je crois donc pouvoir dire sans trop m'avancer que je ne suis pas sur la liste des favoris pour ce poste.

Jeanie me dévisagea d'un air sérieux.

— Elle a vraiment dit ça ?

Je haussai les épaules.

— Ou bien est-ce que tu n'as retenu que les passages négatifs et oublié les positrons ?

— Les positifs, corrigeai-je machinalement, l'œil fixé au sol. Elle veut que je rencontre le Prince des Ténèbres pour parler de l'informatique dans notre service.

— Quoi ? Le nouveau directeur informatique ? Oh, tu as trop de chance. Malheureusement, je ne crois pas qu'il soit de notre bord.

Jeanie fusilla Vince du regard puis, désignant l'ordinateur :

— Tant mieux, la vie sera moins dangereuse quand tu utiliseras cette machine.

— Mais je n'ai pas envie...

— Un rendez-vous ne va pas te tuer. Tu es une excellente maquilleuse mais cela ne suffit pas de nos jours.

Alison m'avait dit la même chose. Elle s'était peut-être préalablement entretenue avec Jeanie, qui était ma supérieure, après tout.

— Tu dois avoir autant de cordes que possible à ton arc.

Elle se retourna vers les livres empilés sur son bureau.

— Et maintenant au boulot.

À ce signal sans équivoque, Vince et moi nous replongeâmes dans nos recherches documentaires.

Au London Met Opera, un simple trajet en ascenseur est une aventure en soi. On peut y rencontrer des membres de l'orchestre aux allures de tueurs de la mafia avec leur smoking et leur étui à violon, des accessoiristes transportant des homards en papier mâché, des habilleuses ensevelies sous des kilomètres de mousseline, des peintres décorateurs aux vêtements constellés de peinture et des danseurs menus des deux sexes, qui semblent toujours porter dix mille couches de vêtements et des sacs deux fois plus gros qu'eux. Ce jour-là, je n'y prêtai même pas attention tant ma poitrine se serrait au fur et à mesure que l'ascenseur descendait.

Je m'aventurai aussi lentement que possible dans le couloir conduisant au service informatique. Une fois passé le bureau des ingénieurs du son, le décor du sous-sol devenait très différent. Des milliers de câbles se faufilaient sur toutes les surfaces, drapés et suspendus avec la grâce sinueuse des serpents dans la jungle – câbles bleus, câbles noirs, câbles en spirale, câbles droits, tous reliés bout à bout par une multitude de machins argentés. Après deux salles de stockage, j'atteignis enfin les bureaux de l'informatique. Je n'étais venue que rarement au sous-sol mais l'endroit me parut méconnaissable.

— Ah, on vient constater les dégâts, me lança Fred d'un œil mauvais.

Penché sur l'écran d'un poste de travail situé au centre de la pièce, il secoua la tête.

— Tu te rends compte ? Coincé ici jusqu'à 3 heures du mat à cause de toi.

Je fis la grimace devant sa mine excédée.

— C'était à ce point-là ? Je suis désolée.

Ce pauvre Fred m'avait déjà sauvée plus d'une fois, dont la plus récente était un incident impliquant une canette de Coca et un clavier.

— Tu le seras quand Son Altesse va te tomber dessus.

Après avoir levé les yeux au ciel en reniflant, Fred se remit à scruter son écran. Je jetai un rapide coup d'œil autour de moi.

— Punaise... Qu'est-ce qui s'est passé ici ?

— Marcus, dit Fred en inclinant la tête en direction du bureau aménagé contre le mur.

Donc, M était l'initiale de Marcus. Ce prénom lui allait bien, il avait un petit côté chic.

Toute la pièce semblait avoir subi un nettoyage par le vide. Pour une fois, on voyait le sol, et contre le mur du fond s'alignaient, tels les vestiaires d'une section d'assaut, des placards satinés d'un blanc étincelant. La porte de l'un d'entre eux était ouverte, dévoilant des étagères bien rangées, couvertes de souris, claviers, cartes électroniques de rechange et autres bidules que je ne connaissais pas.

— Très chic. Très Star Wars.

— C'est parce qu'il a travaillé à la City...

Fred jeta un regard en direction de son patron qui, exposé aux regards derrière la porte vitrée de son bureau, agitait des mains étonnamment gracieuses, un téléphone coincé sous l'oreille.

— ... et que son service lui tient à cœur.

— En fait, il me fait penser à Dark Vador, les problèmes respiratoires en moins.

Le regard de Fred s'anima.

— C'est peut-être juste un mec ordinaire qui fait son boulot, mais il sait foutrement bien s'y prendre pour faire bouger les choses.

Visiblement, Dark Vador avait fait forte impression sur Fred, un garçon généralement très décontracté au look très surfeur sur le retour, avec sa bedaine et ses longs cheveux blonds méchés de plus en plus clairsemés.

— Justement, Fred, personne n'est ordinaire, ici. Il fait tache. Toi, tu as beau comprendre quelque chose à ces machines, tu te déguises en Thor et tu portes un casque de Viking et un maillet peint à la bombe argentée pour le festival Comic Con. Tu es des nôtres.

Je ris de le voir regarder le plafond d'un air penaud.

— Ne dis pas le contraire. J'ai vu les photos de la soirée sur Facebook et les accessoiristes m'ont dit qu'ils t'avaient fabriqué le maillet.

— Je me suis éclaté. Tu devrais voir le déguisement que Leonie, de l'atelier costume, va me fabriquer cette fois. Une vraie tenue. Et... tu ne voudrais pas me maquiller, par hasard ?

— Bien sûr, avec plaisir... mais, par pitié, ne me dis pas que tu veux ressembler à ce personnage bleu dans X-Men.

— Mystique ? Nan, c'est une fille, dit Fred avec une grimace dégoûtée.

— Et tu trouves que te déguiser en alien d'une espèce imaginaire vaut mieux que de s'habiller en personne de l'autre sexe ?

Fred haussa les épaules.

— Bon, tu te déguises en quoi ? J'ai besoin de faire des recherches pour réussir mon coup.

— En Joker. Leonie me fabrique un costume violet.

— Oui, Batman... Grande bouche rouge. Visage blanc. Cheveux verts.

J'examinai d'un œil dubitatif les cheveux blonds et sans tenue de Fred.

— La couleur risque de tenir un moment.

— Ça ne me dérange pas d'avoir les cheveux verts. C'est un samedi dans trois semaines environ.

— D'accord. Je travaillerai s'il y a une matinée, sinon ça ne m'ennuie pas de venir exprès. Il faudra que je voie si nous avons un spray de la bonne couleur. Mais si tu veux vraiment des cheveux verts...

— Ça ira.

— J'ai du mal à croire qu'il serait d'accord, dis-je en désignant la porte du bureau. Ça m'étonne qu'il ne t'ait pas encore obligé à venir en costume.

— Fous-lui la paix.

Je fis la grimace.

— OK, reprit Fred, il a un peu tendance à vouloir tout contrôler. Ça m'étonnerait qu'il reste longtemps ici. Vous allez le rendre dingue et, de toute manière, dès qu'il se sera tiré d'affaire, il retournera à la City.

— Pourquoi dis-tu ça ?

Fred jeta un regard furtif autour de lui, comme pour vérifier que personne n'écoutait.

— Il était à la Deutsche Bank avant de venir ici. Tu vois le contraste. L'ordinateur central, là-bas, c'est quelque chose. Pourquoi il est venu ici, à moins d'avoir été viré, d'être en surnombre ou d'avoir truqué les comptes ? C'est une régression pour lui, d'être ici.

— C'est une des meilleures maisons au monde, protestai-je, poings sur les hanches.

— Je veux dire, en matière de technologie, grande nunuche ! On n'est pas vraiment à l'avant-garde et il n'a pas vraiment de temps pour le tempérament artistique. Mais il connaît son rayon. Il s'est donné une mission : faire entrer la maison dans le XXIe siècle. Reconnais qu'il n'a pas tort. Il y a des engins ici qui datent d'avant la machine à vapeur et, au maquillage et aux costumes, vous êtes de vrais cauchemars.

Je voyais parfaitement à quoi il faisait allusion.

Une fois, j'avais appelé Fred parce que l'ordinateur refusait de s'allumer. Comme le témoin lumineux du moniteur était allumé, quand Fred m'a demandé si je l'avais allumé, j'ai répondu que oui. Ce n'est pas ma faute si je n'avais pas vu que les femmes de ménage avaient débranché l'unité centrale en nettoyant la veille.

Encore indignée six mois après l'incident, je répliquai :

— Le moniteur et l'unité centrale devraient s'allumer ensemble. Ce n'est pas comme si on pouvait utiliser l'un sans l'autre. Ça devrait être automatique.

— Ce qui serait probablement logique dans certains cas, Miss Hunter.

Je sautai du bord du bureau où je m'étais posée. Comment Dark Vador avait-il pu s'approcher sans bruit ? Je le contemplai la bouche sèche.

Les manches retroussées de sa chemise blanche dévoilaient des bras vigoureux et bronzés, et les boutons supérieurs étaient déboutonnés. Je me laissai totalement distraire par les parties dénudées de son corps, pourtant réduites.

— Voulez-vous entrer dans mon bureau ? me dit-il en m'invitant d'un geste.

— À peu près autant qu'une mouche a envie de foncer dans une toile d'araignée, marmonnai-je entre mes dents.

Son bureau affichait le minimalisme froid d'un cadre supérieur. Quand je parlais d'aliens… Un ordinateur portable argenté brillait au centre du bureau en frêne foncé. Rien d'autre. Ce type n'était pas à sa place ici. Pas un objet personnel en vue, ni photo ni bibelot, aucune couleur hormis la doublure en satin rouge de sa veste, posée sur le dossier de son fauteuil en cuir noir. La pièce offrait un contraste saisissant avec mon placard à balais, qui semblait avoir été décoré par une chineuse à partir des meilleurs souvenirs de son existence : photos de maquillages terminés, clichés de moi avec des amis les soirs de sortie, talons de billets de spectacles inoubliables et échantillons de tissus.

Il m'offrit un siège et vint s'asseoir en face de moi, derrière son bureau. J'avais l'impression glaçante d'être dans le bureau d'un directeur d'école.

D'un instant à l'autre, il allait me demander : « Vous savez pourquoi je vous ai fait venir, qu'avez-vous à dire pour votre défense ? »

Calé au fond de son fauteuil de cadre supérieur, il avait l'air affreusement décontracté et maître de tout.

— Voulez-vous un café ?

Surprise, j'acquiesçai. Il disparut, pour revenir quelques instants plus tard avec deux tasses à café en porcelaine blanche.

— Waouh, du vrai café ! Comment avez-vous fait ?

— Machine Nespresso.

— Comment avez-vous fait pour en avoir une ? Est-ce le genre d'extra qu'il y a dans les bureaux de la City ?

— Non. Il y a des larbins qui vont nous chercher des mochaccini au café.

Naturellement, pensai-je en hochant la tête.

Il esquissa un bref sourire. Il me fallut une seconde pour retrouver le fil de la conversation.

— C'est ma propre machine. Je l'ai apportée.

Oh, il avait donc le sens de l'humour. Inattendu.

Je bus une gorgée de café. Divin.

— Je tâcherai de m'en souvenir, dis-je.

— Vous êtes toujours la bienvenue.

Il le pensait peut-être, mais je jure qu'il y avait aussi dans son expression quelque chose qui me donnait des palpitations, car j'y reconnaissais une chose que je croyais derrière moi depuis longtemps : était-il en train de *flirter* avec moi ?

— Merci d'être venue me voir.

Mais peut-être que non. Il n'y avait rien de charmeur dans le masque grave et professionnel qui était retombé sur son visage, comme s'il avait soudain remonté son pont-levis.

— Alison a insisté, dis-je en haussant les épaules.

J'avais lâché cela avec ma franchise habituelle au lieu de prendre le temps de formuler les excuses que j'avais prévu de lui présenter. Avant que je trouve la force de poursuivre, son visage s'assombrit, il se raidit. Le sens de l'humour que j'avais cru deviner brièvement, quelques instants plus tôt, venait de s'évaporer comme de la fumée.

— Il paraît évident que, dans certains services de cette maison, on considère la technologie avec la même suspicion que la sorcellerie au haut Moyen Âge.

Cette formule guindée semblait un peu téléphonée, ce dont l'ironie ne m'échappait pas étant donné que nous étions dans un théâtre où les artistes jouaient normalement le rôle avec aisance.

Il poursuivit en secouant la tête.

— Cet endroit est rempli de gens qui sont le type même des réfractaires au progrès.

Cet endroit ! Il n'était absolument plus question que je présente des excuses.

— Je ne crois pas avoir été jamais confronté à un tel cas. Alison et moi avons discuté des changements à effectuer. Mon rôle consiste à aider chaque service à identifier en quoi des applications pourraient leur permettre d'accroître leur efficience et leur productivité. Je suis ébahi devant l'ignorance informatique qui règne dans certains services. Un véritable cauchemar.

Il soupira, puis tripota son stylo avant de relever les yeux et de m'observer. Ses yeux verts avaient une expression sévère et je sentis mon estomac se nouer. Il était vraiment très fort.

— Et votre service remporte la palme du pire.

Zut pour ses beaux yeux verts. Il était horrible.

— C'est parce que nous n'avons pas réellement besoin d'ordinateurs, m'indignai-je en haussant le ton.

Nous nous débrouillions très bien sans son intervention et sans ces saletés d'ordinateurs depuis... depuis toujours en fait. Un ordinateur pouvait-il maquiller, fixer une perruque, apaiser un chanteur de mauvais poil ? Non. À moins que je ne sois pas au courant d'une incroyable avancée technologique dont tous les journaux de la planète n'auraient pas manqué de parler. Même *moi*, je n'aurais pas pu passer à côté d'une nouvelle pareille.

— Bien sûr que vous en avez besoin. Tout le monde en a besoin de nos jours.

Je lui lançai un regard dédaigneux. Il était sans âme, c'était évident.

— N'importe quoi. Notre domaine, c'est l'art. Pas les chiffres et les bidules. Il n'y a pas de bonne ou de mauvaise manière de jouer Don Giovanni, il n'y a pas de costume idéal pour le personnage ni de maquillage prédéfini. Tout est question d'interprétation. Mais j'imagine que quelqu'un comme *vous* ne peut pas comprendre.

Je me sentis un peu coupable en le voyant serrer les dents. Sa personne et son attitude me rappelaient trop mes parents, qui désapprouvaient totalement mon travail.

— Comme je viens de le dire, j'ai un travail à accomplir ici et vous autres devez comprendre que la technologie est appelée à jouer un rôle durable.

Avait-il bien dit *vous autres* ?

— Avez-vous la moindre idée du nombre de choses qui fonctionnent ici grâce à des ordinateurs et à des logiciels ?

Je secouai la tête en haussant les épaules. Je m'en fichais. Un ordinateur ne savait pas monter un spectacle. On se débrouillait sans eux depuis des siècles. Bien sûr, j'imaginais que c'étaient des outils essentiels dans certaines industries, mais nous n'en avions pas besoin.

Il se pencha en avant, les coudes plantés sur le bureau, en joignant le bout des doigts. Une fois de plus, je remarquai qu'il avait de beaux doigts, longs, plutôt des doigts d'artiste. De beaux ongles.

— Miss Hunter ? Vous m'écoutez ?

— Oui.

Et je me concentrai sur son menton à la forme sévère. Dieu qu'il était beau.

Je m'efforçai de ne pas regarder le duvet brun que laissait voir le col entrouvert de sa chemise blanche.

— Toutes les activités de cette maison, je dis bien toutes, dépendent de la technologie.

Il se tut, me regardant comme s'il attendait quelque chose de moi.

— Pardon ?

Zut, je me sentis rougir.

Je pris mon visage « intéressé ». Concentre-toi, Tilly. Activités. Maison. Technologie. C'est bon, j'ai pigé.

Je hochai la tête sans la moindre idée de ce qu'il me chantait.

Il avait son point de vue et moi le mien. C'était bien joli de me faire la leçon, mais où voulait-il en venir ? Me passer un savon. Me dire de ne plus débrancher l'ordinateur, de ne plus ouvrir de pièces jointes. Et patati et patata. Tout cela je le savais, *maintenant*.

Je me rendis compte qu'il parlait encore et que je n'écoutais plus.

— Il est donc vital que chacun sache utiliser les ordinateurs sans exposer les autres services à un problème.

Je hochai quand même la tête. Encore une fois. J'avais beaucoup hoché la tête depuis qu'il avait commencé. Pourvu qu'il ait bientôt terminé. Franchement, il aurait pu en remontrer au *Ring* de Wagner, question longueur.

Soudain, il se cala au fond de son fauteuil en se passionnant pour je ne sais quoi au plafond. Je suivis son regard, avant de m'apercevoir qu'il braquait ses yeux furibonds sur moi.

— Rien de tout cela ne vous parle, n'est-ce pas ?

Il s'exprimait sur un ton modéré mais, sous son menton tendu en avant, un pouls agressif battait dans son cou.

Quand il se leva, je crus un instant qu'il allait m'étrangler. Il contourna son bureau à grandes enjambées.

— Venez avec moi.

Me prenant par le coude, il me fit lever. Il sentait bon, une eau de toilette discrète et subtile. J'essayai de le renifler sans me faire remarquer. Au fait, depuis quand est-ce que j'aimais qu'on me manipule avec autorité ? Au lieu de me dégager, je me laissai conduire hors de son bureau et dans le couloir, jusqu'à une grande porte luisante.

Le repaire de Barbe Bleue ? Le mitard du service informatique ?

À l'intérieur de la pièce régnait un bourdonnement régulier et une multitude de voyants verts clignotaient et vacillaient dans l'obscurité avec une régularité synchrone.

— Je ne vous demande pas si vous savez de quoi il s'agit, dit-il en allumant la lumière.

Il promena son regard brillant sur le mur noir. Je me tournai légèrement pour regarder, bougeant à peine à cause du manque d'espace, parce que je le sentais juste derrière moi et que ses cuisses musclées touchaient presque l'arrière des miennes.

Un côté de la pièce était garni d'une rangée de placards remplis de boîtes noires et grises d'où partaient des câbles gris qui rampaient le long du mur avant de s'engouffrer dans le plafond.

— Voici le serveur principal. Chaque ordinateur de la maison y est relié. Si le serveur tombe en panne, il ne se passe plus rien. Pas de *Bohème* sur scène. Chaque ordinateur est en réseau via le serveur. Si quelque chose ne va pas sur un ordinateur de votre service – par exemple, s'il est infecté par un virus...

Il s'arrêta, attendant une réponse de ma part. Je me retournai vers lui avec une petite grimace.

Il me répondit d'un regard sévère censé souligner la gravité du sujet, mais qui me fit chavirer le cœur. Qui eût dit qu'un regard grave et sérieux pouvait être sexy ? Sauf que Marcus Walker n'était pas sexy et que j'étais déjà prise.

— Cela peut impacter tout le réseau. Ce serveur gère tout un tas de dispositifs dans la maison. Des dispositifs dont chaque spectacle dépend entièrement. Il y a celui qui sert à gérer les ventes de la billetterie. Celui qui sert à programmer le plan lumière. Pas de serveur, pas d'éclairage sur scène. Tout ce que contient la bibliothèque musicale est catalogué sur un ordinateur. Il y en a des milliers. Retrouver les bonnes partitions pour la section des bois dans *La Bohème* peut prendre des mois sans ce catalogue. Et ce n'est là que la partie émergée de l'iceberg.

Cette fois, quand il baissa les yeux vers moi, je déglutis en agitant les pieds. Mon pouls battait fort dans mes veines. De peur, sans aucun doute, à l'idée du désastre que j'avais été à deux doigts de provoquer. Qui eût dit qu'une petite boîte hérissée de câbles pouvait avoir une telle importance ?

— Quand vous avez allègrement téléchargé votre petit virus, il a ralenti tout le réseau. Chaque ordinateur de la maison s'est retrouvé occupé à envoyer des e-mails à tous les contacts de tous les comptes e-mails de la maison. Pour arrêter cela, nous avons dû mettre en panne la majeure partie du réseau, afin que les dispositifs vitaux puissent continuer de fonctionner. Heureusement pour vous, les plus gros dégâts n'ont commencé à se produire qu'après la fin de la représentation. Autrement, le spectacle n'aurait pas eu lieu.

Merde. Cela aurait été grave. Nous avions essuyé des orages, des émeutes de rue, des grèves des transports sans jamais manquer un seul spectacle.

— Mais je croyais que nous avions des trucs pour nous protéger des virus. Ce n'est pas votre boulot d'en installer ?

Il serra les dents ; je voyais sa glotte s'agiter et j'eus l'impression qu'il retenait quelque chose.

— Ils fonctionnent parfaitement à condition que des imbéciles n'ouvrent pas de pièces jointes suspectes.

Il s'adossa à la porte, les bras croisés.

— Puis-je vous demander de ne jamais, jamais, jamais plus ouvrir une pièce jointe si vous ne savez pas d'où elle vient ou qui vous l'envoie ? En fait, vous ne devez répondre ni réagir à aucun e-mail si vous ne savez pas qui vous l'a envoyé ou n'avez pas la certitude qu'il provient d'un contact digne de confiance. Avez-vous la moindre notion de sécurité en ligne ?

— Euh, plus ou moins.

Le demi-sourire qui accompagnait ma réponse m'attira un nouveau regard sévère.

— Cela consiste à assurer votre sécurité en ligne. À protéger vos données personnelles. À activer les paramètres de sécurité sur Facebook. À partager le minimum d'informations en ligne. Dans les e-mails. Sur Twitter. Et cetera.

— Vous pouvez être tranquille de ce côté-là. J'ai l'habitude de détraquer mes téléphones portables, alors je ne fais pas beaucoup de trucs en ligne.

— Vous détraquez vos téléphones ?

Son ton patient s'était teinté de scepticisme.

— Oui. Téléphones. Montres. Les machins Fitbit. Tout ce qui est électrique est allergique à moi.

— Vraiment ?

Je haussai les épaules. J'avais testé suffisamment de téléphones et de montres pour me moquer qu'on me croie ou pas.

— En ce qui concerne les pièces jointes aux e-mails…

Il s'interrompit et un bref sourire s'ébaucha au coin de sa bouche. Avait-il vu l'amour de Père Noël à l'œuvre ?

— À l'avenir, en cas de doute, appelez-moi ou appelez Fred.

Il était plutôt mignon quand il était franc et implorant.

— Bien, chef, dis-je en souriant brusquement.

Je préférai ne pas accompagner ma réponse d'un salut militaire moqueur. Après tout, il était directeur et essayait seulement de faire son travail.

— Je ne fais pas exprès d'être nulle avec la technologie. C'est la technologie qui ne m'aime pas.

Je vis bien qu'il se retenait de sourire.

— Tilly, les ordinateurs n'aiment personne. Ce ne sont pas des personnes. Ce sont des machines. Ils sont à notre service, font ce que nous leur demandons. À condition que nous les traitions convenablement.

— Vous croyez ?

— Oui, j'en suis sûr. Mais je pense que vous serez plus en confiance après quelques séances.

— Des séances ?

Ce n'était pas ce qui était convenu avec Alison.

— Oui. En tant que première porte-parole informatique de l'atelier maquillage, vous allez devoir passer un certain temps avec moi afin que nous puissions définir les process et les systèmes que nous pouvons mettre en place pour améliorer votre façon de travailler. Pendant que vous êtes là, nous allons arrêter quelques dates.

J'ouvris la bouche. Il n'en sortit aucun son. Mais cela avait dû suffire à signaler mon désarroi.

Il plaisantait ou quoi ? Nous nous débrouillions très bien comme ça. N'avait-il jamais entendu dire que le mieux est l'ennemi du bien ?

— J'ai pensé à une ou deux demi-journées la semaine prochaine ou dans la quinzaine à venir, pour commencer, puis, quand nous aurons déterminé dans quels domaines nous pouvons travailler, nous développerons des outils adaptés et vous vous formerez avant de pouvoir présenter ces outils à toute votre équipe.

— Quoi ? Une ou deux demi-journées ? Ça va vraiment prendre tout ce temps ? Je suis sûre que vous ne pourrez pas faire grand-chose pour nous.

— Voulez-vous me laisser en juger par moi-même ?

— Et pourquoi moi ? soupirai-je.

Il sourit, pas d'un sourire amical, mais plutôt comme un requin aimant à se donner le genre tueur.

— Je dirais que le fait d'avoir débranché un ordinateur pour le *réinitialiser* – si je me souviens bien du terme que vous avez employé – est une très bonne raison, pour commencer.

Nos regards se croisèrent.

Je poussai un long soupir et lui lançai un regard furieux. Lorsqu'il leva la tête pour me toiser, la pièce me parut soudain trop étroite et son mouvement attira mon attention sur son magnifique menton rasé de près – rien à voir avec la barbe naissante de Felix, sexy mais quelquefois irritante. Cet homme était l'exact opposé de Felix : un cadre programmé comme une machine, cherchant à améliorer les choses, à tout priver d'âme à force de simplification et de rationalisation. Surtout, qu'il n'aille pas s'imaginer que j'allais basculer du côté obscur. J'avais grandi avec toutes ces saletés sans y succomber.

— J'ai pensé que nous pourrions débuter nos rendez-vous hebdomadaires jeudi. Parler plus en détail de ce que vous faites et des domaines dans lesquels vous auriez besoin d'améliorer des choses. J'ai entendu dire que vous aviez eu quelques…

Il réprima un sourire en coin.

— … quelques soucis dans le passé.

À l'évidence, Alison avait crié sur les toits combien j'étais nulle.

— Envoi d'e-mails aux mauvais destinataires. Envoi en copie aux mauvais destinataires. Erreur sur la pièce jointe…

Une lueur amusée dansait dans son regard.

— Le Dr Who, si je ne m'abuse ?

— C'est possible, marmonnai-je.

— Joué par Tennant, Smith ou Capaldi ?

— Tennant, dis-je en rougissant.

Pour être tout à fait honnête, j'avais essayé d'envoyer une photo de Drax, le super-héros, pour illustrer une idée de maquillage, mais je m'étais un peu emballée en commençant mes recherches d'images sur Internet.

Me retournant pour partir, je remarquai une dernière chose. Il avait la bouche très bien dessinée.

— Qui sait ? dit-il. Vous pourriez y prendre goût.

— Pardon ?

Il était télépathe ?

Il haussa les sourcils avec une mine sardonique.

— À en apprendre davantage sur l'informatique.

Chapitre 4

Jetant un rapide coup d'œil à ma montre, je me dis que j'avais juste le temps de terminer la perruque à laquelle je travaillais avant de filer à mon rendez-vous avec ma sœur. Un petit coup de spray fixant sur cette mèche enroulée autour d'une tige en bois et la dernière anglaise serait terminée. Je soulevai la perruque et ses boucles à ressort pour l'admirer, imaginant déjà comment elle rendrait sur la danseuse interprétant le rôle de Juliette.

— Oh, Tilly, il faut que tu viennes voir ça, glapit Vince d'une voix affolée.

Il fit un bond dans son fauteuil, où il était installé devant l'ordinateur de l'atelier depuis 10 heures. Il cherchait soi-disant des exemples de coiffures de l'époque de Byron mais, d'après ce que j'avais pu voir, il avait passé son temps à admirer des photos de beaux acteurs ayant vaguement tourné une fois dans un film historique.

Concentrée sur ma dernière anglaise, je l'interrogeai du regard.

— Je croyais que tu cherchais une photo de James McAvoy dans le film *Jane* comme exemple pour les pattes. Mais tu mates encore des beaux gosses ?

— Moi ? protesta Vince en battant des cils.

Comme s'il n'était jamais allé sur Onmygaydar.com.

— Non, mon chou. C'est toi. Tu vas avoir des ennuis. Tu as reçu un e-mail.

— Quel genre d'ennuis ?

Vince ressemblait à un petit galago avec ses yeux bleus écarquillés.

— Sérieux, ma belle. J'ai l'impression que c'est ton virus.

Ce n'était pas *mon* virus.

Ayant reposé la perruque avec soin, je me précipitai vers l'ordinateur, où je découvris un e-mail d'un parfait inconnu.

Je regrettai de tout mon cœur d'avoir envoyé le fatal e-mail initial.

À : Matilde@lmoc.co.uk
De : Redsman@hotmail.co.uk
Objet : Re : URGENT - Pénurie de PQ
Chère Matilde,

Nous connaissons-nous ? Je viens de recevoir un e-mail de vous. Je pense que vous me l'avez adressé par mégarde mais, pour les rouleaux de PQ, essayez les supermarchés Tesco. Par une drôle de coïncidence, je viens juste de terminer le même livre - très plaisant. Saviez-vous qu'il existe une suite ?

Cordialement
Un supporter de Liverpool

P.-S. J'ignorais que les supporters d'Arsenal savaient lire, ils ne sont pas aussi cultivés que nous autres, les supporters de Liverpool.

— Et flûte.

Heureusement, bien qu'il soutienne une équipe de nuls, le supporter de Liverpool ne semblait pas prendre la mésaventure trop mal.

— Tu crois que je vais en recevoir des tas comme ça ?

Je m'aperçus soudain que Jeanie était plantée derrière nous. Elle leva les yeux au ciel, puis parcourut l'écran en plissant les yeux.

— S'ils sont tous du même genre, tu ne risques rien. Ce supporter semble très sensé. Ce doit être un petit chauve qui vit chez sa maman. Et qui est fan de Liverpool United. Sûrement un type du nord de Londres.

Elle secoua la tête. Née et élevée dans le sud de Londres, Jeanie trouvait toujours un peu suspects les gens vivant au nord de Mill Hill.

— Allons, il y a des gens qui ont du travail ici, ajouta-t-elle en nous visant ostensiblement.

Elle retourna dans son bureau. Je jetai encore un regard à l'écran avant de consulter ma montre. Christelle étant incapable d'arriver en retard, je n'avais pas de marge.

— Tu ne vas quand même pas lui répondre ? s'inquiéta Vince en se tenant la gorge avec un air horrifié.

C'était un comble, de la part de ce champion de la romance en ligne.

— Et si c'était un détraqué ou un de ces types qui cherchent à préparer des filles à l'esclavage sexuel ?

D'un geste théâtral, je pointai un doigt sur mon buste plat en prenant l'air ahuri.

— Sérieux. J'ai lu ça dans le journal.

— Alors c'est sûrement vrai.

— Je t'assure. Ils promettent à des filles des robes de grands couturiers, ils les font relooker et, ensuite, ils les vendent comme prostituées de luxe.

Avec ma jupe préférée des années 1950 – à imprimé cerises –, mon cache-cœur de danseuse rouge et mes bottines à grosses semelles, je n'avais rien de la minette sexy.

— C'est peut-être pas ça, admit Vince en regardant mes chaussures.

— Non, sûrement pas. D'ailleurs, ce n'est pas comme si nous allions continuer à correspondre.

— Mmm.

— Mais je ne le laisserai pas avoir le dernier mot concernant mon équipe de foot préférée.

Vince leva les yeux au ciel.

— Tu trouves ça normal, pour une fille ? Je veux dire... le foot.

— Et toi, tu es un garçon, tu t'habilles en jaune. Un jaune moutarde pourri. Ce n'est pas normal, sauf chez les moines bouddhistes.

Après avoir consulté encore une fois ma montre, je l'écartai doucement de l'ordinateur, hésitant un bref instant au souvenir des conseils de Son Altesse Informatique concernant la sécurité en ligne. Mais là, c'était différent. Ce type avait pris la peine de me répondre, c'était par politesse que je lui écrivais pour le remercier. S'il mijotait quelque chose de louche, il n'essaierait pas de me venir en aide, n'est-ce pas ? Toutefois, j'hésitai encore dans mon élan. Et si c'était un pauvre loser envoyant des e-mails comme des bouteilles à la mer pour essayer de se faire des amis ?

À : Redsman@hotmail.co.uk
De : Matilde@lmoc.co.uk
Objet : PQ
Toutes mes excuses. Ce mail était censé être adressé à mon fiancé.

Voilà. Ni célibataire ni à la recherche d'amis.

Je crois avoir attrapé un virus.

Sans blague, Sherlock.

J'ai ouvert une pièce jointe que j'aurais dû ignorer. Merci de ne pas avoir mal pris cet incident.

Et, par pitié, n'en parlez à personne.

J'ai terminé le livre. Je ne veux pas lire la suite dans la foulée, mais je cherche quelque chose de la même qualité. Je me sens toujours un peu abandonnée quand je viens de terminer un livre qui m'a plu.

Cordialement

Voulant m'en tenir à la stricte politesse, je signai Matilde au lieu de Tilly, pour montrer que je gardais mes distances.

Je déteste mon prénom. Quand on l'écrit, Matilde semble plus allemand et hommasse que français. Comme beaucoup d'Anglais se croient obligés de prononcer le *e* muet, je préfère Tilly. Ma mère est parisienne, d'où mon prénom. Mais depuis un certain temps, même elle m'appelle Tilly – les rares fois où nous nous parlons.

Je relus une dernière fois le message avant de l'envoyer. Un message inoffensif, globalement.

— Que dis-tu de ça ?

Vince prit un visage lugubre et ses grands yeux bleus s'emplirent de déception.

— Tu trouves mon message si mauvais que ça ?

Il pencha la tête en soupirant.

— Ben, c'est pas vraiment *Autant en emporte le vent*. Je veux dire…

— Ce n'est pas censé l'être.

Je me relus encore une fois. Ce message était très correct. Pas comme ces gens dont on entend parler, qui, cédant à la tentation, à l'ivresse du flirt en ligne ou par texto, finissent par se créer par écrit des personnalités audacieuses sans aucune ressemblance avec leur moi réel.

Cela dit… Je fis rouler ma tête pour me détendre le cou. Dieu sait qu'un flirt aurait fait du bien à mon ego. Felix semblait me trouver à peu près aussi sexy qu'un chameau galeux ces derniers temps. Mais pas question que je tombe dans le piège.

Vince se caressa la barbiche en poussant un soupir théâtral.

— Ma chérie, pourquoi est-ce que tu ne regardes pas un peu ailleurs ? Demande-lui au moins ce qu'il pense du livre. Ton e-mail est trop fade, sérieux.

— Merci mille fois, mais c'est juste une réponse. Ce n'est pas comme si j'étais appelée à faire plus ample connaissance.

Vince se froissa et, croisant les bras, répondit avec un respect feutré.

— Bien sûr que non. Puisque tu as Felix.

Une seule réaction était possible devant une telle réponse : ignorer son léger petit béguin pour Felix.

— En restant neutre, je fais passer le message que je ne suis pas une cyber-chasseuse d'hommes.

— Charmant. Et je passe pour quoi, d'après toi ? Une traînée.

Et Vince, vexé, s'éloigna.

Je me frappai littéralement le front. Quel sens du mélodrame ! Il était vexé pour toute la journée. Je n'avais pourtant pas cherché à faire une quelconque allusion à sa prédilection pour les rencontres en ligne.

Je relus mon message pour la toute dernière fois. Vince avait raison, il était à bâiller d'ennui. Bien qu'ayant déjà dix minutes de retard, j'ajoutai un bref post-scriptum.

P.-S. Cultivés, les supporters de Liverpool ? Dans quel univers parallèle ?

Cela n'avait rien d'aguicheur, me semblait-il. Non. D'une pression énergique qui faillit laisser la touche coincée à l'intérieur du clavier, je tapai sur « Envoyer ». Oups, même pour quelqu'un qui n'était pas à cheval sur l'heure, j'étais en retard.

Naturellement, elle était déjà là, installée à l'une des tables hautes du Café Paul et plongée dans son iPhone. Avant même de l'avoir aperçue à travers la vitrine, j'aurais pu dire exactement à quoi ressemblait la tenue de ma sœur : impeccable et parfaitement repassée. J'aurais gagné à tous les coups si j'avais parié que Christelle porterait un chemisier de coton d'un blanc immaculé, avec un pli bien repassé le long de chaque manche, une jupe crayon noire moulante et une veste cintrée assortie griffée Hobbs ou Jigsaw. Ses cheveux bruns et brillants seraient impitoyablement enfermés dans le chignon le plus triste qu'on puisse imaginer et son maquillage serait affreux. Franchement, elle était désespérante. Son rouge à lèvres nude effaçait sa bouche et son fard brun étalé sur toute la paupière donnait l'impression que ses yeux s'enfonçaient dans son crâne. Avec la silhouette et les beaux cheveux qu'elle avait, elle aurait pu ressembler à une starlette des années 1960. Ce n'était pas juste. Qu'on me colle un bouton sur le nez et je ressemble à un personnage féminin de manga, mis à part mes cheveux bouclés. J'aurais adoré la prendre à part et la relooker entièrement, mais nos relations ne s'y prêtaient pas. Et de loin.

— Encore en retard.

Pourquoi fallait-il qu'elle consulte sa montre ? Je n'allais pas nier. J'étais presque toujours en retard à nos rendez-vous. C'était peut-être psychologique. Cela réduisait le temps à passer ensemble.

Je haussai gaiement les épaules.

— Problème de virus au boulot.

Cela faisait plutôt professionnel et compétent, elle apprécierait peut-être.

Pour une fois, elle parut vaguement intéressée.

— Vraiment ? Ça peut causer des dégâts considérables. J'ai entendu parler d'un cabinet d'avocats qui a dû racheter un serveur à cause d'un logiciel malveillant qui avait corrompu l'ancien. Ils ont failli mettre la clef sous la porte. Des gens pourtant très compétents. Avec une clientèle de premier ordre de gens connus.

— Nous avons un excellent service informatique, dis-je avec naturel.

Comme si c'était le genre de phrase que je débitais habituellement.

— C'est tellement important, approuva Christelle.

Elle tendit le cou, tentant d'attirer l'attention du serveur, qui lui répondit d'un bref hochement de tête avant de disparaître avec une pile de vaisselle sale.

Nous retombâmes dans le silence.

— Alors, dis-je, comment va le boulot ?

— Bien.

Elle n'en dit pas plus. L'idée que j'avais de son travail était à peu près aussi précise que celle qu'elle avait du mien. Elle était avocate, mais pas pour les trucs criminels, non : elle faisait dans le droit du travail, ce qui avait l'air mortellement ennuyeux d'après le peu que j'y comprenais.

J'ignore pourquoi elle tenait à ces rendez-vous mensuels avec moi, c'était toujours une épreuve. Pourtant, avec une régularité d'horloge, elle m'appelait en début de mois pour me proposer qu'on se voie.

— Et tu fais quelque chose ce week-end ? repris-je en espérant que le serveur se remue un peu.

— Oui, Alexa fête ses trente ans et nous avons loué une maison superbe. On peut y dormir à vingt-huit personnes, c'est parfait.

Sortant son téléphone, elle me montra des photos d'un paysage magnifique et d'une demeure édouardienne assez charmante, juchée sur le flanc d'une colline boisée.

Voilà une chose que je ne comprenais pas. Malgré l'image négative que j'avais d'elle, ma sœur avait toujours une vie sociale bien remplie.

— Et toi ?

— Je travaille tard vendredi et samedi soir, répondis-je en souriant.

— Je ne sais pas comment tu fais pour avoir une vie de couple. J'ai déjà du mal à sortir le soir à cause de mes horaires de travail, alors si je travaillais le soir… Cela ne dérange pas Felix ? Vous arrivez à passer des week-ends ensemble ?

— Cela ne le dérange pas.

C'est ce qui était fantastique avec lui. Cela ne le dérangeait jamais. Il comprenait combien mon travail comptait pour moi. Le fait que je travaille le soir n'avait jamais posé de problème. Je tentai d'imaginer ma coincée de sœur ayant un rendez-vous galant. Elle n'avait jamais évoqué d'histoire d'amour et je m'étais toujours dit qu'elle était trop obnubilée par sa carrière pour s'embêter avec des choses aussi secondaires. Je ne sais pourquoi, je songeai soudain à Marcus. C'était peut-être le partenaire idéal pour Christelle, encore que je ne le déteste pas au point de lui souhaiter une chose pareille.

— Tu sors souvent avec des hommes ?

Ma question me surprenait moi-même. Il fallut à Christelle une bonne minute pour me répondre. En fait, après avoir farfouillé dans son sac pendant trente bonnes secondes, ce qui ne lui ressemblait vraiment pas, elle releva la tête et j'eus presque l'impression de la voir soupeser sa réponse.

Durant les trente secondes suivantes, ce fut comme si quelque chose de décisif allait se jouer entre nous. Le saut de la mort. Le tout pour le tout. Quitte ou double. Elle venait de mettre les pieds en territoire inconnu.

Puis elle s'éclaircit la gorge et me répondit avec un regard candide qui me heurta de plein fouet.

— Sans aucun succès. Tu as vraiment de la chance. Felix et toi avez tout compris. Vous avez d'abord été amis. Je suis sortie avec un paquet d'hommes mais c'est comme si je ne collais avec personne. Sur le papier, ils sont parfaits… et puis on se rencontre…

Son expression enfantine et ses yeux levés au ciel avec emphase – cela lui ressemblait si peu, là encore, que je ne pus m'empêcher de sourire un peu.

— Soit ce sont de parfaits connards de fils à papa – si tu me passes l'expression –, soit des types imbus de leur personne qui passent tout le rendez-vous à calculer si j'ai mieux réussi qu'eux et si je vais gagner plus qu'eux au cours des prochaines quarante-huit heures. Pathétique.

— Ce doit être dur.

Je tâchai de lui montrer de la sympathie mais, franchement, ses prétendants me semblaient éminemment convenables.

— Ah, voici le serveur, ajoutai-je en m'emparant de la carte. Qu'est-ce qui te dirait ? La tarte aux fruits a l'air superbe mais les palmiers et les croissants au chocolat sont à se damner, ici.

— Un cappuccino et un croissant aux amandes pour moi, dit Christelle en refermant la carte.

Elle la tendit au serveur, tandis que je venais de découvrir dans la mienne les charmes des éclairs au chocolat, des pains aux raisins et des tartes à la poire et à la rhubarbe.

Christelle croisa les bras, tandis que je me mordillais la lèvre.

— Ce sera deux cappuccinos et, euh... je n'arrive pas à me décider entre...

Je rendis la carte au serveur en jetant un coup d'œil à la vitrine réfrigérée placée derrière lui.

— Je vais prendre une tarte aux fraises – non, un pain au chocolat...

Il avait dû comprendre à qui il avait affaire, car il m'ôta la carte des mains avant que je puisse changer d'avis et lui demander une de ces tartelettes aux fraises luisantes de confiture.

Christelle s'accouda sur la table.

— Nous devons décider de ce que nous allons offrir à Papa et Maman à Noël.

— C'est dans une éternité.

Comment pouvait-on prendre plaisir à préparer Noël des mois à l'avance ? En prévoyant ses achats aussi tôt, on se privait de tout plaisir, de toute spontanéité. Acheter un cadeau devait être une aventure, une expédition grandiose dans des boutiques superbement décorées, étincelantes de paillettes et de guirlandes. Repérer et deviner ce qui plairait, ce qui comblerait quelqu'un, devait être une quête excitante et riche d'espoir, comme une chasse à l'ours.

Christelle eut un petit soupir.

— Tu n'as pas parlé à Maman, si je comprends bien.

— Non.

Ce n'était pas un scoop. Mes horaires de travail ne correspondaient pas au rythme de vie pépère de mes parents.

Christelle se mordit la lèvre avant de rétorquer avec indignation, et des petits plis que je n'avais jamais remarqués se durcirent autour de sa bouche.

— Ils s'en vont pour Noël.

— Ah bon ? Où ça ?

Christelle se raidit.

— Apparemment, ils partent en croisière.

Je haussai les épaules.

— En Scandinavie.

— Oh.

J'étais un peu surprise, mais cela m'éviterait de me démener pour attraper le dernier train à Kings Cross et de me retrouver coincée entre deux extravertis avinés dans le couloir, avant de refaire le voyage deux jours plus tard pour reprendre le travail. Je trouvais injuste de déposer des congés à Noël alors que d'autres personnes de l'atelier avaient une famille et des enfants.

— Je me demande ce qui leur a pris de partir tout d'un coup en croisière, dit Christelle d'une voix chevrotante.

— Et pourquoi pas. Nous ne sommes plus des gamines.

— Mais c'est un moment de retrouvailles en famille. Et nous rentrons toujours à la maison pour Noël.

Je haussai les épaules, indifférente à son air désemparé.

— Eh bien, il est peut-être temps de changer cette année. De casser le moule. Considère cela comme une opportunité.

— L'opportunité de faire quoi ?

— Il se passe un tas de choses à Londres : chants de Noël, patinoires, spectacles.

— Oui, mais pas le jour de Noël.

— Bien sûr que si.

Zut, je n'avais plus d'excuse pour ne pas accompagner Felix chez sa mère le jour de Noël.

— Il se passe un tas de choses le 25 décembre, tu sais.

Christelle fit une moue sceptique.

— Jeanie, ma chef, passe souvent Noël seule. Elle n'est jamais à court d'activités ce jour-là. L'an dernier, elle a fait une visite guidée de la ville à pied. L'année précédente, elle a fait du bénévolat auprès des SDF et, celle d'avant, elle est allée voir les nageurs qui disputaient la coupe Peter Pan sur la Serpentine. Ce n'est jamais qu'une journée. Tu pourrais la passer à regarder des films.

Un vague sentiment de culpabilité se frayait un chemin dans ma conscience. Christelle craignait-elle de se retrouver seule ? Je n'y avais jamais vraiment réfléchi. Comme je venais de le dire, une éternité nous séparait encore de Noël.

— Oui, dit-elle. Mais pourquoi ne veulent-ils pas passer Noël avec nous ? Cela ne leur ressemble pas. Tu ne trouves pas ça bizarre ?

— Non.

Christelle pinça les lèvres.

— C'est tellement toi, Tilly, de ne pas vouloir voir les choses qui te dérangent.

— Pas du tout.

— Si, tu l'as toujours fait. Comme d'inventer que Papa et Maman sont contre ton choix professionnel.

— Ils le sont.

Je croisai les bras. Je n'avais aucune envie de discuter de cela maintenant. C'était de l'histoire ancienne et les choses n'allaient pas changer.

— Non. Ils voulaient simplement que tu…

— Peu importe. De toute manière, c'est toujours compliqué de revenir à la maison pour Noël. Les trains sont toujours bondés et il y a du boulot au théâtre.

— Qu'est-ce que tu comptes faire à la place ?

— Travailler.

— Le jour de Noël ?

— Non, mais nous irons probablement chez la mère de Felix et je reviendrai le soir même car je travaille le lendemain.

— Je pense que je pourrais déjeuner avec des amis, mais ce ne sera pas pareil, soupira Christelle. Mais Maman a dit qu'elle organiserait un déjeuner de Noël avant leur départ. On pourrait y aller ensemble. Si j'y vais en voiture, ce sera plus simple pour transporter tous les cadeaux.

Son visage s'éclaira.

— À propos, j'avais pensé à un coffret Estée Lauder pour Maman, ils en font de ravissants cette année.

— Je travaillerai…

C'était la première fois que je la voyais faire des yeux de chien battu. Elle fonctionnait sur la logique, pas sur l'émotion, mais devant son air triste et voyant qu'elle battait des paupières, je me ravisai.

— Oui, je pense que c'est une bonne idée.

— Nous pourrions partir tard le vendredi, après l'heure de pointe, de sorte qu'on aurait tout le samedi. Je pourrais te prendre au travail. À quelle heure est-ce que tu termines ?

— Ça dépend du spectacle, mais vers 22 h 30 ou 11 heures, en général.

Elle sourit et redressa le dos. Cet abattement qui ne lui ressemblait pas s'était envolé.

— Je me réjouis que ce soit réglé. Bon, j'ai pensé à un beau pull en cachemire pour Papa et, comme il n'arrête pas de dire qu'il veut apprendre la programmation, un collègue de travail m'a recommandé un bouquin. Ah…

Elle regarda son téléphone, qui s'était mis à sonner.

— Il faut que je réponde. Tu m'excuses ?

— Oui. Pas de problème.

Sa politesse me rendait dingue. J'étais sa sœur, tout de même. Saisissant son téléphone, elle sortit du café pour répondre et je la regardai discuter tout en allant et venant à pas lents de l'autre côté de la vitrine.

Je sortis ma liseuse, qui ne me quittait jamais et semblait heureusement résister au magnétisme négatif qui émanait de moi. Ma définition de l'enfer, c'était de ne pas avoir de bouquins à lire. Je ne sais pourquoi, je me connectai au Wi-Fi gratuit du café pour consulter mes e-mails, mais j'eus la surprise de voir qu'on avait répondu à mon dernier message.

À : Matilde@lmoc.co.uk
De : Redsman@hotmail.co.uk
Objet : PQ
Chère Matilde,
La suite est bien si vous cherchez quelque chose du même genre, mais connaissez-vous *High Fidelity* de Nick Hornby ? C'est aussi l'histoire d'un homme peu doué pour les relations humaines.
Cordialement
R
P.-S. Pour répondre à votre question, n'est-ce pas le même univers parallèle dans lequel Arsenal saurait jouer au foot ?

Je souris en lisant ce message et, quand Christelle me rejoignit, j'avais téléchargé *High Fidelity*.

— Désolée, dit-elle. Un client que j'essaie de joindre depuis des jours.

Toute trace de tristesse avait disparu : Christelle la battante professionnelle avait repris le dessus.

— OK, bouquin sur la programmation et pull pour Papa, coffret beauté pour Maman. Je les achète et tu me rembourses après ?

— Je ne voudrais pas paraître radine, mais on ne pourrait pas prendre du lambswool au lieu du cachemire pour le pull ? Et se fixer un budget ?

— Ne t'inquiète pas. Si c'est au-dessus de tes moyens, tu me rembourseras plus tard, quand tu pourras.

— Ce n'est pas au-dessus de mes moyens.

Ce n'était pas parce que son salaire mensuel dépassait le mien de plusieurs milliers de livres qu'elle devait payer la plus large part. Mais, par fierté, je ne voulais pas lui dire que j'étais un peu juste ce mois-ci car Felix me devait encore deux mois de sa quote-part de loyer.

— Bon, on s'inquiétera de ça plus tard, dit-elle avec un sourire insouciant.

Puis elle consulta son téléphone, qu'elle tenait à la main. Il me faisait penser à un canari chanteur. Jamais silencieux. Elle but une longue gorgée de cappuccino.

— J'ai rendez-vous avec l'avocat de Sir Charles Whitworth. Je vais devoir y aller dans une minute.

— Moi aussi. Les femmes ne font pas attendre Pietro D'Angelis.

Il n'était pas dans mes habitudes de lâcher des noms et j'eus la satisfaction de voir Christelle prendre un air stupéfait.

— Quoi ? *Le* Pietro D'Angelis ?

— Oui.

— Tu le maquilles ? Pour de bon ?

— Oui.

Je restai calme extérieurement, mais je jubilais intérieurement, surprise d'avoir réussi à l'épater. Le plus triste, c'est que Christelle ne lâchait pas des noms pour essayer de marquer des points. C'était son monde, comme le théâtre était le mien.

En général, je livrais peu d'informations sur mon travail. Mouton noir d'une famille marquée par la réussite professionnelle, je préférais garder mes victoires pour moi-même. Apparemment, étaler du fond de teint sur le visage d'un chanteur ne relevait pas de la même sphère que de permettre à une entreprise d'économiser des millions de dédommagements pour licenciement abusif.

— Waouh, reprit Christelle. Il est archi-célèbre. Ce n'est pas un peu… intimidant ?

— Plus maintenant, mais…

Je me penchai vers elle pour la mettre dans la confidence.

— La première fois, j'ai cru que j'allais lui désorbiter un œil tellement ma main tremblait !

Christelle rit avec moi, puis nous nous arrêtâmes brusquement, comme stupéfaites d'avoir fait une chose si inhabituelle entre nous. Se levant d'un bond, Christelle rassembla son téléphone, son sac et ses gants, des gants en cuir assortis à son sac et à ses chaussures d'un beau bleu azur, détail que je n'avais pas remarqué auparavant.

Après nous être embrassées sur les deux joues, nous partîmes dans des directions opposées pour rejoindre nos univers respectifs.

Chapitre 5

Tous les gens surpris par la neige fondue qui s'était mise à tomber en fin de journée se dépêchaient de s'engouffrer dans la station de métro, couverts de pellicules blanches, tout en jetant des regards inquiets vers le ciel. Ils n'avaient pourtant aucune raison de s'inquiéter puisque ce n'était pas vraiment de la neige. Pour avoir grandi dans le Yorkshire en lisière des Dales, je savais ce que c'était que d'aller à l'école parmi les congères qui vous montent jusqu'aux cuisses.

Avec les corps humides qui commençaient à se réchauffer, une odeur de chien mouillé envahit la rame de métro bondée de la Northern Line. J'étais coincée entre un homme vêtu d'une veste kaki à la Che Guevara, rendue plus foncée par la pluie, et une jeune fille engoncée dans un épais imperméable qui bruissait à chaque soubresaut de la rame.

Ne trouvant pas suffisamment d'espace pour lire, je m'agitais comme un fumeur en manque de cigarettes.

Mon correspondant anonyme sur la Toile avait beau être supporter de Liverpool, il avait bon goût en matière de livres. J'avais commencé à lire *High Fidelity* quelques jours auparavant et j'adorais.

Finalement, youpi, des gens descendirent à Charing Cross en quantité suffisante pour que je puisse me caser sur un siège. Quand les portes se refermèrent, j'étais déjà plongée dans le deuxième chapitre.

À la station Waterloo, j'étais en immersion dans la banlieue londonienne des années 1970.

Je ne vis pas passer Kennington.

Arrivée à Clapham North, je ricanais à moitié et n'étais pas du tout prête à descendre. Rangeant ma liseuse en hâte, je laissai là l'été 1976 et quittai la rame juste à temps pour rejoindre la marée humaine qui gravissait l'escalator le dos courbé pour s'enfoncer dans le froid mordant de la nuit où, à ma grande surprise, la neige fondue de tout à l'heure avait fait place à de vrais flocons qui tombaient en flottant doucement telles des plumes et dont je doutais encore qu'ils finissent par tenir.

Felix étant absent pour la soirée, je pouvais continuer ma lecture. J'optai pour des haricots blancs en sauce sur du pain grillé, remuai les haricots dans la casserole tout en tenant ma liseuse de l'autre main et avalai mon repas en tournant les pages numériques.

Sans faire la vaisselle, je me blottis sur le canapé, avec la télé comme bruit de fond, et poursuivis ma lecture, totalement captivée.

Mais la tentation était là et les doigts me démangeaient.

Regardant distraitement un très vieil épisode de *Spooks* à la télé, j'ouvris l'application messagerie de ma liseuse.

Depuis la fin du précédent chapitre de mon livre, je rédigeais mentalement le message que j'allais envoyer.

J'étais juste polie. Je faisais savoir à quelqu'un qui aimait lire comme moi combien le livre qu'il m'avait recommandé me plaisait.

À : Redsman@hotmail.co.uk
De : Matilde@lmoc.co.uk
Objet : bouquin

Merci de m'avoir recommandé *High Fidelity*. Ce livre est génial. Je l'adore, même si des gens m'ont regardée de travers dans le métro quand je le lisais. Je n'arrêtais pas de rire toute seule. Exactement ce qu'il me fallait par une épouvantable soirée d'hiver.

Encore merci.

Tilly

Mes doigts hésitèrent au-dessus du bouton « Envoyer ». Était-ce là une de ces réactions impulsives auxquelles Alison faisait allusion ? Mais où était le mal ?

Le seul inconvénient, à mon avis, c'est qu'il pouvait s'imaginer que je lui courais après. Mon avis comptait-il pour lui ? Il m'avait tout de même recommandé ce livre.

À sa place, j'aurais été ravie d'apprendre que quelqu'un aimait un livre autant que moi.

Oui, mais c'était un mec.

Je râlai à haute voix. J'étais en train de me prendre la tête. C'était juste un e-mail. Il allait le lire, hausser les sourcils, se dire : « Tiens, c'est cette idiote qui m'a envoyé le virus », détruire mon message et ne plus jamais y penser.

Oui, mais… Il pouvait aussi apprécier que je lui fasse part de mes impressions.

Ce débat intérieur prenait des proportions hallucinantes. Suivant les recommandations de l'arbitre, j'appuyais sur « Envoyer ». Voilà. Sans regret.

Reposant ma liseuse, je revins à *Spooks*, où la situation était tendue. Le MI5 s'apprêtait à sauver Londres pour la cinquième fois de la série.

Deux minutes plus tard, mon écran s'allumait au milieu d'une conversation laconique entre le chef de division et l'un de ses hommes de main à la détente facile – j'avais un nouvel e-mail.

À : Matilde@lmoc.co.uk

De : Redsman@hotmail.co.uk

Objet : High Fidelity

Je me réjouis qu'il vous plaise. C'est un de mes romans préférés. Le film est très bien aussi.

Ouf, il ne me prenait pas pour une folle qui lui courait après.

L'avez-vous vu ? On ne peut pas toujours dire du bien des adaptations transposées ailleurs que dans leur bon vieux cadre anglais. On se demande bien pourquoi. La boutique du disquaire n'était-elle pas bien en Angleterre ? En fait, pourquoi les producteurs de films et de téléfilms veulent-ils toujours situer l'intrigue dans un autre cadre, comme dans *The Killing* ou *Life on Mars* ? Est-ce que nous autres Anglais avons fait une version anglaise de *Friends* ? De *Soul Mates* ? Avons-nous fait *Les Experts - Southampton* ? Heureusement, *High Fidelity* a bien supporté la transposition. Je vous le recommande si vous ne l'avez pas vu. Une des rares adaptations cinématographiques fidèles au roman d'origine.

R.

D'accord, il avait raison au sujet des transpositions dans un autre pays, mais un tas d'autres adaptations étaient des réussites bien qu'elles soient situées dans un autre pays que le livre dont elles étaient tirées. D'humeur taquine, j'écrivis :

À : Redsman@hotmail.co.uk
De : Matilde@lmoc.co.uk
Objet : High Fidelity
Cher R.,

Peut-être le fait d'être un fan de Liverpool vous embrume-t-il le cerveau, mais un tas de films réussis ont été tirés de livres : que dites-vous d'*Orgueil et Préjugés*, de *Raison et Sentiments*, du *Journal de Bridget Jones*, de *Reviens-moi* ?

M.

La réponse arriva dans la foulée.

À : Matilde@lmoc.co.uk
De : Redsman@hotmail.co.uk
Objet : High Fidelity
Quoi, des films sans poursuite en voiture ?!!!

Je pouffai de rire. J'imaginais de moins en moins mon correspondant en terne pantouflard.

À : Redsman@hotmail.co.uk
De : Matilde@lmoc.co.uk
Objet : High Fidelity
Eh bien, que dites-vous de *Jason Bourne*, *Casino Royale* et *Jeux de guerre* ?

Nouvelle réponse.

À : Matilde@lmoc.co.uk
De : Redsman@hotmail.co.uk
Objet : High Fidelity
Tout dépend de quel *Casino Royale* on parle. Le premier ou le second ? Je parie que vous êtes de ces filles qui craquent pour Daniel Craig. Mais le James Bond culte, c'est George Lazenby.

Il se fourrait le doigt dans l'œil.

À : Redsman@hotmail.co.uk
De : Matilde@lmoc.co.uk
Objet : High Fidelity
Daniel Craig !!!! Non, merci. Timothy Dalton, s'il vous plaît !

À : Matilde@lmoc.co.uk
De : Redsman@hotmail.co.uk
Objet : High Fidelity
Les mots me manquent !

À : Redsman@hotmail.co.uk
De : Matilde@lmoc.co.uk
Objet : High Fidelity
Que lui reprochez-vous ?

À : Matilde@lmoc.co.uk
De : Redsman@hotmail.co.uk
Objet : High Fidelity
La seule chose que je puisse dire en sa faveur, c'est qu'il a eu l'une des meilleures Bond girls.

À : Redsman@hotmail.co.uk
De : Matilde@lmoc.co.uk
Objet : High Fidelity
Laquelle ?

À : Matilde@lmoc.co.uk
De : Redsman@hotmail.co.uk
Objet : High Fidelity
La violoncelliste blonde – ils dévalaient une montagne ensemble dans son étui à violoncelle. Je n'ai jamais lu aucun livre de Ian Fleming. Et vous ?

À : Redsman@hotmail.co.uk
De : Matilde@lmoc.co.uk
Objet : High Fidelity
Si, mais je ne sais pas si je devrais l'avouer. J'ai lu pas mal de *James Bond* quand j'étais gamine (j'étais une lectrice précoce) – des lectures totalement inappropriées pour une enfant de douze ans.

À : Matilde@lmoc.co.uk
De : Redsman@hotmail.co.uk
Objet : High Fidelity
Il a pourtant écrit *Chitty Chitty Bang Bang*.

À : Redsman@hotmail.co.uk
De : Matilde@lmoc.co.uk
Objet : High Fidelity
Et vous trouvez que c'est un titre convenable pour un livre pour enfant ? Cela dit, j'ai adoré la comédie musicale tirée du livre qui s'est jouée au Palladium. Je parie que vous n'êtes pas fan de comédie musicale.

À : Matilde@lmoc.co.uk
De : Redsman@hotmail.co.uk
Objet : High Fidelity
J'ai vu *Oliver*, une fois. Effectivement, ce n'est pas un titre convenable pour la jeunesse, mais à cet âge-là, j'étais en pleine période science-fiction. Plutôt Isaac Asimov et Ray Bradbury.

À : Redsman@hotmail.co.uk
De : Matilde@lmoc.co.uk
Objet : High Fidelity
La science-fiction… Mon Dieu. Moi qui commençais à penser… Cela dit, j'ai lu *Le temps n'est rien*.

À : Matilde@lmoc.co.uk
De : Redsman@hotmail.co.uk
Objet : High Fidelity
Le temps n'est rien ! Ce n'est pas de la science-fiction.

À : Redsman@hotmail.co.uk
De : Matilde@lmoc.co.uk
Objet : High Fidelity
Comment ça ? C'est l'histoire d'un homme qui voyage dans le temps. Ce n'est peut-être pas *Dr Who*, mais pourquoi est-ce que ce ne serait pas de la science-fiction ?

À : Matilde@lmoc.co.uk
De : Redsman@hotmail.co.uk
Objet : High Fidelity
D'accord, je veux bien, je ne l'ai pas lu, mais ça ne semble pas très science-fiction.

À : Redsman@hotmail.co.uk
De : Matilde@lmoc.co.uk
Objet : High Fidelity
VOUS N'AVEZ PAS LU *Le temps n'est rien* ! Honte à vous. A) c'est magnifique, B) c'est magnifique.
J'oubliais que vous êtes un mec !
Vous devriez peut-être élargir vos horizons en lisant ce roman : il est très original. Sinon, vous pouvez toujours essayer *Carton jaune*, l'autre succès de Nick Hornby.

Je souris en écrivant cette phrase. Mon interlocuteur risquait de ne pas apprécier ce récit dans lequel Arsenal fait un doublé et remporte la coupe de la ligue anglaise en 1992. Et comme il ne devait pas être fan de Colin Firth non plus, il n'aimerait pas l'adaptation cinématographique autant que moi.

Cet échange aurait pu durer toute la soirée si mon téléphone n'avait sonné à 21 heures.

— Salut, m'dame, c'est moi.

Felix était absent depuis quelques jours et logeait dans un hôtel rupin à Brighton. Séjour qui s'était prolongé de vingt-quatre heures.

— Salut.

— Ça va ? s'inquiéta Felix, toujours fringant.

— Oui. Désolée, dure journée.

Je m'efforçai de montrer un peu plus d'entrain et de ne pas me sentir coupable. Je ne faisais que bavarder avec quelqu'un en ligne, je n'avais rien fait de mal, et pourtant je savais que je n'allais pas en parler à Felix.

— Comment ça va ? Quand est-ce que tu rentres ? Est-ce qu'il neige là-bas ?

Soulevant le rideau, je constatai, déçue, que seuls quelques flocons épars volaient dans le ciel, fouettés par un vent violent. Il n'y avait plus trace du léger tapis blanc qui s'était formé un peu plus tôt.

— Pas un pet de neige ici. Je pourrais rester indéfiniment dans cet hôtel et m'habituer à ce genre de vie. Les cinq étoiles, c'est mon truc ! Je rapporterai peut-être des serviettes. En belle éponge blanche moelleuse.

— Felix ! Tu ne peux pas faire ça.

— Les gens le font tout le temps, insista Felix, enjôleur.

— Non ! Ne rapporte pas de serviettes à la maison.

Il fallait parfois être très clair avec lui.

— Mais ça permettrait de mettre autre chose sur la liste de mariage.

— À notre âge, tu crois que nous avons besoin d'une liste de mariage ?

D'ailleurs, nous n'avions même pas commencé à préparer cette liste. Nous parlions de temps en temps d'en faire une, sans jamais rien entreprendre de ce côté-là. Un peu comme pour notre mariage.

— Dommage, reprit Felix. J'avais envie d'un de ces presse-agrumes futuristes que fait Philippe Starck.

— Ils font trop *Guerre des mondes*. Je ne veux pas de ça dans la cuisine. En revanche, j'aimerais avoir une de ces machines à faire le thé. Nous devons mettre sur la liste des choses que nous n'achèterions pas de nous-mêmes.

— Et qui ne nous serviront à rien ! Tu n'as pas cent trois ans !

Nous rîmes tous les deux.

— Nous n'avons pas besoin d'une liste de mariage, dis-je.

Nous possédions déjà pratiquement tout ce dont nous avions besoin.

— Bien sûr que si. Ce n'est pas pour ça qu'on se marie ?... On devrait peut-être annuler, dans ce cas.

Il y eut un silence sur la ligne.

— Alors, comment est-ce que...

— La présentation s'est bien passée, dit Felix en même temps que je lui posai la question.

— Tant mieux.

— Qu'est-ce que tu fais vendredi ? Ça t'ennuierait si je restais une nuit de plus ? Ça m'éviterait les embouteillages au retour.

— Mais, Felix, nous finissons tôt vendredi. Je pensais que nous aurions pu faire quelque chose ensemble pour changer.

— Je me rattraperai.

— Tu as intérêt. C'est le jour où j'ai rendez-vous avec le type de l'informatique. J'aurai besoin qu'on me remonte le moral après ça.

Felix éclata de rire.

— Lui aussi ! J'espère qu'il touche une prime de risque.

Chapitre 6

Tout en regroupant mes notes et mes croquis, je riais intérieurement de la réponse au mail où je suggérais *Carton jaune* que j'avais reçue ce matin. Après presque une semaine de silence e-mail, je croyais notre conversation en ligne terminée, mais je m'étais trompée, apparemment.

Je m'étais retrouvée happée par le travail avant d'avoir pu y répondre. Jeanie voulait que je lui rende compte de l'avancement des postiches pour le corps de ballet et nous devions préparer ensemble une réunion maquillage pour *Roméo et Juliette* avec le directeur de la danse et le chef costumier, en vertu de quoi je devais vérifier que j'avais une liste complète de la distribution avec les informations concernant leur teint et leurs cheveux ainsi que les notes des costumiers.

Vince semblait en grande forme. Tantôt il s'empressait d'aller chercher des cafés pour tout le monde, tantôt il se proposait de refaire le tableau de service pour la prochaine production, à trois mois de là, puis il s'occupait de la perruque qu'il avait en cours avant de bondir pour nettoyer des brosses. Tout cela en m'évitant constamment.

Je pris le temps d'aller chercher un café et en apportai un à Jeanie dans son bureau.

— Mais qu'est-ce qu'il a ? me demanda-t-elle en observant Vince d'un œil soupçonneux par-dessus son mug.

Je le regardai à mon tour. Il était occupé à envoyer un texto.

— Tu le demandes ? C'est évident : il a rendez-vous avec quelqu'un ce soir.

Mais en temps normal, il nous aurait fait partager ses espoirs et ses craintes. Vince aspirait à un amour sincère, à une loyauté sans faille. C'était un parfait romantique.

— Qui est-ce, cette fois ? soupira Jeanie. Je m'inquiète pour ce garçon. Il faudrait qu'il se case. Il commence à se faire un peu vieux pour ce vagabondage sexuel.

Jeanie était dans la profession depuis longtemps. Même si la maladie augmentait moins à présent, trop de ses amis étaient morts du sida à la fin des années 1980.

— Je n'en ai aucune idée. En fait, c'est ça le plus bizarre : il ne nous a parlé de personne récemment.

Je me remémorai nos dernières conversations. Aucun indice.

— En tout cas, ce n'est pas quelqu'un de l'orchestre, c'est certain.

Vince avait une passion pour les percussionnistes et les musiciens de la section des cuivres. Quand un orchestre en tournée venait jouer au théâtre, il se trouvait un nouvel ami, mais l'orchestre ne restait que peu de temps avant de reprendre sa tournée.

Je pressai le bras de Jeanie.

— On lui a assez souvent recommandé de sortir couvert. Tout ce qu'on peut faire pour lui, c'est le ramasser à la petite cuiller après.

Nous étions deux à souhaiter qu'il trouve enfin « le bon ».

— C'est curieux qu'il n'en ait pas parlé, s'il a quelqu'un.

Jeanie reposa son mug en fixant Vince d'un air songeur. À la manière dont il regardait son téléphone portable, je devinai qu'il se savait observé.

— Il a peut-être grandi ? avançai-je.

Une fraction de seconde plus tard, Jeanie et moi éclatâmes de rire et Vince leva les yeux, alerté et curieux, en articulant « Quoi ? » de loin.

— C'est ça, dit Jeanie. Et je vais m'acheter deux licornes.

Comme il me restait quinze minutes avant de descendre au service informatique, je me glissai jusqu'à l'ordinateur et me connectai en vitesse à ma boîte e-mail. Je voulais juste vérifier que je n'avais pas reçu d'autres e-mails suite au virus.

Non, trêve de balivernes : je voulais répondre à Redsman. Visiblement, il n'avait pas aimé le livre sur Arsenal que je lui avais suggéré. Jeanie étant hors de vue, je me dépêchai de rédiger une réponse.

À : Redsman@hotmail.co.uk
De : Matilde@lmoc.co.uk
Objet : Re : !!!!!

Je suis peut-être morte à l'heure où vous me lisez. Je dois aller voir Son Altesse Informatique, Prince des Ténèbres, le type qui crèche au dernier sous-sol. Il va me donner des cours pour m'apprendre à utiliser correctement un ordinateur. Son collègue et lui ne sont pas très contents à cause du virus.

Je n'ai toujours pas bien compris comment il est arrivé jusqu'à vous… beaucoup de gens l'ont reçu dans la maison. Si vous voyiez les montagnes de rouleaux de papier hygiénique que j'ai reçues ! Quelle bande de comiques ! Curieusement, ça ne me fait pas rire.

Faut que j'y aille. Si vous ne recevez plus de mes nouvelles, envoyez une équipe faire des fouilles au sous-sol.

M.

P.-S. Il faudra que Liverpool ait de la chance pour gagner le match de cette semaine, sans parler du reste.

Je consultai ma montre. Encore quelques minutes avant d'y aller. Je m'approchai tranquillement du réduit où travaillait Vince. Chaque membre de l'équipe maquillage avait le sien. C'était notre espace de travail, composé de rayonnages, d'un long plan de travail, d'une chaise et d'un petit meuble à tiroirs.

— Coucou, Vince, dis-je, voyant qu'il ne levait pas les yeux.

Il releva brusquement la tête, comme s'il découvrait seulement ma présence, avec un grand sourire et un regard faussement aimable.

— Oh, coucou.

— Tu me souhaites bonne chance ? soupirai-je.

— Je ne voudrais pas être à ta place, dit-il avec une moue affligée.

— Tu as raison, il est vraiment trop beau gosse, répondis-je de même.

— Nom d'une cacahuète, tu es sûre qu'on parle du même homme ? Beau gosse ?

— Oui, tu ne trouves pas ?

— Tu as besoin de changer de lunettes. Il n'arrive pas à la cheville de Felix.

Vince semblait assez mécontent.

— Je n'ai aucune intention d'être infidèle à Felix, je remarque juste que ce type est... plutôt agréable à regarder.

— Il est moyen, ma chérie, moyen.

La tête relevée mais le regard baissé sur son ouvrage, Felix tressait adroitement un postiche élaboré.

— Enfin, sauf si tu aimes ce genre.

Par une fente de son jeans troué aux bons endroits, son genou tressautait à une vitesse folle, comme des dents qui claquent.

— Tu ne devrais pas y aller ?

— Tout va bien, Felix ?

— Très bien, pourquoi ?

— Tu as prévu quelque chose de chouette ce week-end ? Qu'est-ce que tu fais ce soir ?

J'espérais plus ou moins qu'il serait libre. Devant finir de bonne heure, je n'avais pas envie de me retrouver encore seule à l'appartement.

— Je pars en week-end.

— Tu ne m'en avais rien dit.

— Et alors ? Tu es de la police ? Je ne suis pas obligé de tout te raconter. Ce n'est pas pour rien que ça s'appelle la vie privée.

Vince avait pour habitude de nous dire absolument tout de sa vie sociale bien remplie.

Je reculai d'un pas, levant les mains en l'air.

— Désolée.

Je pris la poudre d'escampette et, tout en battant en retraite, je me rendis compte que, cette fois, j'allais être en retard.

J'arrêtai ma course en faisant une glissade devant la porte ouverte de Marcus, qui m'attendait, même s'il ne pianotait pas sur son bureau, et avait préparé deux mugs de café.

— Vous voilà.

Il poussa vers moi un mug d'où s'élevait un délicieux parfum.

Il avait indubitablement marqué un point ou deux avec son café.

— Excusez mon retard.

— Je m'y attendais. J'imagine que je devrais me réjouir : c'est déjà beaucoup, que vous soyez venue.

Il avait dit cela en haussant les épaules sans malice, comme un simple fait, et cela m'agaça encore plus.

— J'ai un travail moi aussi.

— Je sais et c'est pourquoi j'essaierai d'être bref aujourd'hui. Et comme ce que nous ferons ensemble va faciliter votre travail, vous aurez plus de temps. Prête pour votre première leçon ?

— Pas vraiment mais, lorsque le vin est tiré, il faut le boire.

Une gaieté soudaine anima ses prunelles vertes, métamorphosant son visage de telle manière que je me sentis toute chose, mes hormones confisquant ma raison et poussant mon pouls à vitesse maxi. Fichues hormones. Qu'est-ce qu'il leur prenait ? Ce type ne m'était même pas sympathique.

Cependant, il fallait admettre qu'il semblait particulièrement en forme et en bonne santé. Bien que je l'aie comparé au Prince des Ténèbres, il fréquentait visiblement beaucoup plus le soleil que moi. Je compris brusquement que je passais beaucoup trop de temps en compagnie de danseurs filiformes, de chanteurs musclés du diaphragme et développés du coffre et de gens travaillant principalement le soir. Mon univers se résumait au LMOC – et quel univers ! La plupart de mes amis étaient des gens qui y travaillaient. Jeanie depuis des années avait travaillé avec tous les grands noms et pouvait raconter des centaines d'anecdotes extraordinaires. Vince, qui venait d'un théâtre de province, avait moins d'expérience, mais il vivait pour le théâtre et connaissait par conséquent une foule de décorateurs, d'ingénieurs du son et d'accessoiristes. Philippe, Guillaume, Karla et Angela, mes amis de l'orchestre, avaient vécu dans le monde entier et venaient de pays et de cultures différents, et Leonie et Sasha, de l'atelier costumes, étaient légèrement marginales et très bohèmes. Il nous était facile de nous voir parce que nous avions en commun non seulement le théâtre mais aussi des horaires de travail similaires.

— Asseyez-vous.

Marcus désigna un fauteuil placé à côté du sien et je m'aperçus qu'il avait déplacé certaines choses pour que je puisse m'asseoir au bout du bureau afin que nous partagions le même écran.

— Qui sait ? ajouta-t-il. Vous apprendrez peut-être une chose ou deux.

Je m'affalai dans le fauteuil avec l'insolence d'une adolescente. Je n'aimais pas sa manière de me prendre à contre-pied. Il me donnait l'impression de ne pas être à ma place alors que le théâtre était mon univers. Je détestais ce sentiment. Cela me poussait à me conduire de façon encore plus puérile.

— Je sais que je n'apprendrai rien d'utile car c'est inutile.

Il se cala au fond de son fauteuil, les bras croisés, et haussa les sourcils d'un air supérieur. J'avais l'impression d'être une gamine de cinq ans.

— OK, dit-il. Et si vous m'appreniez quelque chose ?

Cela ressemblait à un truc de manager à la noix, autrement dit, il essayait de me passer de la pommade. Je n'étais pas complètement idiote.

— Quel genre de chose ?

— Combien de perruques y a-t-il dans votre atelier ?

— Aucune idée.

— OK. Combien y en a-t-il dans l'actuelle production de *Don Giovanni* ?

— Vous savez ce qu'on joue ? Vous m'impressionnez.

Haussant le menton, je surpris un léger tressautement de son œil. Je me sentis rassérénée et eus honte de ce que j'éprouvais. J'étais méchante et peu charitable. Il était nouveau.

— Il y a huit premiers rôles, chacun des hommes a plusieurs perruques et les femmes ont des postiches. Et certains choristes ont une perruque. Pour cette production, je dirais que nous avons dix-sept perruques ou postiches pour les rôles principaux, plus quelques-unes de rechange au cas où elles s'abîmeraient et où nous n'aurions pas le temps de les remettre en état.

— Et pour *Roméo et Juliette* ?

— Vous avez potassé le sujet… Nous en avons cinq pour Juliette, pour la première danseuse et sa doublure, trente-cinq postiches pour le corps de ballet. Des perruques pour les rôles d'hommes plus âgés et pour la nourrice. Je dirais que ça fera une cinquantaine quand nous aurons fini.

— Tenez-vous un registre de ce que vous avez ? Les conservez-vous toutes ? Les réutilisez-vous ?

— Nous prenions des Polaroid de chaque article et les archivions. C'était la solution la plus simple, mais, souvent, quelqu'un se rappelle une ancienne production, on regarde dans les Polaroid, puis on va dans le magasin. Malheureusement, ils se fanent assez vite.

— Des Polaroid ? Vous n'avez pas d'appareil photo numérique ?

Je me sentis soudain soulagée de pouvoir le rassurer sur un point.

— Si, bien sûr ! Nous nous en sommes beaucoup servis. Enfin... jusqu'à ce qu'il soit saturé alors, évidemment, ce n'est pas ce qu'il nous faut.

— Saturé ? s'étrangla Marcus.

— Oui, vous savez. Il dit qu'il n'y a plus d'espace libre. En essayant de libérer de l'espace, nous avons réussi à tout supprimer et nous avons décidé de ne plus nous en servir. Nous avons un fichier à fiches cartonnées où nous notons des descriptions des articles.

À condition d'y penser ou de trouver le temps de le faire.

Marcus ferma les yeux et remua les lèvres. J'eus l'impression qu'il disait : « Faites que je ne craque pas. » À moins que ce ne soit : « Dites-moi que je rêve. »

Après avoir soigneusement examiné ses boutons de manchette – représentant le symbole de la livre anglaise, naturellement –, il déglutit avec peine et griffonna rapidement quelques mots.

— Sont-elles toutes fabriquées ici ?

— Comment ?

Encore concentrée sur son stylo et son calepin, je me demandai ce qu'il avait pu écrire – tout en me doutant que ce n'était pas quelque chose de positif.

— Les perruques, vous les fabriquez toutes ?

— Non, pas toutes. Tout dépend de la quantité qu'il nous faut. Des artisans nous en fabriquent parfois quelques-unes.

— Et comment vous y retrouvez-vous dans tout ça ? Qui fait quoi ? Dans quel délai ? Qu'est-ce qui est déjà prêt ?

— Eh bien, je reconnais que c'est parfois un peu stressant.

Zut, j'étais tombée droit dans le panneau. Il n'était pas question que j'entre dans le détail et reconnaisse que nous avions eu quelques moments de grosse panique dans le passé. Cela n'avait pas d'importance. Car nous nous en sortions toujours à temps.

— Ah oui ?

Il m'observa d'un air si interrogateur que j'eus l'impression qu'il voyait en moi et savait que j'évitais de dire toute la vérité.

— Bon, d'accord, c'est effectivement très stressant, mais ça fonctionne.

— Oui, mais ça pourrait fonctionner encore mieux. Être moins stressant.

— Comment ? Vous avez une baguette magique ?

— Non, mais je pourrais trouver un logiciel qui puisse vous aider. Une suite adaptée à la gestion de projet.

Cela semblait trop beau pour être vrai.

— Qu'avez-vous à y gagner ?

Il posa son stylo et me regarda d'un air grave.

— Travailler avec vous, c'est comme essayer de rassembler une flopée de chatons furieux. Croyez-moi si vous voulez, mais je fais autant cela pour vous que pour moi. Ce que j'ai à y gagner, c'est d'abord que vous puissiez traiter les ordinateurs avec un peu plus de respect, au lieu de vous contenter d'arracher la prise quand ils ne font pas ce que vous voulez.

— C'était exceptionnel. C'est malheureux que vous soyez arrivé juste à ce moment-là : c'est la première fois que je faisais ça.

— Malheureux ? Dites plutôt que c'est de la négligence.

Je l'observai un instant en plissant les yeux.

— Oscar Wilde[1] ?

— Il m'arrive d'aller au théâtre. Malgré ce que vous pouvez penser de moi, je ne suis pas un béotien en col blanc.

— Je n'ai jamais dit que vous l'étiez.

Réflexion faite, je l'avais peut-être dit. Cela me démangeait.

— Nous nous éloignons du sujet. Que ce soit ou non la première fois que vous le faisiez, votre geste prouve votre total manque de respect et de compréhension de ce qu'est un ordinateur.

Ce n'était probablement pas le moment de lui apprendre que j'utilisais souvent le tiroir du lecteur de CD comme porte-café quand je travaillais à un postiche compliqué. Jeanie me tuerait si je renversais du café sur les vrais cheveux coûteux que nous employions.

Soudain, il se leva et fit le tour de son bureau.

— Racontez-moi votre journée type.

Désorientée pas ce soudain changement de tactique, il me fallut un instant pour comprendre qu'il ne me demandait pas de lui raconter ma douche matinale, mais ma journée de travail.

— Nous travaillons par postes. Nous n'avons besoin d'être au théâtre que quelques heures avant le lever de rideau. Mais il y a les répétitions, les représentations en matinée ou en soirée, nos horaires sont variables. Personne ne compte ses heures.

Ce travail était notre vie. La plupart d'entre nous auraient sans doute travaillé gratuitement.

— Dites-moi, qu'avez-vous fait hier ?

— J'ai passé une demi-heure à nettoyer des brosses à cheveux, à rincer des éponges et à tailler des crayons.

---

1. Allusion à une réplique tirée de *L'Importance d'être constant*, d'Oscar Wilde.

Rien en quoi un ordinateur puisse m'être utile, comme je le soulignai d'un regard appuyé. Mon interlocuteur esquissa un infime sourire.

Je grimaçai en me rappelant le léger fiasco de la veille.

— J'ai dû m'éclipser pour aller chercher du cake parce que nous étions complètement à court. Ensuite...

— Cela arrive-t-il souvent ? demanda-t-il, la mine grave.

— Très, très rarement, mentis-je. Parce que c'est une teinte que nous n'utilisons pas très souvent. Ensuite, nous avons reçu une grosse commande des grossistes que j'ai dû déballer avec Vince.

J'avais oublié que nous devions la recevoir et ces cartons qui occupaient notre espace de travail nous avaient mis des bâtons dans les roues jusqu'à ce que tous les produits livrés soient rangés.

— Quel genre de livraison ?

— Des trucs pour les cheveux. Vous savez, pinces ondulées, filets, laque, mousse. Nous en utilisons des tonnes.

— Et comment commandez-vous tout ça ?

— Les grossistes sont assez efficaces, ils nous appellent régulièrement et nous passons commande... Qu'y a-t-il ?

Il ne faisait pas vraiment de grimace mais je voyais exactement ce qui lui trottait dans la tête.

— On n'a jamais trop de pinces à cheveux, insistai-je.

— Mais cela ne fait pas... organisé, dit-il en cliquant deux fois sur le bouton de son stylo rétractable.

Si j'avais été un chat, j'aurais arqué le dos en lui feulant dessus.

— Êtes-vous en train de me dire que nous ne sommes pas très professionnels ?

Je me sentais déjà faire ma tête d'ado entêtée. Pourquoi est-ce que je régressais systématiquement en présence de cet homme ?

— Non, pas du tout, répondit-il, l'air profondément exaspéré. Mais je vois déjà de quelle manière je vais pouvoir vous aider. L'ordinateur n'est pas votre ennemi, mais il n'est votre ami que s'il fait ce que vous avez besoin qu'il fasse. Il pourrait vous aider énormément. À créer des commandes de ce dont vous avez besoin, pour ne plus être en rupture de stock. Par exemple, vous rappeler que vous allez être à court de cake... de quoi s'agit-il, au fait ? J'imagine qu'il ne s'agit pas d'une pâtisserie.

Il eut un sourire piteux qui fit briller ses yeux verts.

Mon premier réflexe fut de me hérisser, mais je compris qu'il n'avait vraiment aucune idée de ce dont je parlais. Il était peut-être temps d'être un peu plus indulgente à son égard.

— Fond de teint. C'est du fond de teint. Ça ne se présente plus sous forme de cake, mais on continue à l'appeler comme ça. Je pense que certaines prima donna seraient furieuses qu'on leur étale des pâtisseries sur le visage.

— C'est ce que je me disais aussi.

D'accord, il avait marqué un point. Je voyais bien qu'il essayait de nous aider mais, franchement, nous nous débrouillions très bien sans lui.

— Ça marche plutôt bien... mais il pourrait peut-être s'avérer utile de tenir un état de ce que nous avons.

— Vous avez déjà utilisé un tableur ? demanda-t-il en souriant.

— N'essayez pas de m'éblouir avec votre science. Je déteste ces fichus trucs.

Les yeux fixés sur son beau carnet recouvert de cuir, je le regardai griffonner quelques mots à l'aide de son stylo argenté Cross.

Cela me rappela ma mère. Elle écrivait toujours sur des carnets Smythson à l'aide de stylos Cross. Elle aurait apprécié Marcus.

— Vous avez de nouveau l'air en rogne.

— Désolée, je pensais à ma mère. C'est comme ça quand je pense à elle.

Il parut surpris mais ne posa pas de question.

— Bien. OK, j'ai quelques idées de logiciels et de programmes de gestion des avoirs qui vous aideraient à gérer votre stock. Ils seraient faciles à mettre en œuvre et vous apporteraient - je vous le promets - une aide au plan pratique. Une fois installés et quand vous saurez vous en servir, vous vous demanderez comment vous vous en sortiez avant.

Il poursuivit avec un sourire narquois.

— Nous pouvons étudier quelques solutions prêtes à l'emploi faciles à installer.

Puis, reprenant son sérieux :

— La partie ingrate vous reviendra et vous allez devoir vous y coller. Le succès final reposera entièrement sur vous. Il faudra faire beaucoup de paramétrage et d'entrée de données. Et d'inventaire.

Je me redressai sur mon siège en secouant la tête.

— Je n'ai pas le temps. Et, comme je vous le disais, nous nous débrouillons très bien pour ce qui est de gérer le stock.

En outre, l'idée que tout repose sur moi me donnait les jetons. Je ne voulais pas de ce boulot.

— C'est une période de l'année chargée pour nous. La première de *Casse-Noisette* a lieu dans trois semaines, nous sommes à bloc. Je ne trouverai jamais le temps.

Il plissa les yeux.

— C'est ce que vous avez l'intention de dire à Alison Kreufeld ?

Chapitre 7

Après avoir accepté à contrecœur de rencontrer Marcus la semaine suivante pour une autre *séance de partage d'information*, la journée alla de mal en pis. De retour à l'atelier, c'est à peine si Vince m'adressa la parole et, lorsque Pietro arriva pour le maquillage, je ne le trouvai pas dans son état habituel.

— Tout va bien ? demandai-je.

Question idiote, car même un aveugle aurait vu la colère qui irradiait de lui.

Il se laissa tomber sur le siège en cuir crème, devant les miroirs bien éclairés, avec une mine renfrognée, le front barré de plis profonds. Leonie arriva précipitamment sur ses talons, n'ayant pas fini de lacer le somptueux gilet de brocart qu'il portait. Tandis qu'il se laissait faire de mauvaise grâce, elle me jeta un regard anxieux tout en finissant de le corseter et d'ajuster le col et les poignets garnis de dentelles. Elle procédait par gestes saccadés, les lèvres pincées, la mâchoire serrée. Pietro, figé, se regardait dans le miroir.

Et j'allais devoir le descendre sur le plateau en temps voulu.

Vaguement nauséeuse, je tamponnai l'éponge sur le stick de fond de teint. J'avais l'impression de me retrouver nez à nez avec un dragon susceptible de rugir à tout moment et de me cramer les sourcils. Et je pourrais m'estimer heureuse s'il s'arrêtait là. À une heure du rappel avant le lever de rideau, il n'était vraiment pas prêt. Il pourrait faire toutes les vocalises qu'il voudrait dans l'ascenseur, cela ne servirait à rien s'il ne commençait pas à se mettre dans la peau du personnage. Comédiens, chanteurs, danseurs, tous se préparent avant d'entrer en scène. Ils utilisent des méthodes diverses pour entrer dans le spectacle. Pour certains, c'est l'affaire de cinq minutes de préparation sommaire. D'autres commencent à se mettre dans la peau du personnage à l'instant où ils arrivent au théâtre. Les danseurs débutent leurs échauffements et leurs étirements. Les chanteurs commencent à se chauffer la voix, à faire des exercices respiratoires, des gammes, à placer la voix dans le masque, pour que circule le flux vocal.

D'habitude, Pietro se préparait avec une grande minutie. Lorsque le coup de téléphone l'avait interrompu, la dernière fois, il était déjà dans le personnage. Son immobilité de trépassé et son humeur noire me rendaient très nerveuse.

Je l'approchai avec une extrême précaution, calquant mon attitude sur la sienne. Il n'avait visiblement pas envie de parler.

Sans croiser son regard, je choisis mon matériel et me mis au travail sans plus de préambule, étalant le maquillage sur son visage à l'aide de gestes habiles et rapides, créant une toile de fond neutre, poussant jusqu'aux racines des cheveux. Je lui brossai les cheveux et y appliquai une légère couche de cire avant de les tirer et de les fixer à l'aide de pinces pour qu'ils puissent accueillir la longue perruque.

Il grogna quand je la lui enfilai et enfonçai des épingles dans le tulle afin qu'elle ne bouge pas.

Il ferma les yeux et les garda ainsi le temps que j'ombre ses paupières et les souligne d'un trait d'eye-liner.

Quand il les rouvrit, un élan de pitié me serra le cœur. Ils étaient voilés de désespoir.

— Oh, Pietro, est-ce que ça va ? ne pus-je m'empêcher de lui demander.

Jamais je ne l'avais vu aussi démoralisé.

— Non. Mon *bastardo* de beau-frère vient de me demander plus d'argent, chuchota-t-il. Et mon agent dit qu'il ne peut pas obtenir d'injonction. Je vais encore devoir payer cette petite merde.

Quand Pietro entra en scène, je rejoignis Jeanie et Vince dans les coulisses en poussant un grand soupir et sentis se dissiper la tension accumulée dans mes épaules. Je l'avais conduit à bon port, mais je n'étais pas certaine de lui avoir rendu service. Quand le rideau se leva, je croisai le regard d'Alison qui me répondit d'un hochement de tête approbateur. Mais cela ne me rasséréna pas.

Anxieuse, je regardai Pietro s'avancer au centre de la scène et se mettre à chanter.

— Quel cauchemar ! glissai-je à l'oreille de Jeanie.

— Mais qu'est-ce qu'il avait ? me demanda-t-elle d'une voix à peine audible. Je ne crois pas l'avoir déjà vu dans cet état.

Je secouai la tête sans pouvoir détacher les yeux de Pietro. Nous le regardâmes évoluer sur scène. Sa voix était blanche, ses mouvements étaient raides. Il rata une ou deux entrées, ce qui échappa probablement au public mais déclencha un frisson de panique dans les coulisses.

Dix minutes plus tard, le professionnalisme consommé de Pietro et son talent inné avaient volé à sa rescousse.

À la fin de la représentation, quand nous quittâmes le plateau pour aller prendre une tasse de thé à la cantine, je pus enfin respirer.

— Merde, me dit Jeanie. On a frôlé la cata.

— Il a appris de mauvaises nouvelles, dis-je. Je t'ai parlé de cette histoire de film porno.

Je lui révélai les derniers rebondissements, tandis que nous faisions la queue.

— Le salaud. Faire ça à quelqu'un de sa famille. Il a intérêt à ce que ça ne sorte pas dans les journaux. Un truc pareil se répandrait sur Internet plus vite qu'un feu de brousse.

— C'est bien ce qui l'inquiète. Les dégâts seraient irréparables.

Jeanie me répondit en me tapant dans le dos.

— Tu nous l'as amené sur scène, c'est le plus important. Ça fait partie de ton boulot. Tu as su t'y prendre. Sans lui mettre la pression. Si quelqu'un d'autre s'était occupé de lui, je crois qu'il aurait explosé.

— Tu crois que tu pourrais le dire à Alison Kreufeld ?

— Elle l'a constaté de ses propres yeux.

— Elle a aussi dû voir qu'il a été mauvais les dix premières minutes et c'est sur moi que ça retombera.

— Elle n'est pas aussi vache, tu sais. Elle t'évalue.

— Justement, tu pourrais peut-être lui dire un mot ?

Jeanie ne répondit pas et ne me jeta pas même un regard.

— Tu ne sais même pas ce que j'allais te demander ? me plaignis-je.

— Tilly, tu vas t'occuper de cette histoire d'informatique, un point c'est tout.

Zut. Comment avait-elle deviné que j'allais demander à être dispensée d'informatique ? J'aurais pu lui demander n'importe quoi d'autre.

— Mais ce n'est pas mon truc, ça va prendre une éternité et ça va être d'un ennui mortel... Je ne veux pas m'en occuper.

Jeanie me lança un regard noir auquel je répondis d'une grimace.

— Ce virus, c'était exceptionnel. Je ne recommencerai plus.

— Tu ne recommenceras plus parce que ceux de l'informatique vont te former et t'aider.

— Vince ne pourrait pas le faire à ma place ?

Je me tournai vers l'intéressé.

— Ça ne te plairait pas ?

— Pas vraiment. Je me débrouille très bien comme ça.

Pinçant les lèvres, il se mit à contempler le sol.

— Pff, dis-je en croisant les bras.

— Venez, tous les deux, on a du rangement à faire.

— Mais c'est le soir où l'on finit plus tôt ! protesta Vince. Enfin, c'est... J'ai... C'est...

Il se tut, sans doute refroidi par le regard glacial de Jeanie.

Pivotant sur ses talons avec un mouvement de tête majestueux, elle s'engagea dans le couloir, ouvrant la marche d'un pas sec qui claquait sur le sol avec une détermination toute militaire.

— Bravo, bien joué, glissai-je à Vince.

Maintenant qu'il l'avait froissée, Jeanie ne risquait pas de nous lâcher de bonne heure.

— Ce n'est pas parce qu'elle ne s'est pas amusée depuis dix mille ans qu'elle doit m'en vouloir de m'éclater un peu.

— Oooh, où est-ce que tu vas ?

Vince s'arrêta, brusquement fuyant.

— Tu as quelqu'un, l'accusai-je.

— Non, pas du tout.

Il faisait cette moue qui le trahissait chaque fois qu'il mentait.

— Si, tu as quelqu'un, je le sais.

— Non. Je. N'ai. Personne.

Croisant les bras, il ajouta d'un ton hargneux :

— J'ai seulement rendez-vous avec un ami. Vraiment, Tilly, il y a des fois où tu dépasses les limites.

Il s'interrompit et je surpris un éclair de tristesse dans son regard.

— Je dois voir un ami. OK ? Et c'est tout.

Je reculai comme si je venais de le heurter.

— Je... je suis désolée.

— Tu peux l'être. C'est facile pour toi. Tu ne mesures pas ta chance. Toi, tu as tout.

Il gagna l'ascenseur à grands pas, derrière Jeanie. Je ne le suivis pas immédiatement, presque tentée de baisser les bras et de fondre en larmes.

À : Matilde@lmoc.co.uk

De : Redsman@hotmail.co.uk

Objet : défaite

Salut Tilly,

Comme vous devez regretter de ne pas être enterrée au sous-sol !

Votre équipe a fait un score désastreux hier.

Avez-vous eu le cafard dans votre coin de Camden ?

Chapitre 8

Je m'étirai, l'envie d'une tasse de thé l'emportant sur le besoin de me rendormir. J'aurais tant aimé avoir un de ces trucs à faire le thé.

Je bousculai Felix, qui faisait semblant de dormir.

— Il n'est même pas 7 heures, m'dame, râla-t-il en remettant la tête sous la couette.

Je le poussai du coude une seconde fois. Ce n'était pas ma faute s'il était rentré au petit matin.

Une fois de temps en temps, le dimanche, nous faisions un grand ménage dans l'appartement, généralement quand Judith, la mère de Felix, devait venir, mais parfois aussi par souci de salubrité, ce qui était le cas ce jour-là.

Tout l'appartement avait l'air défraîchi et avait besoin d'une bonne séance de bricolage. Le robinet de la cuisine fuyait, l'un des feux de la cuisinière avait cessé de fonctionner et un carreau de la fenêtre du salon était fendu.

— Tu te rappelles quel jour nous sommes ?

— Oui, c'est le jour où tu me harcèles et fais une fixation sur les gants en caoutchouc... C'est plus excitant qu'il n'y paraît, finalement.

— Sérieusement, Felix, il faut faire le ménage. Il y a des toiles d'araignée qui datent d'avant Noël dernier.

— Mets-y des paillettes, ça pourrait servir de décoration de Noël.

— Excellente idée mais c'est un peu tôt.

Nous étions à un mois de Noël, échéance qui, tout en me semblant très lointaine, se rapprochait à grands pas.

— Alors on peut rester au lit sans s'en faire.

Felix esquissa un mouvement pour se retourner et se faufiler de nouveau sous la couette.

— Felix, il y a des moutons gros comme des éléphants dans le salon, l'inox de l'évier est en train de s'oxyder et le sol du couloir est tellement collant que les inventeurs de la Super Glue vont finir par débarquer pour percer notre secret de fabrication.

Il tendit la couette par-dessus sa tête.

— Si ça continue, nous allons être choisis pour l'émission *Cauchemar dans l'appart*.

— C'est bon, c'est bon. J'ai compris. Je me lève.

— Je commence à passer l'aspirateur, tu nettoies la cuisine et...

Je consultai mon téléphone posé sur la table de nuit pour savoir l'heure.

— Je ferai le salon pendant que tu nettoieras la douche, dis-je. C'est ton tour.

— En regardant l'émission sur le foot, c'est ça ?

Parée de mon air le plus innocent, je m'extirpai prestement du lit. Zut, déjà la deuxième sonnerie.

— Je compte faire les deux à la fois. J'ai programmé le truc pour qu'il enregistre, afin de pouvoir regarder les temps forts tout en rassemblant les moutons en vadrouille.

— Je croyais qu'Arsenal avait perdu.

— Ils ont perdu mais...

Je faisais partie de ces gens qui ont besoin de voir la catastrophe de leurs propres yeux.

Quand j'en arrivai au salon, légèrement crasseuse et collante de sueur, j'estimai que j'avais bien mérité de regarder le foot.

J'allumai la télé et équipai l'aspirateur de tous les accessoires nécessaires pour m'attaquer aux vastes toiles d'araignée suspendues dans l'angle de la pièce, contre les moulures.

Le match me déprima encore plus, même si l'e-mail triomphant de Redsman me fit sourire. Liverpool avait gagné la veille trois à zéro à domicile, tandis qu'Arsenal avait perdu à la quatre-vingt-neuvième minute alors qu'il était à deux doigts de la victoire.

À : Redsman@hotmail.co.uk
De : Matilde@lmoc.co.uk
Objet : Re : défaite
Vous ne seriez pas en train de regarder l'émission sur le foot, par hasard ?
Vous savez ce qu'on dit : il faut savoir savourer la victoire.
Camden ? Je vis à Clapham, nettement moins branché.
Tilly

À : Matilde@lmoc.co.uk
De : Redsman@hotmail.co.uk
Objet : Re : Re : défaite
J'adorerais regarder l'émission sur le foot, mais je suis en tête à tête avec un DVD de *Harry Potter* et ma nièce et mon neveu, réveillés depuis 6 h 30.
Clapham ? Plutôt chicos.

À : Redsman@hotmail.co.uk
De : Matilde@lmoc.co.uk
Objet : Re : Re : Re : défaite
J'aime bien lire *Harry Potter* de temps en temps, j'ai lu tous les tomes… et je n'ai même pas l'excuse d'avoir des neveux et nièces.
Clapham North, le coin le moins chic du quartier. Trewgowan Road, carrément pas chic.
Tilly

À : Matilde@lmoc.co.uk
De : Redsman@hotmail.co.uk
Objet : Harry Potter
C'est l'heure des aveux. J'ai jadis fait partie de ceux qui étaient contre et j'ai levé les yeux au ciel en voyant des adultes le lire dans le métro, jusqu'au jour où j'ai dû lire un chapitre de *Harry Potter et le prisonnier d'Azkaban* audit neveu. Naturellement, je ne comprenais rien à ce qui se passait, mais cette histoire de Poudlard m'a tellement captivé que je suis sorti acheter les deux premiers volumes de la saga. Le reste du week-end y est passé (heureusement que je vis seul - je n'ai pas décollé du canapé de deux jours). Depuis, je suis fan (j'ai même fait la queue devant la librairie Waterstones le soir où *Les Reliques de la mort* est sorti - même si c'est peut-être aussi lié au fait que je sortais du pub à ce moment-là et avais du mal à me traîner jusque chez moi).

Je lus ce message en riant. Comme l'avait conjecturé Jeanie, il vivait seul. Mais il ne semblait plus aussi terne – telle n'avait jamais été mon impression, d'ailleurs. Je lus la suite, oubliant l'appel du ménage. Cette lecture était nettement plus plaisante.

Je vous souhaite un bon week-end - il sera sûrement meilleur que le mien. Le neveu susmentionné et mon excessivement précoce nièce de quatre ans ne me seront repris que cet après-midi. Vers 18 heures, je ne serai plus que l'ombre de moi-même. La dernière fois que je l'ai gardée, Meg (nièce) a utilisé l'intégralité des after-shave indésirables apportés par le Père Noël pour créer sa propre fragrance (nom pressenti : Boudoir du Gigolo), dont elle a arrosé ma chambre sous prétexte, je cite, que « Maman dit que ça sent les vieilles chaussettes et les slips sales » (ce qui est faux, soit dit en passant).

C'est drôle, j'ai un ami qui vit dans la même rue que vous. Au numéro 16. Et vous ?

La cuisine pouvait attendre encore un peu. Je tirai un fauteuil et m'y installai pour envoyer une réponse.

À : Redsman@hotmail.co.uk
De : Matilde@lmoc.co.uk
Objet : Harry Potter

Je m'apprêtais à faire le ménage et il se pourrait que j'aie besoin d'une combinaison anticontamination. Pas de chaussettes ni de slips sales en vue, juste la sueur et le sang accumulés depuis un an par une armée d'araignées. Je préférerais de loin lire. J'espère que votre journée avec vos jeunes parents se passera bien.

Comme le monde est petit ! Je vis en face de votre ami, au numéro 21. Si ça se trouve, je le croise tous les matins en allant travailler.

Mx

Je m'interrompis. J'avais ajouté ce *x* sans réfléchir. Mettre un *x* ou ne pas le mettre, telle était la question.

Je l'effaçai. Puis je le remis. Et l'effaçai encore.

Et puis zut, c'était un e-mail à un ami. Où était le mal à mettre un *x* ? Je le remis et tapai sur « Envoyer » avant de changer d'avis encore une fois.

M'aventurant dans la cuisine, je découvris Felix en train d'envoyer un texto sur son téléphone. Il le fourra aussitôt dans sa poche en prenant un air innocent. J'étais mal placée pour dire quoi que ce soit, moi qui m'étais aussi relâchée à l'ouvrage.

Je lui souris et poussai du coude une des miettes qui recouvraient la table

— Comment ça se passe ? J'en ai assez.

— Qu'arrive-t-il à Mme-je-dispute-les-Jeux-olympiques-du-ménage ?

— J'ai mérité la médaille de bronze, c'est suffisant. Allez, je te donne un coup de main.

Vingt minutes plus tard, la cuisine rangée, je me redressai en massant mon dos endolori. Le sol était propre, l'évier débarrassé et les plans de travail nettoyés.

— On peut aller au pub maintenant ? implora Felix avec une grimace ridicule. S'il te plaît, madame la chef ?

M'entourant de ses bras, il me fit virevolter dans la cuisine.

— Allons prendre une bière au Windmill. Pour nous amuser un peu, dit-il en plongeant les mains dans mes cheveux.

Je passai les bras autour de son cou.

— Et si on retournait au lit ? dis-je en fourrant mon nez dans le sien.

Il me repoussa en secouant la tête.

— Du calme, ma fille. Je sors tout juste de la douche. Allons, oublie ça et sortons.

— Mais Felix, il reste le couloir à...

— Mais Tilly... tu sais que tu devrais...

Il acheva, l'œil pétillant, le visage rayonnant de gaieté.

— Avec sa maison bien propre et sa vie sans amusements, Tilly me fait penser à ses parents !

Je songeai à la maison impeccable dans laquelle j'avais grandi.

— Laisse-moi dix minutes pour me doucher.

Avec son habituelle exubérance à ressort, Felix m'entraîna jusqu'au pub sans me laisser flâner et en me serrant affectueusement contre lui chaque fois que je ralentissais devant les vitrines des boutiques situées au coin de la rue.

Heureusement, il était relativement tôt pour aller au pub si bien que nous réussîmes à trouver une table. Felix avait envoyé des textos à quelques amis qui nous rejoignirent – la bande habituelle : Kevin, son meilleur ami, sa petite amie Sarah, et Jason et Kelly leurs plus proches voisins. Jason avait apporté quelques journaux du dimanche qu'il jeta sur la table légèrement poisseuse : un journal grand format et un tabloïd.

Felix s'en empara et les posa sur la chaise la plus proche de lui.

— On est venus pour boire des bières et être ensemble, pas pour lire les journaux.

— Mec, j'ai envie de lire le compte rendu du match, dit Kevin en les reprenant.

— Moi aussi, ajoutai-je.

Felix croisa les bras en boudant.

— Uniquement le sport, alors.

Kevin et moi eûmes une brève empoignade pour nous emparer des pages sportives. C'était un supporter des West Ham et nous nous chipotions régulièrement.

— Score de merde, hier, sourit-il en chipant le tabloïd.

— Consternant, acquiesçai-je.

Je me mis à feuilleter les dernières pages pour chercher un compte rendu du match.

Kelly, une vraie rousse, secoua ses cheveux coupés au bol en dégradé en fronçant sa frimousse couverte de taches de rousseur.

— Tu ne trouves pas un peu bizarre d'aimer l'opéra et le football ? Et que Felix déteste le football alors que c'est un mec ?

— Il est gay, lança Kevin par-dessus son journal.

Felix, souriant, tenta d'attraper le journal, froissant les pages. Kevin le replia et s'en servit pour le frapper sur la tête.

Sans faire attention à eux, je me tournai vers Kelly et Kevin et me mis à feuilleter le journal. Un signal sonore annonça l'arrivée d'un texto sur le téléphone de Felix, qui tourna aussitôt son attention vers l'appareil.

— Mon père n'a pas eu de garçon, expliquai-je. Il disait toujours que la seule personne de son bord à la maison était George, le chat. Il m'a emmenée voir quelques matchs de Leeds United quand j'étais gamine. Je suis devenue accro.

— Alors, pourquoi t'es fan d'Arsenal ? demanda Kevin.

— Leeds perdait sans arrêt. Ils sont descendus en deuxième division. Arsenal gagnait sans cesse. C'est devenu une habitude et quand j'ai emménagé à Londres, j'ai habité Highbury quelque temps.

— Je ne comprends toujours pas comment tu peux aimer l'opéra en même temps… je veux dire, c'est plutôt, genre, prétentieux. Pour les gros richards bêcheurs.

Je souris. J'avais entendu ce genre de réflexions des centaines de fois.

— On finit par connaître la musique, les intrigues, et ce n'est pas très différent des séries télévisées ; ça se passe juste il y a quelques siècles.

Kelly fronça le nez, incrédule.

— Tu veux dire genre *EastEnders* en italien ?

— Pas exactement ! Mais les thèmes sont universels : amour, jalousie, trahison.

— Hé, Tilly, regarde. C'est pas quelqu'un de chez vous ?

Kevin me montra une page du journal.

— « La reine de la neige ».

— Oh, non… c'est Katerina. Qu'est-ce qu'ils racontent ?

Je fis le tour de la table pour m'asseoir à côté de lui. Kevin lut à haute voix.

— C'est écrit : « L'étoile Katerina Petrova, vingt-six ans » – pourquoi faut-il toujours qu'ils donnent les âges ? – « nie être dépendante de la cocaïne, pourtant il semblerait que la vedette du *Lac des cygnes* ait un faible pour les petites lignes entre deux passages sur scène. »

— Oooh, ce n'est pas bon. Elle est en costume et… mais cette photo a été prise dans les coulisses ! Et merde…

Cette photo m'était plus que familière. Quelqu'un de l'équipe l'avait prise en coulisses et partagée sur WhatsApp. Jeanie avait été furieuse en apprenant que Vince nous l'avait montrée sur son téléphone, à Felix et à moi, un soir où nous étions tous ensemble. Je tentai de croiser le regard de Felix, mais il était concentré sur son téléphone.

— Alors, tu la connais ? demanda Kelly.

— Oui… enfin, je travaille avec elle.

Je l'avais coiffée et maquillée, nous nous étions dit bonjour dans le couloir et c'était à peu près tout.

— Je ne la connais pas personnellement.

— Elle prend beaucoup de coke ?

— Ouais, elle en prend beaucoup ? fit Jason.

— Sûrement que oui, affirma Kevin en connaisseur. Tous les danseurs en prennent. Ils ne mangent pratiquement rien, ça tombe sous le sens. Jonno sera là tout à l'heure, il pourra nous affranchir. Il travaille au *Mercury*. Il dit que les gens des médias et du showbiz prennent de la coke comme ils prendraient un verre de vin.

— Normal, ajouta Sarah. Ils sont tous anorexiques. Et y a pas de calories dans la drogue.

Je restai un moment sans rien dire. Quatre paires d'yeux brillants d'avidité étaient braquées sur moi et j'en avais des picotements sur la peau. Seul Felix semblait se désintéresser complètement de la conversation. Je soupirai. Certes, des rumeurs avaient circulé en coulisses selon lesquelles Katerina ne dédaignait pas de sniffer de la poudre de temps en temps, mais cet intérêt carnassier pour quelqu'un qu'ils ne connaissaient même pas me paraissait malsain, de même que cette manière méprisante de dire « tous les danseurs », comme s'ils formaient une espèce différente et, par conséquent, n'avaient droit à aucune forme de sympathie.

Me rappelant combien Pietro avait été bouleversé l'autre jour et ayant une connaissance directe de l'impact que pouvait avoir la simple perspective qu'une anecdote sordide sur lui soit révélée, j'hésitai avant de faire le moindre commentaire.

Pauvre Katerina. Que devait-elle éprouver ce matin ? Les danseurs comme elle travaillaient toute la vie pour intégrer une compagnie de danse et consentaient des sacrifices énormes. J'en aurais pleuré pour elle.

— C'est horrible, dis-je. Elle va être effondrée.

Comment ce journal s'était-il procuré la photo ? Je jetai un regard à Felix, essayant de croiser le sien. La photo avait circulé sur WhatsApp. N'importe qui pouvait l'avoir envoyée par texto, par e-mail, sur Twitter, sur Instagram. La facilité avec laquelle une information pouvait devenir virale m'apparaissait soudain comme une évidence. Des centaines de personnes pouvaient avoir envoyé cette photo au journal.

Felix haussa les épaules, toujours sans croiser mon regard.

— Je ne vois pas où est le problème, dit-il. Les célébrités adorent qu'on voie leur tête dans les journaux. Ça booste leur image. Elle va adorer.

Felix ne comprenait-il donc pas en quoi cela pouvait l'affecter ?

— Et sa famille ? Ses amis ? Ses fans ? Et son travail ? Ce n'est pas bon pour son image auprès de ses employeurs.

— Arrête tes conneries. Je ne serais pas étonné que ça ait fuité volontairement. Super coup de pub pour le théâtre. Imagine tous les billets supplémentaires que vous allez vendre.

Felix avait-il perdu la boule ? Je n'arrivais toujours pas à croire qu'il raisonne ainsi.

— Nos spectacles affichent complet, parfois un an à l'avance. Il faut se battre pour avoir une place... Cette photo n'est pas une fuite. Je parierais que c'est un salaud sans scrupule qui l'a vendue au journal pour se faire de l'argent facile.

Felix leva brièvement les yeux avant de les abaisser vers le sol. J'éprouvai une nausée soudaine.

— Bonjour, bonjour ! fit une voix nasillarde avec un fort accent de l'Essex.

Un garçon encore plus maigre que Kevin, aux cheveux du même blond-roux, apparut.

Je profitai de son arrivée pour m'esquiver aux toilettes, où je pressai mon visage en feu contre le miroir.

— Alors c'est toi, la dame du maquillage ?

Je me retournai en sursautant. Le frère de Kevin entra en se pavanant dans les toilettes, une pinte de bière à la main, moulé dans un jeans slim et chaussé de mocassins. Avec sa fine moustache et son dos voûté, il me faisait penser à une petite belette.

— C'est les toilettes des femmes, au cas où tu n'aurais pas remarqué.

Il haussa les épaules et but insolemment une gorgée de bière tout en me perçant du regard par-dessus son verre.

— Alors, madame la maquilleuse...

Il appuya une hanche contre l'un des lavabos, croisant les jambes pour m'obliger à l'enjamber pour sortir.

— Je m'appelle Tilly. Et toi... ?

Je n'allais pas lui faire le plaisir de lui montrer que je savais qui il était.

— Jonno.

Voyant que je ne répondais pas, il ajouta en levant les yeux au ciel d'un air exaspéré :

— Le frère de Kevin.

Mal à l'aise de le sentir aussi près de moi, je reculai et j'appuyai sur le distributeur de savon dans l'espoir que le liquide rose m'aiderait à me sentir à nouveau propre, mais il se pencha vers moi et je sentis son souffle chaud sur ma nuque.

— Il paraît que vous avez des infos de première main sur certaines célébrités de la danse et de l'opéra qui se produisent chez vous.

Énervée, je répandis du savon rose tout le long de ma manche en voulant reculer. Mon cœur s'était mis à battre de manière oppressante.

— Je ne vois pas de quoi tu veux parler.

— Allez... Chouette histoire, la reine de la neige. J'ai frappé un grand coup avec ça.

— Tu es journaliste !

Cette fois, mon cœur s'emballa carrément et mon ventre se serra.

— Ouais. Correspondant people, journaliste d'actualité. Toujours à l'affût d'un bon tuyau.

Je revis soudain Pietro, le visage tendu, dans la dernière scène de *Don Giovanni*.

— Journaliste ?

Je serrai les poings, me retenant de les envoyer dans sa sale petite figure arrogante.

— Ce n'est pas de l'actualité. Plutôt un ramassis de ragots.

Une rougeur gagna son cou, puis ses joues.

— Nous assurons un service public, répliqua-t-il. Les gens font des trucs moches, nous le disons.

Ses lèvres étroites et trop rouges se crispèrent.

— Un service public ? Les ragots scabreux font vendre et toi, tu passes à la caisse.

Il plissa les yeux et me fusilla du regard puis, levant bien haut la tête.

— Nous révélons la vérité. Mademoiselle n'est peut-être pas d'accord, mais c'est notre boulot.

Je me sentais bouillir. Comment pouvait-on être aussi indifférent à ce qu'éprouvaient les gens ?

— Non... Vous harcelez des gens bien. Vous les prenez en photo quand ils vaquent à leurs occupations quotidiennes et salissez leur nom, délibérément et inutilement. Tu serais incapable de faire la différence entre la vérité et le mensonge même si...

Trop énervée pour achever, je ne trouvai pas les mots.

— Des gens comme Katerina Petrova ? Elle n'est pas blanche comme neige, crois-moi.

— C'est un être humain. Personne n'est parfait. C'est petit d'avoir fait paraître cette photo.

— Petit ! me singea-t-il comme une terreur de cour de récré. Le public a le droit de savoir ce que les célébrités mijotent de mal.

— Pas s'il s'agit d'une photo privée.

Aussitôt ces mots prononcés, je me rendis compte que je venais de mettre les pieds en terrain miné.

— Pas si privée que ça. Il paraît qu'elle a pas mal circulé.

J'éprouvai un profond sentiment de honte. Comme nombre de personnes en coulisses, Felix et moi avions vu la photo. Nous étions complices de son partage. Valions-nous vraiment mieux que Jonno ?

— Il paraît qu'un de tes protégés a fait des bêtises, reprit-il avec un air sournois.

Mon sang se glaça.

— Je ne vois pas ce que tu veux dire.

Je lui tournai le dos de peur de me trahir, mais il me saisit par le bras, m'obligeant à me retourner et je me retrouvai nez à nez avec lui. J'aurais donné n'importe quoi pour effacer ce rictus narquois de sa face de belette.

— Si, tu vois très bien. J'ai entendu parler d'une rumeur.

Son haleine sentait la bière rance. J'avalai ma salive et me figeai, incapable de me soustraire à son regard inquisiteur. Que savait-il au juste ? Prêchait-il le faux pour savoir le vrai ? Mon cœur battait si fort que j'avais mal à la poitrine et mon visage me brûlait.

— J'ignore de quoi tu parles.

Je relevai la tête en priant pour que mon pouls affolé, visible dans mon cou, ne me trahisse pas.

— Je crois que tu mens.

Ses yeux n'étaient plus que des fentes et il souriait en rentrant les lèvres.

— Je n'ai rien à ajouter, dis-je.

C'était la première chose qui m'était venue à l'esprit.

— Je pourrais faire un geste, insista Jonno en levant ses sourcils à la manière de Groucho Marx.

— Tu crois que je pourrais te dire des choses… pour de l'argent ? C'est comme ça que tu as eu cette photo ? Celle de Katerina ? Eh bien, tu peux aller te faire voir, jamais je ne te dirais quoi que ce soit, jamais je n'accepterais ton argent.

— Ce n'est pas grave, il y a toujours des gens prêts à le faire. Il suffit qu'ils nous confient quelques mots et nous nous chargeons du reste. Une petite enquête. C'est étonnant ce qu'on peut découvrir.

Il conclut par un clin d'œil. Je revis le visage blême de Pietro, puis celui de Felix, son expression mauvaise et exaltée quand il avait dit « Rien de tel qu'une mauvaise publicité ».

Jonno tourna les yeux vers la porte qui nous séparait du pub et se mit à rire.

— J'ai payé un bon prix pour le tuyau sur Katerina : vingt pièces d'argent !

Chapitre 9

— Ne le prends pas mal, Tilly, mais tu as une sale tête ce matin.

Plantée devant moi, Jeanie me prit le menton pour tourner mon visage vers la lumière.

— Tu aurais la même si tu avais passé la nuit que je viens de passer.

Je n'avais pas besoin qu'elle me rappelle ma tête de déterrée. Ce n'était rien à côté de ce que j'éprouvais intérieurement.

— Tu veux que je m'occupe de tes poches sous les yeux ?

Je secouai la tête, même s'il était rare que Jeanie ait envie de jouer les mères poules avec moi. Si j'acceptais, je craignais de finir par lui dévoiler toute la vérité, ce qui aurait été catastrophique.

— Si tu veux tout savoir, Jeanie, j'ai eu un gros accrochage avec Felix et je bous encore.

Elle recula, les mains en l'air comme pour me repousser.

— OK. Garde ta colère pour toi.

C'est ce que je faisais depuis deux heures. L'homme d'âge mûr qui m'avait soufflé sous le nez la dernière place assise dans le métro n'aurait sans doute pas été de cet avis, vu que je lui avais peut-être cassé un orteil. Ça lui apprendrait à se frotter à une femme furieuse portant des petits talons pointus.

— Tu peux ranger le placard ? demanda Jeanie en inclinant la tête de côté. Café à 11 heures.

— D'accord.

Je n'espérais pas l'avoir abusée par ma tentative de sourire. J'avais une folle envie de tuer Felix.

— Je veux juste consulter mes e-mails avant.

J'espérais avoir des nouvelles de Redsman et mon moral s'effondra en constatant que je n'avais pas de nouveau message. C'était sûrement à cause du baiser. Je n'aurais jamais dû mettre ce baiser. Devais-je lui écrire pour lui dire que c'était par habitude, par erreur... ou cela risquait-il d'aggraver la situation ? Peut-être qu'un autre mail, sans baiser, sous un prétexte quelconque... Je pourrais lui parler d'un bouquin. En revenir à nos fondamentaux.

À : Redsman@hotmail.co.uk
De : Matilde@lmoc.co.uk
Objet : Harry Potter.
J'espère que votre week-end avec les petits s'est bien passé.
Besoin de conseils de lecture ?
Tilly

Voilà. Sans bisou à la fin. J'appuyai sur « Envoyer ». Et je le regrettai aussitôt. Étais-je vraiment tombée aussi bas ? Réduite à écrire à un ami quasi imaginaire pour me remonter le moral...

Après avoir jeté un regard noir à l'ordinateur, je me dirigeai résolument vers la petite pièce désordonnée, remplie d'un fatras de colorants pour cheveux, de fixateurs de permanentes et autres produits chimiques puants. C'était de loin le travail le plus ingrat, mais il convenait parfaitement à mon humeur du moment. Tout en récurant l'évier taché à l'aide d'une vieille brosse à poils durs, je m'imaginai en train d'étriller les belles dents blanches de Felix. Cela lui apprendrait à tourner sept fois sa langue dans sa bouche avant de divulguer des secrets.

J'avais dormi dans la chambre d'amis, surtout pour éviter de succomber à la tentation de l'étrangler avant le point du jour. Mais cela ne m'empêchait pas de penser que je ne devais m'en prendre qu'à moi dans cette affaire.

Certes, dès qu'il avait su que Jonno l'avait trahi, il m'avait présenté d'abondantes excuses, entre deux bouchées de céréales, assis à table, dans une position voûtée qui me faisait penser à une tortue testant la température en se demandant si elle allait sortir la tête de sa carapace.

— Écoute, Tilly, je suis vraiment désolé que Jonno...

Les mains agrippées au dossier de sa chaise, j'ignorai sa posture soumise et ripostai en haussant le ton.

— Que Jonno quoi ? Qu'il me l'ait dit ? Ou bien que Jonno et toi ayez fait affaire... que tu lui aies vendu... vendu cette photo ? Je n'en reviens pas que tu aies fait ça. Tu te rends compte que je pourrais perdre mon travail ?

Et ce serait ma faute, pas la sienne. Qu'importe ce qu'il avait fait. Je n'aurais jamais dû parler à Felix de ce qui se passait au travail, tel était le fin fond du problème. J'avais enfreint la règle. J'aurais dû me méfier – mais je n'allais pas le laisser s'en tirer aussi facilement.

Felix ouvrit la bouche pour dire quelque chose.

— Les trucs professionnels que je te confie sont confidentiels. Nous ne sommes pas censés en parler à qui que ce soit. Tu le savais...

— Je sais... mais... c'est venu comme ça... je lui ai parlé de cette photo de la danseuse et...

Il haussa les épaules dans un geste d'impuissance, comme si les choses s'étaient passées malgré lui.

Je serrai les doigts si fort que ma bague de fiançailles s'incrusta dans mon majeur.

— Vraiment ? Et si l'on parlait du côté financier de la chose ? Je ne suis pas idiote, tu sais.

J'avais eu amplement le temps, durant ma nuit d'insomnie, de faire le rapprochement.

— Je ne voulais pas...

Felix ouvrit de grands yeux, m'implorant de le croire.

— C'est venu comme ça, dans la conversation. Tu *dois* me croire.

Il termina avec un nouveau regard désolé mais, à ce stade, j'étais immunisée contre les regards de chien battu.

— Mon cul, oui !

Je ne sais lequel de nous deux fut le plus surpris de ma véhémence. Nous nous disputions si rarement. Et, quand cela nous arrivait, il n'y avait jamais de quoi se mettre dans cet état.

— Écoute. Je regrette. Cela m'a échappé devant Jonno...

— Et quelques centaines de livres ont atterri dans ta poche comme par hasard, c'est ça ?

La rougeur qui envahit ses joues me tint lieu d'aveu. J'espérai que tout était arrivé accidentellement. Qu'il s'était vanté de savoir quelque chose. Mais je compris alors qu'il avait agi dès le départ dans le but de se faire de l'argent.

Je le regardai fixement, perdue. Mon univers venait de basculer. Je ne savais plus où j'étais.

Concentré sur son bol, Felix pêcha à l'aide de sa cuiller les dernières céréales dans son lait chocolaté. Lui et ses fichus Choco Pops. À son âge !

Après un silence, il releva enfin les yeux.

— Personne ne saura. Jonno ne donnera pas sa source.

Je le contemplai, hébétée, essayant de trouver quelque chose à dire. Comment pouvait-il croire que cela annulait la gravité de la chose ?

— Tilly, tu t'inquiètes pour rien. Personne ne sait que ça vient de toi. Sois tranquille.

— Tranquille ! dis-je en m'asseyant en face de lui, la tête dans les mains. Tu n'as vraiment rien pigé, hein ? C'est une question de confiance.

Non, c'était une question de responsabilité personnelle et j'avais gravement fauté.

— C'est un problème entre *nous*. Qu'est-ce qu'on fait après ça ? Comment veux-tu que je continue à te faire confiance ?

L'air choqué de Felix m'apprit que rien de tout cela ne lui était venu à l'esprit.

J'inspirai profondément.

— Par pitié, dis-moi que tu ne lui as rien dit sur Pietro. Jonno a fait allusion à des rumeurs sur quelqu'un.

Felix me regarda avec de grands yeux brillants. Trop brillants, trop grands, trop conciliants tout d'un coup.

— Non, je n'ai rien dit.

Je me détendis légèrement un bref instant, mais la phrase suivante balaya tout.

— Mais tu as dit que le beau-frère de Pietro l'avait menacé de balancer l'affaire aux journaux. Donc, dans l'hypothèse où j'aurais dit quelque chose, ce ne serait pas grave. Cette histoire va finir par se savoir. Quelqu'un racontera tout, ça peut rapporter un paquet.

Il sourit largement, comme pour m'inciter à voir le bon côté des choses.

— Avoue que cet argent serait le bienvenu. Pour notre mariage et…

— L'argent ? C'est tout ce qui t'intéresse ? Je ne veux pas de mariage en grande pompe.

Je tripotai ma bague de fiançailles, prête à la lui lancer à la figure.

— Ce n'était pas seulement pour le mariage, il y a d'autres choses.

— D'autres choses ! Quel genre ?

Felix prit un air renfrogné et je m'en voulus. Je n'avais jamais cherché à être radine, mais j'étais bien obligée de me montrer responsable pour deux. Malgré ma fureur, je devais savoir.

— Quelles autres choses ?

Felix soupira.

— J'ai perdu gros au poker.

— Combien ?

Je devais poser la question, même si je n'avais pas très envie de connaître la réponse.

Il haussa les épaules.

— Pourquoi ne m'en as-tu pas parlé ?

— Parce que j'avais déjà… tu comprends.

Je comprenais. Il était toujours à court d'argent. Je l'observai attentivement, regardant ses mains qui tiraient d'un côté, puis de l'autre, le nœud de sa cravate en soie.

En étudiant son visage, je vis quelqu'un que je ne connaissais pas. Quels autres secrets cachait-il ? Son menton rasé de frais me parut soudain l'incarnation de la faiblesse et, même s'il me regardait en face, ses yeux n'exprimaient pas la moindre honte, la moindre humilité.

Je passai en soupirant le dos de ma main sur mon front et le regardai une nouvelle fois.

— Ce n'est pas la première fois que tu le fais.

Comme il détournait le regard, je me souvins.

Cette prime inattendue, il y a six mois, à peu près au moment où les journaux divulguaient la grossesse top secret d'Elvira Benedettini. À l'époque, cela n'avait pas été trop grave, elle n'avait pas été trop contrariée car la chose aurait fini par se savoir, de toute manière. Je m'étais empressée d'ignorer l'impression désagréable que cette fuite n'était pas accidentelle.

Je fermai les yeux, accablée de déception devant mon allègre capacité à ne pas aller au fond des choses.

Pas étonnant que Felix s'intéresse autant à ma vie au théâtre.

Le cœur serré, je déglutis. Je n'avais rien à ajouter, même si j'avais pu parler malgré la boule qui me bloquait la gorge. Je ne pouvais pas supporter une seconde de plus sa présence ni même la mienne, pour être franche. Saisissant mon manteau, je m'enfuis dans l'escalier.

Je claquai la porte si fort qu'elle rebondit et se rouvrit derrière moi tandis que je fonçais dans la rue, dans mon ample jupe des années 1950 qui dansait et mes escarpins à talons ouverts qui claquaient furieusement.

Je baissai les yeux vers ma jupe. Elle serait fichue si je l'éclaboussais avec le produit à récurer. J'aurais voulu que cela arrive, pour me punir. Le nettoyage m'avait fait du bien. Dans une certaine limite, cependant. Ma fureur s'était éteinte. Maintenant, je me sentais K.-O., anesthésiée de perplexité. Non seulement à cause de la perfidie de Felix mais aussi devant ma molle complicité. J'avais désespérément besoin de parler à quelqu'un.

Mais qui ? Jeanie se mettrait dans une colère noire. De toute manière, c'est à peine si j'oserais la regarder en face. Vince serait horrifié. Il adorait Felix et cette histoire lui briserait le cœur. Felix avait enfreint le premier commandement en vigueur dans le monde du maquillage. Quant à moi, j'avais déjà assez de problèmes. Si la direction apprenait ça... Et merde. Des larmes me montèrent aux yeux. J'avais vraiment déconné.

Je déjeunai seule en déambulant sans but dans Covent Garden, indifférente au parfum d'hiver qui flottait dans l'air et aux employés qui, juchés dans des nacelles, installaient des éclairages de Noël, de gros bouquets de faux gui et des boules de Noël argentées grosses comme des boules de démolition.

De retour au théâtre, je ressentis une forte tension dès l'entrée des artistes. Charlie, l'avenant portier, avait perdu son entrain et me regarda d'un air sombre quand je lui montrai mon badge. En croisant d'autres membres des différentes équipes, je remarquai que tout le monde avait la tête baissée.

Dans son bureau, Jeanie, collée à son téléphone, avait le visage grave, les commissures tombantes. Elle hocha la tête à plusieurs reprises, aboya quelques questions hachées, puis se massa la nuque avant de reposer le combiné d'un air profondément abattu. J'aurais voulu détourner le regard pour qu'elle ne lise pas dans mes yeux.

Puis elle se redressa, et ce fut comme si elle se drapait dans sa cape de cadre, en tirant les cordons du sérieux et de la gravité.

— Il y a une réunion d'urgence en bas, sur le plateau. À 14 h 30. Tu as une note sur ton bureau.

— À cause des journaux d'hier ? demandai-je d'une toute petite voix.

Après cette nuit d'insomnie, tout mon corps était tendu jusqu'au moindre tendon.

— Tu devras attendre la réunion pour le savoir. La direction du service n'a livré que les grandes lignes. Et où est passé Vince ? Il était supposé prendre son service à midi, aujourd'hui.

Je supposai que Jeanie n'attendait pas vraiment de réponse de ma part vu que a) je n'étais pas sa chronométreuse officielle et que b) vu les heures diverses auxquelles se terminaient les spectacles, on n'était jamais à cheval sur l'heure.

— Je suis sûre qu'il ne va pas tarder.

Cette tentative d'apaisement tomba dans l'oreille d'une sourde car elle se retourna pour le regarder entrer en flottant dans la pièce, littéralement à la dérive, avec un air profondément triste et perdu.

— Est-ce que ça va ? demandai-je. Encore un rendez-vous décevant ?

En temps normal, Jeanie et moi le réconfortions à l'aide d'un thé sucré et, dans la demi-heure suivante, il nous racontait tout à sa manière caustique et riait de bon cœur avec nous au souvenir de la soirée de la veille.

Il nous lança un regard noir, la moue larmoyante.

— Non. C'est juste un… sale week-end.

Ses yeux de galago s'emplirent de larmes.

— Désolé. Je n'ai pas vraiment le moral.

— Bon, quel est le problème, alors ? s'impatienta Jeanie.

Elle n'avait pas de temps à perdre avec les drames sentimentaux de Vince qui, il faut bien le reconnaître, étaient fréquents et semblaient chaque fois plus spectaculaires que le dernier en date.

Vince fondit en larmes et nous poussa toutes les deux pour s'enfuir dans le couloir.

— Oh, par pitié. Ce n'est pas le jour. Épargne-moi ces histoires, dit Jeanie en levant les yeux au ciel. Ce garçon me tuera.

Elle soupira, puis s'en prit à moi.

— Et toi, tu ne devrais pas l'encourager.

— Moi ? Qu'est-ce que j'ai fait ?

Ce n'était pas le moment de la reprendre.

— Si nous allons à cette réunion, il faut avancer le travail.

C'était officiel : je travaillais dans une maison de cinglés. Jeanie et Vince étaient actuellement mentalement déséquilibrés, à l'évidence. C'était la seule explication. C'était cela, ou bien ils étaient amoureux tous les deux, ce qui était toujours possible avec Vince, mais strictement impossible concernant Jeanie.

Elizabeth Tansley, responsable des relations publiques, cultivait un style très personnel, caractérisé par des robes de cocktail et des chaussures des années 1940, et ressemblait aussi peu que possible à une chargée de relations publiques. Elle me faisait penser à une voyante distraite et plutôt chic, avec sa voix grave et éloquente qui devait hypnotiser les journalistes pour qu'ils fassent des tonnes de publicité au LMOC. Lorsque la moindre critique négative paraissait dans la presse écrite, elle le prenait très à cœur. Ce jour-là, un rictus soucieux ne quittait pas son visage et je compris que la réunion allait être pénible, surtout en voyant qui l'accompagnait : le directeur général, la directrice des ressources humaines et, à ma grande surprise, Marcus Walker.

Il avait sorti son costume à fines rayures et contemplait l'assemblée réunie d'un visage impassible.

— Merci à tous d'être venus, dit Elizabeth Tansley d'une voix chevrotante. J'ai prévu des réunions similaires avec plusieurs autres services. Je suis sûre que vous avez tous vu cette malheureuse histoire dans les journaux du week-end, qui a bien évidemment beaucoup affecté cette pauvre, pauvre Katerina.

Comme sa voix se brisait, elle examina l'assemblée par-dessus ses lunettes.

— J'aimerais croire que cette histoire n'a pas été divulguée par quelqu'un du LMOC...

Nouveau regard par-dessus ses lunettes, avec tremblement de la lèvre inférieure.

— ... mais...

Je craignais qu'elle ne fonde en larmes d'un instant à l'autre.

— ... il y a de f-fortes p-probabilités...

Sa bouche tremblait furieusement et tout le monde s'agitait, gêné par sa détresse.

— Personnellement, je... je n'arrive pas à croire que l'un d'entre vous... pourrait ne serait-ce qu'envisager... mais d'aucuns...

Elle lança un regard venimeux à Marcus.

— ... estiment que l'information pourrait venir de quelqu'un de la maison.

Je déglutis avec difficulté en m'efforçant de conserver un visage impassible.

— Une enquête est en cours, mais je suis sûre que cela ne se reproduira pas. On m'a demandé de vous rappeler toutes les conséquences à prévoir si jamais il apparaissait que quelqu'un a délibérément transmis des informations à la presse. Une transgression de cette nature entraînera des sanctions disciplinaires et, éventuellement, des poursuites.

Marcus et le directeur général se raidirent, tels des factionnaires en service. Ce mouvement étant venu souligner le message, Elizabeth descendit du podium et sortit. Des bavardages s'élevèrent aussitôt, bourdonnements de guêpes furieuses, réprouvant violemment, horrifiées par l'accusation qui planait sur elles.

La directrice des ressources humaines s'avança à son tour. Contrairement à Elizabeth, Marsha Munro avait tout de la cadre supérieure dans son tailleur-robe.

— J'aimerais vous rappeler à tous qu'il existe ici un code de conduite officiel.

Son agacement et sa colère irradiaient la pièce par bouffées énervées et elle tordait la bouche comme si quelque chose lui avait laissé un mauvais goût sur la langue.

— Vous avez dû en recevoir un avec votre contrat de travail lors de vos débuts ici. Néanmoins, au cas où vous l'auriez égaré, j'incite chacun de vous à repartir aujourd'hui avec un exemplaire de ce document. Nous ajouterons également une clause de confidentialité à tous les contrats.

— Elle est en rogne parce qu'elle s'est fait remonter les bretelles, me glissa à l'oreille Leonie, de l'atelier costume.

— Qu'est-ce que tu veux dire ?

— Il n'y a pas de clause de confidentialité dans nos contrats… après ce qui vient de se passer, ça craint pour elle. Tu as déjà reçu un code de conduite, toi ?

— Pas que je sache. Juste une lettre…

— Oui, je suis sûre que personne n'en a jamais eu. Elle fait dans son froc.

Pendant que nous regagnions l'atelier, Jeanie ne desserra pas les dents tandis que Vince, tout en bondissant comme un Zébulon dopé à l'acide, passait en revue les suspects potentiels, façon Agatha Christie.

— Ça pourrait être quelqu'un de la billetterie... ou du foyer. Un des agents d'entretien pourrait être en réalité un journaliste.

Il fit la grimace, profondément absorbé par ses réflexions.

Ce pouvait être aussi la personne partageant la vie d'un employé du théâtre, pensant se faire de l'argent facile. J'en avais des aigreurs d'estomac.

— Et si c'étaient des caméras cachées ? Que quelqu'un aurait installées en pleine nuit, reprit Vince.

La tête rejetée en arrière, il prit la pose en regardant une caméra imaginaire au plafond.

— Salut, mes chéries.

S'arrêtant net dans le couloir, Jeanie se retourna vers lui avec un regard féroce.

— Plus un mot, dit-elle, les yeux étincelants de fureur.

— Qu'est-ce que j'ai dit ? Qu...

Je lui donnai un coup de pied par-derrière et il me lança un regard mécontent tandis que je le regardais en secouant la tête.

Puis il rejeta la tête en arrière et se tut, heureusement.

À notre arrivée à l'atelier, Jeanie s'enferma dans son bureau. Je me mis à trier des cheveux et des épingles, assise, les mains légèrement tremblantes, n'étant pas en mesure de me lancer dans un travail plus exigeant.

Chapitre 10

Jeanie poussa un feuilleté sucré dans ma direction. Des rides sévères creusaient tout le tour de sa bouche au long passé de fumeuse.

— Ce métier est odieux. Depuis vingt ans que je travaille ici, rien de pareil n'était jamais arrivé. La réunion de lundi... je n'avais jamais rien vécu de semblable.

Elle jeta un rapide coup d'œil alentour, dans la cantine bondée.

— Je déteste l'idée que ce soit forcément quelqu'un de la maison.

Leonie reposa bruyamment sa tasse sur la soucoupe.

— Qui a dit ça ? N'importe qui aurait pu la dénoncer à la presse. Cette photo circulait depuis des mois.

— Non. Le journal précise qu'il tient directement l'info de quelqu'un de la maison.

— Vraiment ?

Ma voix tremblait. J'espérais que cela passerait pour de l'indignation et non pour de la peur.

Felix s'était encore absenté, heureusement, car je ne pouvais me résoudre à lui adresser la parole. Je savourais la paix et la tranquillité chez moi depuis trois jours.

Avec un gros soupir, Jeanie tourna son regard acéré vers moi.

— Ils ont lancé une enquête à grande échelle.

— Tu veux dire qu'il y a une taupe ! glapit Vince avec un entrain déplacé.

Il regarda furtivement dans la salle, comme si la taupe allait soudain être repérée et signalée par une flèche lumineuse.

— Quand je pense que c'est bientôt la dernière de *Don Giovanni*, dis-je.

Ce changement de sujet peu subtil était visiblement un soulagement pour tous, car ils hochèrent la tête.

— C'est passé si vite – mais j'ai hâte de faire *Casse-Noisette*.

Ce ballet prisé devait être repris pour Noël, comme d'habitude, et ce serait un boulot facile.

Leonie hocha la tête et ses boucles cuivrées s'agitèrent comme des ressorts.

— Oui, dit-elle. Je serai soulagée quand ces changements de costumes rapides seront terminés. Je t'assure, j'en ai chaque fois des palpitations jusqu'à la fin du spectacle.

— Heureusement qu'ils ont décidé de ne pas reprendre cette scène pour le gala de Noël, dis-je pour la taquiner.

— Oh, ce sera un jeu d'enfant. Que des extraits d'opéras, histoire de réutiliser les costumes.

Je n'étais pas tout à fait sûre que le gala de Noël soit un jeu d'enfant. Cette soirée caritative à laquelle étaient invités VIP, sponsors et amis du théâtre était une opération séduction sur laquelle la direction fondait de grands espoirs.

— Parle pour toi, répondit Vince à Leonie. Pour nous, c'est un cauchemar. Rien que des premiers rôles, tous à se battre pour passer en premier. Ça va être une vraie bagarre dans la salle de maquillage. On est obligés de faire venir des free-lances, ces soirs-là. Ça lui donnera, à *elle*, l'occasion de faire son trou.

D'un mouvement de tête, il désigna une personne assise derrière nous.

Je me retournai, tâchant d'être discrète. La cantine commençait tout juste à se remplir pour le déjeuner et la majeure partie de l'orchestre était là pour

Casse-Noisette. À quelques tables de nous était assise Arabella Barnes, la personne que je détestais le plus dans tout l'univers. Soûlante avec sa gaieté et son entrain perpétuels, elle avait aussi la manie de souligner vos moindres fautes avec un air sucré et faussement contrit, comme si elle vous rendait service et n'était pas une garce et une madame Je-sais-tout de première. Cette free-lance à laquelle le théâtre faisait régulièrement appel était prête à tout pour se faire embaucher et ne ratait jamais une occasion de se rendre utile.

Que diable faisait-elle assise en compagnie de Marcus ?

Ils étaient plongés dans une conversation animée, encore qu'Arabella semblât surtout laisser parler le long ruban soyeux de ses cheveux blonds, qu'elle rejetait toutes les deux secondes sur ses épaules avec un rire de clochette.

— Qu'est-ce qu'elle fait ici ? Et avec lui, je vous le demande.

— Elle pose sûrement des jalons pour ton futur poste, dit Vince. Tu sais qu'il a été affiché hier.

Je le savais et j'essayais de ne pas trop y penser. Tous les postes à pourvoir étaient annoncés en interne et en externe.

— Si c'est ça, elle ne perd pas de temps.

Je soupirai, puis touchai la table et la tête de Vince.

— Ne tentons pas le destin. Ce n'est pas *mon* poste et elle a des chances de son côté. Alison l'aime bien.

— Alison peut-être, dit Leonie, mais pas les artistes. Elle ne sait pas y faire avec eux.

— On dirait qu'elle sait s'y prendre avec lui, reprit Vince, qui les observait les paupières mi-closes. Ça flirte allègrement.

— Ils vont parfaitement ensemble. Très professionnels. Ambitieux.

J'avais beau ne pas l'aimer, je devais reconnaître qu'Arabella était professionnelle. Organisée. Efficace. Elle s'habillait même avec l'élégance d'un cadre.

Je l'observai à la dérobée. Robe droite noire. Sac à main en cuir élégant, chaussures assorties. Elle me faisait penser à Christelle. Jamais de la vie je ne serais capable de rivaliser avec cette élégance, avec ce chic naturel.

— Oui, dit Vince mais elle n'a pas ton expérience, Tilly. Toi, tu sais fabriquer une perruque et... tu seras bientôt experte en informatique.

Un sourire maléfique se dessina sur son visage d'elfe, je lui décochai un regard mauvais et Leonie se mit à rire.

— Comment se passent tes cours ?

— Ils ne se passent pas, dis-je en me tassant sur ma chaise. En fait, j'ai réussi à annuler les deux derniers.

Comme s'il lisait dans mes pensées, Marcus se tourna vers nous alors qu'Arabella et lui se levaient.

— Crotte, il m'a vue.

Tandis qu'ils riaient tous les deux, je me redressai sur ma chaise, comme si je n'avais pas cherché à me cacher.

Ils vinrent droit sur nous, tels deux Exocet fonçant sur leur cible.

— Tilly, je suis heureux de tomber sur vous.

Marcus avait l'air rien moins qu'heureux. Plutôt irrité – mais il donnait le change avec un petit sourire contraint.

— Vous m'avez posé un lapin.

Je me tortillai sur ma chaise mais Arabella intervint avant que j'aie pu dire un mot.

— J'y vais, alors bonjour et au revoir tout le monde. À bientôt.

Son sac à main passé à son bras, elle nous salua d'un geste s'adressant plus ou moins à tout le monde, puis se haussa sur la pointe des pieds pour déposer un petit baiser sur la joue de Marcus.

— Salut, mon ange, et merci mille fois d'avoir pris sur ton temps pour bavarder avec moi. Tu m'as été d'un grand secours. J'ai tout plein d'idées pour apporter des améliorations.

Et elle se tourna vers moi avec un grand sourire. Je la regardai s'éloigner puis, en levant les yeux au ciel, m'aperçus que Marcus me regardait d'un œil noir.

— M... mince alors, je vous avais oublié. Je veux dire, je n'ai pas vu passer l'heure l'autre jour.

Il haussa les sourcils et je me sentis encore plus petite. J'avais réellement oublié le rendez-vous, mais il semblait visiblement penser que je l'évitais.

— Je ne l'avais pas noté dans mon agenda.

Je sortis mon agenda fatigué et lui montrai la page vierge.

— Vous vous servez encore d'un agenda ?

Le ton était peiné mais il semblait tout à la fois se demander pourquoi cela ne l'étonnait pas.

— Oui, dis-je en souriant.

Je me levai pour ajouter à son oreille.

— Et ce qu'il y a de bien avec les agendas...

Zut, j'avais oublié combien j'aimais son parfum. Ignorant le petit coup au cœur qui venait de me frapper, je reculai pour achever avec un clin d'œil nonchalant.

— ... c'est qu'ils n'ont pas besoin de batterie ni de chargeur.

Je me sentais tout sauf nonchalante. Intérieurement, j'étais toute confuse et nerveuse. Qu'est-ce qui me prenait ? Marcus ne m'était même pas sympathique.

Il sourit à contrecœur et me prit le carnet des mains, frôlant mes doigts au passage, ce qui eut pour effet de régler mon thermostat interne au maximum.

— Et comme je ne vois rien d'inscrit dans ce carnet pour les prochaines heures, nous pouvons en déduire que vous êtes libre pour que nous nous voyions comme prévu.

Il m'avait eue. Jeanie et Vince nous observaient avidement, comme si nous jouions un numéro rien que pour eux. Puis, voyant que je les fusillais du regard, ils se levèrent et dirent au revoir, nous laissant face à face, Marcus et moi, hargneux comme deux boxeurs que l'arbitre vient juste de séparer.

— Eh bien, maintenant que vous m'avez retrouvée…

Marcus soupira, pas de façon audible, mais je le vis au mouvement que fit le col de sa chemise et à la manière dont ses épaules se soulevèrent. Je n'en éprouvai pas la moindre satisfaction.

— Bon, d'accord, je suis navrée d'avoir oublié notre rendez-vous.

C'était la vérité, je n'étais pas une championne de la gestion d'agenda, mais je voyais bien qu'il se demandait s'il devait me croire.

— Que voulez-vous que je vous dise ?

Il regarda autour de lui, puis eut un petit ricanement qui laissa sur sa bouche un pli amer.

— Et si vous me disiez tout ?

Si je n'avais pas su combien il était sûr de lui, je lui aurais peut-être trouvé un air légèrement vulnérable. J'aurais pu ignorer cette impression, mais je commis l'erreur de regarder ses chaussures.

La lumière d'un plafonnier se reflétait sur le cuir étincelant de ses richelieus noirs bien cirés. Ils offraient un contraste si saisissant avec les bottines usées du musicien assis à sa droite que j'éprouvai d'un coup un grand élan de sympathie.

Dans son élégant costume de laine gris dont le lustre trahissait le prix élevé, avec sa cravate en soie discrète et sa chemise blanche dont la tenue indiquait le tailleur sur mesure, il avait l'air d'une Ferrari neuve au beau milieu d'un magasin de voitures d'occasion.

Pire encore, il semblait soudain en être aussi conscient que gêné.

— Vous savez quoi ? dis-je en me levant. Si je vous faisais faire le grand tour ?

Comme il ouvrait la bouche, je levai les mains.

— Oui, je sais. On vous a déjà fait faire la visite officielle, style « Voyez comme nous sommes professionnels et formidables ». Et c'est vrai que nous le sommes, mais moi, je vais vous expliquer comment nous fonctionnons ensemble et ce qui se passe vraiment. Avec des hauts et des bas, dont je suis sûre que la direction ne vous a pas parlé en vous faisant l'article de la maison.

Son regard se durcit, quelques plis se formèrent sur son front. Je vis qu'il était intrigué et je me sentis un tantinet plus grande en remarquant l'expression de respect qui passait sur son visage.

— Qu'avez-vous à perdre ? dis-je en souriant.

— Présenté de cette façon, pas grand-chose. Mais allez-y doucement avec moi.

Son petit sourire implorant dissipa tous les doutes que j'avais quant à l'idée de fréquenter l'ennemi.

Sans prendre le temps de réfléchir, je passai le bras sous le sien et l'entraînai vers la sortie.

— Si c'est de la douceur que vous voulez, vous ne survivrez jamais ici.

Mais je ne m'inquiétais pas pour lui. Lundi, lors de la réunion avec les grands chefs, il m'avait semblé suffisamment coriace. Ignorant un bref frisson de malaise, je lui souris, très professionnellement. Il n'était pas question que je pense à tout ça.

Nous commençâmes par le foyer qui, comme dans tous les théâtres, était relativement petit par rapport au nombre de personnes qui pouvaient franchir simultanément les portes. Je comparais toujours le théâtre à un iceberg. La surface apparente ne reflétait en rien l'immensité des coulisses et des espaces souterrains.

Une foule de gens était là : quelques touristes venus jeter un coup d'œil, probablement trop tard pour obtenir le moindre billet ; deux agents d'entretien discrets qui nettoyaient les carreaux de style géorgien des portes vitrées et une équipe d'accessoiristes décorant un immense sapin de Noël disposé dans la cage d'escalier.

— Hé, quel est le thème, cette année ? demandai-je à Dean, le chef accessoiriste, qui déroulait une longue guirlande de papier.

— Salut Tilly. C'est la musique. Et je dois dire que les bibliothécaires ont fait un super boulot.

Il exhiba une clef de sol étincelante et une guirlande lumineuse imitant une portée musicale, tandis qu'un de ses collègues me montrait une collection de dièses, de bémols et de notes.

— Génial.

Je me retournai vers Marcus qui contemplait le sommet de l'arbre, lequel atteignait le dernier étage de l'escalier.

— Chaque année, un service différent est chargé de concevoir la décoration de l'arbre de Noël.

— Ce n'est pas dans la banque que cela arriverait, dit-il en baissant les yeux vers les décorations entassées par terre.

— Il y a un véritable esprit de compétition. L'an dernier, nous avons fabriqué des fées en bonbons et des soldats en casse-noisettes… Je me demande ce que pourrait inventer le service informatique.

— Quelque chose de high-tech, peut-être des lumignons clignotant en binaire, dit-il avec un sourire nonchalant.

Je levai les yeux au ciel.

— Je n'essaie même pas de faire semblant de comprendre ce que ça veut dire. Venez.

Je l'entraînai à l'autre bout du foyer.

— Ce théâtre a été construit en 1822, mais n'est devenu le London Metropolitan Opera Company qu'en 1956.

Je lui montrai la plaque de marbre fixée au mur célébrant la création de la compagnie.

— Nous ne sommes pas une compagnie aussi ancienne que le Royal Opera House, mais nous avons la réputation de monter des versions d'avant-garde d'œuvres du répertoire.

Je ponctuai mon propos d'une révérence moqueuse.

— Ça, c'est le discours officiel. Et maintenant, entre nous...

Je tentai de jauger sa réaction. Allait-il conserver sa raideur officielle ou lâcher prise ? Il me sembla que ses lèvres frémissaient imperceptiblement.

— Dans la profession, nous avons la réputation d'être un peu non conformistes et de prendre volontiers des risques.

Je le conduisis jusqu'à l'une des affiches collées au mur.

— Parfois, ça marche, mais parfois, ça se retourne contre nous et on se prend un bide. Vous avez déjà entendu parler des *Marins de Pompéi* ?

— C'est vraiment le titre ?

D'après sa bouche pincée, il croyait que je me payais sa tête, mais il observa attentivement l'affiche, me donnant ainsi l'occasion d'admirer son profil viril, plutôt parfait. On aurait cru la réplique d'une statue grecque avec son menton vigoureux, sans l'ombre d'un relâchement, son front et son arcade sourcilière bien dessinés.

— Oui, c'est le titre. Un désastre total. Pas la peine d'y revenir. Les critiques ont détesté. Nous n'avons pas eu un seul commentaire positif. Ils nous ont éreintés mais, paradoxalement...

Je me haussai sur la pointe des pieds pour lui glisser à l'oreille :

— ... nous n'avons pas perdu d'argent car nous avons affiché complet, grâce au public qui venait voir si c'était aussi mauvais qu'on le disait. Ça, je parie que la direction ne vous l'avait pas dit.

La perception spatiale n'est pas mon fort et, visiblement, j'avais mal calculé la distance et me trouvais un peu trop près de lui car il se retourna brusquement en sentant mon souffle chaud sur son oreille. Surprise, je vacillai sur la pointe des pieds, il me saisit par les bras pour m'empêcher de tomber et ses lèvres se retrouvèrent en face des miennes. Une idée bizarre me traversa l'esprit. Que dirait-il si je me penchais en avant et l'embrassais ?

Il me sembla même que j'esquissais un mouvement vers lui. Heureusement, il était trop occupé à me redresser et je ne crois pas qu'il le remarqua, à moins qu'il ne soit trop bien élevé ou trop horrifié pour le montrer. Détournant le regard, je lissai ma jupe avec application.

— Non, ils ne m'en ont pas parlé du tout. Je crois que mon guide a commencé sa lecture au passage de la brochure qui dit : « La réfection du foyer a coûté plusieurs millions et le marbre blanc d'une grande pureté provient des Alpes apuanes, dans le nord de l'Italie », avec les détails sur la manière dont le coût de la rénovation a été en partie financé par l'Arts Council et par un don généreux.

— J'en étais sûre, dis-je sur un ton très pro.

Soulagée qu'il n'ait pas remarqué mon bref moment d'égarement, je l'entraînai dans un long couloir.

Le signal sonore de l'ascenseur annonça que nous étions arrivés au deuxième étage.

— L'atelier costumes, annonçai-je.

Nous nous engageâmes dans le couloir, un peu à l'étroit en raison des portants alignés contre les murs.

— Qu'est-ce que c'est que tout ça ?

Marcus montrait une file d'au moins cinq portants encombrant le passage.

— Ça ?

J'accélérai le pas avec un geste négligent, mais il s'arrêta et se mit à examiner les costumes.

— Oui, ça.

Je rêvais ou une lueur d'amusement brillait dans ses yeux ?

— Tout ça est probablement en route pour notre magasin de stockage.

Les plumes rouge vif que nous venions de frôler indiquaient sans doute possible que ces costumes étaient ceux d'une récente production de *L'Oiseau de feu*.

— Et que deviennent-ils ensuite ? J'imagine qu'ils n'attendent pas, assis comme des patients aux urgences, qu'on leur trouve une place ?

— Ils sont magnifiques, n'est-ce pas ?

Dénichant le costume du premier rôle, je sortis du portant un nuage de plumes, de tulle et de paillettes et le lui mis sous les yeux.

Un instant, je crus qu'il allait rester indifférent et songeai seulement à la manière dont ce rouge vif contrastait avec l'anthracite de son costume.

— Vous devriez vous acheter une cravate de cette couleur, ça se marierait bien avec votre costume, dis-je sans réfléchir.

Oui, cette fois, il était bel et bien amusé. Je le vis esquisser un sourire avant de baisser la tête pour le cacher.

— Vous ne trouvez pas ?

Je poussai le tutu vers lui. Il caressa un bouquet de grandes plumes rouges et noires qui se dressaient sur le corsage et changea de visage.

— C'est… C'est superbe. Et on l'a fabriqué juste pour une pièce ?

Il se pencha pour examiner les petits points cousus sur les nombreuses couches de fronces dans les tons orange, rouge et jaune du tutu.

— Ne me dites pas que c'est entièrement fait à la main.

Il recula comme s'il craignait de se faire mordre. Il avait vraiment tout à apprendre.

— Si, et sans l'aide du moindre ordinateur.

Je le regardai droit dans les yeux. J'avais délibérément omis de préciser que l'atelier costumes possédait aussi quelques machines à coudre extrêmement sophistiquées contenant probablement des puces électroniques, capables de faire un tas de choses ingénieuses comme les surjets, les broderies et les boutonnières.

Alors que beaucoup de gens se seraient détournés, il soutint mon regard avec un hochement de tête pensif.

— Cela doit demander un temps fou.

Où voulait-il en venir cette fois ?

— Cela vaut-il le coup ? Ces plumes semblent coûteuses. Est-ce qu'on les voit vraiment du fond de la salle ?

Il ne le savait pas mais il était vraiment mignon à regarder, occupé à évaluer les choses avec soin.

Bien des gens pensaient sûrement que c'était se donner beaucoup de mal que de se procurer ces plumes et de les teindre d'un rouge bien précis. Pour ma part, j'y étais habituée et, pour être franche, je n'avais jamais eu à justifier qu'on se donne autant de mal. Mais cette question me poussait à considérer les costumes d'un point de vue nouveau et, soudain, leur justification m'apparut comme une évidence.

— Sur le plan financier, cela ne vaut peut-être pas le coup mais… nous demandons au public de venir voir des spectacles dans lesquels se produisent les plus grands artistes au monde. Quand vous êtes interprète et essayez de vous mettre dans la peau du personnage, si l'on vous donne un vulgaire costume bon marché en nylon, cela nuit à l'intégrité de votre travail.

Il prit un air cynique que trahissait un léger haussement de sourcils.

— Et ensuite, que devient… tout ce travail ?

Désireuse de l'impressionner, je me laissai emporter par mon enthousiasme et baissai la garde.

— La plupart sont rangés dans la réserve, mais cela dépend. Certaines de nos productions tournent parfois et les costumes resservent. D'autres sont loués par d'autres compagnies.

Je compris trop tard ce que signifiaient pour lui ces informations.

— J'ai presque l'impression de voir tourner vos rouages, soupirai-je. Non, je n'ai aucune idée de la manière dont on tient à jour l'état des stocks.

— Ce serait intéressant de le savoir, dit-il en haussant les sourcils.

— Je n'en doute pas un instant.

Puis, comme il m'avait écoutée discourir patiemment, j'ajoutai en le taquinant :

— Ils auraient peut-être besoin d'un petit programme.

— J'en suis persuadé. J'irai les voir après m'être occupé de vous.

— Vous devriez peut-être commencer par eux, dis-je avec un entrain culotté, comme si l'idée venait juste de m'effleurer. Dire que tous ces costumes risquent d'être emportés d'un jour à l'autre...

— Non.

Son ton implacable me fit sursauter.

— Je pense que vos besoins sont tout aussi importants.

Il se retourna et rangea le tutu emplumé, me faisant clairement comprendre que je n'avais aucune chance de m'en tirer, mais je surpris l'ébauche d'un sourire.

— Comme vous le disiez tout à l'heure, Tilly, cette maison a une réputation d'avant-garde, de chef de file en matière d'innovation. Il serait dommage que votre service y fasse exception.

Ses yeux verts pétillèrent et son sourire inattendu fit dérailler mon cœur qui s'emballait allègrement.

Cet homme était dangereux. La dernière chose dont j'avais besoin en ce moment, c'était que mes hormones se mettent à n'en faire qu'à leur tête et me compliquent la vie.

En regagnant l'ascenseur, nous nous trouvâmes nez à nez avec Alison Kreufeld, visiblement ravie de nous voir ensemble.

— Ah, Tilly... et Marcus. Cela m'évitera de vous appeler. Comment avance ce projet informatique ?

— Bien, dis-je, hochant la tête et croisant les doigts dans ma poche.

Alison parut ravie.

— Parfait. J'ai hâte d'avoir votre compte rendu en fin de semaine. Marcus m'a dit que vous aviez défini un chantier potentiel et qu'il avait totalement confiance en vous pour le mettre en place au sein de l'atelier maquillage.

Ah bon ?

— Oui, nous discutions justement de la meilleure façon de procéder, n'est-ce pas, Tilly ?

Heureusement, il restait relativement vague.

— Nous nous revoyons la semaine prochaine – jeudi, c'est bien ça ?

— Oui, dis-je sans cesser de hocher la tête.

Priant pour qu'elle ne demande pas de détails supplémentaires, je gardai les pieds collés au sol tout en me retenant d'envoyer un bon coup de pied dans le tibia de Marcus.

Alison souriait d'un air vraiment chaleureux.

— Je suis enchantée de l'apprendre. J'ai hâte d'en savoir davantage. Je me félicite de voir la manière dont vous vous impliquez – bravo, Tilly.

Elle tourna les talons et s'éloigna.

— Merci, marmonnai-je à Marcus.

— Pour quoi ?

— De ne pas m'avoir enfoncée.

— Vous voulez dire que vous m'êtes redevable ? Alors voyons-nous jeudi. Onze heures, ça vous va ?

Il m'adressa un sourire maléfique et je me dis que ma vengeance serait terrible.

Chapitre 11

— Tu es rentrée, m'dame !

Avec un sourire penaud, Felix bondit dans la cuisine comme un labrador fougueux, tenant à la main un sac en papier glacé muni de poignées en rubans de satin.

— Je t'ai acheté un cadeau et…

Il leva une main comme pour arrêter toute objection.

— Avant que tu dises quoi que ce soit, je suis vraiment désolé. J'ai vraiment déconné.

Son visage s'assombrit, il me rejoignit et posa une main sous mon menton en me regardant au fond des yeux.

— Je n'aurais pas dû écouter Jonno. Je jure de ne plus jamais recommencer. Je suis un abruti, je sais. Et tu es vraiment trop bien pour moi.

Il prononça ces derniers mots avec un sourire si triste et si tendre que j'en eus le cœur retourné de regret.

Il prit mon visage entre ses mains et me regarda avec une telle intensité que j'eus envie de pleurer.

— Tilly, tu es la meilleure chose qui me soit jamais arrivée. Je ne te mérite pas. Je promets de ne plus jamais répéter à qui que ce soit une chose que tu m'auras confiée. Je t'en prie, Tilly chérie, pardonne-moi. Je t'aime tellement. Tu es ma meilleure, meilleure amie de tout l'univers.

Mon cœur tressaillit.

M'implorant de ses grands yeux bruns, l'air profondément inquiet et contrit, il me tendit le sac qui se balançait au bout de son bras.

— Ouvre, dit-il en me le remettant de force. Tu vas adorer.

Après avoir retiré le papier de soie, je sortis un ravissant sac cousu main en somptueux velours violet, doublé de soie moirée rose fuchsia. Le tissu roulait sous mes doigts, doux et sensuel. Ce sac était une pure merveille – et il me ressemblait tellement. Je levai les yeux vers Felix en me mordant la lèvre. Ce cadeau extravagant me rappela aussitôt les notes plaintives de « I Know Him So Well », une chanson de Chess. J'avais toujours trouvé les paroles particulièrement émouvantes.

— C'est très beau, murmurai-je, caressant malgré moi le somptueux tissu.

Non seulement Felix me connaissait mais il me comprenait. Il savait ce qui me faisait vibrer. Dès que Mamie m'avait laissé l'argent pour acheter l'appartement, à l'époque où je travaillais dans son agence de pub, malheureuse comme une pierre, il m'avait dit qu'il me virerait si je ne me bougeais pas le cul pour aller m'inscrire à une formation de maquillage pour le théâtre. Et quand mes parents avaient fait connaître leur mécontentement, il m'avait soutenue. Nous étions seuls contre tous. Il ne me trouvait pas folle.

Moi aussi j'étais coupable dans cette histoire, c'était arrivé par ma faute. Je lui avais dit des choses que j'aurais dû garder pour moi parce que cela me donnait l'impression d'être importante. Je compris avec honte qu'un mesquin petit sentiment d'insécurité m'y avait poussée. J'avais parlé pour me sentir mieux, pour marquer des points contre la mauvaise opinion que mes parents avaient de ma réussite.

Devais-je une seconde chance à Felix ? Il avait certes commis une erreur, mais j'en avais commis une bien plus grosse avant lui.

Je me haussai vers lui et, avec un sourire, embrassai sa joue recouverte d'une barbe de plusieurs jours. Il était mon meilleur ami depuis une éternité et je ne voulais pas perdre cette amitié.

— Merci, il est vraiment splendide.

Je passai le sac sur mon épaule dans un bruissement de velours.

— Je vous en prie, m'dame.

Son sourire dévoila ses dents blanches qui contrastaient avec son teint mat.

— Et maintenant, qu'est-ce qui te ferait envie pour le dîner ? Il n'y a plus rien dans le frigo. Veux-tu qu'on sorte ?

Il y avait dans les placards de quoi se faire des pâtes avec une sauce ordinaire, mais je savais par expérience qu'il n'aimait pas l'ordinaire.

— Si on faisait un saut chez Sainsbury ? dis-je pour rester dans le ton enjoué.

Le fait qu'il puisse tourner la page aussi vite me contrariait légèrement, mais je préférai ne pas y penser. Cela faisait partie de son charme. Rien ne pouvait avoir raison de son éternelle vision optimiste des choses.

— On est obligés d'aller là-bas ? On ne pourrait pas commander un truc à emporter ?

— Non. Il n'est que 20 h 15. Cela nous reviendra moins cher.

D'autant que, je le savais, le sac en soie et velours, dans son bel emballage de boutique de luxe, devait l'avoir défaussé d'au moins cent livres. Il aurait mieux fait de payer le vitrier pour remplacer le carreau du salon ou le plombier pour réparer le robinet de l'évier qui fuyait.

— Ça peut être plié en une demi-heure.

Sentant qu'il se dégageait, je caressai sa barbe naissante.

— Haut les cœurs. Je vais te préparer ce plat thaïlandais au curry vert que tu adores.

Il se dégagea pour de bon et, un instant, j'eus envie de le retenir pour voir si j'éprouverais le même sentiment d'intimité qu'autrefois, mais il se ressaisit aussitôt.

— Quoi ? Avec du riz parfumé, du papadum. Et du chutney. Et aussi des rouleaux de printemps ?

Je ris de le voir bondir sur place, tout à sa gourmandise et à cette joie de vivre qui le caractérisait.

— Yes ! Viens, allons-y avant que je ne change d'avis.

Voilà qui ressemblait davantage à ce que je connaissais. Retour à la normale. Mais au fond de moi, une petite voix s'obstinait à me demander si la normale était nécessairement une bonne chose.

— Laisse-moi cinq minutes, je dois passer un coup de fil pour le travail.

— D'accord, mais, au-delà de cinq minutes, tu pourras te faire des haricots blancs en sauce sur du pain grillé.

Pendant que je l'attendais, je sortis ma tablette et éclatai de rire. Visiblement, le baiser numérique qui m'avait échappé dans le dernier e-mail n'avait causé aucun dégât.

À : Matilde@lmoc.co.uk
De : Redsman@hotmail.co.uk
Objet : Re : Conseils de lecture

The Anatomy of Liverpool - A History in Ten Matches, de Jonathan Wilson

Red Machine - Liverpool FC in the 1980s, de Simon Hughes

Ex-Reds Remembered, de Steven Speed

Red or Dead, de David Peace.

Je ne pouvais pas ne pas répondre !

À : Redsman@hotmail.co.uk
De : Matilde@lmoc.co.uk
Re : Re : Conseils de lecture

Morte de rire ! Si je cherchais des histoires d'épouvante, je lirais Stephen King. En humour, vous êtes comparable à Liverpool en matière de score. Ils ont été lamentables hier soir.

Tilly

— Allez, m'dame, arrête de lire. On a des commissions à faire.

Felix me rejoignit en bondissant, m'arracha ma tablette et m'expédia dehors.

Après le poulet au curry thaïlandais et ses accompagnements, je me lovai sur le canapé laissant Felix, toujours en mode obséquieux, faire la vaisselle.

Il apparut à l'entrée du salon, téléphone en main.

— Ça te dirait d'aller au pub ? Les gars sont au Windmill.

J'aurais dû me douter que quelque chose se tramait au regard lubrique qu'il avait eu pendant tout le repas, pendant que son téléphone gazouillait sans arrêt.

— Pas vraiment. Je suis installée bien au chaud. On gèle dehors.

Le temps avait changé au cours de la semaine et un terrible vent de Sibérie se faufilait entre les immeubles londoniens, vous prenant par surprise à l'angle des rues, dès que vous n'étiez plus protégé par un immeuble.

— Ça ne t'ennuie pas que j'y aille ?

Bizarrement, non. Je me sentais épuisée après notre virée fébrile chez Sainsbury. Felix avait distrait la caissière par des commentaires continus à propos de nos achats en commençant par les nouveaux biscuits en forme de doigts, au chocolat et aux flocons d'avoine.

— Vous les avez déjà goûtés ? Trempés dans le thé. Un délice.

Puis, secouant une boîte de Shreddies nature au blé entier et me désignant avant de froncer le nez, il avait poursuivi sur le ton de la confidence.

— Ça, ça a un goût de carton. Mais, apparemment, c'est meilleur pour moi que les Choco Pops, si vous voyez ce que je veux dire.

Et il avait haussé les sourcils façon Groucho Marx.

Quand tous les articles eurent été scannés, la caissière engoncée dans son uniforme riait avec lui et ses multiples mentons tremblotaient de joie tandis que j'avais l'impression d'être une méchante rabat-joie.

— Non, vas-y. J'ai un livre en route. Je suis crevée.

— Petite joueuse.

— Je dois vieillir.

— Surtout pas.

Il secoua la tête et quelques mèches de sa coupe branchée retombèrent, qu'il remit bien vite en place d'un geste familier. J'eus un serrement de cœur. Peut-être ne faisais-je pas suffisamment d'efforts.

Je sortis les jambes du canapé.

— Tu trouves que je me conduis comme une vieille chose ? Tu veux que je t'accompagne ?

— Non, dit-il en agitant les mains comme pour me forcer à me rasseoir. Ne t'inquiète pas, ma chérie. Je risque de rentrer tard.

Je me laissai retomber sur le canapé.

— Vraiment ? Tu n'as pas dit que tu allais au pub ?

— Si, mais les gars ont peut-être prévu quelque chose.

J'aurais cru que Kev et Jason, qui travaillaient dans le bâtiment et se levaient à l'aube, se préparaient à aller se coucher à cette heure-ci, et non à sortir faire la bringue.

— Bon, pas sûr que je tiendrais le coup. Ne me réveille pas en rentrant.

— Je n'y manquerai pas... Je veux dire, je ne te réveillerai pas.

D'un bond, il enfila son manteau qu'il avait déjà à la main et me planta un baiser sur la tête.

— Tu es un amour, Tilly.

Après son départ, je ne pus m'empêcher de consulter ma boîte mail.

`À : Matilde@lmoc.co.uk`
`De : Redsman@hotmail.co.uk`

`Vous devriez avoir l'habitude de vous bidonner. Votre équipe est une fameuse bande de` comiques. Avouez que vous allez être vouée à la déception demain soir.

Le meilleur bouquin de Stephen King est *Misery*. L'avez-vous lu ?

J'étais plutôt de son avis, malheureusement, mais je n'allais pas le lui dire.

À : Redsman@hotmail.co.uk
De : Matilde@lmoc.co.uk

Juste un petit coup de mou en milieu de saison : nous allons bientôt rebondir. Et attendez de voir vos résultats avant de pérorer.

Je n'ai lu aucun Stephen King, mais j'ai vu *Misery* (j'ai bien aimé) et *Shining* (je n'ai pas aimé, j'en ai tremblé dans ma culotte).

Tilly

Chapitre 12

Au détour du couloir, je me heurtai au torse de Marcus. Il portait encore un élégant costume de laine – qui devait coûter un mois de mon salaire – et me fit une fois de plus l'effet d'un cygne racé au milieu d'une bande de canetons indisciplinés. Ce jour-là, j'arborais le style « Audrey Hepburn à Paris » : chemisier blanc, jupe droite noire – pas aussi bien coupée que celles de ma sœur – et foulard rayé au cou.

— Pressée ? dit-il d'une bouche dédaigneuse.

— Oui, haletai-je.

— Tilly, ça ne marche pas.

— Quoi ?

Soudain, je me souvins.

— Oh, fait ch... Je veux dire, désolée. J'ai encore oublié. Je vous assure.

Au souvenir de ce qu'avait dit Alison la veille, mon niveau de stress s'éleva brusquement et mon pied se mit à taper nerveusement le sol.

— On pourrait se voir demain. Je vous promets que je n'oublierai pas.

— Où allez-vous comme ça ?

— Euh...

Je contemplai les murs du couloir mais, faute d'inspiration, je crachai le morceau.

— Je dois faire un saut chez Fox, chercher des fournitures. Un seul article en fait. La colle hypoallergénique que nous utilisons pour coller des poils sur les visages. George Fordingbridge doit passer pour un tournage publicitaire et, comme il a la peau très sensible, il nous faut de l'hypoallergénique.

— Quoi ? Le *vrai* George Fordingbridge ? L'acteur ?

Il y avait dans sa voix une pointe d'excitation enfantine. Je me retins de justesse de lever les yeux au ciel.

— C'est un théâtre, ici. Il est assez fréquent que des acteurs nous rendent visite.

Devant la sécheresse de ma réponse, il se raidit en tripotant son col de chemise.

— Désolée, dis-je. Il est vrai que c'est quelqu'un de célèbre et que j'y suis habituée.

— Oui.

Devant son air attristé, je me félicitai de m'être excusée.

— Il est vrai qu'une visite du sous-secrétaire d'État au commerce, à l'énergie et à la stratégie industrielle ne fait pas le même effet. Ce fut le moment fort dans l'entreprise où je travaillais avant. Ici, il est clair que George Fordingbridge est un nom comme les autres. Il faut que je m'y habitue. Vous semblez si blasée par rapport à ça.

— Bientôt, vous serez aussi à l'aise que nous avec les noms célèbres.

Je lui pressai le bras pour le réconforter et, le voyant tressaillir, je me rendis compte de ce que je venais de faire. Il n'était probablement pas habitué aux gens très physiques, très démonstratifs.

— Vous savez quoi ? Et si…

J'allais sûrement regretter ce que j'allais dire.

— Si vous veniez avec moi ?

— Puisque c'est le seul moyen de vous coincer aujourd'hui.

Il sourit brusquement, l'air ravi, avant d'ajouter :

— Allons-y. J'ai besoin de prendre l'air. Et nous pourrons peut-être en profiter pour parler d'un système qui vous évite d'être à court de fournitures. Et pousser cette discussion plus loin lors d'un vrai rendez-vous demain.

Zut. J'avais foncé droit dans le panneau.

À partir de la fin novembre, Covent Garden devient un lieu magique et, dès le début de décembre, c'est un véritable enchantement. L'esprit de Noël semble envahir chaque recoin des bâtiments et des trottoirs historiques. Aucun autre endroit de Londres n'est comparable. Les places pavées, les colonnes et les portiques, tout se prête parfaitement aux décorations traditionnelles de Noël. Partout où vous posez les yeux, c'est comme si Noël vous adressait un signe amical. Ici, c'est une guirlande en sapin, là un bouquet de houx et, presque partout, une fine couche de poudre dorée. Cette année-là, la pièce maîtresse couronnant le côté nord de la place était un immense cerf en topiaire, la tête tournée vers les chalands et les touristes, tel le roi d'une forêt lointaine venu régner sur ce domaine urbain l'espace de quelques semaines. Piqueté de lumignons qui brillaient comme des diamants, j'avais l'impression qu'il pouvait, à tout moment, d'un bond surpuissant, s'en aller rejoindre sa terre d'origine.

Noël fait ressortir mon côté fantaisiste. C'est plus fort que moi. J'adore cette époque de l'année et l'ambiance contagieuse qui règne dans les rues.

— Venez, dis-je.

Je filai entre les touristes occupés à prendre des selfies et les artistes de rue, afin d'emprunter un itinéraire circulaire qui nous permette d'admirer la nouvelle composition en Lego, en espérant qu'elle avait enfin été dévoilée.

— Où allons-nous ?

— Officiellement, chez Charles Fox. Officieusement… nous prenons le chemin des écoliers.

Je guettais depuis quelques jours les bâches secouées de soubresauts en attendant l'achèvement de la construction.

Soudain, je me retournai en saisissant le bras de Marcus.

— C'est terminé !

Il parut un peu surpris. Je lâchai son bras pour m'approcher de la barrière et examiner l'extraordinaire tableau en briques de couleurs vives. Il y avait des elfes chaussés de babouches aux pointes recourbées, des paquets cadeaux avec leur ruban, un Père Noël au ventre rond, pourvu d'une longue barbe et vêtu d'un costume cramoisi bordé d'hermine. J'étais toujours émerveillée devant les formes variées qu'on pouvait obtenir à partir de ces petites briques.

Même Marcus, philistin en chef, se pencha pour regarder de plus près la finesse du travail.

— Il faut que j'amène mes nev... ma famille voir ça, dit-il.

Comme il s'écartait, j'arrêtai brusquement d'avancer et posai la main sur sa manche en regardant en l'air.

— Oh !

— Quoi ?

Déçue, je secouai la tête.

— Je croyais avoir senti un flocon de neige. Le présentateur du bulletin météo a annoncé qu'il risquait de neiger aujourd'hui.

— En Écosse, dans les Highlands, peut-être, mais pas ici.

Après un dernier regard plein d'espoir vers le ciel, je l'emmenai vers l'ancien marché aux pommes où j'inspectai rapidement les stands, cochant mentalement la liste des exposants, rassurée de les voir tous présents à l'appel. Pochettes en cuir aux couleurs pastel dans l'angle, écharpes en velours dévoré trois stands plus loin, la petite nouvelle, au bout, avec ses fabuleuses broches fleurs en feutre, le mec à la casquette en tissu avec ses bijoux fabriqués à partir de vieux couverts en argent, les horloges étranges et merveilleuses, au milieu de la travée.

Je fis une brève halte, tandis que Marcus continuait sans s'apercevoir immédiatement que je l'avais lâché.

Un nouveau stand avait attiré mon regard : on y vendait des foulards en soie qui étaient non seulement superbes mais constituaient un cadeau parfait. Je tendis le bras pour caresser un pan de soie décoré de tourbillons sarcelle, rose et noir, et brodé de perles en forme de tubes qui en renforçaient l'aplomb et le mouvement. On l'aurait cru fait pour ma sœur. Ces teintes lui iraient parfaitement et, qui plus est, pimenteraient ses petits tailleurs noirs et se marieraient avec les chaussures et le sac à main élégants qu'elle portait l'autre jour.

— Euh, Tilly ?

— Désolée, je viens de repérer quelque chose. N'est-il pas magnifique ?

— Vous êtes sérieuse ?

Il prit un air horriblement surpris, visiblement décontenancé par le fait que je lui demande son avis et même que je lui demande d'en avoir un. J'avais trop l'habitude de faire du shopping avec Felix.

— Ce n'est pas mon truc, mais... dit-il en haussant les épaules.

Je regardai sa chemise, blanche comme d'habitude.

— Oui, je vois bien que vous ne faites pas dans la couleur. Vous permettez ?

Je sortis mon sac à main de mon cabas, que je lui remis de force.

Avant qu'il ait pu se plaindre, j'avais fait baisser le prix de trente-cinq à vingt-sept livres et repéré un autre foulard que je comptais m'offrir quand j'aurais ma paye.

Je traversai ensuite le reste du marché en bondissant à demi, balançant au bout de mon bras le sac en papier aux poignées faites de cordons.

— Vous êtes très contente de vous, hein ? observa Marcus.

— Oui ! Ce cadeau est idéal. J'adore quand ça se produit. Vous voyez quelque chose et c'est exactement ce qui convient. Les cadeaux parfaits sont des choses qu'on désirait sans le savoir et qu'on adore dès qu'on les voit.

— Non, les cadeaux parfaits sont des choses utiles.

— J'étais sûre que vous alliez dire ça. Je parie que vous adorez qu'on vous offre des choses du type chaussettes, pantoufles, slips.

— Slips ! Vous avez une piètre opinion de moi.

— Eh bien, quel est le plus beau cadeau que vous ayez jamais reçu ?

— Euh... de toute ma vie ?

— Bon, au Noël dernier. Quel est le plus beau cadeau qu'on vous ait fait ?

— Une cravate assez sympa, dit-il, la mine déconfite.

— Sympa ? J'ai vu votre goût en matière de cravates. Fades à l'extrême, dans diverses nuances de gris.

— C'est une cravate que je ne porte plus.

Il avait parlé sur un ton haché, comme s'il en avait trop dit, et je regrettai aussitôt ma question.

Mais je ne pus me résoudre à m'en tenir là.

— Un cadeau d'une ex ?

— Oui.

Cette fois, le ton de sa voix me dissuada de poursuivre dans cette direction.

— Quel est le pire cadeau qu'on vous ait jamais fait ? Slips et chaussettes exceptés. Vous devez bien avoir une tante douteuse ou quelqu'un qui achète toujours des cadeaux ringards.

Je fis une brève halte devant mon stand de bijoux préféré, puis décidai de ne pas mettre sa patience à plus rude épreuve.

— Ma tante Jane, du côté de mon père, m'a acheté un jour une couverture de voyage à carreaux. À moi qui n'ai pas de voiture. Cela dit, elle en a aussi offert une à Christelle, qui adore sa couverture. Elle est d'un plus joli coloris que la mienne.

— J'ai encore mieux : la sœur de ma mère m'a offert une couverture à manches.

— Une couverture à manches ?

Je ralentis pour le regarder, incrédule. Il n'était vraiment pas du genre à utiliser une couverture à manches.

— Une couverture avec des manches pour enfiler les bras. Violette.

J'eus beau pincer les lèvres, je ne pus contenir un ricanement peu élégant.

— Je sais ce que c'est qu'une couverture à manches, mais... vous...

Je me mis à rire et il m'enjoignit d'un coup de coude de ne pas arrêter ma marche.

Ayant enfin réussi à contrôler mon rire, je repris mon sérieux.

— Comme ça, vous avez un déguisement tout prêt. Vous pouvez vous déguiser en Barney, le dinosaure de l'émission pour enfants.

— Je tâcherai de m'en souvenir.

Il dit cela d'une voix grave et sèche qui me troubla intérieurement. Il n'était vraiment pas mon type mais il avait quelque chose d'attirant.

— Votre tante ne vous aime pas ?

— J'ai toujours cru que si... mais maintenant que vous le dites... Ou peut-être craint-elle juste que je n'aie pas les moyens de payer ma note de chauffage, maintenant que j'ai quitté le foyer familial pour avoir mon chez-moi.

— Depuis combien de temps avez-vous quitté le foyer familial ?

Son fameux sourire apparut.

— Plus de dix ans.

Je mourais d'envie de lui demander s'il partageait son chez-lui avec quelqu'un, mais j'aurais eu l'air de m'intéresser à lui, ce qui n'était pas le cas. C'était un collègue de travail. Et une fois ce satané projet informatique terminé, je n'aurais plus affaire à lui. Pensée qui, d'ailleurs, ne me procurait pas autant de plaisir que je l'aurais cru.

— Regardez, il neige pour de bon, dis-je comme nous quittions la place.

Des flocons blancs tournoyaient et virevoltaient dans le ciel. Je m'arrêtai net, offrant mon visage au ciel, les yeux fermés.

— Qu'est-ce que vous faites ? dit-il d'une voix qui trahissait sa perplexité.

J'attendis quelques instants, le temps qu'un flocon vienne se poser sur mes cils, que j'agitai alors.

— Le baiser de l'ange. Quand un flocon de neige se pose sur vos yeux, c'est comme le baiser d'un ange. Dès qu'il neige, vous devez attendre le premier baiser avant de pouvoir bouger. Ma sœur et moi le faisions toujours.

— C'est la première fois que j'entends parler de ça.

Il avait pris son air « Je veux bien vous faire plaisir mais vous êtes complètement folle ».

— C'est normal. C'est un truc de famille. Mais j'adore la neige. C'est magique, vous ne trouvez pas ?

— Non, c'est froid, mouillé et tout est paralysé dès que la neige tient.

Je le regardai avec pitié ; il n'avait vraiment pas d'âme.

La boutique avait été redécorée pour Noël et la vitrine ressemblait à un spectacle pour enfants sur le thème de Cendrillon : la peau de Cendrillon étincelait de cristaux, les méchantes sœurs arboraient des extensions capillaires imitant des pelages de fauves et les souris d'incroyables faux cils en plumes aux couleurs de l'arc-en-ciel. Impatiente, comme toujours, à l'idée de ce qui m'attendait à l'intérieur, j'ouvris la porte en secouant les flocons tombés sur mes cheveux.

Je pris entre mes mains une palette d'ombres à paupières, en avant-première de la collection de printemps, apparemment.

— Cela vous arrive-t-il régulièrement ? D'être à court de fournitures ? demanda Marcus.

— Non, répondis-je avec désinvolture en reposant aussitôt la palette. Rarement. Juste pour les articles très spécifiques.

— Tilly ! Tu arrives juste au bon moment. Regarde ce qu'on vient de recevoir.

Ava, la vendeuse qui travaillait là depuis dix-huit mois, me saisit le poignet d'un bond et y tamponna une éponge imprégnée d'un liquide bleu iridescent qui répandait un éclat scintillant sur ma peau.

— C'est magnifique, dis-je en offrant mon bras à la lumière.

— Et ça existe en huit teintes, dont perle et cuivre. N'est-ce pas que c'est dément ?

— Absolument.

Je regardais avec un appétit non déguisé les petits pots alignés sous la photo d'une femme au visage peint d'un motif peau de serpent à l'aide de cette même teinte quand je me rappelai la présence de Marcus, qui m'observait bêtement.

— Je fais juste un saut pour prendre un peu de colle à l'alcool. Celle qui est hypoallergénique.

Ava en prit un flacon dans le rayon.

— Sur le compte ?

— Oui, s'il te plaît.

Je voyais bien qu'elle jaugeait Marcus et qu'elle le trouvait à son goût.

— Rien d'autre ?

Elle lui fit un sourire carrément charmeur.

— Non. Pas aujourd'hui, dis-je sur un ton qui se voulait professionnel.

Je luttai contre l'envie bizarre de m'interposer devant lui pour le protéger des avances non déguisées d'Ava.

— Tu dis toujours ça, et ensuite, pendant que tu es ici, tu te rappelles un tas d'autres choses.

Puis, se tournant vers Marcus :

— Le LMOC est l'un de nos meilleurs clients.

J'adressai à Ava un sourire grimaçant pour l'adjurer d'arrêter de parler tout en désignant Marcus d'un subtil mouvement de tête.

— Je te présente Marcus, un collègue. Il vient juste d'arriver au LMOC, au service informatique.

— L'informatique ? Dommage : Tilly risque de vous voir moins souvent que nous ne la voyons.

Et elle ajouta avec un clin d'œil appuyé :

— Il leur manque toujours quelque chose.

C'était l'un de ces moments où l'on aimerait se taper la tête contre un mur.

Nous n'avions pas fait trois pas dehors, où la neige avait cessé de tomber aussi brusquement qu'elle avait commencé, quand Marcus demanda :

— Si on parlait système de gestion de stock ?

Chapitre 13

Divin. L'eau chaude qui clapotait autour de mon corps dénouait les tensions de mon cou. Il fut un temps où j'aurais peut-être essayé de convaincre Felix de me rejoindre dans le bain et de grimper tous les échelons. Cette fois-ci, je me contentais d'un bon e-book. Ma libido se sentait très négligée ces derniers temps. La fortune que j'avais dépensée le mois dernier – non, pas le mois dernier mais en septembre – dans l'achat d'un nouveau soutien-gorge *push-up* en dentelle avait bien produit le décolleté pigeonnant promis mais, hélas, mon Roméo ne semblait pas avoir la moindre envie d'escalader le balconnet.

— Votre verre, mâdâme.

Felix entra avec un gin tonic dont le verre froid se couvrit instantanément de condensation.

— Bougies ?

— Pourquoi pas ?

Je me redressai dans la mousse, m'efforçant de paraître plus aguicheuse que je ne le sentais au fond.

— Tu me rejoins ?

— Il faut juste que j'aille consulter…

Avant que j'aie pu ajouter un mot, il s'était envolé et je m'étranglai à moitié avec mon gin où le tonic était en option.

J'accusai partiellement le coup. D'accord, je contrariais ses projets mais est-ce que mon derrière paraissait énorme dans le bain ? Il y avait de quoi faire un complexe. Visiblement, Felix préférait jouer avec son ordinateur plutôt qu'avec moi. Au moins, j'essayais de faire un effort. Mais peut-être avait-il compris que le cœur n'y était pas. Mon cœur avait ses propres raisons en ce moment et faisait s'affoler mon organisme dès que Marcus était dans les parages. Comment était-ce possible alors que je n'étais même pas sûre de le trouver sympathique et, a fortiori, attirant ?

Après avoir ruminé un moment, je pris ma liseuse pour me plonger dans un vieux roman de Sophie Kinsella que j'avais déjà lu. J'adorais relire des bouquins. Redsman adorait-il aussi ? À la fin du chapitre, trouvant mon verre subitement vide, je me connectai à l'application e-mail.

À : Matilde@lmoc.co.uk
De : Redsman@hotmail.co.uk
Je ne voudrais pas que vous perdiez votre culotte ! ;-)
R

Quoi ? Je me redressai si brusquement que de l'eau gicla hors de la baignoire. Il changeait de registre et, même en descendant jusqu'à mon e-mail précédent et à mon commentaire sur *Shining*, j'eus un doute. Avais-je écrit quoi que ce soit de suggestif ?

Je répondis d'une phrase brève.

À : Redsman@hotmail.co.uk
De : Matilde@lmoc.co.uk
Vous ne manquez pas de culot.

Mes doigts hésitèrent au-dessus de l'écran tactile. Étais-je en train de franchir une limite ? Laissant le gin parler pour moi, j'appuyai sur « Envoyer ».

Il me répondit immédiatement.

À : Matilde@lmoc.co.uk
De : Redsman@hotmail.co.uk
C'est vous qui en manqueriez si vous perdiez vos culottes.
R.

À : Redsman@hotmail.co.uk
De : Matilde@lmoc.co.uk
Sachez que je suis une jeune femme respectable, pourvue d'une collection de culottes idoine. Merci.

À : Matilde@lmoc.co.uk
De : Redsman@hotmail.co.uk
J'aimerais bien savoir à quoi ressemble une collection de culottes idoine.
R.

Là, c'était du flirt et une alerte retentit aussitôt dans ma tête. Je ne pus m'empêcher de répliquer.

À : Redsman@hotmail.co.uk
De : Matilde@lmoc.co.uk
Nous en resterons là pour ce soir, cher ami.
Tx

Zut, j'avais encore mis un baiser. Et par-dessus le marché, je l'invitais à méditer sur mes sous-vêtements.

Felix était absorbé par son iPad, sur lequel ses doigts tapaient un message-fleuve.

J'éprouvai un élan de culpabilité. Mais c'étaient juste des e-mails, ce n'était pas comme si je faisais du mal à quelqu'un et Felix n'y verrait pas d'inconvénient s'il était au courant, il trouverait même ça drôle, probablement.

— Je croyais que tu allais me rejoindre dans le bain, dis-je avec un sourire indiquant que je ne lui en voulais pas.

— Oh, désolé. Je... je n'y pensais plus.

— Charmant. Tu ne m'aimes plus ?

Je me rendis aussitôt compte de mon hypocrisie. Depuis qu'il m'avait offert le sac, j'avais vraiment essayé de faire des efforts même si, ce soir-là, il avait tellement bu avec ses potes qu'il avait fini par dormir chez Kevin, ce qui aurait dû me contrarier. Au lieu de cela, je m'étais sentie soulagée.

— Jamais, Tilly. Ma magnifique Tilly. Viens ici, que je te fasse un câlin.

Il renifla profondément.

— Mmm. Tu sens bon. Qu'est-ce c'est ? dit-il en m'attirant vers le canapé.

— Ce bain moussant chic que Jeanie m'a offert pour mon anniversaire.

— Comment va cette méchante sorcière ? demanda-t-il en souriant.

Jeanie et lui entretenaient une relation d'amour-haine et ne se supportaient mutuellement qu'à cause de moi.

— Ne sois pas méchant.

— Désolé. Je me demandais juste si vous n'étiez pas brouillées, elle et toi.

— Non, pourquoi ?

— Parce qu'il y a un moment que tu n'es pas allée chez elle, c'est tout.

Je n'avais pas besoin qu'il me le rappelle. Toutes les deux ou trois semaines, j'allais passer une soirée chez Jeanie, dans son minuscule cottage de Hammersmith, généralement les soirs où Felix jouait au poker. Mais je n'avais pas été invitée récemment.

— Elle est très occupée, dis-je en faisant tourner mes doigts autour de la base de mon verre.

Mais occupée à quoi ?

Felix sourit et agita son sourcil gauche d'un air machiavélique.

— Laisse-moi deviner... elle a un petit ami ?

— Tu crois ? Elle ne veut plus entendre parler des hommes depuis quinze ans. Ça m'étonnerait qu'elle change d'avis maintenant.

— Un peu comme Maman, dit Felix en secouant la tête.

Sa mère vivait seule depuis que le père de Felix l'avait quittée pour une danseuse rencontrée au foyer des ouvriers, ce qui l'avait dégoûtée des hommes sauf de Felix, qu'elle adorait d'une manière presque malsaine. Bien que résolument célibataire, elle faisait tout pour se mêler de notre mariage depuis que nous étions fiancés et nous avait même emmenés visiter le Gideon Hotel, situé à cinq kilomètres de chez elle. Une véritable épreuve : un thé mortel l'après-midi, servi dans des tasses ne contenant pas plus de trois gorgées d'un thé aqueux, en équilibre sur des sous-tasses fines comme du papier ; un personnel sourcilleux regardant ma robe vintage de travers en se retenant tout juste de renifler ostensiblement ; et des vieux genre joueurs de bridge qui faisaient bruisser leur exemplaire du *Telegraph* chaque fois que quelqu'un de nouveau entrait dans le salon.

Un condensé de tout ce que je détestais. Formalisme excessif et manières guindées. Mes parents auraient adoré.

— À propos de Maman, tu as pris une décision pour Noël ? Elle m'a encore posé la question hier soir.

Oh, non... Elle allait encore faire des allusions au mariage. Je voyais déjà Felix courber l'échine et oublier les mojitos à la framboise, le paso-doble et le mariage en petit comité dont nous avions vaguement parlé au moment de nos fiançailles.

Cette année, je n'avais aucune excuse pour ne pas aller chez elle à Noël. Mon moral baissa encore d'un cran. Noël chez la mère de Felix... Je n'imaginais pas perspective moins alléchante.

Chapitre 14

Cette fois-ci, la réunion avec Marcus se déroulait à l'atelier et j'avais, en son honneur, rangé les alentours de l'ordinateur, ou du moins dissimulé les preuves de l'usage détourné que j'en faisais en rangeant la tasse de chez Costa Coffee et en fermant le lecteur de CD-Rom. J'avais rangé les écheveaux de cheveux oubliés sur le moniteur et nettoyé le bureau à l'aide d'un linge humide pour effacer les auréoles de café. Il ne fallait pas que du café, vieux ou non, vienne tacher les manchettes immaculées de sa chemise. Je me demandais si les chemises qu'il possédait étaient exclusivement blanches. Celle du jour indiquait que oui. D'un blanc éclatant, une fois de plus. À croire qu'il possédait des actions et des obligations d'une marque de lessive.

— Bonjour tout le monde.

Jeanie l'accueillit d'un beau sourire. En vertu de quoi ? Elle avait la même opinion que moi sur les ordinateurs, mais il est vrai qu'elle n'avait pas été désignée pour s'y coller, elle.

Vince et moi nous regardâmes en levant les yeux au ciel.

— Vous êtes venu vous occuper de notre Tilly ? dit-elle.

— Eh bien, je vais essayer.

Je dois reconnaître que le sourire chaleureux de Marcus s'adressait aussi à moi. Mais il fut suivi d'une douche froide.

— Bien que je ne sois pas payé pour faire des miracles, ajouta-t-il.

— Je suis sûre que vous ferez de votre mieux, répondit Jeanie.

Elle m'adressa un sourire malicieux. Agacée, je me mis à taper du pied sur le sol.

— Bien, si nous commencions ? Le temps, c'est de l'argent, rétorquai-je à Marcus.

Il avait tout du banquier ce jour-là. Je sentais ma libido prête à refaire des siennes. Je n'y comprenais rien. Il n'était absolument pas mon genre.

Sous l'effet de l'adrénaline que charriait soudain mon organisme, je sentis mes genoux trembler légèrement mais, me redressant, je désignai le bureau d'angle qui hébergeait notre ordinateur esseulé.

— Vous êtes pressée ?

— Seulement pressée de finir. J'ai du vrai travail à faire aujourd'hui.

Je jetai un regard plein de convoitise à une perruque à demi terminée sur ma table de travail.

— J'ai découvert un logiciel de gestion de stock très intuitif : il devrait être facile à utiliser. J'en suis assez content. Je l'ai installé sur mon ordinateur portable car, sur votre appareil antédiluvien, cela risquerait d'être très énervant.

— Il y aurait une manière très simple de s'éviter cela, dis-je avec un sourire plein d'espoir.

— Voulez-vous… prendre des notes ?

— Non, je suis sûre que je vais m'en souvenir. N'avez-vous pas dit que c'était très intuitif ?

Voyant que je lui resservais sa formule, il me jeta un regard acéré mais, sans s'attarder davantage, il ouvrit son ordinateur portable et passa la demi-heure suivante à me faire la démonstration du programme de gestion de stock qu'il avait installé, brandissant des termes comme seuils de réponse, estimation des degrés de précision et métrique d'optimisation d'inventaire.

Il faut reconnaître que Marcus était d'une patience incroyable et, au bout d'une demi-heure, c'était moi, et non lui, qui demandais grâce.

— Je n'ai rentré que la moitié des trucs que nous utilisons !

Manière approximative de dire que j'avais entré en tout et pour tout quatre articles.

— Ça va prendre une éternité...

— Mais non, vous allez gagner en rapidité.

— Je n'en suis pas si sûre. Je dois vraiment entrer tous les produits sans exception ? Je ne pourrais pas juste mettre les choses qui nous servent le plus ?

— Non, car cela irait à l'encontre du but recherché. Quand vous aurez terminé, ce sera entré une fois pour toutes et vous économiserez des heures de travail à l'avenir. Voulez-vous que j'aille nous chercher des cafés ? Étant donné que vous vous êtes montrée... particulièrement studieuse.

Quand il revint, j'étais à deux doigts de jeter l'ordinateur par la fenêtre.

— Que se passe-t-il ?

— J'ai tout perdu. Cet abruti d'ordinateur a tout avalé.

— Tilly, c'est un ordinateur. Il n'avale rien. C'est ce qu'il y a de bien avec ces machines. Elles ne font que ce qu'on leur demande.

— Pas celui-ci. Il m'a prise en grippe.

— Non, *vous* l'avez pris en grippe. C'est vous qui commandez. Si vous y avez entré une information, elle doit y être encore. Je vous ai montré comment sauvegarder chaque article. L'avez-vous fait ?

— Oui, je ne suis pas complètement débile.

Avec un soupir d'impatience, il me prit la souris des mains et, avec l'aisance d'un joueur de cartes aux doigts agiles, ouvrit plusieurs fenêtres en quelques clics pour se retrouver malheureusement devant des pages totalement vierges.

Un pli soucieux barra son visage.

— Tout devrait être là, qu'avez-vous fait ?

— Vous voyez, je vous l'avais bien dit : il les a mangés, dis-je en jetant un regard torve à l'ordinateur.

— Ce n'est pas possible. Vos données doivent être là, quelque part. Le système comporte plusieurs niveaux de récupération et, si vous faites « sauvegarder », il y a une sauvegarde quelque part.

Je fis une moue boudeuse.

— Montrez-moi ce que vous avez fait.

Je le lui montrai.

— Je comprends mieux maintenant.

Rapidement et calmement, il me remontra la procédure. C'était un instructeur très compétent et incroyablement patient. À chaque fois que Felix tentait de me montrer quelque chose d'un tant soit peu technique, il finissait généralement par éclater d'un rire tonitruant devant ma profonde incompétence, ne m'aidait pas du tout et, pour terminer, se mettait en rogne, à court de patience, et me plantait là.

— Oh, je suis désolée. Je suis bête. Merci. Je vais aller chercher un cahier pour noter cela.

Je dois reconnaître qu'il me répondit avec un visage remarquablement neutre.

— C'est probablement une bonne idée.

Je lui donnai un coup de coude dans les côtes.

— Et j'aurais dû le faire dès le début.

Il pinça les lèvres.

— Il serait peu élégant de ma part de dire que je vous l'avais dit.

— Non, mais ce serait vrai.

Je savais maintenant ce que je faisais et la perspective de devoir entrer des milliers d'articles m'abrutissait par avance.

— Dites-moi, Marcus, connaissez-vous au moins un opéra ?

— Oui, dit-il.

Puis, pointant aussitôt le doigt vers l'écran :

— Vous voyez ? Vous pouvez créer des profils de commandes futures basés sur des documents archivés. Mais aussi des dossiers pour chaque spectacle sur lequel vous travaillez.

— Sérieusement, combien d'opéras avez-vous déjà vus ?

Je regardai autour de moi. La plupart des murs étaient ornés de photos de spectacles passés, de premiers rôles en costumes et de clichés publicitaires.

Je vis qu'il serrait les dents.

— Qu'en pensez-vous ? Serait-il logique d'adopter un classement par spectacles, par exemple ? Si vous montiez *La Bohème*, par exemple, vous pourriez créer une liste de produits qu'il va vous falloir à coup sûr.

— Vous aimez *La Bohème*, on dirait ?

— Comment ?

Il joua la perplexité.

— Tilly, êtes-vous attentive ?

Il avait beau essayer de garder l'air grave, coincé et professionnel, une lueur d'amusement brillait indiscutablement au fond de ses yeux.

— Savez-vous combien de fois vous en avez parlé ?

Il se figea.

— Non, mais c'est un opéra célèbre.

— Tout comme *Carmen*, *La Flûte enchantée*, *Le Barbier de Séville*, *La Traviata*, *Tosca* mais, curieusement, *La Bohème* est le seul dont vous parliez. L'avez-vous vu ? Connaissez-vous l'histoire, au moins ?

Le langage corporel est éloquent et le sien trahissait nettement l'agitation.

— Avez-vous vous déjà vu ne serait-ce qu'un opéra ?

Comme un aîné visant l'un de ses frères à son endroit le plus chatouilleux, je continuai.

— Vous n'en avez vu aucun, je me trompe ?

— Pas récemment, dit-il en s'agitant sur son siège.

Et il revint à l'écran.

— Bon, comme vous le voyez, nous avons créé une liste…

— Pas récemment ? À votre avis, à quand remonte la dernière fois que vous avez vu un opéra ?

— Et en procédant ainsi, vous vous économisez un temps considérable car vous pouvez créer une copie…

— Un opéra ? Quel était le dernier que vous avez vu ?

Il sembla se passionner subitement pour un coin du plafond.

— Et les ballets ?

— Je ne suis pas très ballet, dit-il avec un soupir exaspéré.

— Marcus, vous n'êtes pas très opéra non plus, si je ne m'abuse ?

Je me mis à rire de le voir se tortiller comme un écolier, tout en trouvant cela assez mignon.

— Êtes-vous déjà allé au théâtre ?

— Bien sûr… mais…

— Quel est le dernier spectacle que vous êtes allé voir ?

— J'ai emmené ma mère voir *Oliver* il y a environ cinq ans.

— Par esprit de sacrifice ?

Je le vis tripoter nerveusement le clavier, où son index caressait les touches selon un mouvement circulaire qui me donna soudain très chaud.

— Je ne suis pas très théâtre.

Il m'adressa un petit sourire en coin qui fit monter ma température de plusieurs dizaines de degrés.

Je croisai les bras fermement sur mes seins, qui réagissaient de manière aussi inconvenante qu'inopportune au mouvement de ses mains.

— Et moi, je ne suis pas très ordinateur.

Un point partout, monsieur Informatique.

Il sourit et son visage s'illumina. Ses yeux verts qui pétillaient avaient un terrible impact lorsqu'il redevenait humain. Je croisai les jambes en écrasant mes cuisses l'une contre l'autre.

— Tant pis ! dit-il. Ce n'est pas mon boulot de m'y connaître en opéra, je dois juste faire en sorte que les ordinateurs de cette maison tournent sans accroc pour que le spectacle continue.

— C'est injuste, dis-je sans pouvoir détacher les yeux de lui.

Il sourit encore et mon cœur fit un drôle de bond dans ma poitrine.

— Si nous nous occupions de créer des sous-dossiers et des listes ? Allez-y, faites-le. Et expliquez-moi ce que vous faites au fur et à mesure.

J'aurais été parfaitement à mon aise - et ce malgré les déséquilibres chimiques de mon organisme volage - s'il n'avait pas choisi ce moment pour poser sa main sur celle des miennes qui tenait la souris. Ce fut comme si j'avais mis les doigts dans une prise électrique. Une décharge de 5 000 volts parcourut tout mon corps.

— Il faut cliquer sur cette icône, dis-je en tâchant de ne pas bafouiller. Et ensuite enregistrer sous.

— Montrez-moi.

Je serrai la souris plus fort et il guida de nouveau ma main. J'observai son menton pendant qu'il fixait l'écran. Je respirai son eau de toilette.

— Pardon ?

— Enregistrez la liste mais créez une nouvelle liste maîtresse pour la mettre dedans.

— Oui. Enregistrer la liste.

Je ne pouvais me résoudre à déplacer la souris. Si je le faisais, son bras se rapprocherait de moi et je risquais de me jeter sur lui d'un instant à l'autre.

Tout mon corps vibrait. J'étais sûre qu'il s'en rendait compte.

Je me forçai à rester immobile, j'essayai de me concentrer sur l'écran, sans prêter attention à la légère poussée de son bras contre le mien, mais je ne pus m'empêcher de le regarder à la dérobée. Durant quelques longues secondes, nous nous regardâmes fixement et un trouble vint obscurcir ses prunelles vertes.

Je déglutis, il ôta sa main de la souris, se redressa et recula son siège pour mettre un peu d'écart entre nous. Je poussai un petit soupir.

— Je pense que nous en avons pratiquement terminé pour aujourd'hui, dit-il, se levant et tirant sur sa cravate.

— Super, dis-je avec un enthousiasme feint.

Sautant de mon siège, j'époussetai une peluche invisible sur ma jupe.

Il rassembla une liasse de papiers sur la table et sourit.

— Bon, ce n'est pas si mal. À partir du moment où vous vous mettez à écouter convenablement au lieu d'essayer de me distraire.

S'il savait ! Qui eût dit que la nuque et le cou d'un homme pouvaient nuire gravement à la concentration ?

Je haussai les épaules, il hocha la tête d'une manière terriblement professionnelle et guindée. C'était comme si ce bref moment avait été le fruit de mon imagination.

— Bien, et si vous me faisiez visiter un peu l'atelier, pour que je me fasse une idée de la manière dont l'ordinateur pourrait vous être utile ?

Non. Je voulais qu'il s'en aille. Je ne voulais pas éprouver encore ce déstabilisant élan de désir, de fascination, de je-ne-sais-quoi. Cela me faisait légèrement paniquer.

— Je crois qu'il vous faudra encore quelques cours avant que je n'ose vous confier un tableur. Éteignons ceci.

— Salut Marcus. Alors comment ça s'est passé avec notre nulle en informatique ?

Outrée, bouche bée, je fusillais du regard Jeanie, qui rejeta la tête en arrière avec un haussement d'épaules insouciant.

— Pas mal, répondit Marcus. Mais Tilly doit continuer à entrer des données. Cela implique beaucoup de travail, je le crains. Beaucoup de travail entre deux cours, ajouta-t-il en se tournant vers moi.

Je fis la grimace.

— Et si je supprime quelque chose par erreur ?

— Tout est récupérable.

Heureusement qu'il était confiant. Pour ma part, je n'étais pas certaine de ne pas faire un tas de bêtises sans lui pour m'épauler.

— Je suis persuadé que je trouverai encore d'autres outils pour améliorer l'efficacité de votre service.

Jeanie hocha la tête d'un coup sec.

— Parfait. Il est temps que nous entrions dans l'ère moderne. Tilly pourrait peut-être vous faire visiter le service, pour que vous vous fassiez une idée plus précise de notre travail. Je suis sûre que vous aurez des idées pour modifier nos façons de procéder.

Un alien s'était-il emparé de son corps ? En temps normal, Jeanie était aussi hostile au changement que moi. En fait, Vince, elle et moi étions tous convenus qu'il n'y avait pas de place pour la technologie chez nous. Pourquoi ce changement de discours ?

— Je dois filer, j'ai une réunion.

Sur ces mots, elle sortit comme une flèche avec un sourire en coin. Elle ne perdait rien pour attendre.

Je commençai la visite guidée par le bureau de Jeanie. Au fil des années, elle s'était approprié cet espace en l'emplissant d'un mélange de mobilier et de bidules récupérés au service accessoires, notamment une lampe tempête en cuivre, un tableau noir à l'ancienne – coincé dans un coin et couvert d'illustrations et d'échantillons de tissus – et une collection de cannes et de parapluies fichés, tels des jonchets géants, dans un faux pied d'éléphant.

J'étais habituée aux papiers et aux piles de livres qui couvraient chaque surface disponible mais qu'allait penser Marcus ? Surtout quand il allait découvrir le cabriolet tapissé de velours violet vif qui monopolisait tout un mur. Vince et moi l'avions en affection, peut-être parce que Jeanie nous avait envoyés le sauver des encombrants à deux rues de là. Nous avions le sentiment que cela nous donnait un droit de copropriété et celui de nous y prélasser, quand les circonstances l'exigeaient et uniquement en l'absence de Jeanie.

Quand je le fis entrer dans la pièce, je le vis feindre d'observer poliment le décor tout essayant désespérément de dissimuler le choc horrible qui traversait son visage.

— Ce n'est pas si mal, dis-je.

Mais, comparé au bureau qu'il occupait, le mien ressemblait à une décharge au lendemain d'un ouragan.

Il me regarda sans rien dire.

Il n'avait peut-être pas tort. Certains papiers étaient jaunis par le temps et, hormis les livres que nous consultions fréquemment, je ne me rappelais pas avoir vu Jeanie ne fût-ce que toucher à une pile de papiers. Lorsqu'elles devenaient trop hautes, elle les déplaçait pour les ajouter aux papiers poussiéreux empilés sous le cabriolet.

— Dites-moi que vous n'organisez pas de réunions ici ?

J'avais mal au dos rien qu'en regardant cet espace encombré, envahi.

— Parfois.

Il se contenta de secouer la tête et passa devant moi pour retourner dans l'atelier. Je restai un moment plantée là, à considérer le bureau de Jeanie d'un œil neuf. En rangeant, en se débarrassant du cabriolet et en installant de vraies étagères, on libérerait suffisamment d'espace pour s'asseoir autour du bureau au lieu d'être réduits à étudier les livres accroupis par terre.

Je lançai un regard furieux à Marcus, qui me tournait le dos. Je n'allais pas me laisser entraîner du côté obscur. J'avais déjà des comptes à régler avec mes hormones et voilà qu'elles s'attaquaient à ma cervelle.

Soudain pressée de me débarrasser de lui, je mis le turbo, lui indiquant d'un geste vague les quatre coins du service.

— Par ici, le stock maquillage. Là, Vince, Jane, Sasha et Jason. Par là, l'espace teintures.

Je désignai le bac industriel et les casiers à teintures.

— Teintures ?

— Pour teindre les cheveux. Et ici, mon espace de travail.

J'agitai une dernière fois la main. C'était la dernière ligne droite. Encore deux secondes et j'allais pouvoir le reconduire à la porte.

Merde, mais c'est qu'il se dirigeait vers mon coin.

— On se croirait presque dans un film d'horreur. Stephen King serait fier de vous.

Posant le doigt sur une des épingles fichées dans la tête de bois qui occupait mon plan de travail, il me regarda d'un œil pénétrant.

— Est-ce une perruque ?

Mince, mais c'est qu'il avait de belles mains.

— Oui, répondis-je avec impatience.

À son avis, que faisions-nous ici ? Des parties de jeu de puces ?

— Vous les fabriquez entièrement ?

Il semblait vraiment impressionné.

— Oui.

J'étais insensible à la flatterie, même prononcée avec une voix grave et veloutée.

Il palpa les cheveux.

— Ce sont de vrais cheveux ? dit-il en reculant.

— Oui. Nous les récoltons sur des morts de fraîche date, dans des hôpitaux.

Mais quelle mouche m'avait piquée de dire cela ?

Naturellement, il se mit à rire, comme il était censé le faire et, naturellement, il parut encore plus séduisant. Ses yeux tout plissés de sourire, ses dents parfaitement éblouissantes. Toute son attention tournée vers moi, comme un rayon de soleil à plein régime. Et, folle que j'étais, je le buvais des yeux, telle une marguerite levant sa corolle vers le soleil dans la béatitude de la photosynthèse ; je réagissais, renversant du même coup toutes les barrières que j'avais essayé d'élever entre lui et moi.

— Je ne sais pas pourquoi mais je ne vous crois pas, dit-il en riant de nouveau.

— Zut. Dire que j'ai fait marcher quelqu'un pendant des mois avec ça.

Je lissai les cheveux sur lesquels il venait de poser les doigts.

— Ce sont de vrais cheveux, mais nous les achetons.

— N'est-ce pas très coûteux ? Pourquoi n'utilisez-vous pas des cheveux synthétiques ?

Il semblait sincèrement intéressé.

— Les vrais cheveux sont chers, mais ils jouent mieux.

Il fronça les sourcils et appuya sa hanche contre la table.

— Vraiment ? Ils jouent. Vous voulez dire qu'ils participent au chant et à la danse ?

— Non !

Riant, je lui donnai sans y penser un coup de coude dans les côtes et j'en fus la première surprise.

— Non, ce n'est pas ce que je veux dire. Mais le vrai cheveu dure plus longtemps et bouge mieux, ce qui est très important pour un danseur. Vous imaginez une belle prestation de danse, fluide et expressive, avec des cheveux statiques qui ne bougent pas et ne suivent pas le mouvement ? Cela gâterait tout l'effet. Et je vous assure que le public remarque ce genre de choses.

— Je n'y avais jamais songé.

Pensif, il tendit la main vers un écheveau de cheveux, le fouetta d'un côté et de l'autre et en observa le mouvement avec une attentive fascination.

Je sortis d'un tiroir un long postiche en cheveux de nylon et le lui tendis.

— Regardez. Et ce n'est pas seulement une question d'esthétique : le vrai cheveu ne devient pas crépu et ne s'abîme pas aussi facilement que le synthétique. Nous utilisons aussi beaucoup de poils de yak, en remplacement des cheveux humains.

— Du poil de yak, vous voulez dire des vaches de l'Himalaya ? Vous me faites marcher, cette fois.

— Pas du tout. Je vous assure.

Je me levai pour aller chercher un échantillon dans une autre rangée de tiroirs.

— Tenez, touchez ça. Vous voyez comme c'est doux ? Nous en utilisons beaucoup. Dans la plupart des costumes de Père Noël de bonne qualité, la barbe et les cheveux sont généralement en poils de yak. En plus, ils prennent très bien la couleur.

Marcus palpa les mèches souples, l'air légèrement perplexe.

— J'ignorais totalement que... vous faisiez tout ça.

— Vous vous imaginiez que je me contentais de leur épingler une perruque sur la tête, de leur étaler un peu de maquillage sur la figure et, hop, terminé, dégagez ?

— Quelque chose comme ça, oui.

J'aimai cette manière de dire les choses franchement et de reconnaître son erreur, sans essayer de bluffer ni de me raconter des foutaises.

— Le souci du détail. C'est notre job. Aucun détail n'est assez petit pour être négligé.

— Mais... ne vous méprenez pas, mais... pourquoi ? Je veux dire, ce n'est jamais qu'un...

— Qu'un spectacle ?

— Je n'avais jamais mesuré tout le travail qui se fait en coulisses. Cela en vaut-il la peine ?

— Avez-vous déjà visité beaucoup d'autres services ?

— Non, dit-il avec un regard candide. J'ai pensé que celui-ci était le pire, c'est pourquoi j'ai décidé de commencer par là.

Je rejetai la tête en arrière en reniflant bruyamment.

— Ce n'est pas mieux aux costumes !

— Je n'en doute pas.

Encore ce sourire rapide.

— Je crois deviner une légère rivalité entre les costumiers et vous.

J'ouvris de grands yeux avec un sourire faussement modeste.

— Nous formons une seule et grande famille. Certes, il peut y avoir une certaine rivalité professionnelle et, parfois, de petites piques entre nous mais, la plupart du temps, c'est à prendre au second degré et nous nous entendons bien. Bien obligé. Nous travaillons énormément ensemble, surtout sur le plateau. S'il y a un changement rapide, il doit s'effectuer à la seconde près. Comme les arrêts mécaniques en Formule Un. Dans un spectacle, nous avions exactement trente secondes pour transformer le comédien qui jouait le premier rôle en quelqu'un qui avait été battu et avait eu les mains coupées...

— C'est un peu sanglant.

— Oui, enfin c'était l'idée et cela devait paraître sanglant. C'est vital. Cela participe de la suspension consentie de l'incrédulité. Cela gâcherait tout, aux yeux du public, s'il rentrait sur scène avec quelques taches de ketchup. Il faut que le public y croie. Si nous faisons mal notre travail, cela n'est juste ni envers le public ni envers les interprètes, car cela les détourne de leur interprétation. Nous sommes *obligés* de bien faire.

Je vis bien à son visage sérieux que tout cela était nouveau pour lui.

— Je n'avais jamais vu les choses ainsi.

— Quand vous regardez un film, vous n'aimeriez pas qu'un personnage se tourne vers la caméra en disant : « Pour info, je joue devant un écran vert, les bâtiments que vous voyez derrière moi sont entièrement créés par ordinateur. » Vous le savez probablement, mais vous jouez le jeu.

— Vous êtes passionnée par ce que vous faites, à ce que je vois.

Cette remarque teintée d'admiration éveilla en moi une douce sensation.

— C'est vrai. J'aime ce que je fais, mais je ne suis qu'un petit rouage dans la machine. Les gens paient horriblement cher pour venir voir un spectacle ici. Certaines places coûtent plusieurs centaines de livres. La concurrence pour les rôles est rude. Tous les membres de l'orchestre font partie de la crème des musiciens. Nous avons des musiciens de renommée mondiale, les meilleurs chefs du monde. Pour payer tout ça, nous devons faire en sorte que notre travail serve chacun des rouages de la machine.

— Sur quoi travaillez-vous avec cette perruque ?

— Ce sera la perruque de Juliette Capulet. L'époque choisie pour le décor est la période Regency, ce qui requiert des coiffures très élaborées. Il est plus facile d'utiliser une perruque que de coiffer la danseuse tous les soirs, d'autant que pour certaines scènes – sa mort, par exemple – le chorégraphe veut qu'elle ait les cheveux détachés. Comme il est impossible de changer de coiffure entre deux scènes, nous lui préparons plusieurs perruques.

— Les perruques ne risquent-elles pas de tomber avec tous les mouvements de danse ?

Avec un petit grognement, je cachai les oreilles imaginaires de la tête de bois.

— Quoi qu'il arrive, ne dites jamais ça devant Jeanie ou vous auriez droit au « sermon ».

Je poursuivis en imitant le ton haché de Jeanie.

— Je me moque que vous leur enfonciez des épingles dans le crâne du moment que la perruque reste à sa place.

— Aïe.

— Je vous promets qu'il y aura assez d'attaches et d'épingles pour amarrer un transatlantique. Chez nous, une perruque mal fixée est un crime passible de la pendaison.

— Et comment les fabriquez-vous ? dit-il en effleurant le tulle de soie qui servait de base à la perruque.

— Vous voulez vraiment le savoir ?

— Absolument. Cela semble passionnant.

Felix était venu travailler avec moi une ou deux fois sans jamais manifester un grand intérêt. À la place de Marcus, il se serait déjà lassé et serait parti bavarder avec Vince.

Saisissant un écheveau de cheveux et le crochet que j'utilisais pour faire les nœuds, je lui fis signe d'approcher et, prélevant suffisamment de cheveux dans l'écheveau, je lui montrai comment les piquer dans la trame serrée puis comment les nouer solidement à l'aide du crochet.

Bien qu'il y ait moins d'électricité entre nous, je me surpris à apprécier ce moment d'échange professionnel partagé et mesuré. Le respect silencieux qu'il me témoignait avait quelque chose de valorisant.

— Waouh, ça semble minutieux. Combien de temps faut-il pour en fabriquer une ?

— Une semaine au moins, cela varie selon la complexité et la taille de la perruque et selon que je travaille ou non sur le plateau en même temps. *Don Giovanni* se termine cette semaine, ensuite on enchaîne avec *Casse-Noisette*, qui m'accaparera moins car je ne m'occuperai pas des premiers rôles. Je passerai le plus clair de mon temps ici, à l'atelier, à m'occuper des perruques et à travailler avec l'équipe artistique pour faire en sorte que tout soit raccord dans le prochain spectacle.

— Raccord ?

— Oui. Par exemple, la mise en scène de *Don Giovanni* est très traditionnelle. L'action est située à l'époque d'origine, les coiffures et les costumes sont dictés par le décor. En revanche, comme je vous le disais, *Roméo et Juliette* va se dérouler à l'époque Regency et nous avons déjà arrêté les choix de coiffure pour Juliette mais nous devons nous assurer que le corps de ballet sera coiffé dans un style en accord avec l'époque, même s'il s'agira de coiffures moins élaborées. Une partie de notre travail consiste à nous documenter sur les coiffures adéquates et à soumettre nos idées et nos suggestions à l'équipe en charge du spectacle, au metteur en scène, au directeur artistique, tout comme le font l'équipe de costumiers et les décorateurs, pour que tout s'harmonise.

— Je n'avais jamais songé à tout ce que cela représentait.

Il contempla l'atelier d'un regard songeur, comme s'il le voyait réellement pour la première fois.

— Vous devriez venir sur le plateau pendant un spectacle.

Quelle mouche m'avait piquée de dire ça ? Essayais-je de l'impressionner ?

— Autrement... J'ai promis à Fred de le coiffer et de le maquiller pour le Comic Con, samedi.

— C'est vrai ?

Son regard s'éclaira et j'eus l'impression que quelque chose m'avait échappé.

— Oui.

— Il ne me l'avait pas dit. J'y vais avec lui.

— Quoi ? Vous allez au Comic Con ?

Il me regarda avec un sourire penaud qui métamorphosa son visage, le rendant totalement désarmant.

— Vous allez vous déguiser ? demandai-je, sceptique.

Il rougit.

— Normalement, non... Fred et Leonie m'ont persuadé de le faire.

Son attitude soudain plus raide indiquait que l'idée ne lui plaisait qu'à moitié mais qu'il essayait de s'y faire.

Je le regardai fixement en essayant d'oublier que mon cœur chancelait. Lorsqu'il redevenait humain et se dénigrait, Marcus semblait soudain un autre homme.

— Vous vous déguisez en quoi ?

Il déglutit péniblement en se mordant la lèvre inférieure.

— Wolverine.

Oui, j'imaginais très bien.

— Le costume a été le plus facile.

Il passa une main dans ses cheveux.

— Vous croyez que vous pourriez faire quelque chose. Si… si vous vous occupez de Fred, bien sûr.

— Oh, oui. Wolverine, c'est assez facile.

Je me tus et avalai ma salive. J'ai beau regarder des visages tous les jours d'un point de vue professionnel, j'avais soudain du mal à regarder ne fût-ce que son menton.

— Est-ce que vous… euh… hum… vous rasez ?

Il parut profondément perplexe et prit un air horrifié.

— Où ça ?

— Le menton.

À mon tour de rougir. À quoi avait-il imaginé que je pensais ?

Son visage se décrispa, mais il semblait encore hésitant quand il répondit.

— Oui.

— Je veux dire à quelle… quelle fréquence ? Enfin, est-ce que vous croyez que… vous pourriez… hum… vous laisser pousser les pattes et la barbe ? Est-ce que… ça pousse vite ?

Zut, cela ne m'avait jamais paru aussi terriblement intime de poser des questions à quelqu'un sur ses habitudes de rasage. Qu'est-ce qui ne tournait pas rond chez moi ? Mais peut-être était-ce parce que la barbe et le poil sur le visage sont intimement liés à la virilité et à la testostérone.

Il se caressa le menton et secoua la tête.

— Je préférerais… éviter de ne pas me raser pour aller travailler la semaine précédant la soirée.

— Pas de problème.

Ouf, quel soulagement d'en avoir fini avec cette question !

— Je peux facilement fabriquer des favoris et imiter la barbe de Wolverine. Et vos cheveux doivent être presque assez longs…

Je les jaugeai d'un rapide coup d'œil. Ça n'allait pas être facile.

— Ils sont un peu courts, mais on se débrouillera. Et pour les lames ? Une série de couteaux à tartiner ?

Il rit, un peu trop fort.

— Vous n'avez pas de meilleure idée ?

— Je vais y réfléchir, mais si nous nous lançons dans les prothèses, il y en a pour des heures.

Il hocha gravement la tête mais, à la manière dont il me fixait, je le soupçonnai de ne pas avoir la moindre idée de ce dont je parlais. Je compris que c'était un défaut qu'il avait lorsqu'il ne comprenait pas quelque chose. Non qu'il essaie de dissimuler son ignorance, mais plutôt par respect pour son interlocuteur, comme s'il estimait qu'il aurait dû savoir de quoi parlait ce dernier.

— Des prothèses, comme les membres artificiels. Tout ce qu'on peut vous ajouter de faux, généralement en latex ou dans des matières similaires, que l'on fond ensuite avec la peau et qui donne un rendu complètement réaliste. Faux nez, cicatrices profondes.

Il retrouva le sourire et se détendit visiblement.

— Ah, oui. Naturellement. Mais ça me paraît représenter trop de travail. Je crois que je m'en tiendrai aux couteaux à tartiner. Et votre idée d'assister au spectacle en coulisses me semble bonne. Ce serait bien de connaître tous les aspects du processus.

Je levai les yeux au ciel. Je le lui avais proposé pour qu'il se fasse une idée de notre travail, pas pour qu'il puisse traduire cela en termes de contrôle d'exploitation.

— Il faudra que vous voyiez cela avec Jeanie.

Je désignai de la tête son inévitable chemise immaculée.

— Et habillez-vous en noir.

— En noir. Vous me faites encore marcher ?

— Non, c'est la règle dans tous les théâtres. Personne ne doit être visible dans les coulisses.

— L'étiquette en coulisses.

— Oui, bravo, c'est ça : l'étiquette en coulisses. Voyez tout ce que vous avez déjà appris, moi qui croyais que vous étiez censé être mon professeur !

— Hum.

Il consulta sa montre.

— Fichtre, il y a des heures que je suis ici ! Il faut que je redescende.

Il se redressa, repoussa sa montre sous sa manchette et redevint M. Informatique.

— Merci pour la visite. Très instructive. Oui. Je vous recontacte pour le prochain cours et pour ma venue en coulisses.

— Et pour votre maquillage ?

— Oui.

Nous nous retrouvâmes face à face. Je ne sais plus si je lui serrai la main. Je lui dis au revoir.

Il pivota brusquement et sortit à grands pas sans se retourner.

Chapitre 15

Était-ce du soulagement ou de la déception que j'éprouvai en consultant mes e-mails à la pause déjeuner ?

À : Matilde@lmoc.co.uk
De : Redsman@hotmail.co.uk
Vu que vous avez rejeté les derniers ouvrages que je vous recommandais, je me suis demandé ce que vous pensiez des polars scientifiques. Je viens de commencer un Kathy Reichs et je me régale. En avez-vous déjà lu ?
R

Plus aucune trace du ton enjoué d'autrefois. J'hésitais sur la réponse à faire quand Vince revint de déjeuner arborant un foulard-cravate à pois vert lime, un gilet à fines rayures et un pantalon assorti. Il avait visiblement fait des folies avec sa paye.

— Très joli. Tu as fait du shopping ?

Il ressemblait beaucoup à Felix : encore un qui ne pouvait pas s'empêcher de porter sur-le-champ ce qu'il venait d'acheter.

— Tu sors ce soir ?

— Ça se pourrait.

Cet ensemble bizarre fonctionnait presque. Avec un foulard légèrement moins criard, sa tenue aurait fait penser à une excentricité distinguée et non à l'exhibition d'un fou.

— Tu es très chic. J'adore ton foulard.

— Baisse un peu les yeux, chérie.

Désignant ses pieds des deux mains, il pivota rapidement sur lui-même.

— Vise un peu ça. Ne sont-elles pas tout simplement sublimes ?

Je considérai ses richelieus en crocodile jaune.

— Non.

— Non ? Elles font fureur.

— Je serais sûrement furieuse à la place du crocodile qu'on a teint de cette couleur.

— Tilly, tu dis ça par méchanceté.

— Non, Vince, je t'assure. Elles sont vraiment, vraiment ignobles.

Vince se mit à bouder comme un gamin de cinq ans.

— Tu ne les trouves pas vraiment à croquer ?

— Désolé, Vince, je ne les trouve même pas *Cherry Peach Bombay*.

C'était notre chanson préférée dans le film *Chitty Chitty Bang Bang*, que nous avions vu cinq fois ensemble avant qu'il ne passe plus dans le West End.

— Mais elles sont TELLEMENT exquises.

— Vince, c'est ce que t'a dit le vendeur ?

Il acquiesça.

— Tu sais bien qu'il raconte n'importe quoi. Tu les as portées dans la rue ?

Il secoua la tête. Autant essayer de dialoguer avec un chiot, il avait les mêmes yeux vitreux.

— Enlève-moi ces chaussures.

S'affaissant sur lui-même et boudant, il se laissa tomber sur la chaise la plus proche et se mit à dénouer ses lacets crème. Franchement, ces chaussures étaient un cauchemar de mode.

— As-tu l'intention de les rapporter ?

Sa lèvre inférieure s'incurva en une vraie moue.

— Vince, ne me regarde pas comme ça. Nous avions un accord, tu te rappelles ?

Il acquiesça d'un air lugubre.

— Je me rappelle : tu es la méchante police de la mode qui est là pour confisquer les trucs chouettes et me gâcher mon plaisir.

— Non, Vince. Je suis la charmante amie qui t'empêche de te ridiculiser et t'envoie te faire rembourser auprès du charlatan sans scrupule qui se fait passer pour un marchand de chaussures au coin de la rue.

— Bernie est très bien.

— Ben voyons, c'est toujours bon à prendre pour lui. Que t'avons-nous dit de faire Jeanie et moi quand tu vas faire du shopping tout seul ?

— De la contacter via FaceTime et de t'envoyer un texto avant d'acheter quoi que ce soit.

Il débitait cela comme un bon petit mouton. Si seulement il en était un !

— Qu'est-il arrivé ? Tu as perdu ton téléphone ? Tu as oublié ?

Avec la grâce d'une duchesse douairière et le reniflement qui allait avec, Vince souleva les horribles chaussures pour les examiner de plus près. C'était la peste bubonique faite cuir.

— Regarde, tu es sûre que tu ne les aimes pas ? Véritable cuir italien.

— Ticket de caisse, dis-je en tendant la main.

La réticence même avec laquelle il me remit le bout de papier blanc suffit à me renseigner sur le prix.

— Trois cents livres ! hurlai-je en portant la main à ma poitrine.

— Je les aime trop, plaida Vince.

— Tu aimes aussi trop le sac Gladstone bleu que tu n'as utilisé qu'une fois et qui t'a coûté cinq cents livres. Tu aimais trop l'authentique manteau de vacher australien Driza Bone auquel tu as fait un accroc la première fois que tu l'as porté. Et tu aimais vraiment trop les demi-guêtres vintage dont tu as refusé d'avouer le prix et à cause desquelles tu t'es fait tabasser par un crétin à qui elles ne revenaient pas. Et j'ai beau ne pas tolérer la violence, je ne suis pas sûre qu'un jury n'aurait pas pris le parti de ton agresseur.

— Tu es méchante.

On aurait dit que je lui avais volé son chiot.

— Pas aussi méchante que Jeanie si elle savait. Elle te traînerait avec elle pour les rapporter chez le marchand.

— Tu es quand même méchante, marmonna Vince en les remettant dans leur boîte.

Je fermai les yeux pour compter jusqu'à dix. Méchante ou raisonnable ? Je touchai mon majeur. C'est bien beau de porter une bague de fiançailles de chez Tiffany ornée d'un diamant princesse, mais la chose perd beaucoup de son panache quand on doit payer les mensualités correspondantes.

— Tilly ! Vince !

Jeanie avait craché ces mots comme une mitrailleuse. Nous ne l'avions pas entendue entrer dans l'atelier.

Elle s'empara de la boîte, regarda à l'intérieur et recula aussitôt.

— Oh, Seigneur, le ciel nous préserve... Mais qu'est-ce qui t'a pris ? Elles sont...

— Tu vois ? dis-je à Vince.

Jeanie frissonna un instant avant de refermer une seconde fois la boîte.

— J'espère ardemment qu'elles s'apprêtent à retourner à la boutique.

— Oui, dit Vince avec un enthousiasme exagéré. J'y vais de ce pas.

— Franchement, vous deux. Je vous perds de vue deux minutes et...

Elle s'interrompit, l'air soupçonneux.

— Attends une minute. Ce sont des chaussures pour pécho ou je me trompe ?

Jeanie avait décidément plus sa tête que moi. Bien sûr que Vince les avait achetées pour ça.

Il se figea, comme un personnage de cartoon vacillant au bord d'un précipice, l'air extrêmement penaud.

— Je ne vois pas ce que tu veux dire.

— Rendez-vous galant !

Ayant parlé à l'unisson, Jeanie et moi échangeâmes un sourire, mais je me rembrunis en voyant Vince rougir et se tortiller.

— Je vais juste voir un ami, dit-il en croisant les pieds comme un pingouin incontinent.

— Quel ami ? Nous sommes tes amies. Nous ne te connaissons pas d'autre ami, dit Jeanie.

— Quelqu'un que vous ne connaissez pas, dit Vince d'un air hautain que démentait son menton crispé.

Jeanie et moi le regardâmes partir.

— Ça ne me dit rien qui vaille, déclara Jeanie.

— Laisse-le faire. Visiblement, il ne veut pas que nous sachions. Nous n'aurons plus qu'à le ramasser à la petite cuiller quand cette histoire se sera soldée par un désastre.

Chapitre 16

Le week-end, à cette heure-ci, c'était toujours un plaisir de circuler dans Londres. Pas de touristes, pas de banlieusards en transit, des trottoirs dégagés, des rues vides. Même les chauffeurs de taxi semblaient lever le pied. Chez Costa, en l'absence de file d'attente, le café arrivait en quelques secondes et je fus devant l'entrée des artistes cinq minutes avant Fred.

Sirotant prudemment mon café tout en écoutant claquer avec fracas des portes des camions, j'observai le déchargement, le transport d'un nouveau décor et d'accessoires à l'intérieur du théâtre, la manœuvre des châssis qu'on extrayait par les immenses portes du plateau.

— Bonjour.

Je tournai vivement la tête dans la direction de cette voix veloutée.

— B-bonjour.

Dieu qu'il était beau !

Il avait un café à la main et trinqua avec moi, puis resta planté là, sirotant une gorgée de temps en temps tout en regardant avec intérêt les gars du décor. Le look jeans et perfecto en cuir de Wolverine lui allait à la perfection. D'un point de vue purement objectif, même moi je pouvais voir qu'il faisait de l'effet, comme me le confirmèrent deux filles qui passaient et firent demi-tour pour le reluquer une seconde fois.

— Avez-vous une quelconque idée de ce qu'ils sont en train de faire ? me demanda Marcus après avoir observé les machinistes durant quelques minutes.

— Ils démontent le décor pour l'emmener au stock.

— Ah oui, dit-il avec ce regard grave auquel je commençais à m'habituer.

— Beaucoup des décors peuvent être réutilisés ou sont réutilisés si le spectacle part en tournée, mais ici, il n'y a pas suffisamment de place pour tout garder. Nous avons un immense entrepôt à Elstree.

Il hocha la tête et un silence inconfortable s'installa.

— Avez-vous hâte de… commençai-je.

Marcus était censé dissiper ma gêne en terminant la phrase. Mais il n'en fit rien et se contenta de hocher poliment la tête, comme s'il attendait la suite.

Un ricanement surnaturel retentit tout contre mon oreille, brisant ce moment de gêne.

— Tu te mets dans la peau du personnage ? dis-je avec un regard noir à Fred, qui m'avait fait sursauter.

— Désolé, mon chou.

Il était déjà dans le personnage avec son costume violet, sa chemise orange et son gilet vert.

— Salut, boss.

— Joli costume, Fred.

Marcus se pencha pour tâter le tissu.

— Mais où diable avez-vous eu ça ?

— Leonie me l'a fait, bénie soit-elle.

— Mais c'est de la pure laine. C'est un vrai costume.

— Elle est géniale, intervins-je. Elle m'a fait une jupe en octobre dernier. En copiant une jupe vintage que j'avais déjà.

— C'est Leonie qui a fait ça ? s'étonna Marcus sans détacher les yeux du costume.

Il semblait hésiter entre l'admiration et l'horreur.

— Oui, la costumière.

Où travaillait Leonie sinon aux costumes ? Et que s'imaginait-il que nous faisions dans ce théâtre ?

— Mais on dirait qu'il a été fait par un véritable tailleur. Savile Row ou Armani, ou quelque chose dans ce genre.

— Mais Leonie est un vrai tailleur, dis-je non sans sarcasme. Où croyez-vous que nous nous procurons les costumes ? Sur eBay ?

Il me jeta un regard furieux.

— Allons, venez, occupons-nous du spectacle, lança Fred. Nous devons être à l'ExCel à 10 h 30. J'ai promis à mon copain de le rejoindre là-bas. Les touristes dans le métro vont adorer.

— Ils vont vous prendre pour un dingue, dit Marcus.

— Ils n'auront pas tort, marmonnai-je.

— Et pourquoi fallait-il arriver ici aussi tôt ?

Marcus prit un air renfrogné et avala une gorgée de café. J'en profitai pour faire le point en catimini. Dans cette tenue décontractée, il en jetait encore plus, archi-viril. Et ça m'irritait à fond. Je n'aimais pas cette stupide sensation de ne plus me contrôler. On devait quand même pouvoir décider qui l'on trouvait attirant ou pas. Je le regardai encore plus furieusement, ce qu'il parvint à ne pas remarquer – c'est du moins l'impression qu'il donnait.

Il consulta sa montre.

— Vous êtes déjà costumé. J'imagine que mettre un peu de fond de teint et du rouge à lèvres ne prendra pas très longtemps. Ni coller des favoris.

Fred tourna le dos à Marcus avec une grimace de douleur et m'adressa un clin d'œil.

— Il faut l'excuser, il ne sait pas ce qu'il...

— Mettre un peu de fond de teint et du rouge à lèvres, ce ne sera pas long, dis-je avec un sourire hypocrite. Mais ce sera un peu plus long si je veux faire du travail correct. Et les favoris. Il faut voir.

S'il ne surveillait pas sa langue, il allait ressortir maquillé en loup-garou et non en super-héros.

Fred s'installa dans l'un des majestueux fauteuils en cuir crème et le fit pivoter.

— Oh, j'adore. J'ai l'impression d'être une vraie star.

Je sortis une série de photos et de croquis que j'avais faits et les disposai sur le plan de travail devant lui.

— Ne t'installe pas si vite. J'ai besoin de savoir ce que tu veux.

Dans le miroir, je surpris Marcus fronçant les sourcils mais je l'ignorai. C'était mon domaine, il pouvait froncer les sourcils autant qu'il voudrait.

— Je me suis documentée. Apparemment, il y a le Joker de Heath Ledger. Très effrayant et tu risques de faire peur aux jeunes enfants dans le métro. Autrement, il y a le vrai Joker de la série originale, qui ressemble plus au personnage de Jack Nicholson dans le premier *Batman*.

Fred regardait fixement les images, prenant tout son temps, puis s'adressa à son patron, qui contemplait les photos et les images encadrées aux murs.

— Jack Nicholson, je pense. Plus classique. Qu'en pensez-vous ?

— N'importe, pourvu que ça aille vite, dit Marcus en tirant ostensiblement une manche de son perfecto pour désigner sa montre.

— M. Efficacité, sourit Fred. L'organisation scientifique du travail, c'est ça son truc.

Quelque version du Joker que Fred choisisse, il faudrait du fond de teint blanc, du rouge à lèvres, des crayons, des pinceaux, de l'ombre à paupières fumée et du spray vert pour les cheveux. Fidèle à mes habitudes méthodiques, j'alignai soigneusement tout ce matériel, les pinceaux et les crayons bien perpendiculairement aux palettes de fards, le tout disposé à intervalles réguliers.

Après quelques tergiversations, Fred finit par opter pour le Joker version Jack Nicholson, un maquillage plus structuré qui allait me demander davantage de travail. Comme je me lançais, Marcus cala ses fesses contre le plan de travail à ma gauche pour regarder.

Après avoir recouvert d'une blouse le beau costume de Fred, je lui brossai les cheveux en arrière et attachai ses longues mèches fines en queue-de-cheval bien serrée que j'épinglai sur sa tête. Son crâne se dégarnissant selon le dessin adéquat, il n'y avait pratiquement rien à faire pour créer l'implantation en V sur son front. En vaporisant régulièrement une bonne couche de spray vert, je transformai le blond terne de ses cheveux en un vert luxuriant. J'eus de petits frissons sur la nuque en reculant pour examiner le résultat. Marcus avait adopté une posture relax, jambes étendues, chevilles croisées, bras croisés, calé contre le plan de travail.

Bien décidée à ne pas me laisser distraire, je m'appliquai à l'ignorer mais, chaque fois que je tendais le bras pour prendre un outil, j'étais consciente qu'il m'observait, pensif.

Heureusement, Fred s'était rasé de près, comme je le lui avais demandé en me sentant beaucoup plus à l'aise qu'avec Marcus, de sorte que l'éponge n'accrocha pas à sa peau et le fond de teint blanc fut réparti en deux temps, trois mouvements. Je l'étalai sur son visage en veillant à ne laisser aucune démarcation et à ne pas empiéter sur ses cheveux verts.

Une fois le visage de Fred réduit à l'état de toile vierge, le vrai travail commençait – c'était mon étape préférée. Je consultai rapidement l'une des photos pour me rappeler la forme des sourcils. Légèrement déments.

Fred se regardait dans le miroir pendant que je travaillais, parfaitement immobile comme s'il était tétanisé par la peur. Cela me facilitait le travail mais, lorsque j'eus terminé les sourcils, noirs et recouverts d'un apprêt laqué, il les agita d'un air diabolique.

— Cool, Tilly.

— Vraiment très réussis, dit Marcus.

Il prit la photo de Jack Nicholson.

— Que reste-t-il ? Les lèvres et ensuite terminé ?

Je présentai la photo à côté du visage de Fred, dont les traits étaient comme effacés.

— Vous ne remarquez pas une différence ?

Je m'approchai de Fred en avançant entre ses genoux écartés. Maquiller le visage de quelqu'un est quelque chose d'intime. On lui touche le visage, on le caresse et l'on est si près de lui qu'il ne peut bien souvent regarder ailleurs, d'où l'importance de le mettre à l'aise, tout en restant concentré. J'avais senti Fred se raidir et il se regardait fixement dans le miroir.

— Alors, où allez-vous pour les vacances, monsieur le Joker ? Il paraît que Gotham City est agréable à cette époque de l'année.

J'ombrai les ailes de son nez pour accentuer les traits de son visage, prenant soin de reculer souvent pour lui donner un peu d'air.

— J'économise. Pour aller au Comic Con. À San Diego. Le vrai de vrai.

Ses épaules se détendirent légèrement.

— Et qu'est-ce qu'on fait dans ces rassemblements ?

Je tournicotai, essuyant mon pinceau sur ma main.

— Rien, on rencontre juste d'autres fans de comics.

Je lui soulevai le menton, concentrée sur mon travail.

— Regarde à droite.

Son nez commençait à paraître plus pointu. Je me tournai vers Marcus avant d'ombrer un peu plus le nez de Fred.

— Et vous ?

Fred se détendrait plus facilement si Marcus participait aussi à la conversation.

— Je n'y suis jamais allé. Comme j'aimais les bandes dessinées Marvel quand j'étais petit, je me suis dit que j'allais venir aussi.

— Vous espérez juste pouvoir reluquer Wonder Woman, dit Fred, haussant ses sourcils à l'extrême et les agitant.

Je me mis à lui ombrer les joues à coups de pinceau hésitant. Je ne pouvais pas le lui dire mais il avait un visage plutôt grassouillet et j'allais devoir bien retravailler les pommettes pour lui donner le visage anguleux du Joker. Quand je travaille sur un spectacle, j'étudie préalablement la structure faciale, les contours du visage et la qualité de peau des artistes que je dois maquiller pour me faire une idée précise du travail nécessaire.

— Je n'en ai plus pour longtemps, annonçai-je avec entrain.

Ensuite… Ensuite, j'allais devoir m'attaquer à Marcus. Fred était encore raide dans le fauteuil bien qu'il se soit considérablement détendu. Maintenant que j'en avais presque terminé avec lui, j'étais très consciente de la présence de Marcus dans mon champ de vision périphérique, qui m'observait avec un regard perçant, suivant chaque mouvement de pinceau, chaque geste que je faisais pour tapoter ou étaler.

Au moment d'appliquer le rouge à lèvres écarlate sur la bouche de Fred, je me sentis inexplicablement nerveuse. La forme de la bouche requérait une grande attention : c'était la marque de fabrique du Joker. Je sortis le rouge de son tube dans un silence total. Il me fallut un temps interminable pour appliquer la surcouche mate sur ses lèvres, mais je ne pouvais pas laisser filer la moindre parcelle de rouge sur le masque blanc – cela aurait gâché tout le maquillage. Cette bouche devait former une ligne parfaitement cruelle pour achever la transformation.

La bouche enfin terminée, je fis rentrer le rouge dans son tube d'un tour de vis sec et allai me poster à côté de Fred pour qu'il puisse admirer le résultat dans le miroir. Je croisai le regard de Marcus. Il soutint le mien un moment et ses yeux s'assombrirent.

Je rougis sans pouvoir détourner les yeux. Son regard s'abaissa vers mes lèvres et je me figeai, sans savoir que faire.

— Waouh, Tilly, c'est hallucinant !

Fred s'était penché vers le miroir et grimaçait un horrible et large sourire qui parachevait l'affreux visage du Joker. Bondissant sur ses pieds, il prit la pose devant le miroir, visiblement ravi, puis tendit son téléphone à Marcus.

— Tiens, prends quelques photos. Il faut que je mette ça sur Twitter, mec. Tilly, t'es carrément géniale. Géniale, je te dis. Hein, Marcus ?

Marcus acquiesça. Son air légèrement abasourdi m'inspirait une certaine fierté. Voyez, monsieur Informatique, je connais mon travail. Comme la plupart des gens, qui se sentent protégés par un masque invincible sous le maquillage, Fred rentra aussitôt dans la peau du personnage, riant et bondissant çà et là avec l'énergie d'un dément. Il m'épuisait déjà et je me félicitai de ne pas les accompagner au Comic Con.

— Bon, à votre tour, dis-je d'un ton sec en désignant le fauteuil à Marcus.

— Le réseau Wi-Fi est merdique ici. Je reviens. Je vais me connecter, annonça Fred.

Il sortit en virevoltant, complètement dans l'esprit du personnage.

Marcus semblait réticent et regardait le fauteuil de cuir crème avec une expression proche de la terreur.

— Je ne vais pas vous mordre, annonçai-je sèchement.

J'étais tout aussi terrifiée. Je n'avais pas songé que j'allais devoir le toucher. Je me demandais soudain si j'allais en être capable.

Marcus s'assit, baissa les yeux vers le plan de travail puis les leva vers moi.

— Où sont… Je croyais que vous auriez… des choses qui se collent.

— Pour ça, il y a les boutiques de farces et attrapes. Ici, on fait les choses dans les règles de l'art.

Pourquoi avais-je soudain les jambes flageolantes ? Cela ne m'était jamais arrivé, pas même la première fois que j'avais maquillé des chanteurs aussi célèbres que Bryn Terfel, Jonas Kaufman ou Placido Domingo – je m'en étais tirée sans me démonter une seconde.

Temporisant un moment avant de me lancer, j'examinai rapidement la photo de Hugh Jackman en costume de Wolverine. Puis, tendue, je jaugeai le visage de Marcus en me concentrant sur sa mâchoire, ayant soin de ne pas le regarder dans les yeux. Ce serait un jeu d'enfant d'imiter la pilosité faciale du personnage et le résultat allait être impressionnant.

Concentre-toi sur ta tâche, me dis-je en serrant férocement entre mes doigts le pinceau que je trempais dans le flacon de colle. Je me mis à enduire soigneusement une petite zone de son visage, veillant à ne pas croiser son regard. Le pinceau passa sur un minuscule grain de beauté juste sous sa pommette, sur une petite cicatrice de varicelle, sur l'ébauche d'une fossette. À chaque coup de pinceau, je me concentrai sur ces irrégularités qui jalonnaient son visage pour oublier l'angoisse qui m'étreignait, essayant de respirer régulièrement. J'avais l'impression qu'un haricot sauteur faisait du trampoline sur mon diaphragme.

À présent, j'allais devoir appliquer les petits brins de poil dru pendant que la colle était encore fraîche – un travail délicat. Toucher son visage. Faire adhérer les fibres. Pas moyen de faire autrement, j'allais devoir lui tenir le visage pour avoir un appui.

— Euh... Ça ne vous ennuie pas si... euh... juste...

Inspirant discrètement, je lui pris le menton d'une main qui tremblait légèrement.

— Non... c'est... pas de problème.

Un zeste de savon et de shampoing chatouillait l'air. Sa peau propre et rasée de près semblait m'inviter à la toucher et je fixai le regard sur la partie inférieure de son visage en posant la main au bas de sa joue. Ce contact déclencha une sensation intense dans ma main et, durant un instant, mon esprit s'égara et mes doigts tressautèrent, comme s'ils suivaient mes pensées incontrôlables. En pensée, je glissais la main sous sa joue, dans son cou, dans les épais cheveux noirs sur sa nuque. Comme je jetai un furtif regard vers ses lèvres, légèrement entrouvertes, j'eus une frayeur en voyant qu'il m'observait.

— Donc... ce que je vais faire... C'est de la colle...

Ma voix qui semblait trop forte dans la pièce soulignait le fait que nous n'étions que tous les deux.

— ... ensuite, je vais fixer un tas de petites fibres... comme ceci...

Évitant de justesse de répandre par terre le contenu du paquet de fibres de laine, j'en sortis quelques brins et les lui montrai.

— Oh, je vois.

Marcus hocha la tête, le visage résolument neutre, se regardant dans le miroir.

Je pris une inspiration.

— Ne bougez pas... s'il vous plaît.

Tenant toujours son visage d'une main, j'utilisai l'autre pour fixer le premier brin. Je me penchai. Si près que ses lèvres n'étaient qu'à quelques centimètres des miennes. Je sentais battre son pouls sous mes doigts. Vigoureux et régulier. Comme lui.

Je me concentrai sur les fibres, vérifiant qu'elles adhéraient, puis leur donnai un pli en les peignant avec les doigts. Je faisais de mon mieux pour ignorer le début de frisson qui parcourait sa peau et son souffle chaud sur la mienne. Même s'il observait une immobilité absolue, je devinais aux tendons figés dans son cou qu'il se sentait extrêmement mal à l'aise. Il fixait stoïquement le miroir devant lui. Je me reprochai ma fierté professionnelle. Il aurait été bien plus simple de s'en tenir aux favoris. Je plissai le front. Ça m'apprendrait de vouloir prouver ce que je savais faire.

— Vous avez l'air terrible, dit-il. Je préfère ne pas imaginer à quoi vous songez.

— Je pense peut-être aux logiciels de gestion de stock.

Que penserait-il s'il avait la moindre idée de ce qui se passait dans ma tête ?

— Vous n'avez pas le droit de sourire. Gardez le visage détendu.

Il n'était pas censé sourire ainsi. Je ne voulais pas éprouver quoi que ce soit pour lui, surtout vu que je n'étais clairement pas son genre. Nous étions collègues de travail, point.

Notre bavardage cessa car j'avais besoin qu'il reste immobile. Peu à peu, je créai des favoris puis descendis vers le menton. Un lourd silence régnait pendant que je m'occupais du bas du visage. Heureusement, la barbe de Wolverine avait une curieuse implantation qui passait loin de la bouche et je n'eus pas à m'approcher de ses lèvres. Une brève incursion juste sous sa lèvre inférieure ayant suffi à affoler mon pouls, je me limitai à des contacts aussi brefs et impersonnels que possible.

— Bien.

Je reculai d'un pas.

— Presque fini. Il ne reste que vos cheveux encore que, franchement, ils soient un peu trop courts pour que je puisse faire grand-chose.

Pour une mystérieuse raison, j'avais réussi à dire « un peu trop courts » sur un ton désapprobateur et j'eus le plaisir de le voir froncer les sourcils.

Comme ils étaient courts, justement, je touchai son cuir chevelu en passant les mains dans ses cheveux.

Je le sentis se raidir.

— Désolée, je vous ai tiré les cheveux ?

— Non… mais…

Il se tortilla dans le fauteuil.

Je lui peignai les cheveux en arrière à l'aide de mouvements secs et rapides censés lui paraître moins intimes. Pourquoi diable m'étais-je engagée à faire ça ? Étais-je masochiste ? Depuis le temps que je coiffais et maquillais, jamais je n'avais ressenti cela, cette tension sexuelle à chaque contact.

— Qu'en pensez-vous ?

Je croisai son regard dans le miroir.

Il se caressa les joues et le sourire ravi qui illumina son visage me transmit comme un élan d'énergie.

— Génial... vraiment... vraiment génial. J'ignorais... Ça fait un de ces effets !

Il se leva et regarda fixement le miroir.

— Magnifique.

Un souci assombrit son visage.

— Mais comment vais-je enlever tout ça ? Je sors ce soir.

— Ne vous en faites pas, vos copains de la City n'en sauront rien.

Je n'aimais pas la manière dont j'avais dit cela, d'un ton tranchant et aigri.

— À moins que ce ne soit votre petite amie ?

Consciente que j'avais l'air d'aller aux renseignements, j'ajoutai aussitôt :

— Cela part au savon et à l'eau... chaude. Veillez à bien frotter partout. En cas de restes opiniâtres, frottez-les avec du coton imbibé d'huile d'olive.

— Bien. C'est bon à savoir.

Fred réapparut alors que Marcus regardait sa barbe dans le miroir.

— Waouh, mec... un homme avec des poils. Cool.

Marcus se caressa encore une fois le menton.

— Je me demande ce que dirait ma mère si je débarquais maquillé comme ça, ce soir. Je n'aurais pas fini d'en entendre parler si mon père me voyait comme ça ! Je vais chez mes parents ce soir pour aller regarder le match avec lui au pub.

Je baissai la tête en rougissant. Cela ne me disait pas s'il avait une petite amie, tout en répondant partiellement à ma dernière question.

— Tu veux que je te prenne en photo ? proposa Fred avec un sourire maléfique bien dans l'esprit de son personnage.

— Non ! Sûrement pas. Si des photos de moi se retrouvent sur Facebook, je te tue. Je n'en reviens pas que tu m'aies persuadé de faire ça. Je commence à avoir des remords.

Son corps se raidit de nouveau et ses épaules remontèrent.

Cet air légèrement vulnérable me vexa.

— Ah non, pas après tout le mal que je me suis donné, dis-je en le poussant vers la porte.

— Merci, Tilly. Si j'ai des remords, c'est uniquement parce que ça a l'air… si vrai. Je vous assure. Ça paraissait amusant d'avoir des favoris. Mais là, c'est pousser un peu loin. Tu as une mauvaise influence sur moi, ajouta-t-il à l'intention de Fred avec un regard faussement furieux.

— Relax, mon frère. Tu vas passer un super moment une fois là-bas…

— C'est ce qui m'inquiète le plus. Tous les regards dans le métro.

Fred fit la grimace en secouant sa chevelure verte.

— Attends d'avoir vu les autres. On n'est rien à côté de certains.

Je posai la main sur le bras de Marcus pour chasser l'incertitude qui troublait soudain son regard. Cela me paraissait anormal de voir douter M. Méchamment Sûr De Lui.

— Regardez Fred : ne vous inquiétez pas. Il fera suffisamment sensation, vous n'aurez qu'à vous fondre dans le paysage. Vous pourriez très bien n'être qu'un hipster un peu excessif.

Un éclair de gratitude passa dans son regard et ses épaules se détendirent.

— Un hipster ? C'est encore pire…

Chapitre 17

La dernière image que j'eus de lui, sortant du théâtre avec une démarche digne de Jackman, m'avait pratiquement achevée et c'est avec soulagement que je partis dans la direction opposée, en consultant copieusement mon téléphone.

Ayant toute la journée à moi, je décidai d'aller chez Foyles m'acheter quelques livres. J'avais beau apprécier ma liseuse pour sa commodité, j'aimais toujours sentir un livre entre mes mains.

Je venais de payer un exemplaire de *Déjà Dead*, de Kathy Reichs, auteur conseillé par Redsman dans son dernier e-mail, quand je vis que Christelle m'avait adressé un texto.

Tu travailles aujourd'hui ? Tu peux sortir prendre un café ? Je vais acheter les cadeaux de Papa et Maman. J'aimerais avoir ton avis. Cx

Au lieu de tergiverser pour rédiger une réponse, je l'appelai tout en marchant dans la rue animée.

— Tu veux mon avis sur quoi ?

Quel serait son avis sur Marcus ? Bien qu'elle n'ait jamais rien dit, j'avais l'impression qu'elle n'était pas très emballée par Felix et, une chose était sûre, il ne l'aimait pas. Mais je devais bien reconnaître – non sans un certain sentiment de culpabilité – que la majeure partie de ce qu'il savait d'elle venait de moi.

— Eh bien, j'allais acheter un coffret Estée Lauder à Maman quand je me suis rappelé que je lui en avais déjà offert un à son anniversaire. Toi qui es douée pour les cadeaux, tu n'aurais pas une idée ?

— Où es-tu ?

— Je remonte St Martins Lane. Tu es libre dans la journée ?

— Je suis libre de suite. Je ne travaille pas aujourd'hui, je devais seulement faire un saut au théâtre. Je suis dans Henrietta Street.

— Tu peux me rejoindre ? demanda Christelle après un silence.

Son hésitation raviva mon sentiment de culpabilité. Ma réticence habituelle était-elle donc si évidente ? J'éprouvai une soudaine tristesse en pensant à la distance qui s'était installée entre nous. Autrefois, nous adorions aller faire du shopping ensemble le samedi à Harrogate.

— Oui, bien sûr. J'arrive.

Nous convînmes de nous retrouver devant la place de Covent Garden une demi-heure plus tard.

En me dirigeant vers notre point de rendez-vous, j'eus le plaisir d'apercevoir des barrières de sécurité devant l'église St Paul tandis que des haut-parleurs diffusaient à plein volume « I wish it could be Christmas » chanté par Slade. J'avais oublié que c'était le jour de la Christmas Pudding Race[1].

Un groupe de membres du service d'ordre se bagarrait avec un toboggan gonflable, riant des tours que leur jouait le plastique en s'emplissant d'air. Derrière eux, deux hommes déchargeaient des caisses de puddings de Noël et, m'approchant encore, je découvris les équipes de concurrents déguisés. C'était amusant d'observer la réaction des touristes devant ces hommes en costumes de Père Noël gonflables, le groupe de

1. Course annuelle que les participants doivent effectuer déguisés en tenant un Christmas Pudding sur un plateau.

pingouins en peluche et les filles très peu vêtues qui s'étaient baptisées « les papillotes de Noël ».

On était en train de tout installer, mais je décidai de revenir plus tard avec Christelle pour regarder cette course excentrique.

Tout le monde était chaudement emmitouflé dans des manteaux, des bonnets et des écharpes ; des cabas ventrus pendaient des mains gantées. J'avançai d'un pas rapide, me faufilant à travers les groupes, et m'arrêtai pour admirer l'arbre de Noël. Cela me rappela que je devais en choisir un pour mon appartement, même si c'était une vraie corvée d'en trouver un convenable. Même petit, ce n'était malheureusement pas le genre de choses qu'on rapportait chez soi en bus et je refusais d'avoir un sapin artificiel. J'allais devoir persuader Felix de venir avec moi pour m'aider à le transporter jusqu'à la maison.

J'aperçus Christelle – coiffée d'un bonnet à pompon écarlate qui contrastait magnifiquement avec son teint de Blanche Neige et ses cheveux d'un brun soyeux – avant qu'elle ne m'aperçoive. Habillée décontracté pour une fois, elle était superbe, la marche rapide lui avait rosi la peau, mais mes yeux s'arrêtèrent sur son rouge à lèvres nude tristounet.

— Salut.

— Salut, dis-je en regardant méchamment ses lèvres.

— Qu'est-ce qui se passe ?

Je lui saisis le bras.

— Avant toute chose, on va faire des achats.

— Eh bien, oui. C'était l'idée.

— Non, je veux dire des achats pour toi. Viens.

— Mais…

— Pas de mais.

Passant mon bras sous le sien, je me mis à remonter James Street vers le nord.

— Où allons-nous ?

— Chez Mac. T'acheter un nouveau rouge à lèvres.

— OK.

Je m'arrêtai.

— Quoi ? Tu ne discutes pas ?

— Tilly, est-ce que j'ai l'air d'y connaître quelque chose en maquillage ?

— Non.

— Merci pour ce vote de confiance.

— Je réponds à ta question.

— Tu n'étais pas obligée d'être aussi directe.

— Désolée, mais cette couleur... En fait, on ne devrait même pas avoir le droit d'appeler ça une couleur. C'est hideux et ça ne te flatte vraiment pas.

— Le droit, c'est mon rayon. Le maquillage, c'est le tien. Tout le monde ne peut pas être aussi doué que toi. Je sais que je suis nulle mais...

Elle haussa les épaules, l'air un peu gêné.

— Je n'ai jamais osé te demander conseil.

— Pourquoi ça ?

Elle détourna un instant les yeux avant de me regarder.

— Tu aurais ri de moi.

J'en restai sans voix. Ma sœur hypersûre d'elle et si brillante croyait que je me serais moquée d'elle. J'examinai mes gants en me mordant la lèvre, incapable d'affronter son regard qui guettait ma réaction. Oui, j'aurais probablement ri d'elle, ce qui n'était pas très gentil.

— On ne rigole pas avec le rouge à lèvres, dis-je. Viens.

Il y avait du monde et du bruit dans la boutique Mac et j'entonnai le refrain de « Rocking around the Christmas Tree », qui sortait des haut-parleurs. Dès qu'Antonio, le gérant, m'aperçut, il me fit signe et se débarrassa je ne sais comment d'une cliente collante.

— Tilly, comment vas-tu ? dit-il en m'embrassant sur les deux joues.

— Bien, merci.

Je tirai en avant Christelle, qui s'était arrangée pour se cacher derrière moi.

— Je te présente ma sœur. Nous lui cherchons un rouge à lèvres. Je pensai à Ruby Woo ou à Cherry Glaze.

— Excellent choix.

Antonio me sourit et, avant d'avoir eu le temps de dire ouf, Christelle était assise sur un tabouret et Antonio lui démaquillait les lèvres avec une impitoyable efficacité.

Il dessina ensuite le contour de sa bouche avec emphase avant d'y appliquer un rouge profond et elle se contempla dans le miroir.

— Vois comme cela illumine ton visage.

— Elle est bien comme ça, approuva Antonio.

Le rouge attirait l'attention sur le dessin parfait de ses lèvres et lui donnait un air encore plus Blanche Neige, dans une version plus mûre et plus chic.

— Nous allons quand même essayer l'autre.

Antonio me remit le rouge à lèvres et le pinceau.

— Désolé, chérie, je vais devoir te laisser faire. J'aperçois des clientes aux porte-monnaie bien garnis.

Avec un clin d'œil, il rejoignit à pas glissés deux femmes avec sacs Chanel, vêtues de manteaux chics bordés de fourrure.

Christelle étant à ma merci sur le tabouret, je décidai d'en profiter. Elle patienta pendant que j'examinais les différentes teintes, me retournant de temps en temps pour regarder son visage. Pour être honnête, je rêvais depuis longtemps de l'avoir ainsi sous la main.

— Nous étions censées faire des achats pour Maman, dit-elle sur un ton qui manquait de conviction.

— Tu es pressée ? Tu dois aller quelque part ?

— Non, dit-elle en grimaçant. Je devais sortir avec quelqu'un ce soir. Mais il a annulé.

— Parfait. Pardon, je veux dire que c'est un imbécile d'avoir annulé. Mais c'est parfait parce que cela nous laisse tout notre temps.

Et nous allions pouvoir regarder la course.

— Je ne suis pas sûre que ce soit une si bonne chose, dit-elle en souriant devant la pile de produits que j'avais sélectionnés.

— Rassieds-toi et profite. Ça ne te fera pas mal.

— Promis ?

Je lui souris et me mis au travail.

Faire la mise en beauté de quelqu'un procure une certaine satisfaction, surtout quand vous le voyez repartir d'un pas sautillant. Christelle avait l'air carrément émoustillé en sortant de chez Mac.

— Je crois que nous avons mérité un verre, dit-elle en passant son bras sous le mien.

— Je croyais que tu voulais faire des achats ?

— Tu as quelque chose de prévu ?

— Non, rien de particulier.

— Bon, c'est ton quartier, ici. Où peut-on prendre un verre de prosecco dans le coin ?

— Excellente idée. Mais d'abord...

Christelle et moi étions presque à bout de souffle à force de rire.

— C'est complètement dingue, dit-elle en essuyant ses larmes.

La dernière infortunée concurrente passait devant nous, serrant dans une main son plateau où un pudding mal en point faisait des embardées, déguisé en Monsieur Patate, et dans l'autre une immense étoile de Noël. Vêtue d'un tutu rose fluo et de leggings assortis, la malheureuse était couverte de neige artificielle, une traînée lui barrait le visage, un énorme trou ornait son collant, mais elle riait si fort qu'elle n'arrivait pas à courir droit et risquait de passer à côté de la ligne d'arrivée.

Nous passâmes une bonne heure à regarder l'échauffement pour la série suivante, chantant comme des idiotes avec tout le monde. Nous gagnâmes une autre partie du parcours pour regarder un renne, Alice au Pays des merveilles et Superman descendre en rebondissant le long du toboggan gonflable tout en s'accrochant désespérément à leur précieux pudding, mais nous finîmes par partir, le froid devenant trop vif.

C'est en riant encore que nous sortîmes de chez Mabel, deux bouteilles de prosecco plus tard.

— Ce type était incroyable.

— Pourquoi ?

— Il n'arrêtait pas de me regarder.

— Évidemment, tu es magnifique.

— Seulement à cause du maquillage.

— Faux : le maquillage se contente de souligner ce qui existe déjà.

Après un « pfft ! », Christelle ne dit plus un mot tandis que nous nous baladions sur Maiden Lane pour rejoindre la place. La course était maintenant terminée et le nettoyage touchait à sa fin. Seules les grappes de ballons de baudruche accrochées à des barrières entassées témoignaient encore du délire de tout à l'heure.

— On n'a toujours pas fait de vrais achats.

— Mais on a encore tout le reste de l'après-midi. Allons au marché. On y trouvera peut-être quelque chose pour Maman.

— Genre quoi ?

— On ne peut pas le savoir avant de l'avoir trouvé, répliquai-je fermement.

Alors que je m'attendais à ce qu'elle discute mon raisonnement, elle s'y plia avec une surprenante docilité.

Ayant parcouru les stands du Jubilee Market, nous rejoignîmes la place en nous arrêtant à l'un de mes stands de bijoux préférés.

— Oh, c'est ravissant, dit Christelle en se jetant sur un joli bracelet. Je n'aurais jamais pensé à venir ici. Ce sera parfait pour Alexa. Et Sarah, au travail.

Elle acheta deux bracelets tandis que je choisis pour Jeanie une paire de boucles d'oreilles qu'elle allait adorer.

Nous allions partir quand Christelle décida d'acheter aussi des boutons de manchette Batman pour son patron.

— Ça changera un peu de ce qu'il met d'habitude mais, tu sais quoi, je crois que ça va lui plaire ! s'esclaffa-t-elle.

Je les pris en main pour les regarder. Ce serait une bonne idée de cadeau pour Marcus également. Mais qu'est-ce qui me prenait ? Je les reposai aussitôt. Marcus et moi n'étions certainement pas assez proches pour nous offrir des cadeaux. Comment s'en sortait-il au Comic Con ? Je le revis soudain, avec ses yeux verts qui scrutaient les miens pendant que je le maquillais. Me retournant, j'examinai un bracelet en argent pour chasser ce souvenir perturbant.

— Oui, ça va sûrement lui plaire, dis-je. Allons du côté de Seven Dials. Les décorations de Noël sont particulièrement rigolotes cette année et il y a des boutiques sympas.

Je voulais quitter ce marché. Des souvenirs de ma venue avec Marcus la semaine précédente me harcelaient. Avait-il une petite amie ? Il avait parlé d'une ex, rien d'actuel. Cela paraissait bizarre qu'il soit seul.

— OK, dit Christelle.

Je n'étais pas habituée à cette version conciliante et confiante de ma sœur. Nous allions devoir plus souvent boire du prosecco ensemble.

Les rues étaient gorgées de monde et l'on avançait lentement, ce qui ne semblait déranger personne. L'air bourdonnait d'une allégresse générale, comme si tout le monde était plein de bonhomie.

— J'adore Covent Garden à Noël, dis-je en regardant à la ronde. Ce n'est plus le même endroit.

— C'est parce qu'on y fait griller des châtaignes, dit Christelle en me montrant un homme à l'angle de la rue. Je ne sais pas pourquoi on en fait si grand cas. Toutes ces balivernes sur les châtaignes grillées sur le feu.

Quoique surprise de l'entendre employer le mot *balivernes* – ça ne lui ressemblait pas –, j'acquiesçai, imaginant l'horrible texture farineuse des châtaignes sur ma langue.

— Ça sent bon, mais le goût est horrible.

— Maman envoyait toujours Papa en chercher pour la farce.

La voyant agiter deux doigts comme des jambes qui marchaient, je me rappelai mon père, dans son pull rouge, dépêché à Waitrose presque tous les jours précédant Noël.

— Et nous les laissions toujours !

Nous éclatâmes de rire toutes les deux. Chaque année, sans exception, des châtaignes s'alignaient au bord de nos assiettes vides, sur la table jonchée de miettes de crackers, de taches de gravy et de sauce au pain et décorée des sets de table de Noël, avec leurs ronds de serviette ornés de Père Noël et de bonshommes de neige. À l'époque, quand nous étions petites, Noël était un moment plaisant, le déjeuner était interminable et décontracté, Maman insistait pour que nous mettions nos couronnes des rois et Christelle, Papa et moi pariions à qui serait le premier à l'enlever sans que Maman s'en aperçoive et, entre la dinde et le pudding, nous organisions le défi à une livre, où chacun s'échinait à trouver le cadeau à une livre le plus ringard et le plus horrible.

— C'est dommage qu'ils partent.

Je n'étais pas sûre que Christelle se soit adressée à moi en prononçant ces mots. Refoulant mes souvenirs, je l'entraînai dans la rue suivante.

Deux ou trois heures plus tard, après avoir fait le tour du quartier sans nous arrêter un instant, nous sortîmes de chez Jo Malone, parfumeur, munies d'un grand sac noir et crème débordant de papier de soie parfumé au citron vert, au basilic et à la mandarine.

Dans la nuit qui tombait, éclairée par les lumignons blancs parsemant les décorations suspendues au-dessus de nos têtes, la rue ressemblait à une grotte enchantée. Nous nous arrêtâmes toutes les deux en nous tordant le cou pour admirer une guirlande qui encadrait une boutique, richement décorée de chérubins dansant et de petites lampes en forme de baies.

— Adorable, dit Christelle.

Puis, me poussant du coude et exhibant le sac.

— Maman va adorer. J'avais oublié quelle excellente acheteuse tu es.

Elle renifla ensuite son poignet.

— Et j'adore ce parfum laurier et mûre.

— Tu en as essayé tellement. J'ai cru que je n'arriverais jamais à te sortir de là.

— Oui, mais regarde tous les échantillons gratuits que j'ai eus.

— Gratuits ? Pas si l'on tient compte de la somme que tu as dépensée chez eux.

— Oui, mais j'ai pratiquement terminé mes achats de Noël.

Elle balança le sac au bout de son bras avec la joie insouciante d'une petite gamine.

— Tu crois que ça ferait plaisir à Papa d'avoir des boutons de manchette à l'effigie de Captain America ?

— Je crois que tous ces parfums te sont montés à la tête.

— À moins que ce ne soit le rouge à lèvres.

Souriant de bonheur, avec son rouge à lèvres Cherry Glaze qui faisait ressortir la blancheur de ses dents, elle passa son bras sous le mien.

— Si on allait dîner ? Je t'invite.

Chapitre 18

Vêtue de noir de pied en cap, j'attendais en coulisses quand j'aperçus Marcus de l'autre côté de la scène. Que diable faisait-il tout là-bas ?

Mon pauvre organisme allait devoir subir une nouvelle surcharge sensorielle. Je me retrouvais en sa présence alors que je me remettais tout juste de la confrontation du samedi avec lui, trois jours auparavant.

La semaine dernière, après la visite du service, il était allé parler à Jeanie sans délai. Pour une raison qui m'échappait, elle semblait le prendre pour un crack et avait trouvé excellente l'idée qu'il assiste à une représentation en coulisses, a fortiori si je le prenais sous mon aile.

Ayant disparu, il réapparut quelques instants plus tard à côté de moi.

— C'est à croire que vous m'évitez. Vous m'avez bien dit du côté droit de la scène ?

Ces mots chuchotés à mon oreille me firent sursauter et – c'était agaçant – son souffle chaud dans mon cou eut d'autres effets non désirés.

— C'est ici, le côté droit.

Je n'allais pas lui expliquer qu'il fallait se placer du point de vue des acteurs quand ils regardent la salle et non du point de vue du public.

Comme il ouvrait la bouche pour ajouter quelque chose, je posai un doigt sur les lèvres en lui montrant une grande pancarte accrochée derrière sa tête.

Silence sur le plateau.

Avec une expression sceptique, il désigna de la tête la fosse d'orchestre, où les instrumentistes s'accordaient.

— C'est une saine habitude à prendre, murmurai-je.

Pour me donner une contenance, je me mis à vérifier que j'avais bien tout, ignorant le petit coup de fouet que me procurait sa présence si près de moi.

Dans cet opéra, un membre de l'équipe devait rester en coulisses pendant la première scène, à la fin de laquelle il y avait un changement rapide de costume avec aspersion de sang artificiel et, comme il fallait faire vite, je devais être disponible pour superviser l'effet du sang sur le Commandeur mortellement blessé. Même sans changement rapide, l'un de nous traînait toujours en coulisses, au cas où une perruque se mette de guingois ou se décoiffe, ou pour effectuer toute retouche ou réparation en cas de pépin. Rien ne déconcentre davantage durant un spectacle qu'un accident de costume ou de maquillage.

Dès l'instant où le rideau se leva, la présence de Marcus passa à l'arrière-plan de ma conscience. Tout l'orchestre fusionna en un flot continu de musique qui enflait et les notes prirent leur envol. L'ouverture était effectivement pour nous le signal du départ. En coulisses, nous devenions des ombres enveloppées dans un cocon entre réalité et fiction. J'adorais ces moments où j'étais à la fois dans un coin, hors de vue, et très près de l'action qui se déroulait sur scène. Ils avaient une magie indéfinissable que j'aurais voulu serrer contre moi, ces moments où rien du monde réel ne pouvait nous atteindre.

Tandis que les mesures familières commençaient, je repérai une silhouette côté cour. Carlsten Kunde-Neimoth ? Que faisait-il là ? Il était peut-être venu répéter. Le théâtre comptait plusieurs salles de répétition.

L'orchestre jouait la phrase musicale que je guettais. Je plongeai dans mon kit de maquillage pour m'emparer des capsules de sang artificiel. Marcus, à côté de moi, observait avidement... mais il gênait le passage et il ne restait que peu de temps avant la fin de la mesure. Je lui plantai un doigt dans les côtes en lui faisant signe de se pousser en vitesse.

Il se hérissa, visiblement vexé, mais je n'avais pas le temps de m'en préoccuper. Quelques notes et d'infimes secondes plus tard, le Commandeur quittait la scène en titubant ostensiblement après avoir été transpercé par une épée. Telle la limaille de fer attirée par un aimant, l'équipe fondit sur le chanteur. Ed, le régisseur adjoint, lança son chronomètre et commença le compte à rebours à voix basse.

— Dix.

Leonie, la costumière, lui arracha sa chemise.

— Neuf.

Hetty, une habilleuse, qui attendait avec une chemise identique mais tachée de sang entre les mains, la lui enfila par la tête.

— Sept.

Elle la tira et la glissa dans la culotte du chanteur.

— Cinq.

J'ôtai quelques pinces de la perruque pour libérer quelques mèches stratégiques et, laissant tomber les pinces par terre, je l'ébouriffai un peu.

— Trois.

Cassant les capsules entre mes mains, je lui pris les mains et les maculai du liquide poisseux.

— Deux... prêt à y aller... un.

Éclair de dents blanches dans le noir, le chanteur jouant le Commandeur acquiesça et se remit aussitôt dans le personnage pour entrer en scène, chancelant et se tenant le flanc, les doigts dégoulinant d'un faux sang écarlate souligné par le projecteur qu'un technicien braquait sur lui.

Ayant salué notre travail en levant ses deux pouces, Ed fit son rapport au régisseur à voix basse sur un ton monocorde et regagna sa place habituelle. Tous les autres et moi-même poussâmes un soupir de soulagement, Ed rempocha son chrono et nous nous détendîmes comme un seul homme.

Nous avions beau avoir opéré ce changement rapide des dizaines de fois, c'était toujours un moment horrible.

Marcus avait l'air passablement stupéfait. Souriant en mon for intérieur, je m'accroupis pour ramasser les pinces abandonnées dans le feu de l'action. Quand un changement est aussi rapide, on n'a pas le temps de ranger au fur et à mesure.

Marcus ne bougea pas de tout le premier acte et jusqu'à l'entracte. Je ne pouvais m'empêcher de l'observer et je croisais son regard de temps à autre. J'avais l'impression qu'il observait tout avec l'avidité d'un érudit qui cherche à saisir jusqu'au moindre détail du premier coup.

Quand le rideau retomba et que les chanteurs quittèrent la scène, se mettant aussitôt à rire, à plaisanter et à se taquiner, le visage de Marcus se décomposa, comme si une illusion venait de se briser. Ce qui était le cas, je crois.

— Où vont-ils tous ? demanda-t-il toujours en chuchotant.

— Prendre un thé à la cantine. Vous en voulez ?

J'avais désespérément envie d'un thé. L'air sec du plateau pouvait donner terriblement soif.

Il parut indécis.

— Venez.

Je le précédai jusqu'à la cantine, dans le sillage des deux chanteuses qui interprétaient Donna Anna et Donna Elvira, les deux premiers rôles féminins, et discutaient recettes de brownies. Jane, la plus âgée des deux, ne jurait que par la recette de Nigella Lawson tandis que Constance, la plus jeune, assurait que celle de Mary Berry était meilleure.

Comme d'habitude, la cantine était animée et il y avait une file d'attente bien ordonnée, composée d'instrumentistes en tenue de soirée, de chanteurs en costume du XVIIIe siècle et de membres des équipes techniques, dans leur éternelle tenue noire.

Marcus ne dit pas un mot, hormis pour commander un café. Dans la salle, avec ses chaises en plastique, ses tables rondes et ses banquettes en similicuir sur le pourtour, pas loin d'une centaine de personnes devaient déguster un thé, un café ou une pâtisserie.

Nous nous attablâmes avec deux membres du chœur.

— Salut, Tilly, comment ça va ?

— Bien, merci. Et ta femme ?

— Elle a été prise comme enseignante à Guilford. Un salaire régulier, ça fait du bien.

— Ça paiera les factures en attendant, dit Jill, l'autre choriste. Quel soulagement depuis que mon mari est en CDI !

— Je l'envie, dis-je.

— Comment ? Vous êtes free-lance ? s'étonna Marcus.

— Je suis en CDD. Mon contrat a déjà été renouvelé deux fois. Mais je suis actuellement en sursis avec mise à l'épreuve, depuis l'histoire du virus.

Je souris en signe d'autodérision, mais maintenant que je faisais mes devoirs informatiques comme une gentille fille, que j'amenais Pietro sur le plateau à l'heure à chaque représentation et que Jeanie me soutenait, j'avais peut-être une bonne chance de réussir l'épreuve.

— Tout le monde est-il dans le même cas ? demanda Marcus en survolant la salle.

— Ça dépend. Certains musiciens de l'orchestre sont en CDI, ainsi que les techniciens les plus qualifiés, le régisseur et son équipe. Tout dépend du moment où l'on arrive et de ce qu'on fait.

— Je l'ignorais totalement.

— Un poste en CDI est à pourvoir, soupirai-je.

— Tu vas l'avoir, Tilly, me rassura Jill d'un sourire. Pietro t'adore. Et les autres chanteurs aussi. Je ne vois pas pourquoi ils ne te garderaient pas.

— Je croise les doigts et même les doigts de pied.

Nous bavardâmes tous les quatre tout en buvant notre thé et Marcus posa une foule de questions.

Jill consulta sa montre.

— Quelqu'un sait-il s'il neige encore ? Il commençait juste à neiger quand je suis arrivée au théâtre à 16 heures. Ça va être l'enfer pour rentrer si ça ne s'est pas arrêté.

— La neige devrait avoir cessé à l'heure qu'il est, dit Marcus.

— Oui, dis-je tristement. Il ne neige jamais vraiment ici. Mais il y a une alerte météo pour l'est du pays : on prévoit plus de trente centimètres de neige.

— C'est pourquoi je suis bien contente d'habiter Londres. Les métros devraient fonctionner.

La sonnerie de fin d'entracte retentit et, tels des lemmings, tout le monde abandonna sa tasse et s'engouffra calmement dans le couloir par petits groupes pour rejoindre les coulisses.

Quand on baissa le rideau, il était plus de 23 heures et le spectacle avait remporté un franc succès ; le public avait applaudi debout et tapé des pieds avec une fougue digne de la dernière soirée des Proms.

En coulisses régnait une euphorie générale. C'était la dernière représentation de la saison et l'ambiance festive, comparable à celle du dernier jour de cours à la fin des études, était contagieuse.

Dans le couloir, comme je remontais à l'atelier toujours suivie de Marcus – qui me semblait bizarrement faire partie des nôtres –, je croisai Philippe, second violon.

— Tu viens prendre un pot ?

— Certainement. Je demande à Jeanie.

Et merde pour mon mal de jambes.

— OK, ma grande. À l'entrée des artistes dans vingt minutes.

Je me tournai vers Marcus.

— Ça vous dit de venir ?

Je trouvais normal de le lui proposer et, pour être tout à fait honnête, je préférais cette version légèrement abasourdie et impressionnée du personnage. Pour une fois, j'avais l'impression d'être maîtresse de la situation, une vraie professionnelle sachant ce qu'elle faisait, et non une conne débile allant d'une catastrophe informatique à une autre.

— Oui, OK, dit-il.

— Donne-moi plutôt une demi-heure, dis-je à Philippe.

Je trouvai Jeanie à l'atelier, une tête en bois sous chaque bras et l'œil légèrement humide.

— Tout va bien ?

— Oui, répondit-elle sèchement.

— Ce n'est pas Carlsten que j'ai vu en coulisses ?

— Pourquoi me demandes-tu ça à moi ?

Elle haussa les épaules et passa devant moi à grands pas pour aller poser les têtes de perruquier dans son bureau.

Je la suivis, réfléchissant à haute voix.

— Il est peut-être venu répéter en fin de journée. Pour le gala.

— Je n'en ai aucune idée, Tilly.

Puis, sur un ton complètement différent, elle s'adressa à Marcus.

— Comment était-ce ? Vous avez aimé le spectacle depuis les coulisses ?

Je ne me donnai pas la peine d'écouter leur conversation, vexée que j'étais de l'humeur de Jeanie. Qu'avait-elle ?

— Tilly ? Tu peux me donner un coup de main. Il faut déplacer tout ça.

Elle désigna une pile de cartons contenant différentes fournitures de maquillage, empilés par terre près de son bureau.

— Ça va être la folie la semaine prochaine.

Elle me surprit à consulter ma montre.

— Tu vas quelque part ?

Elle était hargneuse ce soir.

— On va prendre un pot. Marcus vient aussi.

J'espérais que ce détail la pousserait à venir. Elle semblait bizarrement avoir un faible pour lui ou, du moins, lui accorder le bénéfice du doute plus facilement qu'elle ne le faisait en général.

— Tu ne viens pas avec nous ?

— Je crois que non. Je suis crevée, dit-elle en lissant une perruque sur une tête en bois.

Elle disait toujours cela mais, une fois munie d'un verre de son cher scotch avec glace, elle se ragaillardissait et nous régalait d'anecdotes datant de ses débuts, dans un théâtre de province, avec des gens devenus célèbres entre-temps.

— Allez, Jeanie. Juste un verre.

— Non. Pas ce soir.

— Tu es sûre ?

— Il me semble t'avoir dit non. Ce n'est pas assez clair ?

Je rougis, gênée d'être rembarrée devant Marcus.

Voyant que Jeanie pinçait les lèvres, je décidai d'avancer et de trier les pinceaux.

Les autres m'attendaient dehors près de l'entrée des artistes et, pour une fois, il n'y avait pas trace de la petite troupe de chasseurs d'autographes se réunissant d'habitude à cet endroit. Je compris immédiatement pourquoi : pendant que nous étions à l'intérieur, il était tombé une bonne dizaine de centimètres de neige et il neigeait encore.

Fermant les yeux, je tournai le visage vers le ciel tout en écoutant la conversation autour de moi. Quand un flocon se posa langoureusement sur mes cils, j'ouvris les yeux et croisai le regard de Marcus. Mon cœur s'emballa un instant en le voyant sourire et hocher la tête, discret échange entre nous à l'insu des autres.

Je donnai un coup de pied dans la neige, contente d'avoir mis ce matin-là mes boots les plus costaudes.

— Il y a bien, genre, dix centimètres, dit Leonie.

— N'est-ce pas que c'est beau. Et quel silence…

Je contemplai la rue anormalement déserte. J'adorais la manière dont la neige étouffait la rumeur perpétuelle de la ville.

— Alors, mes chers, quel lieu allons-nous honorer de notre présence en ce crépuscule ?

Philippe avait dit cela en ouvrant grand les bras, tel un imprésario du XIXe siècle. Il ne lui manquait plus qu'une moustache à tortiller et des guêtres.

Je surpris Marcus qui réprimait un sourire.

Plantée en marge du cercle, pendant que tout le monde discutait du meilleur endroit où aller, j'aperçus Jeanie sortir furtivement par l'entrée des artistes. Sans un regard dans notre direction, elle baissa la tête et fila dans la rue, laissant derrière elle des empreintes solitaires dans la neige vierge. Intriguée, j'observai cette silhouette qui s'éloignait. Au bout de la rue, au lieu de tourner vers la station Charing Cross comme à l'accoutumée, elle partit dans la direction opposée. Où donc allait Jeanie ?

J'aperçus deux gars que je connaissais poussant une énorme boule de neige dans la rue. Dean, le plus âgé des deux accessoiristes, me fit signe de la main.

— Si on faisait plutôt un bonhomme de neige ? dis-je brusquement. Venez, on dirait qu'ils ont besoin d'un coup de main.

— Merveilleuse idée, dit Philippe en roulant des yeux ravis. Pendant que vous le faites, je vais chercher les chocolats chauds. Mes chaussures ne sont pas faites pour le travail de manœuvre.

— Super idée, dit Leonie. Je suis partante. Viens, Fred.

Fred se tourna vers Marcus, qui haussa les épaules mais comprit qu'il avait perdu quand les autres musiciens et machinistes approuvèrent l'idée à leur tour, et Philippe, avec un autre violoniste, fut chargé d'aller nous ravitailler en chocolat chaud.

— On peut vous aider ? s'écria Leonie.

Nous accourions, elle et moi, et nos pieds, en s'enfonçant, faisaient craquer délicieusement la neige. La voix de Leonie résonna contre les façades alentour, soulignant l'environnement sonore étouffé.

— Bien sûr ! dit Dean.

Découvrant le groupe désordonné qui nous suivait, il sourit et sembla avoir une idée.

— Si nous nous divisions en plusieurs groupes pour faire un orchestre en bonshommes de neige ?

— Super ! s'écria Leonie.

On se demanda un instant comment façonner des instruments de musique en neige mais, avec l'ingéniosité habituelle inhérente à leur métier, les deux accessoiristes trouvèrent une solution plus simple et l'un d'eux se précipita dans le théâtre pour aller chercher des fournitures.

On convint que chacun fabriquerait une partie d'un corps et Leonie et moi fûmes chargées des têtes.

La boule était facile à former au départ. Il suffisait de la faire rouler droit dans la grande avenue et dans la cour pavée, amassant de la poudreuse. Mais le travail devint plus ardu au fur et à mesure que la boule grossissait et, m'arrêtant pour reprendre mon souffle, je découvris avec surprise que Marcus s'était joint à l'équipe, sinon avec fougue, du moins avec une indiscutable bonne volonté.

Vêtu de manière décontractée pour une fois, d'un jeans noir et d'un caban en laine, il contrastait avec le décor tout blanc. Sa virilité ne passait pas inaperçue et je vis deux gays le lorgner – et qui aurait songé à le leur reprocher ? Le noir lui allait bien et il me faisait penser à un jaguar racé au poil brillant. Après avoir évalué la situation, il avait choisi un coin où la neige s'était accumulée, ce qui lui donnait un avantage de taille, et sa boule de neige grossissait à vue d'œil.

Mais il prenait ce travail trop au sérieux. Vite, je ramassai une poignée de neige, la tassai entre mes mains et, dès qu'il eut le dos tourné, la lançai sur lui avant de me baisser pour pousser ma boule de neige le plus innocemment du monde. La boule l'atteignit en plein dans le dos et il regarda autour de lui.

Quand son regard passa sur moi, je levai les yeux et répondis à son air méfiant par un sourire candide.

— N'est-ce pas que c'est beau ? Ce silence ? Cette lumière ?

— Absolument, dit-il avec un sourire forcé. Particulièrement paisible... pourvu que ça dure.

Il me lança un regard teinté d'une pointe de défi et, dès qu'il se fut retourné, je lançai dans sa direction une autre boule de neige qui l'atteignit derrière la tête. Cette fois, quand il se retourna avec un regard amusé, je n'essayai même pas de feindre l'innocence.

— Je trouve qu'il y a du relâchement dans votre travail, Miss Hunter.

Après un regard à mon miteux tas de neige, il se remit au travail.

Je lui répondis d'un sourire et, au moment où je baissais les yeux, une boule de neige me heurta la poitrine.

Je relevai les yeux vers lui : une lueur triomphante dansait joyeusement dans son regard. Marcus version enjouée, c'était quelque chose de saisissant et, pour cacher l'ardente rougeur qui me brûlait soudain les joues, je ramassai une poignée de neige, façonnai rapidement une boule et ripostai à l'attaque. Sans même voir si je l'avais atteint ou pas, je me baissai pour en faire une autre, je le visai à l'épaule avant qu'il ait eu le temps de répliquer et j'éclatai de rire devant son air surpris.

— D'accord, c'est la guerre, s'écria-t-il en accourant.

Riant de sa colère feinte, je me retournai pour m'enfuir, mais il me rattrapa, me souleva et me lança les fesses les premières dans un tas de neige accumulé contre un mur.

Mon bonnet glissa sur mes yeux et je tentai de me relever en me tortillant, haletant et riant.

Un très bref instant, je cessai de respirer en voyant quelque chose briller dans son regard.

Entendant Leonie glapir sur ma gauche, je m'aperçus que j'avais déclenché une bataille de boules de neige rangée.

— Salaud ! m'écriai-je.

— C'est vous qui avez commencé, dit Marcus.

Il remit mon bonnet d'aplomb et m'aida à me relever parmi les boules de neige qui fusaient.

— Qui, moi ? Je ne vois pas du tout à quoi vous faites allusion.

— Miss Hunter, vous êtes une femme dangereuse. Où avez-vous appris à vous battre ainsi ?

— J'ai grandi dans le Yorkshire, je vous le rappelle. L'hiver, la cour de récré se transformait en champ de bataille. On y apprenait joliment vite le tir rapide à la boule de neige.

Finalement, une trêve fut décrétée et nous commençâmes à assembler une véritable armée de bonshommes de neige. Marcus m'aida à hisser ma tête sur le corps qu'il avait façonné et nous rîmes de bon cœur quand une moitié de ma boule s'effondra. Nous la recollâmes en la tassant à la main.

— Il n'est pas mal, dis-je en prenant du recul.

— Un peu maigrichon, dit Fred en tournant autour.

Masqué par le bonhomme de neige qu'il édifiait avec deux autres violonistes, Guillaume fit une proposition.

— Alors disons que c'est la nouvelle altiste, elle est menue.

Les accessoiristes avaient eu la bonne idée de descendre de vieilles gaines en plastique noir et d'enfiler du fil de fer à l'intérieur pour leur donner une forme. Ils s'en servirent pour donner aux bonshommes de neige des bras pour tenir leurs instruments. Quelqu'un d'autre avait fait une razzia aux objets trouvés et Leonie et une autre costumière ajustaient écharpes et chapeaux.

Quand Philippe revint avec un plateau de chocolats chauds, nous avions terminé plusieurs bonshommes de neige des deux sexes et les accessoiristes les avaient pourvus d'instruments découpés dans du carton prélevé dans un tas destiné à l'enlèvement, devant une boutique. Ces silhouettes d'instruments arboraient même des détails : les pistons des trompettes, les cordes des violons et les clefs des clarinettes étaient dessinés au feutre.

Philippe me tendit un chocolat fumant.

— Voilà pour toi, Tilly chérie. Tu as des couleurs superbes. Tout se passe bien pour toi ?

— Très bien. Merci pour le chocolat. Rien de tel qu'un chocolat chaud dans la neige. Je me sens très ennoëlée.

Notre groupe en neige achevé, nous restâmes à bavarder en cercle dans une ambiance cordiale tout en dégustant nos boissons chaudes.

Philippe était étonnamment attentionné, ce qui était un tantinet énervant. Essayait-il d'impressionner Marcus, placé à côté de moi ? Il me demandait sans cesse si je n'avais pas trop froid et me couvrait de compliments sur mes talents de maquilleuse.

Son instinct n'était tout de même pas émoussé au point de croire Marcus gay ? D'ailleurs, il avait récemment épousé son petit ami, un garçon beaucoup plus jeune que lui.

— Tu es prête à rentrer, Tilly chérie ? me demanda-t-il quand tout le monde commença à se dire au revoir.

J'étais la seule à me rendre de l'autre côté de la Tamise.

— Veux-tu qu'on te trouve un taxi ?

— Ça va aller, dis-je, légèrement perplexe.

Nous avions souvent terminé très tard et jamais il ne s'était inquiété pour moi.

— Je vais aller prendre le métro à Charing Cross.

— D'accord. Fais attention, ma chérie. À bientôt.

— Je peux vous accompagner jusque-là, s'offrit Marcus.

— Ne vous inquiétez pas, ça va aller. Je le fais tout le temps.

— Je m'en voudrais de vous laisser partir seule, dit-il en haussant les épaules.

— D'accord.

Je voyais bien que je perdrais mon temps en essayant de discuter. Il m'emboîta le pas. Notre haleine faisait de petits nuages de vapeur dans l'air froid de la nuit et nos pas crissaient de concert dans la neige.

Nous rejoignîmes la partie animée du Strand, en direction de la station de métro.

— J'ai passé une excellente soirée. Les coulisses, c'était...

Il hocha la tête et cet aveu muet me réchauffa encore un peu plus le cœur. Il n'avait pas dit grand-chose de la soirée et, même si elle avait été agréable, j'espérais secrètement qu'il soit impressionné. C'était ça, mon métier. C'était ça le plus important. Je ne voulais pas qu'il me prenne pour une farfelue. Cela l'aurait rangé dans la même catégorie que mes parents.

— Excusez-moi de vous avoir poussé dans les coulisses. Vous aviez l'air un peu...

— Oui, dit-il en riant. J'ignorais qu'il pouvait y avoir autant d'action. Comme à l'arrêt ravitaillement dans une course de Formule Un. C'était très impressionnant.

— Nous avons beaucoup d'entraînement.

— Ça a déjà mal tourné ?

— Est-ce que ça a déjà mal tourné ?... Oui, une fois, et en beauté. Heureusement, c'était lors d'une des premières répétitions techniques. Au départ, on n'avait que cinq secondes pour le changement et il y avait une seconde perruque, mais c'était infaisable. Ensuite, on a bricolé la scène et modifié la perruque pour ajouter quelques mèches folles qu'on puisse détacher pour la scène suivante.

— Ce doit être stressant, avec le gars qui compte et tout.

— Le régisseur. Ça va. Nous avons deux secondes de marge et le décompte nous empêche de nous écarter du droit chemin.

— Si vous le dites. Je ne sais pas si j'aimerais avoir sur le dos quelqu'un qui me chronomètre.

Je le regardai avec étonnement, sans dire un mot.

— J'aimerais bien savoir ce qui se passe, pourquoi tout ce sang ?

— Vous devriez aller voir dans la salle. C'est un opéra assez long mais vous devriez voir ce que ça donne. C'était la dernière de *Don Giovanni* mais vous pourriez avoir une place pour *Roméo et Juliette*.

— Un ballet ?

— Ne faites pas la chochotte. Ce n'est pas seulement une question de danse. Maintenant que vous travaillez ici, vous devriez voir le rendu final.

Pour la première fois, je me sentais son égale. Deux professionnels. Non, peut-être pas. Pour moi, ce vocable s'appliquait plutôt aux notaires, aux avocats, aux comptables.

— Mmm. Vous avez sans doute raison.

— Ou la soirée de gala, composée d'extraits d'opéras et de ballets. C'est une grande soirée caritative, mais la couturière a lieu lundi. Ce serait idéal.

— N'est-ce pas un peu tard ?

Tiens, il savait que les places pour la couturière étaient recherchées. Il avait donc appris deux ou trois choses.

— Jeanie vous aime bien.

Je m'interrompis. C'était un peu dur, comme si j'essayais de faire passer le message que je ne l'aimais pas. Mais je poursuivis, espérant qu'il n'avait pas remarqué mon hésitation.

— Elle vous aura des places.

Arrivés à Charing Cross, la couverture d'un quotidien du lendemain matin attira mon attention et mon cœur s'emballa. Zut, zut et rezut.

Un tabloïd annonçait en gros titre :

« Un nouveau rôle pour Pietro D'Angelis : le Jardinier Étalon italien, grande voix, grand... »

En première page du journal pour lequel travaillait Jonno s'étalait une photo de Pietro nu et, malgré le floutage stratégique, il ne faisait aucun doute qu'il était en grande forme. Son cauchemar devenait réalité. Même de loin, sa posture suggérait quelque chose de bien sordide.

Marcus aperçut le gros titre un instant après moi et son visage se durcit.

— Merde, je croyais que nous contrôlions ces choses-là.

Il palpa sa poche comme s'il cherchait son téléphone.

— Je vais devoir passer quelques coups de fil. Bonne nuit, Tilly.

Il sortit son téléphone et, sans un dernier regard, se retourna et se mit à arpenter la neige, me laissant là avec mon cœur qui cognait tristement. Quel foutu pétrin de merde !

Chapitre 19

J'entrai en trombe dans l'appartement, serrant le journal dans ma main, les joues roses de froid et d'émotion.

— Felix ! Tu as vu les journaux ?

Felix évita soigneusement de croiser mon regard.

Mon cœur chavira et je m'arrêtai dans ma course comme un jeune cheval fou.

— Felix ?

Il se recroquevilla dans le canapé en se mordillant la lèvre.

Telles les gorges d'une serrure multipoints s'ouvrant une à une, la réalité m'apparut.

— Tu n'as pas fait ça ?

Le silence s'établit entre nous. Je n'entendais plus que le sang qui battait dans mes oreilles.

— Tu m'avais promis. Tu avais promis.

Je lui fourrai le journal sous le nez, frappant du doigt une ligne précise.

— Comment as-tu pu ? Le pauvre, pauvre Pietro. Il doit être bouleversé.

Felix pâlit malgré son teint mat et je voyais son pouls s'agiter sous sa tempe. Il ne dit rien. Qu'aurait-il pu dire ?

— Regarde ! Regarde ce qui est écrit ! Comment as-tu pu ? Sa photo, nu. Je le connais. Il est grand-père. Il a une famille. C'est tout simplement horrible.

Le journal se réclamait d'une source proche de Pietro. Avec une citation entre guillemets. Ce que Pietro m'avait dit, au mot près. Je l'avais répété à Felix. Tout était ma faute.

— Je suis désolé, Tilly, mais Jonno n'arrêtait pas de me dire qu'il voulait d'autres informations. Il me harcelait sans cesse. Et il...

Felix laissa tomber sa tête entre ses mains.

— Désolé. C'est...

— Je – je ne peux pas te croire. Tu m'as dit que tu ne lui avais rien dit. Tu m'as menti.

Felix haussa les épaules.

— Je savais que ça finirait par se savoir. Et Jonno, c'est... c'est le genre de mec qui sait des choses...

— Quel genre de choses ? Des choses sur toi ? Ne sois pas ridicule. Tu truques tes comptes ? Tu voles des serviettes dans des hôtels ?

Felix semblait pris de panique.

— Je... J'allais te dire...

J'étais trop outrée pour écouter.

— Après Katerina, tu savais. Tu avais promis. Tu m'as menti.

Ne supportant plus de le regarder, ni même de rester en sa présence, je sortis en claquant la porte si fort qu'elle rebondit sans se fermer, vint heurter le mur et la poignée, éraflant le plâtre, laissa un réseau de fissures sur la peinture blanche. Je me réfugiai dans la chambre d'amis et me jetai sur le lit.

Je pensais sans cesse à ce que Pietro devait éprouver. Viendrait-il chanter demain ? Comment le regarder en face ? L'estomac contracté, je fixai le plafond jusque tard dans la nuit.

Je dus m'endormir à un moment donné et je me réveillai le lendemain en entendant Felix frapper à la porte.

— Tilly, s'il te plaît. On peut parler ?

Qu'avions-nous à nous dire ? Je ne pouvais pas lui pardonner cette fois. J'enfouis la tête sous l'oreiller en espérant qu'il s'en irait.

— Tilly, s'il te plaît. Je ne serai pas là demain soir, je ne rentrerai pas avant vendredi. S'il te plaît, Tildou.

À contrecœur, je jetai mes jambes au bas du lit et allai ouvrir la porte.

Il me regardait dans l'entrebâillement, le visage hagard mais plein d'espoir.

— Felix. Je ne vois pas quoi dire.

— J'ai déconné.

Il accompagna ces mots de son habituel air de chien battu.

— C'est ce que tu as dit la dernière fois.

Je parlais d'un ton neutre en accord avec l'engourdissement qui s'était emparé de mon corps.

— Je t'en prie, Tilly, il faut oublier ça.

— Parce que c'est possible ? dis-je d'une voix atone.

Il tendit les mains et je reculai en sentant leur brûlure sur mes poignets.

— Tu t'es toujours moquée des journaux.

Son regard brun était sincère et il essayait de m'arracher un sourire, de m'amadouer.

— Tu dis toujours qu'ils inventent des trucs. Demain, ce journal servira à envelopper des *fish and chips*. Les gens oublieront. Je t'en prie, Tilly, ne reste pas fâchée contre moi. Je te promets que plus jamais, jamais je ne referai un truc pareil. C'est fait. Nous n'y pouvons plus rien. Ce n'est peut-être pas moi, tu sais. Jonno a dit qu'il y avait des rumeurs. La vidéo circule. N'importe qui aurait pu… à tout moment…

Le désespoir, de tout son poids, pesait sur mon estomac. Felix ne pigeait vraiment pas.

— Ce n'est pas n'importe qui. C'est nous.

Chapitre 20

Tous les journaux à sensation s'étaient emparés de l'histoire. Il y avait des photos, des images du film. Ce qu'aucun article ne disait, c'était la raison pour laquelle Pietro avait tourné ces films. Non : en bons colporteurs de ragots, ils insistaient juste sur le fait qu'il avait été vedette du porno dans sa jeunesse, un véritable obsédé du sexe, arrivé au sommet en couchant à tour de bras.

En arrivant au travail, je vis Jeanie arracher un journal des mains de Vince.

— Tu devrais compatir au lieu de baver devant ce torchon, lui dit-elle. Il a droit au respect de sa vie privée. C'est... C'est...

Elle vira au cramoisi avant de cracher :

— C'est honteux !

Vince replia le journal, penaud.

— Désolé.

— Les gens qui ont livré cette histoire et ces photos aux journaux devraient être pendus, noyés et écartelés. Les ordures.

Jeanie en avait le visage déformé par la fureur.

Le rouge me monta aux joues, une boule se logea dans ma gorge. Elle me dépècerait si elle apprenait. J'aurais voulu me dessécher sur place et mourir sur-le-champ. Tout cela me dégoûtait toujours autant que la veille, quand j'avais aperçu les gros titres.

— Ça va être un tsunami.

— Mais notre orchestre en bonshommes de neige a fait la une aujourd'hui, dis-je dans l'espoir de la distraire.

Une forte pluie avait dépouillé notre petite bande de ses accessoires et les avait fait fondre partiellement. Des mottes de neige grise alignées, voilà tout ce qu'il restait de l'importante chute de neige de l'avant-veille.

Je fermai les yeux. En les rouvrant, je découvris Jeanie qui m'observait intensément.

Mon téléphone sonna, je sursautai. Zut, Christelle.

— Et toi, tu vas répondre au lieu de regarder ton téléphone en faisant cette tête ? gronda Jeanie.

Je grimaçai tout en évitant de croiser son regard.

— J'étais censée voir ma sœur cet après-midi. J'avais oublié que je travaillais. Elle est en congé aujourd'hui. On devait déjeuner ensemble et aller faire du shopping.

Et j'avais complètement oublié de l'appeler pour décommander. J'avais l'esprit occupé par Dieu sait quoi.

Chapitre 21

Comme je me précipitais vers elle en exultant, Christelle tourna vers moi ses yeux de panda.

— Tu as aimé ? N'est-ce pas que Pietro a été génial ? Et le nombre de rappels ! Le public l'a adoré. Le spectacle t'a plu ?

Son silence faillit avoir raison de mon enthousiasme. Le visage sombre, elle hocha la tête et je sentis mon estomac se nouer. Je la regardai, accablée de déception devant tant d'indifférence mais, résolue à ne pas pleurer, je relevai la tête en serrant les dents et la regardai droit dans les yeux.

Je m'aperçus alors qu'elle semblait un peu hébétée, comme si elle venait de passer de l'ombre au soleil et en était éblouie.

Marcus me poussa du coude.

— On verra ça plus tard. Vous me le rendrez jeudi, lors de votre prochaine leçon.

La compagnie de ma sœur lui avait-elle donc été aussi pénible ? Il fit un mouvement de tête vers le bas et, suivant la direction de ce mouvement, je découvris que Christelle tenait à la main un mouchoir d'homme roulé en boule et maculé de mascara. Son regard reprit vie et se mit à briller d'une lumière intérieure que je ne lui avais jamais vue. Elle s'avança et me prit dans ses bras.

— Tilly, c'était merveilleux.

Elle éclata en sanglots dans mon cou.

— Tout simplement incroyable.

Un instant, je fus en proie à l'hésitation.

— Stupéfiant. Sensationnel. Sublime, soupira Christelle.

— Tu as vraiment aimé...

— Oh, Tilly, c'était tellement merveilleux. Quand je pense que tu travailles ici. Quelle chance tu as. Tout ça...,

Elle désigna l'ensemble de la magnifique salle.

— C'est incroyable. Tu es incroyable.

Elle recula d'un pas et m'observa un instant avant d'ajouter tout bas.

— Je ne m'étais pas rendu compte.

— Marcus.

Je tournai brusquement la tête en reconnaissant la voix d'Alison.

— Contente de vous avoir trouvé. Y a-t-il du nouveau ?

— Pas encore, dit Marcus.

Je tendis l'oreille tout en feignant d'écouter Christelle, qui s'émerveillait à présent sur les costumes.

— Mais le journal affirme que les e-mails provenaient d'ici.

Je sentis mon cœur se serrer comme jamais. L'idée ne m'avait pas effleurée de demander à Felix comment il transmettait les infos à Jonno.

L'effervescence de Christelle n'était toujours pas retombée une demi-heure plus tard, alors que nous dégustions un café et des *mince pies*[1] sublimes chez Balthazar. Tant mieux, car j'étais moi-même absorbée dans mes pensées. Marcus avait disparu avec tact avant que j'aie pu savoir ce qu'il avait pensé du spectacle. Cela laissait une question en suspens, quelque chose d'inachevé : le spectacle lui avait-il plu ?

---

1. Petites tourtes ou tartelettes aux fruits secs.

Coincée entre mes amis et collègues serrés autour de la petite table ronde, Christelle discutait gaiement avec Guillaume et Patrice, deux musiciens de l'orchestre.

— C'est vraiment ta sœur ? me glissa Jeanie d'une voix rauque en sirotant un expresso.

— Mmm.

— Que lui est-il arrivé ? Tu m'avais dit qu'elle était un peu coincée.

— Elle l'est, d'habitude.

Je regardai ma sœur rejeter les cheveux en arrière, plongée dans une conversation animée avec Guillaume.

— Ça... Ça va mieux entre nous depuis quelque temps, dis-je avec une pointe de tristesse.

Je ne connaissais pas grand-chose de ma sœur en tant qu'adulte. Je n'avais jamais rencontré aucun de ses amis.

Jeanie haussa les épaules et observa Christelle d'un air pensif.

— Je la trouve très normale.

Je détournai les yeux du visage soucieux de Jeanie tout en refoulant une pointe de culpabilité. Je n'avais jamais invité ma sœur ou mes parents au spectacle mais, de toute manière, ils ne seraient jamais venus. Si ?

Jeanie inspira bruyamment comme si elle venait de découvrir l'heure qu'il était.

— Il faut que j'y aille. Je suis en retard.

— En retard ?

Mais Jeanie était déjà debout, rougissant d'une couleur qui jurait avec ses cheveux roux.

— À demain, dit-elle en partant précipitamment.

Silencieuse quand nous quittâmes enfin le café, Christelle m'effleura le bras.

— Merci, Tilly. Tes amis sont tellement...

— Tellement quoi ?

Je me rendis compte que je mourais d'envie de savoir ce qu'elle pensait.

— J'ai passé une charmante… non, une superbe soirée. Ils sont tous tellement passionnants. Philippe vient du même quartier de Paris que Maman et il peint, en plus de jouer du violon.

Il ne détestait pas non plus les séances de spiritisme de temps en temps et possédait une collection de Ouijas, mais je ne voulais pas gâcher l'enthousiasme de ma sœur.

— Il m'a parlé de son mariage. Ce devait être merveilleux. Ils ont lâché cinquante colombes blanches.

Je la regardai. Sérieuse comme un pape.

— Tu te rends compte qu'ils étaient en queues-de-pie et cravates blanches ? Ça devait en jeter ! Je ne crois pas que beaucoup d'hommes accepteraient de faire ça.

L'innocente !

— Tu aurais dû voir le marié, dis-je en m'efforçant de ne pas rire en la regardant.

Elle était littéralement bouche bée.

— J'imagine qu'il n'y a pas beaucoup de gays dans les tribunaux.

Je disais ça pour rire.

— Oh, non, s'esclaffa Christelle. M. Hartington-Smyth en aurait une attaque… Et Guillaume ? Est-il… gay, lui aussi ?

— Guillaume ? Non. Bien qu'il vive avec Gary.

Je n'avais pas pu résister.

Christelle parut désappointée – beaucoup plus que je ne m'y attendais. Intéressant. J'eus pitié d'elle.

— Oui, Gary, le hamster.

— Il a un hamster ? Comme c'est mignon.

Mignon. Un rongeur plein de poils ? Pas pour moi, mais je voyais bien que Christelle était peut-être tombée sous le charme de son accent français sexy et de son mètre quatre-vingt-cinq, très à son avantage en smoking. Et encore, elle ne savait pas qu'il jouait du violon comme un dieu et que le recruteur de l'agence de mannequins au coin de la rue venait le harceler chaque matin quand il prenait son café.

Quand nous nous séparâmes en nous embrassant vraiment sur les deux joues, je sentis comme une chaleur dans ma poitrine. Quelle journée !

Chapitre 22

J'eus la surprise de recevoir un coup de fil de Christelle quelques jours plus tard.

— Salut, Christelle. Comment vas-tu ? Notre soirée t'a plu ?

Elle me répondit en riant, chose qu'elle faisait beaucoup plus souvent depuis quelque temps.

— Oui, j'ai passé un excellent moment, merci. Désolée de t'appeler aussi tôt mais j'ai pensé qu'il valait mieux te tenir au courant tout de suite pour voir comment s'y prendre pour que tu récupères les cadeaux.

— Me tenir au courant de quoi ?

— Je dois travailler ce week-end. Je dois plaider à la cour lundi matin de bonne heure et entendre un témoin dimanche.

— Ah bon.

Je ne voyais vraiment pas pourquoi elle éprouvait le besoin de m'expliquer ça à la première heure jeudi matin.

— Tilly ! dit-elle sur un ton accusateur.

— Quoi ?

— Tu as complètement oublié, c'est ça ?

— Oublié...

Et zut. Dans un moment de faiblesse, alors que nous regardions les patineurs à Somerset House, j'étais convenue d'aller dans le Yorkshire voir Papa et Maman le week-end suivant. Avec tous les événements, cela m'était sorti de la tête. Je soupirai, non sans reconnaître que cet oubli était peut-être un acte manqué, typique de ma tactique d'évitement.

Heureusement, Felix était absent pour le travail toute la semaine mais il devait rentrer pour le week-end. Il m'avait envoyé des e-mails d'excuse toute la semaine et je redoutais son retour. Soudain, l'idée de m'éloigner de lui et du travail me semblait plutôt séduisante. Encore qu'aller dans le Yorkshire soit un moyen peut-être un peu drastique de le faire.

— Tu ne peux pas repousser ?

— Non. Il m'a fallu des semaines pour amener ce type à me parler. C'est un lanceur d'alerte. J'ai besoin de lui pour avoir un dossier en béton.

— Doucement, doucement. Je ne peux pas y aller toute seule. Si on y allait un autre week-end ? Je suis sûre que Maman préférerait te voir… nous voir toutes les deux.

Christelle soupira.

— Si je te propose ça, c'est parce que tu es libre ce week-end et que je n'ai pas un jour de libre jusqu'à Noël.

— Mais le tableau de service change sans arrêt. Il faut que je vérifie. Je suis peut-être de service ce week-end.

— Non, tu ne l'es pas. Je le sais.

Ce ton autoritaire devait donner des sueurs froides aux parjures à la barre.

— Mais comment tu le sais ?

Le mien tenait plutôt du gémissement plaintif.

— Guillaume me l'a dit.

Elle dit cela avec un autre de ses rires de jeune fille déconcertants.

— Et tu m'as dit que tu avais réservé.

— Guillaume !

Voilà qui expliquait beaucoup de choses. Hier, quand je l'avais vu, je lui avais trouvé le sourire légèrement penaud.

— Est-ce que tu… le vois… sors avec lui ?

Cette question faisait un peu ado, mais cela marcha visiblement avec ma sœur, qui répondit immédiatement.

— Oui.

— Quoi ? Tu le *vois* – tu le vois juste ?

— Tilly, tu me demandes si je couche avec lui ?

— Eh bien, puisque tu en parles. Non, je n'oserais pas mais… qu'en est-il ?

— Ça se pourrait bien, dit-elle avec un nouveau rire.

— Mais tu ne le connais que depuis une semaine !

Je parlais comme la femme guindée pour laquelle je l'avais prise. Les rôles étaient complètement inversés, mais c'était plus fort que moi.

— Et pourquoi ne m'as-tu rien dit ?

Christelle me répondit tout bas.

— Parce que… tout est allé si vite… et je n'étais pas sûre, tu sais, qu'il éprouve la même chose. Je ne voulais pas que tu… tu te moques de moi.

Ma sœur coincée avec le beau Guillaume, l'esprit libre aux cheveux longs… Qui l'eût dit ? J'eus aussitôt honte de mes pensées. J'étais une sœur affreuse. Le moins que je puisse faire pour elle, c'était d'aller rendre visite à nos parents le week-end suivant.

— Chris, j'irai s'il le faut. Mais tu sais qu'ils préféreraient te voir…

— Ne dis pas de bêtises, Tilly. Je sais que ça se passait mal quand tu étais ado, mais les choses ont changé. C'est toi qui les évites. C'est toi qui gardes tes distances.

C'était injuste.

— Non, pas du tout. Je travaille à des heures indues et généralement les jours fériés.

— Tilly, tu as droit à des congés légaux comme tout le monde.

Il n'y avait que Christelle pour parler de congés légaux.

— Si tu ne vas pas les voir, c'est parce que tu le veux bien. Ne mets pas ça sur le dos du travail. C'est ton choix – et Papa et Maman ne te facilitent pas la tâche parce qu'ils ont trop peur de te contrarier. Ils seraient enchantés de te voir mais ne veulent pas te mettre la pression.

Je soupirai. Christelle appuyait là où ça faisait mal. Moins je pensais à mes parents, moins je me sentais coupable. Au lieu de lui répondre, je laissai une éraflure au dos de la chaise en la poussant avec ma bottine.

— Tilly, tu es toujours là ?

— Oui, Chris. J'irai. Mais tu as une dette envers moi. Une grosse.

Elle ne répondit pas.

Dès que j'eus reposé mon téléphone, après avoir convenu d'un moment pour qu'elle m'apporte ses cadeaux, je me mis à étudier à contrecœur le meilleur moyen d'aller chez mes parents.

Il ne me fallut pas longtemps pour faire le tour des moyens de transport desservant le Nord. Mais qui eût cru que c'était aussi cher ? Il était presque plus économique d'aller en avion à Leeds. Déjà dégoûtée par toute cette histoire, je cherchai à me changer les idées et consultai mes e-mails faute de mieux. Le dernier message de Redsman me remonta légèrement le moral. Dans le dernier que je lui avais adressé – en prenant soin de ne pas m'égarer –, je lui avais confié combien j'aimais les aventures de Tempe Brennan, l'anthropologue judiciaire, et que j'avais déjà acheté le second volume de la série de Kathy Reichs.

`À : Matilde@lmoc.co.uk`

`De : Redsman@hotmail.co.uk`

`Content d'apprendre que vous appréciez les ouvrages que je vous conseille cette fois. Mais je continue à penser que vous auriez besoin d'apprendre à apprécier le vrai football. Je crains que vous ne soyez condamnée à la déception ce week-end, avec deux buteurs sur le banc.`

`R.`

À : Redsman@hotmail.co.uk
De : Matilde@lmoc.co.uk
Objet : Un désastre n'arrive jamais seul

Je suis condamnée à la déception tout court. Mon week-end part à vau-l'eau. Je croyais que la situation ne pouvait pas être pire (et je ne parle pas du montant du contrat du dernier joueur engagé par Arsenal - ils ont perdu la tête ou quoi ?), mais je dois aller chez mes parents.

Je veux seulement aller à Harrogate, pas à Honolulu, que diable ! Mais je vais en avoir pour plus de 100 £ de train et il n'y a plus une place dans le National Express samedi. Les tarifs sont hallucinants ! Je n'ai même pas trouvé une place à bord du train qui part de Kings Cross à 9 h 10.

Tilly

Je me recalai contre le dossier de ma chaise et contemplai l'écran.

Et voilà que j'allais être en retard pour ma dernière leçon d'informatique. Zut, juste au moment où je commençais à montrer à Marcus que je n'étais peut-être pas aussi bonne à rien qu'il croyait.

À : Matilde@lmoc.co.uk
De : Redsman@hotmail.co.uk

Vous n'allez pas me croire. Je vais à Harrogate samedi. Je vous dépose ?

Pour une coïncidence... Voilà qui allait me permettre d'économiser une fortune. Vu l'économie à la clef, j'acceptais, naturellement. C'est seulement après avoir accepté par écrit, rêvant joyeusement à tout ce que j'allais pouvoir m'acheter avec ces 100 £ que je n'avais pas, que je me dis que je m'étais peut-être un peu emballée.

— Vous êtes en retard.

Marcus se leva de son bureau avec un regard furieux et posa violemment sa tasse de café, d'où le café dégoulina tous azimuts.

Je contemplai les flaques de liquide tremblant sur le bureau. Il semblait ne pas y prêter attention et ses yeux étincelaient d'une fureur à peine contenue. Je pensais que nous avions progressé et que les deux camps étaient parvenus à une forme de détente mais, si j'en jugeais par ce que je voyais, il nous faisait un caca nerveux.

Je n'étais pas en retard à ce point et il ne pouvait pas être nerveux à cause du rendez-vous avec Alison Kreufeld. C'est moi qui allais devoir improviser quand il dévoilerait notre superbe nouveau système de gestion de stock. J'avais entré pas moins de trois articles depuis notre dernière séance de travail.

— Désolée. Problèmes familiaux.

Je regardai distraitement son mug aux armes de son club de foot. Liverpool FC. Ce qui éveilla vaguement quelque chose dans mon cerveau, mais je perdis le fil quand il ouvrit la bouche.

— Problèmes familiaux ! éructa-t-il sur un ton glacial.

— Hélas, dis-je sur un ton lugubre.

Qu'est-ce qu'il m'avait pris d'accepter de remonter dans le Yorkshire ?

— Au nom du ciel, Tilly ? Vous n'avez toujours rien pigé ou quoi ?

Je sursautai devant tant de véhémence. Il avait vraiment les nerfs en pelote.

— Vous vous sentez bien ? demandai-je, comprenant aussitôt que la réponse était non.

— Mais bon sang de merde, quand allez-vous prendre tout ça au sérieux ?

— Eh b-bien... J'ai fait des progrès. J'ai commencé à entrer les articles dans le programme.

Certes, à une allure qu'aurait facilement pulvérisée une tortue à trois pattes, mais c'était un début.

— Et le reste ? La sécurité informatique. Vous y faites attention ?

Il avait le visage encore plus grave que d'habitude. En rogne, qui plus est. Il parlait en arpentant la pièce.

— Oui, croassai-je. La plupart du temps. Enfin presque.

Je me raidis, traduction corporelle de mon sentiment d'être sur la défensive, tout en repensant à cette vague alerte que j'avais éprouvée en regardant le mug.

Il pivota et s'immobilisa, le regard encore plus dur.

— Je veux parler de votre sécurité personnelle.

Avec une violence inattendue, il aplatit brutalement sa main sur la table et des gouttelettes de café atterrirent partout sur la manche de sa chemise.

— Si je préparais un sale coup… comme un tueur en série… ou un violeur par exemple… savez-vous combien il serait enfantin de vous repérer ? De vous trouver ? Avez-vous déjà entendu parler de Melody May ?

Ses vociférations et cet affichage de sentiments lui ressemblaient si peu que j'en étais choquée, même si je ne comprenais pas un mot de ce qu'il disait.

— 9 h 10, samedi. Vous serez à la gare de Kings Cross. Vous vivez à Clapham. Dans Trewgowan Road. J'imagine que vous quitterez votre domicile vers 7 h 30 pour être à l'heure. Le quartier est calme à cette heure-là. Pas un chat dehors.

Il souriait avec mépris, l'air toujours furieux. Je reculai jusqu'à ce que je heurte la chaise.

— Où… Où voulez-vous en venir ?

Et pourquoi était-il dans une telle fureur ? Les ondes de colère qu'il déversait sur moi me prenaient au dépourvu, me plongeaient dans la confusion. Cela ne ressemblait pas au Marcus calme, logique, distant que je connaissais.

— Je travaille ici… mais je n'ai pas et ne dois pas avoir accès à vos informations personnelles. Si je connais ces détails, c'est parce que vous me les avez fournis.

— Je...

Je contemplai encore une fois le mug posé sur le bureau. Liverpool FC.

— À moins que vous ne veniez d'accepter de monter dans la voiture d'UN PARFAIT INCONNU.

Ses paroles résonnèrent dans le bureau.

Il suivit mon regard, saisissant l'instant où je comprenais enfin. Je le regardai.

— Vous êtes...

Je rougis, comprenant et prenant brusquement en pleine figure tout ce que signifiait ce mug. C'était soudain évident. Tellement évident, maintenant que je le savais, que je saisissais quel déni avait été le mien. Comme l'avait souligné Christelle, cela faisait partie de mon mode de fonctionnement habituel d'ignorer les choses que je ne voulais pas voir. Je regardai le mug en plissant les yeux, essayant désespérément de me rappeler tous les e-mails échangés avec Redsman. Leur contenu. Ce que j'avais révélé par inadvertance.

— Oui, je suis Sa Majesté Informatique, le Prince des Ténèbres, dit-il sur un ton hargneux, avec un sourire sans joie.

— Oui, dis-je d'une voix éteinte.

Je me laissai tomber d'un coup sur la chaise, lui souriant nerveusement tandis qu'il me fusillait du regard.

— Ça, c'était au début... J'ai appris à vous apprécier depuis.

— Je me moque éperdument de ce que vous pensez de moi. Ce qui me dérange, c'est que vous soyez encore aussi nulle. Je vous ai menée en bateau, je vous ai posé des questions pièges sur l'endroit où vous vivez, et vous avez répondu comme un agneau qu'on mène à l'abattoir.

— Vous saviez depuis le début que c'était moi...

— Bien sûr que je le savais. Matilde@lmoc.co.uk, ce n'est pas très difficile à deviner. Et l'« amour de Père Noël », le petit virus que vous avez lâché dans la nature. Franchement, qui d'autre que vous dans cette maison ferait une chose pareille ? Depuis mon premier jour ici, je n'ai que des emmerdes avec vous ! Quand allez-vous grandir, cesser de virevolter de-ci de-là dans vos petites jupes sexy et commencer à prendre au sérieux d'autres choses que le théâtre ?

Avais-je bien entendu « petites jupes sexy » au milieu de ses insultes ? Je n'eus pas le temps d'analyser ce qu'il avait voulu dire par là, car il n'avait pas fini de vider son sac.

— Pas étonnant que je vous trouve farfelue. Vous l'êtes !

Il hurla ces deux mots en abattant ses deux mains sur le bureau, de part et d'autre de moi.

Je me levai d'un bond en posant une main sur son torse pour le repousser. Je sentis la chaleur de sa peau et ses muscles fermes à travers sa belle chemise de coton blanc. Sous le coup de l'adrénaline, mon cœur se mit à cogner et mes joues s'enflammèrent.

— Comment osez-vous ? répliquai-je, tremblante de colère. Vous ne connaissez rien au théâtre. Vous et votre fichue *Bohème*. Vous n'avez pas d'âme. Vous êtes juste un type pompeux en chemise amidonnée qui ne saurait pas s'éclater même s'il essayait.

Nous nous retrouvâmes face à face. Ses yeux brillaient de fureur. Je ne pouvais pas en détacher les miens.

— Je ne suis pas payé pour m'éclater.

Il approcha son visage. Je distinguais nettement les paillettes noisette de ses iris et les cils épais qui les encadraient.

— Je suis payé pour faire du bon boulot. Pour protéger l'infrastructure de cette maison contre des idiots susceptibles de tout foutre en l'air. *Vous*, entre autres.

— Je suis peut-être une idiote en matière d'ordinateurs... mais au moins j'aime des choses réelles, pas des bouts de... des bouts de...

Je tendis le bras en direction de son ordinateur au moment précis où il faisait un pas vers moi, si bien que je touchai sa hanche sans le vouloir.

— Et moi j'aime...

Comme il s'approchait encore, ma main glissa le long de sa hanche, touchant... ses fesses. Nos visages étaient si proches que je sentais son souffle sur le mien.

— Allez-y, dis-je en levant la tête, pour lui montrer qu'il ne me faisait pas peur.

— J'aime...

Sa voix n'était plus qu'un murmure rauque et agacé.

Soudain, je me retrouvai hypnotisée par ses lèvres, situées à seulement quelques millimètres des miennes, et fascinée par ce changement de voix. Je déglutis, l'estomac en chute libre. Je vis ses narines de dilater et il tendit le cou tandis que je poussai un soupir de capitulation.

J'ai toujours cru que les baisers furieux n'existaient que dans les films ou dans les livres. Que ça n'arrivait pas dans la vraie vie, mais si – et comment !

Sous le coup de la colère, nous luttâmes un instant l'un contre l'autre, écrasant nos bouches l'une contre l'autre, nous tordant pour prendre le contrôle sur l'autre. Cela ne ressemblait à aucun baiser que j'aie connu auparavant. Nous haletions, le torse collé l'un à l'autre, et n'étions pas encore assez collés. Puis sa langue effleura mes lèvres, j'ouvris la bouche et une décharge me traversa le corps, réveillant des zones en hibernation depuis bien trop longtemps. Sa bouche s'emparait de la mienne sans timidité ni douceur aucune, mais je lui rendais le baiser comme si je n'arrivais pas à me rassasier de lui.

Ses mains remontèrent sous ma blouse et firent une incursion sous mon soutien-gorge tandis que les miennes, ayant glissé sur l'arrière de son pantalon, se refermaient sur de superbes fesses bien fermes.

Dieu merci, le téléphone sonna, sans quoi je pense que nous aurions pris feu ou aurions tout simplement fait des cochonneries, là, sur le bureau.

Très essoufflé, Marcus décrocha.

— Oui, Alison. Nous arrivons... immédiatement.

Ayant raccroché, il me regarda, le visage grave et les lèvres pincées.

Je détournai les yeux, rentrant consciencieusement mon chemisier dans ma jupe.

— Je suis...

Rougissant, il fit un geste évasif pour traduire son incohérence.

— Moi aussi.

— Pas très professionnel.

— Non.

— Alison nous attend.

— Effectivement. Nous ferions mieux d'y aller.

Le choc m'avait privée de la faculté d'exprimer quoi que ce soit. Que diable nous était-il arrivé ? Une attirance sexuelle puissance dix et des poussières. Jamais il ne m'aurait effleuré que Marcus, cet homme froid et détaché, puisse perdre ainsi le contrôle de lui-même. Ni moi non plus, d'ailleurs. Je le regardai à la dérobée, mais il était occupé à rassembler son stylo et son bel agenda de bureau et la rougeur de ses joues s'estompait.

C'est en silence que nous rejoignîmes l'ascenseur. Une fois dans la cabine, il rentra subrepticement sa chemise dans son pantalon.

Le vieil ascenseur gagna le cinquième étage en tremblant sans que nous prononcions un mot.

En sortant, Marcus se retourna vers moi et je vis son pouls battre sous sa joue.

— Une dernière chose. Ces e-mails. J'espère que vous comprenez combien vous vous êtes livrée à travers eux. Vous devriez vous estimer heureuse que je ne les aie montrés à personne. J'espère que cela vous aura servi de leçon.

Il s'éloigna à grands pas en direction du bureau d'Alison.

Un brusque chagrin me serra le cœur. Tous ces e-mails. Aucun n'avait été vrai. Oui, cela m'avait bien servi de leçon. Pinçant les lèvres, je passai la main sur mes yeux avant de le suivre.

Chapitre 23

Malgré l'explosion sexuelle qui s'était produite quelques minutes auparavant, Alison ne sembla pas remarquer ni la tension qui crépitait entre Marcus et moi ni les détails laissant à désirer dans sa tenue vestimentaire. D'un bout à l'autre de l'entrevue, je ne pus m'empêcher d'observer les taches de café sur ses manchettes. La communication entre lui et moi demeura guindée, ultra-polie, chacun attendant que l'autre ait terminé sa phrase pour parler, et nous ne nous regardâmes pas une seule fois au cours de la réunion.

C'est lui qui parla la plupart du temps. Il entra dans des explications si détaillées à propos des logiciels et du codage que même Alison semblait demander grâce. Je voyais clair dans son manège. Le salaud. Il jouait délibérément les chics types. Il détournait exprès l'attention de la lenteur d'escargot avec laquelle j'adoptais le nouveau système. Je crois même qu'il déclara, à un moment donné :

— Tilly entre les données et se débrouille parfaitement, bien que ce soit une tâche ingrate, un travail fastidieux et répétitif.

J'eus l'impression en l'écoutant d'être un modèle de sens des responsabilités et de diligence, alors qu'il savait parfaitement que j'avais tout foiré.

Heureusement, Alison me demanda de rester pour me dire deux mots à la fin de la réunion et Marcus partit sans se retourner. Pendant qu'ils prenaient congé, je regardai par la fenêtre, sans écouter ce qu'ils disaient.

— Je suis très satisfaite de la manière dont vous collaborez avec le service informatique.

Je me retournai en sursautant. Alison était plantée devant moi, un petit sourire satisfait aux lèvres.

— Je dirais même que je n'en crois pas mes yeux. M. Walker s'est montré très enthousiaste à l'égard de la bonne volonté avec laquelle vous collaborez avec lui et de votre réceptivité à ses idées. Bravo, Tilly. Je sais combien vous y étiez hostile... les ordinateurs n'étant pas votre truc. Vous avez fait preuve d'une admirable maturité dont je ne vous croyais pas capable, je l'avoue.

Elle ponctua cet aveu d'un petit hennissement de rire.

— J'imaginais que vous alliez tourner autour du pot, inventer des excuses et prendre cela à la légère. Comme votre période probatoire se termine dans deux semaines, débrouillons-nous pour que ce système de gestion de stock fonctionne pour Noël. On dirait que vous êtes bien partie.

Je n'ai aucun souvenir de ce que je lui dis en partant, tant je songeais encore à tous les e-mails envoyés à Marcus. Je passai le reste de la journée à regarder l'heure, jusqu'à ce qu'arrive celle de partir et, à la seconde où je gagnai l'appartement, comme si cela me démangeait, je me mis à relire chacun des messages que nous avions échangés.

Merde, quelle idiote ! Marcus n'avait même pas fait dans la finesse.

Vous savez ce qu'on dit : il faut savoir savourer la victoire.

Camden ? Je vis à Clapham, nettement moins branché.

Clapham ? Plutôt chicos.

Clapham North, le coin le moins chic du quartier. Trewgowan Road, carrément pas chic.

Il n'avait pas eu besoin de se donner beaucoup de mal.

Une fois lancée, il me fut difficile de m'arrêter dans ma lecture. Ayant terminé, je me retrouvai face à un grave dilemme. À force de vouloir cataloguer Marcus dans la catégorie « type en costume », j'étais passée à côté de certains aspects que révélaient ses e-mails. Il était drôle, spirituel, irrévérencieux mais sensé et intelligent. Je venais de prendre une grande claque.

Par curiosité, je lançai sur Google une rapide recherche « Melody May », le nom que Marcus m'avait jeté au visage. Cela me rappelait vaguement quelque chose et je compris pourquoi en arrivant sur le site d'actualité de la BBC. C'était une jeune femme qui avait correspondu durant quelques mois avec un homme après avoir fait sa connaissance en ligne. Intelligente et méfiante, elle avait refusé de le rencontrer mais, au fil de leur amitié en ligne, grâce à ses e-mails, Facebook, Twitter et Instagram, il avait reconstitué son profil, découvert où elle travaillait, où elle vivait et quelles étaient ses habitudes. Il était entré chez elle par effraction et l'avait retenue en otage pendant trois jours avant que quelqu'un s'aperçoive de son absence. C'est seulement grâce à sa colocataire, revenue prématurément d'un voyage d'affaires pour cause de maladie, que Melody avait été sauvée.

Et re-merde. Marcus avait eu raison de se mettre en colère. Pourtant, il s'était montré aimable envers moi devant Alison. Et je ne voulais même pas penser au baiser. *C'était un tout autre sujet.*

Je me mis à écrire.

Salut, Marcus

Vous aviez raison, j'aurais dû être plus circonspecte dans mes e-mails. Merci de m'avoir sauvé la mise devant Alison tout à l'heure.

Non, je supprimai ce message. *Lâche prise,* pensai-je. *Écris ce qui te passe par la tête, tu le modifieras après.*

Salut, Marcus

Ça me fait tout drôle d'écrire votre nom. Je voulais m'excuser d'avoir été aussi ingrate tout à l'heure. Vous aviez raison, je me rends compte à présent de l'inconscience dont j'ai fait preuve. Et merci d'avoir été aussi gentil devant Alison et de m'avoir couverte.

Et ce BAISER !!!!!

Je ne pouvais pas envoyer un tel message.

~~Salut,~~

~~Vous allez être content. Vous aviez raison, je me suis conduite comme une vraie farfelue~~

~~Cher Marcus,~~

~~J'ai eu une sorte de révélation aujourd'hui en découvrant que vous étiez~~

Cher Marcus,

J'ai connu des jours meilleurs que celui d'aujourd'hui. Merci de vous être inquiété pour moi au point de vous emporter contre moi. Je vois bien à présent que je me suis conduite comme une idiote. Je suis désolée… Nous allons devoir encore travailler ensemble et, pour éviter toute gêne, je tenais à mettre les choses au clair.

Bien à vous

Tilly

Il m'avait fallu deux heures pour parvenir à cette version. Ce n'était pas encore parfait mais…

La sonnette de l'entrée retentit, aiguë et stridente. Mettant ma tablette de côté, je me levai d'un bond pour aller ouvrir.

Derrière le verre dépoli se dessina une tache jaune dont la forme et la couleur se précisaient au fur et à mesure que j'approchai. Quand j'ouvris la porte, une livreuse me remit une douzaine de roses jaunes en disant !

— Quelqu'un qui vous aime.

Je hochai la tête en me retenant de prendre la carte nichée parmi les corolles en volutes.

Aussitôt la porte fermée, je déchirai l'enveloppe.

J'ai dépassé les bornes aujourd'hui. J'en suis désolé. Redsman.

Mes yeux se brouillèrent un peu. Dépassé les bornes en me criant dessus ou en m'embrassant ? Pour lequel de ces deux moments était-il désolé ?

Je baissai à nouveau les yeux sur la carte. Redsman, pas Marcus. Soudain, tout me parut facile, il était redevenu mon e-mâle.

À : Redsman@hotmail.co.uk
De : Matilde@lmoc.co.uk
Objet : fleurs

Des fleurs magnifiques viennent d'arriver, avec des excuses. Vous n'étiez pas obligé. Vous aviez probablement raison (non, pas probablement : vous aviez raison) et, même si cela m'ennuie de l'admettre (et peut-être ne l'avouerai-je plus jamais), j'ai peut-être été un tantinet farfelue côté sécurité en ligne. OK, j'ai agi comme une vraie farfelue en l'occurrence - et seulement en l'occurrence.

Tilly

Et pas question d'ajouter un baiser.

La réponse me parvint quelques secondes plus tard.

À : Matilde@lmoc.co.uk
De : Redsman@hotmail.co.uk
Objet : fleurs

Je viens seulement de m'en remettre. Farfelue ou pas, je n'aurais pas dû me mettre en colère. De nouveau, je vous présente mes sincères excuses. Ce n'était pas très professionnel. Ce doit être le théâtre qui déteint sur moi ! Je suis en train de basculer du côté obscur.

Serait-il possible d'oublier ce qui s'est passé aujourd'hui et de prendre un nouveau départ ?

Marcus

P.-S. Puis-je me permettre d'ajouter que mon offre de covoiturage tient toujours ? Je dois de toute manière me rendre à cette conférence et je serais heureux que quelqu'un me tienne compagnie pendant le trajet.

Sur le papier, sur l'écran ou sur je ne sais quel support, tout semblait redevenu normal entre nous, mais je ne pouvais m'empêcher de me demander s'il me serait facile d'oublier ce baiser quand je le reverrais.

Chapitre 24

C'est seulement dans les tunnels du métro qui remontait avec fracas vers Baker Street que je fus prise de doute. Non, foutaises : les doutes me tournaient autour comme des vautours depuis mon réveil mais je n'y avais pas fait attention, pressée que j'étais de fourrer des affaires dans mon sac de voyage. De quoi allions-nous parler ? Allions-nous évoquer ce baiser ? Et s'il me trouvait mortellement ennuyeuse ? Et s'il conduisait comme un dingue ? Et ce baiser ? Et si sa voiture tenait avec des bouts de ficelle et que nous tombions en rade et devions attendre le dépanneur pendant des heures sur le bord de la route ? Non, c'était ridicule s'agissant de Marcus.

Et ce baiser, alors ?

Je grimaçais en y repensant quand une Golf GTI noire se gara le long du trottoir. Il avait dû me croire complètement idiote.

— Bonjour, cria Marcus par la vitre abaissée de sa voiture.

Il portait encore une de ses chemises d'un blanc éclatant mais il devait être en mode décontracté car le col était déboutonné, laissant paraître le début d'un duvet sur son torse. Je frôlai l'arrêt cardiaque et eus comme un avant-goût de Sahara dans la bouche. Je ne pensais plus qu'au contact de ses lèvres sur les miennes. Un élan de désir fonça vers le bas de mon corps. Je restai un instant interdite. C'était comme si je redécouvrais à quel point il était superbe à chaque fois que je le voyais.

— Salut.

J'étais soudain toute timide. De quoi diable allais-je pouvoir lui parler tout le long de la M1 ?

— Tilly ? Vous vous sentez bien ?

Je me rendis compte qu'il m'avait dit une chose à laquelle je n'avais pas répondu.

— Vous vous décidez à monter ou vous me prenez pour un tueur en série ?

— Oui... Enfin, non.

C'est tout ce que je parvins à proférer.

— Fourrez votre sac derrière. Le coffre est plein de trucs.

J'ouvris la portière, hissai mon énorme sac et fis le tour de la voiture. Le trajet n'allait peut-être pas être si éprouvant, après tout.

— Je peux dire quelque chose avant que nous démarrions ?

Il se tourna vers moi avec cet air grave et sérieux que je connaissais bien.

— Pourrions-nous oublier ce qui s'est passé l'autre jour et travailler ensemble ? Nous pourrions juste être deux fans de foot qui lisent beaucoup.

Je me détendis sur mon siège.

— Merci... Cela me paraît... une bonne idée. Et merci infiniment d'avoir dit du bien de moi à Alison. Je ne suis pas sûre de l'avoir mérité.

— Mmm, vous m'êtes redevable, alors ?

Je m'attachai, ravie qu'il ait mis le chauffage. Pas étonnant qu'il soit en simple chemise : il faisait vraiment bon dans la voiture.

Son visage s'éclaira et il se tourna vers mon énorme sac.

— Vous n'avez que ce sac ?

Je fus immédiatement sur la défensive.

— Oui. Pourquoi ?

— Vous donnez un coup de main au service costumes ? Vous partez en tournée ?

Comprenant qu'il plaisantait, je me penchai vers lui sans réfléchir et lui plantai un doigt dans les côtes. Il sentait le propre et le frais, ses cheveux étaient légèrement mouillés, comme s'il sortait de la douche. Je me félicitai d'avoir mis une giclée de parfum en descendant du métro. J'espérais sentir aussi bon que lui.

— Très drôle. Vous, je parie que vous êtes du genre à n'emporter qu'une brosse à dents et un boxer propre.

— Pas tout à fait, mais avouez que ce sac est énorme.

— Je préfère prendre mes précautions. Au cas où il neigerait, j'ai pris une seconde paire de bottines, plus une paire de chaussures au cas où mes bottines seraient mouillées, plus d'autres bottines qui vont avec ma jupe de rechange et j'ai pris un imperméable, mais je voulais porter un manteau plus joli pour le voyage. Et bien sûr, il y a les cadeaux de Noël.

— Je vois, dit-il, riant en hochant la tête tout en surveillant la route.

— Et j'ai aussi pris des livres.

— Comment ? Vous faites aussi librairie itinérante ?

— On n'a jamais…

— … trop de livres, acheva Marcus en hochant la tête d'un air pince-sans-rire. Je sais, mais, et votre liseuse ?

— Et si elle se casse, si la batterie me lâche ? C'est pourquoi j'ai glissé deux livres dans mon sac. Juste au cas où, plus un autre, parce qu'il était sur ma pile de livres à lire.

Il y eut un silence, le temps qu'il fasse le calcul.

— Vous ne vous absentez que pour deux nuits et vous avez emporté deux manteaux, quatre paires de chaussures et trois livres !

— C'est à peu près ça. Si je voyageais en train, je vous promets que je me serais contentée d'un seul manteau, de deux paires de bottines et de deux livres.

— Naturellement, dit-il, feignant une patience à toute épreuve.

Et sa voix grave me fit frissonner.

— Et... j'ai apporté des provisions, annonçai-je avec un geste théâtral.

— Mon Dieu, vous avez apporté des litres de café dans un Thermos, des sandwichs maison enveloppés dans de l'alu, une pelle et plusieurs boîtes de haricots. Avez-vous pris votre couverture de voyage ?

— Zut, je l'ai oubliée ! dis-je en riant.

Me tordant pour atteindre mon sac à l'arrière, j'en sortis un sac de chez Tesco.

— Comme je ne connaissais pas vos goûts, j'ai pris un assortiment.

Plongeant la main dans le sac, j'en sortis un sachet rouge.

— Des Maltesers, des Werther's Original, des chips Walker et des bonbons en gélatine. Et des Jelly Babies, mais ça, c'est pour moi.

— Et c'est tout ? Je voyage avec Mary Poppins !

— Certainement. Côté sucreries, je suis pratiquement parfaite sous tous rapports.

— Excepté que vous êtes supporter d'Arsenal.

Je ne répondis pas immédiatement. Il fallait régler la question.

— Vous savez, c'est la seule et unique raison pour laquelle j'ai répondu à votre premier e-mail. Vous m'aviez lancé un défi. Mais...

Je me rappelai le pincement au cœur que j'avais ressenti en comprenant qu'il n'était pas l'amical correspondant que j'avais cru.

— Je sais maintenant que vous essayiez seulement de m'embobiner.

Les oreilles de Marcus virèrent au rouge vif et ses doigts se crispèrent sur le volant.

— Euh...

C'était la toute première fois que je le voyais décontenancé.

— Je ne pensais pas ce que je vous ai dit l'autre jour. Je voulais vous donner une leçon mais vous étiez amusante dans ces e-mails, beaucoup plus abordable, cela changeait agréablement. C'était bon de se sentir apprécié pour une fois. Je rencontre beaucoup de résistance depuis que je suis au London Met.

Prise d'un horrible sentiment de culpabilité, je me tournai vers lui.

— À ce point-là ?

Il eut un rire amer.

— Non, je suis un grand garçon mais ces premières semaines ont été assez pénibles, effectivement. Je suis arrivé plein de confiance, sachant exactement ce qu'il fallait faire, et soudain personne ne voulait qu'on le fasse.

— Désolée.

Je croisai les jambes, jouant la nonchalante.

— Mais ça va, reprit-il. Vous n'avez rien écrit de trop horrible sur moi.

— Vous lisez dans mes pensées, maintenant ?

— Non, mais je ne supportais pas votre visage torturé, alors je voulais vous soulager de votre inquiétude.

— C'est très louable de votre part.

Je n'arrivais pas à me détendre complètement. Nous avions tant partagé dans ces e-mails…

— Enfin, vous m'avez tout de même surnommé le Prince des Ténèbres, Son Altesse Informatique. C'était très amusant. Encore que je doute que vous ayez trouvé ces surnoms amusants.

— Cela vous apprendra à ne rien dire.

Je me tournai vers la vitre pour cacher ma honte. Heureusement que je n'avais pas parlé dans ces e-mails de mes hormones qui s'affolaient chaque fois que je le voyais. Voilà qui aurait été horriblement gênant.

Il posa la main sur mon avant-bras et le tira légèrement. Je me tournai vers lui, bien qu'il soit de profil car il était du genre à ne jamais quitter la route des yeux.

— J'ai beaucoup aimé nos échanges. Vous étiez drôle. Nous aimions le même genre de livres… et que pouvais-je dire de plus ? Surtout vu que vous me détestiez clairement.

— Je ne vous détestais pas !

— Désolé, c'était un peu fort. Vous détestiez clairement ce que je représentais. Mais j'aime assez l'idée d'être Son Altesse Informatique.

Il sourit spontanément et je me sentis gênée et carrément honteuse.

— Il se pourrait que j'aie légèrement changé d'avis sur vous. Je ne vous trouve plus aussi... inhumain, maintenant.

— Oh, merci. Rien de tel que les critiques sous forme d'éloge.

— Allons, reconnaissez-le, vous me preniez pour une espèce de hippie complètement bohème.

— C'est juste, mais... très franchement, certains sont plus farfelus que d'autres dans ce théâtre et le verdict penche toujours en faveur de Vince, mais je dois admettre que, maintenant que je comprends mieux de quoi il retourne, eh bien...

— Vous trouvez que nous sommes des cracks ?

— Je n'irais pas jusque-là, non, vous me rendez toujours dingue. Car enfin, est-ce que c'est si difficile de ne pas ouvrir une pièce jointe infestée d'une maudite saleté de virus ?

— Comment pouvais-je savoir qu'elle contenait un virus ?

— Comment pouviez-vous savoir qu'elle n'en contenait pas ?

— C'est bon, vous avez gagné. Mais il n'y a pas eu de dégâts.

— Il aurait pu y en avoir !

— Je suis désolée et j'ai retenu la leçon. Je me suis pas mal améliorée... avouez-le.

— Pas mal améliorée ? Tilly, cela fait trois fois que vous effacez le tableur.

— D'où l'avantage des fiches cartonnées : impossible de les effacer par erreur, dis-je en souriant.

— Je mettrai en place ce système, dussé-je y laisser la vie.

— Cela pourrait…

Un air de rock jaillit de mon téléphone et Marcus arqua les sourcils.

— Snow Patrol ? Je vous aurais plutôt crue du genre Carmina Burana.

Je sortis mon téléphone de mon sac en riant.

— La sonnerie Carmina Burana, c'est dépassé !

Je regardai l'écran. C'était Felix.

Ma bonne humeur s'évanouit. Apparemment, il était rentré et avait trouvé le mot que je lui avais laissé. Je n'avais aucune envie de l'écouter s'excuser en rampant à mes pieds et je ne voulais pas me risquer à lui parler devant Marcus. Je regardai mon téléphone d'un air renfrogné.

— Qu'y a-t-il ? Mauvaises nouvelles ? demanda Marcus, l'air amusé.

— Non, rien d'important.

Je l'éteignis et le glissai dans ma poche.

Nous roulions depuis quelques heures et je commençais à ne plus tenir en place. Nous avions parlé d'une foule de choses – y compris livres et football – et le temps était passé comme un rien.

— Vous voulez qu'on s'arrête ?

— Je ne dis pas non, dis-je en essayant d'étirer mes jambes. Vous devez en avoir assez.

— Oui, si vous n'êtes pas trop pressée d'arriver chez vous, nous pourrions quitter l'autoroute et trouver quelque chose d'un peu mieux qu'une station-service.

— Je ne suis absolument pas pressée d'arriver chez moi, je vous assure.

— Vous ne vous entendez pas bien avec votre famille ?

Je soupirai.

— C'est juste que nous sommes complètement différents. Ma mère est française. D'où mon prénom.

Cet éclaircissement le laissa visiblement perplexe.

— Non seulement française mais parisienne.

— Oui, je m'en souviens. Matilde est un prénom assez sexy quand on le prononce à la française.

— Comme tout le reste. Vous connaissez une autre langue dans laquelle les choux seraient sexy – comme dans « mon petit chou » ?

— Alors, face de chou, quel est le problème avec votre mère ?

Je me retournai pour le regarder. Il était incontestablement perspicace.

— Elle vient peut-être de Paris, mais elle n'a pas une goutte de sang latin. Je jurerais qu'elle a éclos dans un bac à glaçons.

— Glaçant, en effet.

— C'est le moins qu'on puisse dire. Elle n'était pas d'accord pour que je devienne maquilleuse.

Je regardai sans vraiment les voir les voitures qui filaient sur la voie opposée.

— Le jour où j'ai eu mon brevet d'études secondaires, ç'a été l'horreur. Je voulais aller dans une école apprendre la coiffure et le maquillage, mais mes parents pensaient que j'irais jusqu'au bac, puis à l'université, comme ma sœur.

J'avais eu beau multiplier les scènes d'ados – et Dieu sait que j'avais piqué quelques crises d'anthologie –, mes parents refusaient de changer d'avis.

— Que s'est-il passé ? Vous y êtes allée, finalement.

Je hochai la tête. Mes deux dernières années de lycée, je ne les avais pas endurées stoïquement. Je les avais fait payer à mes parents à coups de rébellions, petites mais jubilatoires : mon goût pour les vêtements vintage dépenaillés qui mettait en fureur ma mère, toujours ultrachic, et une guerre des cheveux en règle. Toutes les deux ou trois semaines, j'arrivais au petit-déjeuner avec des cheveux d'une couleur différente et des teintes et des styles toujours plus outranciers.

— Mes parents ont insisté pour que j'aille à l'université. Oui. J'adorais car je participais à un tas de films d'étudiants.

Ce qui m'avait bien servi.

— Mes parents avaient peut-être raison, dis-je, comprenant soudain.

— Quoi ? Des parents qui ont raison ?

— C'est bon, inutile d'insister.

Je ne voulais pas analyser tout cela de trop près.

— Oh, regardez : Chatsworth House.

Je lui montrai la flèche indiquant ce château.

— J'ai toujours voulu y aller. J'adore Jane Austen, surtout *Orgueil et Préjugés*. Je crois qu'une partie du film a été tournée ici.

— Voulez-vous que nous allions le visiter maintenant ?

— Comment maintenant ? *Maintenant ?*

— Connaissez-vous d'autres maintenant que maintenant ?

En sortant de la voiture, un vent frais fouetta mes cheveux bouclés et les rabattit sur mon visage. J'eus aussitôt plus froid qu'à Londres mais, après la chaleur étouffante qui régnait dans la voiture, cet air glacé qu'imprégnait l'odeur de la lande était délicieusement revigorant. J'inspirai une énorme lampée d'air.

Marcus enroula son écharpe rayée deux fois autour de son cou.

— Il fait un froid de canard. Vous êtes sûre que c'est une bonne idée. Je me demande si je ne vais pas rester à l'intérieur de la voiture.

— C'est idéal. C'est juste que vous n'êtes pas habitué aux vraies températures. Moi, j'adore.

C'était vrai. J'enfonçai mon bonnet jusque sous mes oreilles en espérant n'avoir pas l'air trop grotesque et enfilai mes chers gants de cuir vert foncé.

Marcus fit la courbette et me tendit le bras.

— Dans ce cas, venez donc, Miss Burke. Permettez-moi de vous accompagner pour aller jeter un œil sur cette maison et voir pourquoi on en fait si grand cas.

— Bennett. Dans *Orgueil et Préjugés*, c'est la famille Bennett, dis-je, surprise de la bonne volonté avec laquelle il épousait l'état d'esprit de cette excursion.

— Ça commence aussi par B, ça fera l'affaire, dit-il, la bouche masquée par son écharpe.

C'est avec plaisir que je le laissai passer son bras sous le mien. Il semblait naturel de se prêter au jeu. Ici, tout semblait très loin de nous.

— Si je suis Miss Bennett, qui êtes-vous ?

— Je suis l'oncle bienveillant qui emmène Elizabeth dans le Derbyshire et va pêcher dans l'étang. L'oncle Ted.

— Il ne s'appelait pas oncle Ted ! C'est bien trop familier. Il s'appelait M. je-ne-sais-plus-comment. Et où avez-vous entendu parler de l'oncle Ted et de la pêche ?

— Et vous prétendez être une fan de Jane Austen ? dit-il, faussement offusqué.

Puis, avec une horrible grimace.

— J'ai dû étudier ce roman pour l'épreuve d'anglais du brevet d'études secondaires. Je n'ai pas eu la moyenne et je ne sais pas si je l'aurais aujourd'hui.

— Il s'appelait M. ...

Je fouillai dans ma mémoire. Ce nom était enfoui là, quelque part.

Marcus secoua la tête d'un air désabusé. Nous marchions dans un silence agréable et nos pas crissaient sur le gravier.

— Voulez-vous visiter le marché de Noël ?

Il désigna les stands et les kiosques bien ordonnés, alignés le long de l'allée. J'examinai son visage délibérément neutre.

— J'aimerais beaucoup.

Je lui souris gaiement, savourant la minuscule grimace qu'il croyait avoir dissimulée.

— Mais... je pense que ce serait un supplice pour vous et je préfère prendre l'air. Le grand air ne me manque pas quand je suis à Londres mais, maintenant que nous sommes ici, je veux en profiter au maximum.

Il poussa un grand soupir de soulagement.

— Ouf. Je n'ai pas oublié notre partie de shopping.

— Vous vous en êtes tiré à bon compte ce jour-là.

Malgré le vent glacial, il y avait une foule de promeneurs, bien emmitouflés pour se protéger du froid, certains avec leur chien, d'autres en voyage organisé, reconnaissables aux cartes pendues à leur cou dans un étui en plastique.

Quand le château s'offrit enfin à notre vue dans toute sa majesté, nous nous arrêtâmes.

Il était immense. Nous restâmes figés d'admiration, regardant l'impressionnante façade jaune pâle percée d'innombrables fenêtres.

— Il est énorme, dis-je. Pas étonnant que Lizzy ait changé d'avis à propos de M. Darcy.

— N'est-ce pas un peu sacrilège de dire ça ? Ne s'est-elle pas mariée par amour ?

— J'ai beau avoir la faiblesse de me croire romantique, je suis aussi réaliste.

Nous fîmes le tour jusqu'à la façade principale, puis nous nous baladâmes dans le jardin, magnifiquement entretenu et jalonné de haies et de buissons parfaitement taillés. Les sapins étaient tous décorés de guirlandes lumineuses et j'imaginai le spectacle merveilleux qu'ils devaient offrir à la tombée de la nuit. Partout, il y avait quelque chose à voir : ici, un jardin complexe, au loin, des arbres sculpturaux et le parc conçu par Capability Brown pour guider le regard vers quelque folie raffinée.

Nous marchions depuis une demi-heure quand nous quittâmes le sentier pour avoir une meilleure vue du côté sud du château. Marcus me tendit la main pour me hisser sur une butte herbeuse. En arrivant au sommet, je trébuchai sur une motte de terre et me trouvai projetée contre lui. Ses bras se refermèrent sur moi et nous restâmes un instant ainsi, essoufflés et contraints de nous regarder dans les yeux.

Je ne le lâchai pas, lui non plus. Je retenais mon souffle comme si cela pouvait m'aider à prolonger l'instant. Nous étions immobiles, comme si le temps s'était arrêté. Mon cœur battait à tout rompre dans ma poitrine et mon souffle était prisonnier de mes poumons. Mon cœur continuait de cogner et Marcus sembla un instant perdu, puis il repoussa de sa main les cheveux qui fouettaient mon visage. Ses doigts glissèrent le long de ma joue et je faillis fondre sur place. Sans réfléchir, je posai la main sur son poignet.

De son autre main, il suivit du doigt le contour de ma bague de fiançailles qui formait une bosse sous mon gant. Une ombre passa dans son regard et il sourit tristement.

— Qu'y a-t-il avec votre fiancé ? Vous n'en parlez jamais.

Je clignai des yeux pour chasser des larmes soudaines. Le dire à haute voix, c'était rendre la chose réelle.

— C'est fini.

Il parut étonné et je sentis le contact de sa main sur ma bague.

— Il… Il a fait quelque chose. Que je ne peux pas lui pardonner. J'ai cru que je pourrais mais je ne p-peux pas. Je ne le lui ai pas encore dit.

Je me mordis la lèvre tandis que des larmes coulaient sur mon visage.

— Je me ferais une joie de le tuer.

Je serrai les poings si fort que je sentis le cuir de mes gants se tendre sur les articulations de mes doigts.

— Pas seulement de le tuer. Lui arracher sa sale pourriture de cœur avec une cuiller et la donner à manger aux rats.

Ma colère débordait, ma voix était imprégnée de venin et je crachai les derniers mots en tremblant de rage.

— Ce sale. Petit. Serpent.

— Surtout, rappelez-moi de ne jamais vous contrarier.

Ce trait d'humour creva l'abcès de ma colère et j'éclatai en sanglots furieux.

Marcus m'entoura de ses bras et nous restâmes ainsi un moment. Je ne méritais pas sa sympathie, mais je ne pouvais pas m'empêcher de me blottir contre lui et de savourer le plaisir d'être dans les bras de quelqu'un. Son écharpe moelleuse qui me chatouillait la joue buvait une partie de mes larmes.

Je me dégageai avec l'impression d'être une horrible fraudeuse, presque tentée de tout lui avouer.

— Laissez-moi deviner. Il a une liaison ?

Devant son air soucieux, je m'interrogeai sur cette ex-petite amie qui lui avait offert la cravate.

Je ris amèrement.

— Felix n'aurait jamais de liaison. Il est bien trop... Oh !

Un faucon venait de pousser son cri perçant au-dessus de nous et tout le reste passa au second plan.

— Oh...

Voilà ce que Felix avait tenté de me dire. *Jonno, c'est le genre de mec qui sait des choses... J'allais te dire.*

— Tilly ?

La voix de Marcus me parvint comme lointaine. Je clignai des yeux et le regardai.

— Oui, murmurai-je. Je crois qu'il a une liaison.

Brusquement, quelque chose me bouscula en me heurtant sur le côté, m'écartant de Marcus, et je sentis un souffle chaud sur ma main.

— Buster ! Buster ! Au pied !

Un énorme Airedale terrier avait surgi qui faisait des bonds autour de mes jambes, jappant gaiement et fourrant son museau moustachu dans ma main.

— Buster ! Buster ! Viens ici ! Dépêche-toi !

Une petite femme blonde arriva en courant, manquant de trébucher dans ses immenses bottes en caoutchouc vert.

— Je suis vraiment désolée. Il est encore tout jeune. Viens ici, vilain garçon.

Elle le saisit par son collier, mais il continuait de chercher ma main.

— Ce n'est pas grave.

Je lui souris en caressant la tête de Buster, contente de cette diversion. Son poil rêche et bouclé était doux et sa tête chaude sous ma main froide.

Sa propriétaire finit par empoigner son collier et le tira à elle.

— Par ici, gros bêta. Qu'est-ce que j'ai dit ?

Et, les yeux presque mouillés d'excuses, elle entraîna le chien qui bondissait.

— M. Gardiner. L'oncle Ted. Il s'appelait M. Gardiner.

C'est en pensant au rôle du jardinier que jouait Pietro dans le fameux film que le nom de ce personnage m'était revenu. Je fourrai les mains dans mes poches et commençai à rebrousser chemin.

— C'est bien ça, dit Marcus, hochant la tête et m'emboîtant le pas.

Chapitre 25

Il se mit à pleuvoir juste après Sheffield et une brume grisâtre nous enveloppa, compliquant la circulation. Les camions qui nous doublaient brassaient la pluie tombée, vaporisant le pare-brise d'eau souillée. Les essuie-glaces qui allaient et venaient à toute allure raclaient ces traînées sales.

Bien que ne vivant plus chez mes parents depuis des années et possédant mon propre appartement, je me sentis chez moi dès que j'aperçus les cheminées des centrales et les terrils enherbés.

Marcus me regardait lui indiquer avec enthousiasme les sites intéressants sur la route entre Leeds et Harrogate. Nous nous limitions à des sujets strictement impersonnels depuis que nous étions remontés en voiture.

— On dirait que vous êtes déjà plus contente de rentrer chez vous, dit-il.

— C'est vrai. Je pensais avoir de l'appréhension, mais c'est tout de même chez moi. Je ne sais pas à quoi m'attendre avec ma mère, cela fait des années que je n'y suis pas retournée seule. Je me débrouille toujours pour y aller quand Christelle est là.

— J'aime bien votre sœur.

— Cela ne m'étonne pas. Elle est beaucoup plus votre genre. La petite chouchoute. C'est moi la farfelue.

— Pourriez-vous arrêter avec ça ? Ne pouvez-vous pas admettre que j'ai changé d'avis ?

— Vraiment ?

— Je vous ai vue à l'œuvre... Vous n'avez jamais donné l'occasion à vos parents de vous voir sous cet angle, je me trompe ?

— Vous, vous avez parlé de moi avec Christelle, l'accusai-je.

— Non, mais c'est ce que j'ai cru comprendre. C'est presque comme si vous les teniez volontairement à l'écart. Et, franchement, avouez que nous sommes tous des monstres à l'adolescence. Vous n'avez peut-être pas tourné la page.

J'observai ses mains, adroites et sûres sur le volant.

— Vos parents voulaient peut-être tout simplement que vous ne vous fermiez pas de portes. Si vous aviez changé d'avis à l'époque ? Ou si vous n'aviez pas réussi ? Vous auriez pu finir coiffeuse dans une chaîne de salons de coiffure, à faire des permanentes et des rinçages argentés pour des hordes de retraités dans un bled perdu, au lieu de travailler au théâtre.

Mécontente, je le regardai avec un air renfrogné.

— Je ne suis pas douée pour pardonner.

— Tilly ! Ne dites pas de bêtises... tiens, ça me rappelle un single de Black Lace.

Il se mit à chanter.

Je lui frappai le bras tout en essayant de ne pas rire tant il chantait faux.

— C'est horrible.

Il répondit d'un sourire penaud avant de poursuivre.

— Sérieusement, je ne connais pas votre mère mais si vous n'êtes pas revenue souvent chez vos parents depuis que vous n'êtes plus une adolescente, vous n'avez pas eu l'occasion de construire une relation avec eux en tant qu'adulte... Bon sang ! J'ai honte de certaines choses que je me rappelle avoir dites à ma mère quand j'étais ado. J'étais un petit con lunatique. Je pouvais bouder pendant des jours.

Je réfléchis longuement à ce qu'il venait de dire. Il avait peut-être raison. Je me tournai vers lui avec gratitude.

— Merci. Vous êtes pour moi un vrai tonton auquel on peut se confier.

— Je vous en prie. Où dois-je tourner maintenant ?

Le paysage avait changé et des repères familiers m'annonçaient que nous étions arrivés en périphérie de Harrogate. La maison de mes parents n'était plus qu'à cinq minutes.

Quand nous nous garâmes devant le pavillon, je me tournai vers Marcus avec un sourire désabusé.

— J'imagine que ça ne vous dit rien d'entrer. De me donner un coup de main.

Il était déjà descendu de voiture, soulevait mon gros sac entre ses bras et se dirigeait vers la porte.

— Allons, Tilly. Je croyais que nous étions d'accord. Soyez positive. Si vous continuez à avoir cette attitude...

— Je sais, mais ils vous trouveraient sûrement très bien. Vous, au moins, vous n'avez pas l'air d'un amateur.

Mais ma mère n'aimerait probablement pas que je lui présente Marcus par surprise. Elle n'était pas du genre spontané.

Marcus me lança un regard perspicace.

— C'est ce qui vous a séduite chez Felix ?

Je rougis comme une tomate et fronçai le nez à cette remarque malheureusement juste.

— Vous êtes diplômé en psychologie de salon ?

Maman ne broncha pas d'un poil et Papa sembla plutôt content de pouvoir discuter avec un homme, pour une fois.

— Maman, Papa, je vous présente Marcus... hum... euh... un collègue de travail. Il devait se rendre à une conférence sur...

En quête de soutien, je glissai un regard à Marcus, mais il se contenta de sourire.

— ... sur l'informatique.

— Oh, au Harrogate Conference Center ? demanda ma mère, toute contente.

Non, aux îles Hébrides, et il s'est dit qu'il allait faire le détour jusqu'ici pour prendre le thé avec vous. Je ne dis pas cela à haute voix car Maman et Marcus étaient déjà en train de comparer les centres de conférences dans lesquels ils avaient eu l'occasion de se rendre.

— Tu crois que nous aurions une tasse de thé à lui offrir ?

Ma mère pinça la bouche avant de se retourner vers Marcus.

— Oh, je suis vraiment désolée, je suis affreusement impolie. Puis-je vous proposer quelque chose à boire, du thé ou du café ? Et je viens tout juste de faire une fournée de *mince pies*.

— Je prendrai volontiers un thé, madame…

Il me lança un regard furtif.

— Oh, appelez-moi Elise. Madame Hunter, c'est trop guindé. Avec un *mince pie* ?

— Oh, miam. Vous devez absolument en goûter un, dis-je.

Ma mère faisait les meilleurs *mince pies* du monde. En arrivant en Angleterre, à l'époque, elle avait tenu à embrasser toutes les traditions britanniques. Elle en faisait plusieurs fournées tous les ans, refusant catégoriquement qu'un *mince pie* du commerce pénètre dans la maison.

— Maman a une recette secrète : elle met du jus d'orange dans la pâte et du zeste sur les fruits secs.

— Elle n'est plus très secrète maintenant que tu l'as dite, remarqua mon père en clignant de l'œil, invitant Marcus à l'appeler Trevor.

Je me mordis l'intérieur de la joue. Cela n'avait vraiment rien à voir avec l'unique visite de Felix chez mes parents. Tel un chiot turbulent, il s'était montré trop familier et remuant, avait appelé ma mère « Madame H. » et mon père « Trev » et n'était pas arrivé depuis une heure qu'il mettait les pieds sur la table basse. Ça n'avait pas été une réussite.

Sans que j'aie le temps de dire ouf, Marcus et mes parents se mirent à parler voitures, rien que ça. Apparemment, ma mère songeait à s'acheter une Golf.

Tout en s'affairant dans la cuisine, elle nous fit asseoir autour de la table en glissant à chacun une assiette garnie d'un *mince pie*.

— Et côté consommation ? demanda Papa.

J'en étais encore à me demander pourquoi nous ne prenions pas le thé dans le salon, plus formel, où nous recevions les invités d'habitude.

Marcus répondit à mon père avec un sourire de collégien pris sur le fait.

— Pour être honnête, ça dépend de votre conduite.

— Conduite de ville ! dit ma mère en riant. Je ne suis pas pilote de course.

— La consommation est honnête.

Je les regardai bavarder tous les trois, à l'aise. Avec ses bonnes manières, son physique agréable et son sourire craquant, Marcus était on ne peut plus adapté à la maison et aux parents.

Ma mère n'était pas aussi amicale d'habitude, point.

Je me rebranchai sur la conversation.

— Oui, j'ai fait sa connaissance à l'Opéra.

Ma mère se tourna vers moi avec un grand sourire en me tendant une tasse de thé.

— Comme c'est gentil d'avoir invité Christelle, Tilly. Elle a vraiment adoré. C'était merveilleux, d'après ce qu'elle nous a dit. N'est-ce pas, Trevor ? Et vous, Marcus, vous avez aimé ?

— Oui, plus que je ne l'aurais cru.

Il m'adressa un clin d'œil complice.

— Tilly me prend pour un vrai philistin. Je n'avais jamais vu d'opéra auparavant, mais j'ai été agréablement surpris. C'est fascinant quand on voit ce qui se passe en coulisses.

— Oui, j'imagine que cela doit être quelque chose. Et il paraît que le théâtre est très beau. J'aimerais beaucoup y aller un jour.

Je haussai les sourcils sans rien dire.

— J'étais sûre qu'ils vous apprécieraient, dis-je à voix basse en le raccompagnant jusqu'à la porte.

— J'ai comme l'impression que ce n'est pas forcément un compliment.

Sa bouche prit un pli sérieux et j'eus aussitôt l'impression d'avoir été désobligeante.

— Vos parents ne sont pas du tout comme vous me les aviez décrits. Votre mère est une femme adorable. Elle est très fière de vous et elle a très peur de vous contrarier.

— Ne dites pas de bêtises. Mais je vous remercie d'avoir été gentil avec elle. Vous avez été...

Incroyable ? Adorable ? Formidable ?

— Vous avez été vraiment gentil avec moi. Surtout aujourd'hui. Je... Je vous suis vraiment reconnaissante. Ces dernières semaines ont été un peu bizarres, c'est le moins qu'on puisse dire. Merci pour la route et... pour tout le reste. Vous m'avez rendu un fier service aujourd'hui.

Juchée sur le pas de la porte, je me retrouvai à la même hauteur que lui.

— Dans la voiture. Les choses que vous avez dites... ça m'a fait du bien.

Quelque chose brilla dans les profondeurs de ses yeux verts.

— Merci, dis-je, espérant lui faire comprendre que je le disais du fond du cœur.

Il sourit et tout son visage s'adoucit.

— J'ai l'impression que vous avez deux ou trois choses à résoudre. Nous pourrions en reparler la semaine prochaine. Aller prendre un verre, peut-être ?

— Oui, ce serait. Oui. Excellent. Je serais ravie.

Je m'emmêlais dans les mots.

Marcus sourit, puis déposa sur mes lèvres un baiser tout en légèreté.

— À bientôt, murmura-t-il.

Je refermai la porte en souriant bêtement.

C'est drôle, les choses qu'on peut remarquer. Il n'y avait pas eu de grands changements dans la maison, juste des petites choses : une nouvelle moquette dans les toilettes du rez-de-chaussée, pratiquement la même que la précédente, des stores à la fenêtre de la cuisine, à la place des vieux rideaux, et les coussins de la chambre d'amis étaient maintenant dans le salon.

— Quel homme charmant. C'est gentil à lui de t'avoir déposée, dit ma mère quand je revins dans le salon.

— C'est juste un collègue, Maman.

Je me retournai pour regarder les photos posées sur la cheminée. Papa avait disparu dans le bureau.

Je pris l'une des photos, probablement la seule photo de moi prise quand j'avais dix-neuf ans. Mes cheveux, beaucoup plus courts à l'époque, étaient parsemés de mèches violettes. J'étais maquillée comme une voiture volée, je faisais la tête, ce qu'accentuait la moue boudeuse de ma bouche maquillée en bordeaux. J'adorais ce rouge à lèvres à l'époque. Il y avait aussi des photos récentes de Christelle et des chats.

Ma mère surprit mon regard. Je haussai les épaules, gênée à la pensée qu'elle s'imaginait peut-être que j'étais jalouse ou je ne sais quoi.

— Ce serait bien d'avoir un portrait plus récent de toi, dit-elle en effleurant ma photo.

Comme d'habitude, il fallait qu'elle fasse allusion au temps qui s'était écoulé depuis ma dernière visite.

— On pourrait peut-être prendre des photos demain dans le jardin.

Puis, avec un sourire complice.

— Ce n'est pas la meilleure photo de toi. Tes cheveux sont beaucoup plus beaux maintenant. Ils ont une si jolie couleur.

— Tu veux dire qu'ils ne sont pas violets.

Je lui parlais de façon blessante, par habitude, et une ombre peinée passa un instant sur son visage.

— Non, dit-elle tout bas. Ils ne sont pas violets.

Évitant de la regarder, je caressai le cadre d'une aquarelle.

Elle représentait la lande au crépuscule, avec de la bruyère en arrière-plan, d'un profond rose violacé parmi les vertes fougères. Au loin, deux fillettes dévalaient la crête parmi la bruyère et l'aquarelliste avait su saisir leur gaieté débridée.

— C'est beau.

— Tu trouves ?

Un sourire mystérieux effleura ses lèvres.

— C'est Blubberhouses Moor. C'est... un artiste local qui l'a peint. Cette aquarelle était à l'exposition artistique de Valley Gardens l'an dernier.

Je concentrai mon attention sur le tableau. Blubberhouses. J'en entendais parler de temps en temps à la radio. La route qui traversait cette lande, tout là-haut, était souvent bloquée à cause de la neige ou d'un accident. Les journalistes faisaient souvent des commentaires sur le nom de l'endroit. Cette aquarelle réveillait en moi des souvenirs heureux en Technicolor.

Des balades dominicales en famille, nos pas crissant sur les fougères couvertes de givre, tandis que nous gravissions les collines en soufflant dans l'air des petits nuages d'haleine chaude. Chris et moi courant à moitié pour suivre les grandes enjambées de Papa à la descente. L'hiver, nos efforts étaient récompensés par un repas au pub local, le Sun Inn : soupe chaude et Coca pour Chris et moi, une pinte d'Old Peculiar pour Papa et une tasse de thé pour Maman. L'été, nous pique-niquions à Bolton Abbey et ma sœur et moi courions sur les pierres de gué qui traversaient la rivière.

Souvenirs heureux. Ils débordaient soudain comme un ruisseau sortant de son lit, me prenant par surprise.

Ils déferlaient dans ma tête et j'avais l'impression de voir un film sur un autre moi.

Maman repêchant en riant l'une de nos chaussures que nous avions fait tomber dans la rivière. Maman sortant le panier à pique-nique en osier, plus joli que commode. Il pesait une tonne, mais j'insistais toujours pour qu'on le prenne, avec sa jolie vaisselle en porcelaine et ses sets de table. Maman me tressant les cheveux pour qu'ils ne tombent pas sur mon visage, afin que je puisse mieux voir les pierres de gué.

En me retournant vers elle, je voyais toujours la même femme. Une femme dont j'avais oublié l'existence. J'eus un instant le vertige et me sentis perdue comme si j'étais à cheval entre deux mondes.

Cette mère-là avait passé des heures à me tresser et à me friser les cheveux, à m'acheter de jolis rubans et des barrettes pour les attacher.

C'était une explosion de regrets et je me contractai, ressentant presque une douleur physique. Je me rappelai le jour où je m'étais fait couper les cheveux, moins d'une demi-heure après m'être inscrite en classe de première – je me rappelai la tête de ma mère quand j'étais revenue de chez le coiffeur et qu'elle avait levé les yeux de sa paperasse.

— Je crois que je vais monter mon sac, dis-je.

Une grande lassitude s'abattit soudain sur moi. J'avais l'impression d'avoir été avalée puis recrachée par un cyclone et les émotions tourbillonnaient encore dans ma tête.

Ma chambre était toujours indubitablement la mienne, même si je n'avais pas vécu chez mes parents depuis mon départ pour l'université. Des objets que j'aurais crus jetés à la poubelle étaient toujours là – une vieille poupée de chiffon, une affiche de Peter Pan et, dans l'angle, trois étagères débordantes de livres, rangés horizontalement ou verticalement dans les espaces libres. Je m'agenouillai devant et caressai leur dos. Tous mes livres d'enfant. La série *Chalet School*, *Ballet Shoes*, une immense collection de vieux Enid Blyton et une liste éclectique de grands classiques : *Anna Karénine*, *Le Meilleur des mondes*, *Et vive l'Aspidistra !*, *Testament of Youth*.

Attirée par ce dernier, un volume usagé, je le pris sur l'étagère et en caressai la couverture. Je revis une scène du passé. Moi, remettant le livre dans le rayon de la librairie car je ne pouvais me l'offrir, ayant dépensé ce qui me restait d'argent de poche en maquillage chez Boots. Sans avoir jamais dit que je le voulais, je le trouvais cet après-midi-là, dans un sac en papier posé sur mon lit.

Je me recroquevillai sur mon lit, l'ouvris, ce livre en mauvais état, et lissai la page de garde.

À mon petit rat de bibliothèque,

Une chose nécessaire, pas un luxe.

Avec tout mon amour

Maman

Mon ventre se contracta de regret et de peine. Si seulement je pouvais revenir aux premières pages de ma vie et réécrire certains chapitres ! Il était temps que je commence à me conduire en adulte et montre à mes parents que j'avais grandi… enfin.

Chapitre 26

La guirlande lumineuse du sapin de Noël était allumée et réglée sur un fondu lent de bon goût. Pas de clignotements tape-à-l'œil à la maison. C'était un bel arbre, bien centré devant la baie vitrée. J'en effleurai les branches tout en examinant sa décoration. Bien que Christelle et moi ne soyons pas là, Maman avait sorti les sujets que nous affectionnions petites, même la petite souris dormant dans une demi-coquille de noix que j'avais fabriquée à l'école et qui était maintenant en piteux état.

Il y avait la décoration en verre que j'avais tenu à garder bien qu'ébréchée, parce qu'elle était jolie quand même. Tiens, j'aurais cru que Maman profiterait de ce que nous ne venions pas cette année pour décorer son arbre dans des couleurs coordonnées, avec des sujets en harmonie, et pour balancer ceux qui étaient abîmés.

Un feu dansait dans la cheminée, crépitant un peu en léchant les bûches qui venaient d'être ajoutées dans le foyer. Du dessus de cheminée, déjà couvert de cartes de vœux, pendait une guirlande de bâtons de cannelle et d'écorces d'orange, dont les senteurs se diffusaient dans la pièce avec l'air chaud de la cheminée.

Maman était blottie sur le canapé, plongée dans un livre. À ma grande surprise, c'était *Vent de panique chez Daisy*, de Jill Mansell, un de mes livres préférés – pas le genre d'ouvrage que j'aurais imaginé entre les mains de mon érudite de mère mais, finalement, que savais-je vraiment d'elle ?

À en juger par son sourire amusé et son air captivé, elle se régalait.

Je me sentais toute timide et hésitante.

— Coucou, M'man. Désolée, je me suis endormie.

— Je sais. Je suis passée te voir mais tu avais l'air si fatigué tout à l'heure que je t'ai laissée dormir.

Elle avait aussi mis une couverture sur moi, et j'eus soudain une boule dans la gorge.

— M-M'man.

Elle posa le livre à côté d'elle sur le canapé.

Je restai là, mal à l'aise, ne sachant que dire.

Elle me sourit.

— Je prenais justement un petit verre avant le dîner. C'est ton père qui cuisine ce soir.

Elle prit la bouteille posée à côté d'elle et me servit un verre de vin rouge.

— J'imagine que tu ne bois toujours pas de blanc.

— Surtout pas !

Nous échangeâmes un regard faussement horrifié, puis elle sourit et leva son verre à ma santé.

— C'est drôle, dit-elle. Je me demande comment Christelle y a échappé.

Je m'installai sur l'autre canapé, en face d'elle. Ma mère et moi souffrions d'une même affection bizarre : nous pouvions boire n'importe quoi sauf du vin blanc, boisson qui produisait sur nous des effets dévastateurs. Ébriété instantanée. Sans ma mère, je crois bien que personne ne m'aurait crue.

— Marcus a l'air sympa.

— Oui, soupirai-je malgré moi. Extrêmement sympa, même. Dommage que je ne l'aie pas connu plus tôt.

— Tilly, il n'est jamais trop tard.

Le ton sur lequel elle disait cela suggérait qu'elle m'adressait un message.

Je ne voulais pas penser à Felix. Pas maintenant. J'avais une autre priorité.

— Maman...

J'étais soudain enrouée. C'était plus difficile que je ne l'avais imaginé.

— Je suis... désolée...

Je ne parvins pas à aller plus loin.

— Ma chérie...

Ses yeux brillaient déjà, mais elle contint ses larmes. Elle ne se laissait pas aller aussi facilement.

— Je... Qu'est-ce que je pourrais ajouter d'autre ? Je suis désolée d'avoir été une fille aussi affreuse. Désolée d'avoir été aussi vache avec toi, Christelle et Papa.

Elle se précipita à mon côté, m'entoura de son bras et me serra contre son corps moelleux. Je respirai son parfum familier dont l'odeur ressuscitait le sentiment de profonde sécurité de mon enfance. Un « Allons, allons, ne pleure pas » après une chute, un « On est avec toi » après une dispute avec une amie et un « Tu es la meilleure » après un échec, sans oublier toutes ces petites étreintes rassurantes qui comptaient pour moi avant mes seize ans.

— J'ai été tellement horrible.

Des larmes coulaient sur mon visage, ce qui était idiot parce que je lui devais des excuses et que je m'apitoyais sur moi-même et que ce n'était pas ce qu'il fallait. Je ne voulais pas de sa sympathie, je ne la méritais pas.

— Tilly, tu n'as jamais été horrible.

Même là, elle restait calme et sensée, ce qui ne faisait qu'augmenter mon sentiment de culpabilité.

— Tu étais juste en colère contre nous. Et ce pendant une éternité.

Je me mordis la lèvre et m'obligeai à prononcer ces mots :

— Vous devez m'avoir détestée.

Elle secoua la tête avec un sourire amusé.

— Une mère ne déteste pas son enfant. Même si on est parfois mécontent de lui, on ne le déteste jamais.

Je compris qu'elle n'était pas tentée par les récriminations. Je devais seulement me racheter.

— Tu sais, quoi qu'il arrive, tu peux compter sur ton père et sur moi. Nous sommes avec toi. Je sais que tu n'as pas toujours eu cette impression quand tu étais plus jeune ! Si tu savais combien de temps je me suis demandé si je ne devais pas céder et te laisser faire ce que tu voulais…

— Heureusement que tu ne l'as pas fait. Tu avais raison.

— Bien sûr que j'avais raison.

Elle dit cela avec un sourire fier que j'aurais certainement très mal pris quelques années en arrière. Je lui répondis avec un sourire amusé.

— L'université m'a été profitable et j'y ai appris bien plus que la théorie. Cette expérience m'a été utile, sans cela, je n'en serais probablement pas où j'en suis aujourd'hui. Si j'étais juste allée à l'école du coin, je n'aurais peut-être jamais connu plus grand, le vaste monde.

— Je le sais bien, dit-elle en me serrant contre elle. Mais à l'époque, une part de moi pensait que ce serait une bonne leçon de te laisser faire et de te dire ensuite en jubilant « Je te l'avais bien dit », le jour où tu te serais retrouvée coiffeuse dans un salon à Knaresborough et mère de trois enfants.

Nous rîmes toutes deux en imaginant le tableau.

— Au lieu de ça, regarde où tu en es !

Son visage rayonnait de satisfaction.

— Au sommet ! Tu travailles…

Ces paroles enfoncèrent soudain la digue et je dus admettre la vérité.

— Maman… je crois que j'ai fait une terrible erreur. Avec Felix. Nous deux, c'est…

C'était soudain une évidence.

— … une supercherie. Nous n'aurions jamais dû nous fiancer. Il est – il était mon meilleur ami depuis si longtemps. Nous sommes plus comme un frère et une sœur.

Je n'avais pas besoin d'entrer davantage dans les détails avec ma mère mais, malgré toutes les fois où je m'étais plainte de ne pas faire l'amour, jamais je n'avais éprouvé un millionième du désir qu'un seul baiser furieux et passionné de Marcus avait éveillé en moi.

Ma mère ne dit rien, elle sourit, sereine.

— Je veux juste ton bonheur. Quelle que soit ta décision. Sache que nous sommes extrêmement fiers de toi.

Je la fixai d'un regard incrédule.

— Tilly ! C'est la vérité ! Tu travailles dans un des plus grands théâtres du monde, avec des vedettes internationales.

— C'est vrai ?

Je ne pouvais pas m'empêcher de lui poser la question, pour en avoir la certitude.

— C'est la vérité vraie, dit-elle en déposant un baiser sur mon front à chaque mot.

Nous restâmes encore une heure dans notre petite bulle de lumière. Maman voulut savoir avec quelles grandes stars j'avais travaillé et comment elles étaient. Avais-je connu Pavarotti ? Pietro était-il aussi coureur que les journaux le prétendaient ? Et son étiquette de star du porno était-elle justifiée ou était-ce une invention des journalistes ?

Après le dîner, au cours duquel Maman me fit répéter les mêmes anecdotes pour Papa, j'allais me coucher avec l'impression d'avoir retrouvé une amie que j'avais perdue sans le savoir.

Chapitre 27

Mon voyage de retour en bus fut égayé par les textos que j'échangeai avec Marcus. Maman m'avait déposée à la gare routière de Leeds à 10 heures du matin, lestée d'un énorme sac supplémentaire contenant deux bas de Noël dodus pour Christelle et diverses friandises dont un Père Noël en chocolat, un mini-Christmas Pudding et un mini-gâteau de Noël chacune, ainsi que des décorations de Noël qui n'avaient pas pu être installées sur le sapin familial faute de place.

En montant dans le bus, je me retournai pour faire un signe d'adieu à ma mère, qui souriait largement. J'éprouvai un sentiment de bonheur que je n'avais pas connu depuis longtemps. Je m'installai près d'une fenêtre de manière à pouvoir la voir et lui faire signe au moment du départ.

Elle resta jusqu'à ce que le chauffeur allume le moteur, dont les rugissements ébranlaient les fauteuils, tandis que les vapeurs de diesel s'infiltraient dans la cabine. Nous échangeâmes gaiement des signes d'adieu tandis que le bus quittait péniblement la gare routière pour rejoindre la M1.

Je repensai à ce week-end, ce qui réveilla ma conscience. Il était temps que je sois un peu honnête. Il fallait que j'aie une petite conversation avec Felix.

Il était temps de voir les choses en face. C'était fini entre nous, et depuis longtemps. Je comprenais à présent que Felix et moi avions joué à ceux qui vont se marier. Pas étonnant que nous n'ayons jamais fait aucun préparatif concret.

À 10 h 10, mon téléphone émit un bip strident.

Je m'ennuie !

Ce texto de Marcus me fit sourire.

Je suis dans un bus
qui doit avoir
environ cent trois ans.
Vous vous ennuyez ????

Les avantages des câbles
de catégorie 5,
ça vous dit ?????

Ça me paraît moyennement
intéressant. (Dit-elle
sans en penser un mot.)

De quelle couleur
sont vos chaussures
aujourd'hui ?

???

Oui, je m'ennuie à ce point.

Orange.

Personne n'a de chaussures
orange.

Moi si.

C'est vrai ?

Non, pas vraiment.

Que voyez-vous
par la vitre ?

L'autoroute.

Quel livre lisez-vous ?

Ha, ha : le dernier
Kathy Reichs... acheté hier.

C'est votre faute,
c'est vous qui
me l'avez suggéré.

Je vous l'emprunterai
peut-être.

Ça va être dur :
il est sur ma liseuse.

On pourrait échanger
nos liseuses.

Voilà qui était intéressant. Échanger ma liseuse avec quelqu'un, c'était un peu comme l'inviter à venir chez moi découvrir ma bibliothèque, sauf que j'avais une bibliothèque exposée aux yeux de tous et une plus secrète. Sur ma liseuse, les deux étaient mélangées.

En voilà un long silence,
réagit Marcus.
Lectures interdites ?

Cinquante nuances et autres.

Il y en a de bien ?

Je ne vous le dirai pas.
Vous devez les lire
et vous faire votre propre
opinion. Je ne supporte
pas les gens mal informés
qui se font une opinion d'après
ce que les autres disent !

On monte sur ses grands
chevaux. J'aime ça.

Ce déluge de textos se poursuivit jusqu'à Watford Gap, où Marcus m'annonça que la batterie de sa super-tablette-à-tout-faire était pratiquement à plat.

Voyez où vous mène
la super-technologie !
exultai-je

Je ne reçus pas de réponse.

L'heure suivante s'écoula lentement et des pensées que j'aurais préféré ignorer en profitèrent pour faire lentement surface.

Je reçus un choc en franchissant le seuil de l'appartement, où la réalité m'atteignit comme un uppercut. À la seconde où j'entrai, ce fut comme si tout m'apparaissait avec une netteté aveuglante et je me sentis plus vieille que mon âge. Je crois qu'on appelle ça grandir.

Ma relation avec Felix était terminée. Tristesse. Regret. Sentiment de vide. Rien de tout cela ne pouvait modifier ma prise de conscience. Nous allions tous les deux en être contrariés, mais ce n'était pas avec lui que je voulais passer le reste de ma vie. Il n'était pas fait pour moi. Il aurait été injuste de continuer. J'avais la nausée à l'idée de devoir m'asseoir et de tout lui dire.

Si j'avais pu, je serais restée à bord de ce bus pour retourner à Harrogate, mais en faisant cela, j'aurais fui la réalité au lieu de l'affronter et c'est en agissant ainsi que j'en étais arrivée là où j'étais.

Felix n'allait pas rentrer avant une heure ou deux, même s'il ne m'attendait pas avant le lendemain. Comment allait-il le prendre ? Je savais qu'il allait être bouleversé. Maintenant que ma décision était prise, j'appréhendais de lui en faire part. Je voulais juste que ça se termine. Combien de temps nous faudrait-il pour nous détacher l'un de l'autre ? Nous étions ensemble depuis cinq ans. L'appartement était à moi, mais je ne pouvais pas le mettre dehors purement et simplement. Je ne voulais pas lui faire de mal. Peut-être pourrions-nous rester amis. La bonne blague ! Nous étions surtout des amis en fin de compte. Je ne me rappelais pas quand nous avions eu des rapports intimes pour la dernière fois. Étreintes fraternelles et bisous chastes sur la joue ou sur le front résumaient la totalité de nos contacts physiques de ces derniers mois… de ces dernières années. Pas étonnant que je le soupçonne d'avoir une liaison.

Tous ces soirs où il découchait, ces textos incessants sur son téléphone. Maintenant que l'idée avait germé dans ma tête, cela semblait évident.

Je ne pouvais pas penser à Marcus. Trop tôt. Trop trop. Mais ce baiser me hantait, de même que le baiser manqué à Chatsworth. L'envoûtement grisant de ses mains sur moi vibrait encore en moi à ces pensées.

En me dirigeant vers le portemanteau, je trébuchai sur une paire de chaussures, baissai les yeux vers elle et me figeai. Un instant, j'eus l'impression que la Terre basculait, comme dans *Dr Who* lorsqu'il y a une faille temporelle. Mon cerveau avait beau me dire que quelque chose clochait, je n'arrivais pas à le comprendre. Des chaussures pour pécho en crocodile, couleur moutarde.

J'avançai lentement vers la chambre, presque écrasée par une appréhension monumentale. Cette sensation horrible de savoir mais de vouloir quand même en avoir le cœur net.

Des murmures étouffés me parvenaient à travers la cloison, mais j'ouvris néanmoins la porte.

Ils ne me remarquèrent pas tout de suite. Vince, allongé sur le côté, lissait les cheveux de Felix pour lui dégager le visage, dans un geste si tendre que j'eus l'impression d'avoir un trou dans le ventre. Felix, allongé sur le dos, lui souriait en lui caressant le poignet. Mon estomac se serra, j'étais oppressée par l'intimité qui se dégageait d'eux. Envie, jalousie, tristesse s'amalgamèrent, je sentis un énorme poids mort peser sur ma poitrine et n'arrivai presque plus à respirer.

Ma respiration dut siffler ou je dus faire un bruit quelconque car, tout d'un coup, Felix se redressa en serrant le drap contre sa poitrine.

— Tilly !

Je ne pouvais plus bouger.

Vince s'anima plus lentement, arrogant et presque triomphant, et posa une main sur le torse de Felix comme pour dire qu'il était à lui.

Prise de nausée, ignorant le visage désespérément implorant de Felix, je fis demi-tour et quittai la chambre en courant.

Quelle parfaite idiote je faisais ! Comment pouvait-on être aussi incroyablement bête ?

J'avais toujours su que Felix ne s'intéressait pas aux autres femmes, mais je m'étais laissé aveugler par ma stupide petite confiance satisfaite. Soudain, les récentes absences de Felix, son souci de savoir où j'étais et à quelle heure je rentrerais semblaient terriblement logiques.

Il fallait que je sorte de là.

La lumière était heureusement allumée chez Jeanie quand je traversai l'étroit jardinet conduisant à la porte de sa maisonnette, située dans une rangée de maisons mitoyennes. Je n'avais pas vraiment souvenir du trajet en bus que j'avais effectué pour arriver chez elle, sauf qu'ayant raté l'arrêt j'avais dû descendre au suivant. La pluie dégoulinait sur mon visage, glissait en spirale le long de mes boucles et me coulait dans le cou. Dans ma hâte de m'enfuir, j'avais pris le vêtement le moins adéquat, un manteau en velours à présent détrempé. Une fois sur le seuil, comme mon cerveau tournait en rond pour retrouver un semblant de raison, je canalisai une partie de mes sentiments boulversés et frappai vigoureusement à la porte.

Le visage de Jeanie passa par toute une gamme d'émotion : surprise, horreur, gêne, perplexité.

— Tilly... qu'est-ce... mon Dieu, entre. Entre.

Tandis que j'entrai d'un pas chancelant, elle me retira sans attendre mon manteau détrempé.

— Que s'est-il passé, ma chérie ?

Je secouai la tête et me mis à rire.

— Ce que j'ai pu être idiote ! Felix... il...

Les mots ne pouvaient pas sortir et mon rire nerveux me reprit.

— Il.

Jeanie semblait profondément confuse et consternée, ce qui était la moindre des choses, mais je me sentis débarrassée d'un grand poids.

— Viens, ma belle, viens par ici.

Elle me conduisit dans le salon où des lampes étaient allumées et où, enveloppée d'une chaleur soudaine, je m'aperçus que j'avais terriblement froid. Secouant la tête, je m'assis dans le fauteuil et fondis aussitôt en larmes.

L'orage finit par se calmer et je réussis à respirer sans difficulté.

— Désolée, je mets de l'eau partout.

— Ne dis pas de bêtises, ce fauteuil n'est pas en sucre.

Ces paroles pleines de bon sens étaient ce que j'avais besoin d'entendre.

— Désolée de débarquer ainsi. Tu dois me croire folle.

— Ne t'inquiète pas.

À sa manière de se comporter et de se tourner à demi vers le canapé situé à l'autre bout de la pièce, je compris qu'il y avait quelqu'un d'autre. Je levai les yeux et faillis mourir d'embarras.

— Salut.

Carlsten Kunde-Neimoth, le ténor le plus célèbre au monde, venait de faire un petit signe.

Jeanie haussa légèrement les épaules avec un sourire fataliste.

J'en restai baba.

— Nom d'un petit bonhomme !

Je les désignai tour à tour, balançant mon doigt comme l'aiguille d'un métronome et ma voix se mit à enfler sous l'effet de la surprise.

— Non ! Non ! Vous deux !

Jeanie vira au rouge tomate, agitant les mains en l'air.

— Waouh ! Je n'y ai vu que du feu. Jeanie ! *Toi ?* Sérieusement !

Jeanie pinçait si fort les lèvres qu'elles finirent par ressembler au dos d'une tortue. Je compris alors que je ferais peut-être bien de me calmer, ma surprise risquant de friser la grossièreté.

— Désolée, dis-je en me redressant.

Après tout, il s'agissait d'un chanteur célébrissime respecté dans le monde entier et de ma chef. Et tous les deux méritaient un peu plus de...

— Ça alors, en voilà une surprise. Et de quand... cela date-t-il ?

J'avais mille autres questions mais ne savais par où commencer. Jeanie maquée avec un homme, c'était déjà une surprise, mais avec un homme de cette stature... Je n'avais rien vu venir.

— Carl, tu ne veux pas aller nous préparer quelque chose à boire ?

À ma grande stupéfaction, la méga-star d'opéra se leva et rejoignit docilement la cuisine, en baissant la tête pour passer sous le chambranle de la petite porte.

Je regardai Jeanie.

— C'est une longue histoire... mais toi ? Et n'en profite pas pour mettre de côté les choses dont tu n'as pas envie de parler, comme tu le fais d'habitude.

— Christelle et toi devez être de mèche : elle me dit la même chose.

— Parce que c'est vrai, répliqua Jeanie avec un regard sévère.

Je haussai les épaules.

— Parfois, c'est plus facile.

— L'évitement, c'est bien joli mais, un jour, ça vous rattrape et ça fait mal. J'ai bien vu que ton moral descendait en flèche ces derniers temps, je ne suis pas idiote, tu sais.

Je lui souris tristement.

— Non, je n'ai jamais dit ça. C'est moi. C'est moi qui suis idiote.

Je posai ma tête entre mes mains.

— Ce que j'ai pu être débile.

— Cesse de t'autoflageller et dis-moi ce qui s'est passé. J'imagine que c'est Felix et je suppose que ce petit crétin n'est pas mort.

— Non !

J'étais furieuse, mais contre moi-même. Jalouse aussi. De ce qu'il avait. C'était tellement évident, et j'avais été tellement aveugle. Non, aveugle était un qualificatif trop indulgent. Je m'étais trompée moi-même. Je savais. Comment aurais-je pu l'ignorer ?

— Felix est gay.

J'avais dit cela comme si je n'y croyais pas mais, vu la tête que faisait Jeanie, ce n'était pas vraiment une révélation pour elle.

— Tu le savais ?

— Pas toi ?

— Non... pas vraiment.

— Pas *vraiment* ? dit Jeanie, l'air sceptique.

Je me mordis la lèvre, essayant d'esquiver son regard perçant.

— Tilly ? Sérieusement ? Jamais ?

— Non, jamais.

Ma voix avait grimpé dans l'extrême aigu.

— Ça alors...

L'air profondément perplexe, elle étendit ses jambes en fixant un point à l'autre bout de la pièce.

— Comment est-ce que... Tu le savais ?

— Eh bien, oui. Vu le nombre de gays qu'il y a dans le milieu du spectacle, mon détecteur de gays est très au point.

Elle haussa les épaules avant d'ajouter :

— J'imaginais qu'il était à voile et à vapeur et que cela ne te dérangeait pas.

J'en restai bouche bée. Donnais-je donc l'impression d'être aussi libérale et bohème ? Je ne savais plus si je devais me sentir flattée ou atterrée. Quelque part, j'étais bien la fille de mes parents, très conservatrice en matière de sexe et de morale.

Je tripotai ma manche pour éviter de regarder Jeanie.

— Mais nous allions nous marier, protestai-je à mi-voix. Pourquoi voulait-il se marier s'il était... comme ça ?

À présent, mon cerveau semblait bourré de coton, au point que je n'arrivais plus à aligner deux idées.

— Parce qu'il est idiot.

Jeanie me faisait penser à Boudicca, la reine guerrière, prête au combat. Tout dans son attitude dégageait de l'agressivité.

— Et parce que tous les deux, vous aviez la tête là-haut, dans les nuages.

Je voulus protester, mais elle m'arrêta d'un geste.

— Non, écoute. Vois les choses en face : tu n'arrêtais pas de repousser l'organisation de ce mariage. La plupart des femmes filent tout droit essayer des robes de mariée. Moi-même, le lendemain de mes fiançailles, j'étais à la porte de Pronuptia une heure avant l'ouverture. Cela dit, vois où ça m'a menée...

— Ce n'est pas pareil. Nous sommes bien plus âgés que tu ne l'étais à l'époque et c'est différent de nos jours.

— Tilly, bon sang de merde, arrête tes conneries. Ose me dire que la demande en mariage de Felix n'a pas été un vrai choc pour toi.

Je lui lançai un regard noir.

— D'accord, ce n'est pas ce à quoi je m'attendais le jour où nous sommes allés passer la journée à West Wittering.

Je repensai au jour où il m'avait fait sa demande. Courant sur la plage et faisant l'idiot. C'était une superbe journée de printemps, venteuse et ensoleillée, et, sur un coup de tête, nous avions loué une voiture pour partir passer la journée sur la côte. Nous avions mangé des glaces et pataugé dans l'eau glaciale. Une journée comme Felix les aimait, à faire des choses spontanées, amusantes et des idioties. Ce souvenir me donnait envie de pleurer. Nous étions défoncés au bonheur ce jour-là. Il venait de m'éclabousser, manquant de se casser la figure et, faisant tomber ses chaussettes dans l'eau, il s'était retourné et jeté dans le vent en criant : « Marions-nous, m'dame ! »

Nous avions fêté ça autour d'un *fish and chips* et il m'avait solennellement passé au doigt l'anneau d'une canette de Fanta. Mépris des conventions et idioties, comme d'habitude. Comme deux amis passant une belle journée ensemble.

— C'est vrai, ç'a été un choc, avouai-je. C'était une décision prise dans le feu de l'action, mais c'était ce que j'aimais. Je veux dire, ce que j'aime.

Jeanie m'interrogea du regard. Je grinçai des dents.

— C'est la spontanéité de Felix.

— Ma chérie, il y a une différence entre être spontané et se conduire comme Walter Mitty. Felix appartient à la seconde catégorie. Je ne crois pas que tu aies jamais eu envie de te marier et je suis certaine que Felix non plus.

— Si, à un moment donné, insistai-je.

J'avais soudain envie que ce soit vrai.

— La seule personne qui ait envie de voir Felix marié, c'est sa mère. Pas besoin d'avoir fait des études scientifiques pour le comprendre. Ils sont tous les deux dans le déni. Tu as dit toi-même qu'elle tenait absolument à organiser le mariage. Je me demande si elle n'y tient pas un peu *trop*.

Je restai un instant assise, laissant agir la vérité. Nos fiançailles avaient été une planche de salut pour lui comme pour moi. J'avais besoin de remplacer le vide laissé par mon divorce avec ma famille et, ainsi que je le comprenais clairement à présent, il espérait sans doute remplacer sa mère qui lui manquait. Tout cela semblait si évident, maintenant. Quelle merveilleuse chose que le recul !

— Bon, reprit Jeanie, toujours pragmatique. Que s'est-il passé aujourd'hui ? Flagrant délit ?

— Oui. Je l'ai surpris au lit avec...

Je ne pouvais pas faire ça. Je ne pouvais pas le lui dire. C'était déjà terrible que Felix ait une liaison avec un homme, mais que cet homme soit un de mes meilleurs amis... Je ne pouvais me résoudre à prononcer le nom de Vince. Sa trahison me faisait mal. Son petit regard de triomphe sournois quand il avait posé la main sur Felix m'avait piquée au vif.

Il s'attendait sûrement à ce que je le dise à Jeanie. Que je le dise à tout le monde pour m'attirer les sympathies, ce qui lui permettrait de jouer les victimes.

Et si je le disais à Jeanie maintenant, ce serait uniquement par dépit.

Je refusais d'en arriver là. Vince allait devoir assumer et avouer lui-même ce qu'il avait fait.

Ce n'était pas à moi de le faire.

— Je l'ai surpris au lit avec un autre homme.

— Aïe… Je suis désolée, ma chérie… mais comment te sens-tu ?

Je souris de la voir me regarder aussi sérieusement.

— Soulagée… C'est bizarre, tu ne trouves pas ? Je devrais avoir le cœur brisé. Mais je suis en colère contre moi-même. C'est ça le pire. Je suis tellement idiote. Et je suis soulagée parce que cela explique un tas de choses. Et…

Je ne pouvais pas lui parler de mes sentiments pour Marcus, ils étaient encore trop nouveaux et trop précieux pour être révélés.

— Eh bien, tu as frappé à la bonne porte.

Jeanie me serra contre elle, ce qui ne lui ressemblait pas.

— Nous allons nous occuper de toi.

Nous discutâmes à voix basse pendant une demi-heure et mon état émotionnel s'apaisa peu à peu. Jeanie me proposa de passer la nuit chez elle et d'attendre le lendemain pour se préoccuper des détails pratiques.

— Et maintenant, puis-je te poser une question ? demandai-je. Depuis combien de temps *cela* dure-t-il ?

Carlsten devait s'être tapi diplomatiquement derrière la porte car il choisit cet instant pour entrer avec deux verres de vin chaud et un grand sourire.

— *Glühwein* pour ces dames.

Il nous remit un verre à chacune et se tourna vers Jeanie.

— Ah, *mein Liebchen*… voilà la vérité étalée au grand jour.

Il plaisantait et lui lança un regard langoureux.

Je n'en revenais pas. Il était... Des femmes lui jetaient des roses sur scène, il apparaissait en compagnie de célèbres créatures de rêve sur les tapis rouges et les paparazzi le harcelaient.

À présent, je comprenais mieux pourquoi Jeanie et moi nous ne nous étions pas vues les jours de relâche, récemment.

— C'est un peu bizarre de vous présenter officiellement mais, Tilly, je te présente Carlsten. Carlsten, je te présente ma chère Tilly, que tu as déjà vue en salle de maquillage.

— Je suis ravi de vous être présenté dans les règles. Je me sentais comme Barbe Bleue à l'envers, enfermé ici, pendant qu'elle assouvissait sur moi ses mauvais penchants. Ça se comprend : elle ne veut pas décevoir ses autres soupirants.

Il lui adressa un clin d'œil coquin et Jeanie avala son vin de travers.

— Ça se comprend, répétai-je gravement. Ils sont si nombreux.

— J'étais prêt à les repousser tous, approuva Carlsten avec un sourire malicieux.

— Oh, arrêtez, vous deux.

Je vis bien que Jeanie rougissait.

Le sourire de star de Carlsten aurait suffi à me remonter le moral mais l'expression rayonnante dont il enveloppait Jeanie éveilla en moi une douce sensation de bonheur. Elle méritait d'être un peu heureuse, et même beaucoup. Son premier mariage avait été un vrai désastre.

Serrant mon délicieux vin chaud entre mes mains glacées, je me réchauffai intérieurement tout en me forçant à écouter Carlsten raconter, tout en se rabaissant, comment il avait fini par persuader Jeanie de passer outre le malheureux accident de la nature qui l'avait fait naître homme pour se risquer à aller prendre un verre avec lui. (« Ce n'était pas un rendez-vous galant », lui rappela-t-elle gravement quand il arriva à ce point du récit.)

— Il m'a eue à l'usure, soupira Jeanie.

Mais son regard content disait tout autre chose.

— Je t'ai fait la cour, frétilla Carlsten.

— Tu m'as fait chanter.

Elle lui lança un regard de reproche teinté d'une touche de fierté.

— Nous étions dans les coulisses, dit-elle sur un ton théâtral. Il était censé être en scène et m'a glissé à l'oreille qu'il n'irait pas sans la promesse que j'aille prendre une liqueur avec lui après le spectacle.

— Vous auriez dû voir sa tête ! Le rideau avait commencé à se lever et elle marchandait encore avec moi.

— Le Tia Maria m'a perdue. Cet individu a réussi à m'en faire descendre trois verres.

Ils échangèrent un regard. La chaleur qu'ils dégageaient me toucha. Malgré tout ce qu'elle disait par cynisme, l'existence était faite pour être partagée et je voyais bien qu'elle était contente en sa compagnie.

— Eh bien, mesdames, j'ai préparé un magnifique bœuf Stroganoff. Tilly, vous allez vous joindre à nous.

— Certainement, annonça Jeanie avant de me jauger du regard. Tu as besoin de te sécher. Je vais te trouver quelque chose.

— J'ai pris mon sac… Je venais de rentrer de Harrogate, je suis entrée dans l'appartement et j'en suis ressortie aussi vite. Mais je n'ai plus de culottes propres.

Pour ce que je m'en souciais.

— C'est toujours comme ça, sourit Jeanie. Donc, tu as apporté ton linge sale avec toi. Monte prendre un bain chaud. Quand tu redescendras, nous mangerons. Et ensuite, tu pourras nous aider à décorer le sapin de Noël.

Elle me montra un sapin appuyé contre le mur.

Avec un élan de tristesse, je songeai que je n'en avais toujours pas. À présent, je ne savais pas si j'allais me donner la peine d'en acheter un.

— Je suis si…

— Pas un mot de plus. Ce n'est rien. Tu es toujours la bienvenue. Tu le sais. Et maintenant, bouge tes fesses. Le repas sera prêt dans une demi-heure et je peux te dire que, tout adorable qu'il est, Carl peut devenir grincheux si l'on fait attendre sa cuisine et il cuisine presque aussi bien qu'il chante.

Je ne pus résister à la taquiner.

— Il fait tout aussi bien ?

— Cela ne te regarde pas, jeune fille.

Chapitre 28

Une déferlante de chagrin me saisit quand j'aperçus la photo encadrée de Vince, Felix et moi sur l'étagère de mon petit bureau. J'observai cette image, malgré la sensation lugubre qui menaçait de me submerger. Nous trois, rayonnants sous le flash, enlacés les uns aux autres. Je la pris entre mes mains. Felix, le plus grand, au milieu, son beau visage éclairé par son large sourire. Éternel boute-en-train. L'œil brillant, pleins de vie, on aurait dit que nous allions jaillir de la photo d'un instant à l'autre. Nous étions allés voir un spectacle d'humour à Leicester Square et, alors que nous déboulions dehors à la fermeture de la salle, nous avions été pris en photo par un paparazzi espérant photographier une célébrité de seconde zone.

Je regardai la photo. Je la voyais, maintenant, l'indésirable, sur le côté. *Moi.*

Je la jetai à la poubelle en faisant la grimace.

Il m'aurait été facile de broyer du noir et de ramasser d'autres objets, mais j'avais toujours en ligne de mire mon rendez-vous avec Alison Kreufeld.

Je me redressai d'un coup en frappant mon bureau du plat de la main. Ce boulot, j'allai en venir à bout. J'avais dix jours pour prouver à Alison que j'étais la meilleure putain de maquilleuse de la planète et la grande prêtresse de la gestion de stock. Fini, Miss Farfelue et ses tactiques de procrastination. J'allais m'y coller avec la ténacité de la Super Glue et entrer dans le programme tous les produits que nous utilisions, y compris les faux cils à l'unité, les cotons-tiges et les ampoules de rechange. Bon, peut-être pas les ampoules : c'était du ressort des services généraux. J'allais même pousser plus loin en créant un catalogue complet de toutes les perruques en stock. Ça risquait de l'impressionner. Alison Kreufeld n'aurait pas la moindre excuse pour ne pas me donner le poste. Il était à moi.

Heureusement, Vince avait appelé pour se faire porter pâle, mais j'eus beau me noyer dans le travail et m'impressionner moi-même en créant un tableur assez correct pour faire la liste de toutes les perruques, la journée traîna en longueur et, quand vint le moment de rentrer, Jeanie dut m'obliger à partir.

— Allons, ma chérie. Tu es toujours la bienvenue chez moi mais tu dois parler à Felix. Sinon, tu vas repousser le moment de le faire et tu resteras dans les limbes. Dès que tu lui auras parlé, tu pourras commencer à prendre des décisions, à y voir clair. Tu te sentiras beaucoup mieux.

— Je sais.

J'enfilai mon manteau en faisant rouler mes épaules pour soulager les pincements qui me tiraient la nuque, puis j'éteignis la lampe de mon espace de travail.

Au lieu de prendre le bus en sortant du métro, je regagnai l'appartement à pied sous une bruine en parfaite harmonie avec mon état d'esprit. Je crois même que de la neige essaya de tomber, mais c'était une neige fondue, pathétique, qui ne risquait pas de tenir. Je restai devant l'immeuble quelques instants, regardant la lumière allumée, là-haut, dans notre chambre. Felix était là. Après avoir cherché ma clef au fond de mon sac, je m'engageai dans l'escalier, gravissant chaque marche d'un pas lourd, à contrecœur. J'approchai de la porte ; mes pas résonnaient comme un présage sinistre.

Je m'arrêtai devant la porte ouverte de la chambre, le dernier endroit où je souhaitais l'affronter, et j'attendis. Je voulais qu'il parle le premier.

Felix se retourna lentement et j'eus le choc de constater qu'il avait l'air parfaitement normal. Dans ma tête, j'en avais fait un monstre. Non. C'était toujours le même Felix, encore qu'il ait l'air de s'être contracté intérieurement. Il avait perdu son allant et son exubérance de jeune labrador. Une tristesse lui marquait tout le visage, allant de son regard morne au pli affligé de sa bouche.

— Désolé, Tilly, murmura-t-il.

Je fixai sans pouvoir bouger la larme qui coulait sur son visage. Il se laissa tomber sur le lit et se prit la tête entre les mains, offrant l'image d'une tristesse si lamentable que toute ma haine s'envola. Je l'avais aimé.

Je vins m'asseoir près de lui, ma cuisse contre la sienne.

Autour de nous, l'air comme imprégné de tristesse atténuait la fureur qui bouillait en moi.

— Tu es mouillée.

— Oui. Il pleut. Je suis rentrée à pied.

N'importe quoi pour repousser le moment de rentrer.

— Je suis désolé.

— Tu l'as déjà dit. Je voudrais te détester.

Je regrettai aussitôt ces paroles horribles. Felix n'était pas vil ni méchant. Il était juste lui.

— Tilly, je ne voulais pas... mais voilà.

Ses mots étaient hachés, sa voix devint rauque et son visage se décomposa.

— Jamais je. Je ne voulais pas. Je t'aimais.

Il se tourna vers moi et je pus voir le chagrin gravé dans ses cernes.

— Mais... mais... j'ai pensé qu'on pouvait essayer. Quand j'ai rencontré...

Je levai la main pour l'empêcher de prononcer le nom de Vince.

— Je l'aime.

Il se mit à sangloter, le visage baigné de larmes.

— Je te le jure. J'ai essayé de ne pas l'aimer. Je n'arrêtais pas de rompre avec lui.

Je passai les bras autour de ses épaules secouées de sanglots, nous restâmes silencieux quelques instants et je regardai autour de moi. Les plinthes étaient recouvertes d'une épaisse couche de poussière, celle du placard manquait, il y avait une coulure de café sur le mur. Cet aspect négligé était à l'image de notre relation ; j'avais fait trop peu pour corriger les problèmes dont j'avais pourtant conscience.

Comme les sanglots de Felix se calmaient, je pris la parole.

— Je ne comprends pas. Pourquoi faire semblant avec moi d'être...

— Je voulais être... comme Kev... comme les autres... et toi... tu étais si gentille.

— Gentille !

J'accusai le coup. Gentille, ça faisait mal.

— Je te remercie.

— Tu étais adorable. Je t'assure. Je veux dire, tu voyais toujours ce qu'il y avait de bien chez moi. Nous formions une équipe de choc. Tu me donnais toujours l'impression que je pouvais devenir meilleur. Je pensais que ça irait, mais c'est devenu de plus en plus dur. Quand je voyais... d'autres hommes, je me posais des questions. Vince avait compris. Il l'a compris le jour où tu nous as présentés. Il n'arrêtait pas de me le dire. Que je n'étais pas vraiment moi-même. Que j'avais tort de ne pas accepter ma vraie nature. À l'époque, je ne savais pas que je lui plaisais. Ensuite, nous... quand tu n'étais pas... c'était plus fort que nous.

Felix rougit, mais son regard s'éclaira comme s'il revivait ce moment.

J'étais à deux doigts de lui dire qu'il aurait pu être plus fort, mais je m'abstins. Peut-être parce que je me rappelais très clairement l'attirance instantanée, presque magique, que j'avais éprouvée la première fois que j'avais vu Marcus, cette émotion et cette excitation purement sexuelle – mais on n'était pas pour autant obligés de passer à l'acte, nom d'un chien.

Je n'avais rien fait dans le dos de personne, moi.

— Depuis combien de temps est-ce que ça dure ? demandai-je d'une voix morne et pesante.

— On est sortis un soir, il y a une éternité. J'avais compris mais je n'ai rien fait. Pendant longtemps. Je t'assure.

Je l'interrogeai du regard.

— La première fois qu'on s'est retrouvés, on s'est juste embrassés.

Il haussa les épaules, comme si ça ne comptait pas.

— Ensuite, on a convenu de ne plus se revoir.

Il plongea la tête dans ses mains.

— C'était tellement dur. J'ai vraiment essayé. Mais, il y a quelques semaines, il est venu à l'hôtel, quand j'étais en déplacement.

Il releva la tête et je sentis le matelas s'enfoncer.

— C'était censé être... juste une fois. Je n'avais jamais... J'avais besoin de savoir...

Tous les traits de son visage exprimaient la tristesse. J'effleurai sa main et il saisit mes doigts.

Sa bouche se pinça et son menton se mit à trembler.

— Après ça, il n'a plus voulu me laisser tranquille. Il ne voulait plus que je rompe. J'ai essayé, mais c'était trop difficile.

Felix déglutit avec difficulté, l'œil vitreux.

— Je l'aime.

Ces mots simples, sans fioriture, sans son entrain et son emphase habituels, m'atteignirent en plein cœur.

— Vraiment, je l'aime vraiment. Et je... Je vivais dans le mensonge, en faisant semblant. Je suis désolé d'avoir fait semblant avec toi alors que tu es... ma meilleure amie.

Une larme coula sur son visage et il me pressa la main.

— Tu ne devrais pas être gentille avec moi.

Un sanglot l'étrangla et il inspira.

— Non, je ne devrais pas.

Souriant tristement, je regardai son visage familier. Il essuya d'une main l'une de mes larmes.

— Je suis vraiment désolé, Tilly.

Nous restâmes assis en silence. J'essayais de saisir ce qu'il avait enduré. C'était presque plus facile de le quitter en le voyant ainsi. La tristesse était partagée.

— Y a-t-il eu d'autres... d'autres hommes ?

Cela paraissait bizarre de poser cette question.

— Non. Non. Je te l'ai dit... il a été...

Un sourire rêveur illumina son visage. Jalousie, envie, mortification, tels étaient les sentiments qui luttaient pour prendre la tête de mes émotions.

— Il a été le premier.

Felix se tourna vers moi.

— Je n'ai jamais cherché... C'est dans une chanson : je n'ai jamais cherché à te faire du mal.

Puis il laissa retomber sa tête dans ses mains.

— Quel désastre, hein ?

Je me levai lentement en me tournant vers lui.

— J'ai besoin de boire quelque chose.

J'allai droit à la cuisine et pris une bière dans le frigo. Il me suivit et, d'un accord tacite, nous nous installâmes à la table de la cuisine.

— Et maintenant ? demandai-je.

Felix haussa les épaules.

— Je suppose que tu veux que je déménage.

Mon cœur se serra. Cela semblait si définitif et si brusque.

Je regardai son visage, qui trahissait un peu d'espoir.

— Sinon, je peux m'installer dans la chambre d'amis.

— Tu es sérieux ?

Je me sentais hébétée, ne sachant pas ce qui valait mieux. J'avais l'impression que ce n'était pas le moment adéquat pour prendre de grandes décisions.

— Je ne sais pas, Felix. Je ne veux plus dormir dans notre... dans ce lit.

— S'il te plaît, Tilly. Je ne veux pas qu'on se sépare comme ça. Je... je t'aime encore. Mais pas comme tu...

Je l'arrêtai d'un geste en soupirant.

— Arrête. Il y a un moment que ça ne va plus.

Nous échangeâmes un sourire triste et résigné.

— Tu peux rester... mais je m'installe dans la chambre d'amis. Pour le moment. Mais je ne veux pas qu'il mette les pieds ici.

— C'est normal, acquiesça Felix.

— Qu'est-ce qu'on va bien pouvoir dire à ta mère ?

Il plongea la tête entre ses mains en frémissant.

Chapitre 29

Le lendemain, Vince n'était toujours pas revenu travailler. J'étais au sous-sol, dans la réserve depuis plusieurs heures, et j'avais la gorge sèche et pleine de poussière. Vraiment très sèche. J'avais besoin d'un café et, si j'allais en quémander un au service informatique, cela me prendrait beaucoup moins de temps que de remonter à la cantine.

Non, sans blague. Je cherchais désespérément une excuse pour le voir, oui.

— Bonjour.

Marcus leva les yeux d'un ordinateur dont il opérait les entrailles.

— Qu'est-ce qui vous amène ?

Il jeta un coup d'œil sur mes mains.

— On ne vous a pas arraché les ongles.

— Heureusement qu'on ne vous a pas embauché pour vos talents d'humoriste.

— Aïe, vous êtes dure.

Ses yeux pétillaient de malice.

— Vous savez que votre visage est couvert de traces grises ?

Je m'essuyai à la hâte.

— J'ai farfouillé au sous-sol pour établir un catalogue des perruques. Grâce à vous, je vais probablement ramasser une horrible maladie pulmonaire pour avoir inhalé toute cette poussière. C'est votre faute.

— Comment vous est venue cette idée ?

— De votre fichue manie de lister tout ce qui bouge.

— Ah.

— Cela dit, j'ai trouvé quelques perruques que nous pouvons réutiliser, ce qui soulagera le budget de Jeanie. Elle est ravie.

Comme il haussait les sourcils, je le fusillai du regard.

— Vous allez me rétorquer que vous me l'aviez bien dit ?

— Je n'oserais pas, dit-il avec un sourire décontracté.

— J'étais aussi venue vous demander si vous souhaitiez m'emprunter le livre de Kathy Reichs. Je l'ai terminé dans le bus, au retour. Après que vous avez cessé de m'envoyer des textos.

— Je le faisais pour que vos compétences technologiques restent à jour, mais envoyer un texto avec votre antiquité doit prendre autant de temps que de graver une tablette en pierre.

— Rappelez-moi quelle est l'antiquité dont la batterie a duré plus longtemps que votre nouveau gadget tactile ?

— C'est parce que j'ai de multiples applications intéressantes qui s'exécutent en arrière-plan et mangent beaucoup de batterie. Comme l'application e-mail.

— Maintenant que je sais que c'est vous, vous n'avez plus besoin de m'écrire des e-mails. Vous pouvez m'envoyer des textos.

— Mais aussi communiquer sur WhatsApp ? Tweeter ? Instagram ?

Je le saluai d'un geste théâtral, tel un mousquetaire déjouant les manœuvres de son adversaire.

— Ah, ah ! Mais comme un téléphone ne fonctionne pas sans batterie, cela vous fait une belle jambe. C'est pourquoi je dirais que mon téléphone est supérieur au vôtre, technologiquement parlant : il fait tout ce qu'il doit faire et il me reste même de la batterie.

Je croisai les bras, triomphante.

— J'imagine que vous ne m'offririez pas un café ?

— Ah, c'est donc pour ça que vous êtes venue.

Je crus surprendre un regard déçu quand il disparut pour revenir avec deux mugs. Je humai le café. Il sentait divinement bon.

— Vous n'envisageriez pas de livrer des cafés au dernier étage ?

— Non ! s'esclaffa-t-il. Car je sais exactement où vous posez votre café.

— Ah bon ?

D'après sa réaction, il n'en savait rien. Sinon, il n'aurait pas été aussi décontracté ni même un tantinet amusé.

— Oui, Fred me l'a dit.

— Il vous a dit quoi ?

Non, toujours trop décontracté.

— Ce n'est pas parce que le tiroir du lecteur de CD a exactement la taille d'un grand café Costa qu'il faut l'utiliser pour poser votre café dessus.

— Merde alors ! Le traître. Moi qui croyais Fred de mon côté.

— Je suis sûr qu'il a omis de me dire un tas d'autres choses. Alors, comment vont vos affaires depuis votre séjour chez vos parents ?

— Ah...

Il me tendait une perche idéale pour que je lui parle de Felix mais j'hésitai, sans savoir pourquoi. Voudrait-il toujours m'inviter à prendre un verre ?

— Vous ne vous êtes pas déjà brouillée avec votre mère, j'espère ? Pas après tous mes bons conseils.

Cette plaisanterie me fit rire, ce qui soulagea ma tension.

— Je croyais que vous vouliez parler de Felix.

— Oh...

Il parut soudain terriblement fasciné par les entrailles de l'ordinateur.

— Il a effectivement une liaison.

Ces mots étaient sortis de ma bouche d'une manière terriblement détachée.

Marcus releva brusquement la tête, l'air choqué puis aussitôt inquiet.

— C'est seulement quand vous me l'avez suggéré que j'y ai songé. Et maintenant, tout le monde me demande sans arrêt « Tu ne le savais pas ? ». Pourquoi est-ce qu'ils disent ça ? Est-ce que j'aurais dû ? Ou bien est-ce un truc subliminal – tout le monde pense que vous le saviez mais que vous étiez dans le déni.

Marcus leva les deux mains en l'air, comme pour arrêter ce déferlement d'aveux. Mais, maintenant que j'avais commencé, j'avais l'impression de ne plus pouvoir tenir ma langue.

— Oui, repris-je. Non seulement une liaison. Mais. Avec. Un. Homme.

Marcus eut l'air profondément surpris.

— Oui, exactement. Un homme.

Les mots continuaient de sortir de ma bouche, hachés, comme les balles d'une mitraillette tirant dans du gravier, postillonnant leur venin.

— Quelle cruche ! Faut-il vraiment que je sois idiote ?

Je fis la grimace. Marcus se rassit.

— Et vous le saviez ?

— Non, gémis-je. Mais tout le monde a l'air de dire que c'était évident. Est-ce que je me serais fiancée si je l'avais su ?

— Très juste.

— Pourtant, Jeanie semble croire que je le savais mais que ça ne me dérangeait pas.

— Il y a des gens que ça ne dérange pas.

— Et d'autres que ça dérange !

Je lui jetai un regard furieux et me laissai tomber dans un fauteuil.

— Et vous n'aviez pas la moindre idée... Je veux dire... Désolé.

— Si j'en avais eu la moindre idée, je n'aurais pas dépensé une petite fortune en soutiens-gorge pigeonnants, en huiles de bain sensuelles et en lampes pour l'ambiance.

Marcus semblait essayer de cacher son amusement mais n'y réussissait pas très bien. La fossette de sa joue droite le trahissait.

— Je vous interdis de rire. C'est tellement gênant... d'essayer de séduire son petit ami. Danse des sept voiles, décolleté plongeant... Pas étonnant que cela ne l'intéresse pas. Vous allez rire... je le vois bien.

— Je fais des efforts... désolé, ricana-t-il. C'est... juste que... vous êtes... enfin c'est difficile d'imaginer qu'un homme puisse repousser vos avances.

— Eh bien Felix l'a fait, lui.

Je croisai les bras en boudant, bien que sa réponse m'ait donné le frisson.

Et nous éclatâmes de rire tous les deux devant le ridicule de toute cette histoire.

— Ce n'est pas drôle, dis-je entre deux fous rires. C'est gênant.

— Qu'allez-vous faire maintenant ?

Je gonflai les joues et expirai lentement pour calmer mon fou rire.

— Je lui ai permis de rester. Je me sens bête mais je ne peux pas le jeter dehors. C'est ma faute en quelque sorte puisque je n'ai rien su voir. Et le pire, c'est que c'est vraiment ma faute. Je ne le comprends que trop bien maintenant. J'ai été une belle idiote. Complètement immature. Qui rejetait la faute sur les autres.

— Je tiens à dire que vous êtes plus gentille que beaucoup de gens.

Je haussai les épaules.

— Cela fait si longtemps que nous sommes amis. Je me sens crétine. Et hideuse.

— Hideuse ?

— Hideuse à l'intérieur. Fâchée, pleine de ressentiment... méchante.

Je serrai et desserrai les poings.

— Je déteste ça, m'écriai-je.

Il me regarda attentivement.

— Je peux vous garantir que vous n'êtes pas hideuse, ni intérieurement ni extérieurement.

Un courant sous-jacent bourdonnait dans l'air, bien que nous soyons tous deux parfaitement immobiles, nous fixant mutuellement du regard comme si un fil invisible nous reliait l'un à l'autre, nous attirait l'un vers l'autre. Je fis un pas en avant en même temps que lui, nous nous rejoignîmes à mi-chemin et restâmes à nous regarder trente bonnes secondes.

Je sentais en moi des grésillements d'excitation et d'impatience, comme si j'étais au bord d'un moment capital. Lentement, nous nous dirigeâmes vers le baiser, en nous rapprochant centimètre par centimètre, comme pour prolonger cet instant que je savais déjà fixé à jamais dans ma mémoire.

Parfois, on sait comme une évidence qu'une chose est juste ; même en plein désarroi, on le sait. J'eus cette certitude à la seconde où nos bouches se touchèrent. Nous entamâmes une exploration lente et complète où nos lèvres et nos langues se taquinaient comme dans les mouvements hésitants d'une première danse.

Je finis par me calmer et restai dans les bras de Marcus, savourant la chaleur de son torse à travers le fin coton de sa chemise. Il sentait délicieusement bon et je percevais le battement régulier, celui de son cœur, sous ma joue. Il me serrait fort contre lui et j'aurais voulu rester là éternellement. Rien de fâcheux ne pouvait m'arriver tant que je serais là. Marcus était sûr et solide comme un phare projetant son faisceau sur la mer. C'était un port sûr. Bizarrement, c'était exactement ce que j'avais tellement combattu.

Son menton qui reposait sur ma tête me rappela comment il m'avait réconfortée à Chatsworth. Mais cette fois, je cédai à la tentation de fourrer mon nez dans son cou au parfum suave et musqué. Il resserra un instant son étreinte, comme s'il essayait de ne pas céder puis, avec un gémissement, ses lèvres rejoignirent les miennes.

Ce fut un baiser apaisant, contenu mais riche de promesses.

Il se dégagea et me caressa la joue.

— Désolé, je n'aurais peut-être pas dû, ce n'est pas vraiment le bon moment, mais...

Il me regarda bien en face.

— Je vous trouve très attirante, moi.

Ce regard fit mouche, mes genoux se ramollirent et mon cœur fit une embardée.

J'ouvris la bouche sans qu'aucun son n'en sorte. Je sentais rougir peu à peu toute la surface de mes joues.

— Ce n'est pas très original mais, après le travail, aimeriez-vous prendre un verre, ou dîner avec moi ?

Je lui souris, reconnaissante et un peu timide.

— J'en serais ravie. C'est horrible, vous ne trouvez pas ? La dépouille du fiancé n'est pas encore froide... Enfin bref.

Marcus pencha la tête sur le côté.

— Tilly, je me moque royalement de lui. Et ce depuis l'instant où je vous ai vue reculer à quatre pattes sous votre bureau, avec vos délicieuses joues coquines et la petite culotte la plus transparente que j'aie jamais vue – et je sais de source sûre que vous en possédez une belle collection – et qui m'a en outre donné des idées très peu convenables sur la manière dont je pourrais vous punir la prochaine fois que vous feriez une bourde informatique.

— Oh, croassai-je, surprise de voir ses pupilles se dilater brusquement.

— Allons, il y a longtemps que cette attirance grandit entre nous.

— Je... Je ne savais pas si vous l'aviez remarqué. Je pensais que c'était moi...

— J'essayais de garder mes distances parce que je vous savais fiancée.

Il ajouta avec un sourire suggestif :

— Désolé, mais les paris sont ouverts maintenant.

— Exact.

Je me sentis brusquement oppressée et agitée. Son sourire sardonique indiquait qu'il avait une idée derrière la tête. Je n'avais pas l'habitude d'être une proie.

— Nous sommes comme ça, nous autres les maraudeurs en col blanc. Nous ne perdons pas de temps, nous nous jetons directement sur ce que nous voulons.

Il baissa la voix, son regard s'assombrit et un frisson de désir me parcourut. Cela faisait sacrément longtemps que je ne m'étais pas sentie femme avec quelqu'un, mais il s'y prenait très bien.

— À quelle heure finissez-vous ?

— Vers 18 heures. Où est-ce que je vous rejoins ?

— Si je venais vous chercher ? Je dois aller voir ces dames du département costumes.

Il poussa un gros soupir.

— Qu'ont-elles fait ? Ne me dites pas qu'elles sont pires que moi ?

— Personne n'est aussi épouvantable que vous.

Quand je revins dans le service, personne ne sembla avoir remarqué mon absence prolongée. Je décidai de taper les notes prises dans la réserve. Très franchement, je voulais garder pour moi les sentiments naissants que j'avais pour Marcus et savourer l'excitation des débuts, les premiers frémissements de l'attirance physique et la délicieuse sensation d'être convoitée et désirée.

Ayant réussi à mettre à jour le tableau Excel sans faire de bêtises, je fis un saut, assez contente de moi, dans le bureau de Jeanie.

— Ça va ? me demanda-t-elle.

— Oui, je progresse.

Les heures s'écoulèrent avec une lenteur obstinée cet après-midi-là, mais je tapai avec zèle sur le clavier de l'ordinateur.

Quand Marcus arriva, la plupart des autres employés s'en étaient allés dans le crépuscule sinistre et j'avais entré tous les articles dans le programme.

— Désolé, cela m'a pris plus de temps que prévu, dit-il.

— Vous voyez, il y a pire que moi.

— La compétition est extrêmement serrée ; je ne serais pas trop confiante à votre place.

Mais son sourire ôtait à ses propos tout ce qu'il pouvait avoir d'offensant.

— Prête ?

— Oui, et j'ai quelque chose à vous annoncer.

— Quoi donc ?

Je quittai mon petit bureau pour aller chercher mon manteau, accroché aux patères à l'autre bout de la pièce, souriant en imaginant sa réaction quand je lui annoncerais que j'avais terminé ma mission et pratiquement fini de cataloguer les perruques.

Comme j'enfilai mon manteau, je vis Marcus se pencher sous mon bureau.

— Qu'a fait Vince pour vous contrarier ? dit-il en sortant de la poubelle la photo de Felix, Vince et moi.

— Ils m'ont contrariée tous les deux.

Je lui pris la photo des mains et lui montrai Felix, au milieu.

— Lui et Felix.

— C'est Felix ? demanda-t-il d'une voix stridente.

Un frisson me parcourut, moins à cause de son évidente stupéfaction qu'à cause de son immobilité soudaine. Comme s'il craignait qu'en bougeant un seul muscle, tout s'effondre autour de lui.

Il posa un doigt près du mien et traça une ligne divisant la photo à l'endroit où se trouvait Felix, entre Vince et moi.

— Mon Dieu, vous saviez ?

Pendant un instant, mes oreilles bourdonnèrent et ma vision se troubla.

L'intense inquiétude que reflétait Marcus m'apprit tout ce que j'avais besoin de savoir.

Je regardai autour de moi, même si tout le monde était soit déjà parti, soit en salle de maquillage.

— L'homme avec qui Felix a une liaison, c'est Vince. Il ne faut le dire à personne.

— Mais… dit-il d'un air angoissé. Je les ai vus.

Je fermai les yeux, comprenant soudain.

— Quand ?

Il fit la grimace.

— L'autre jour après la soirée de gala. Nous étions quelques-uns dehors, près de l'entrée des artistes. Philippe, Guillaume, Leonie. Vince est sorti du théâtre et a couru droit jusqu'à lui. Je m'en souviens parce qu'un baiser aussi passionné en public… Personne n'a rien dit, mais il y a eu une ambiance bizarre après ça. Je n'y ai pas vraiment prêté attention sur le moment.

— Mon Dieu, ils sont tous au courant !

Je me pliai en deux en me tenant le ventre, prise d'un spasme douloureux suivi d'un intense sentiment de honte. Voilà qui expliquait la froideur récente de Leonie à l'égard de Vince et la sollicitude de Philippe ce soir-là.

— J'ai besoin d'un remontant.

Marcus prit un air méfiant. Il ne devait pas savoir que faire d'une femme bouleversée. Il avait bien raison d'être méfiant. J'avais besoin d'un très grand verre.

Je ne lui laissai guère le choix. Je terminai d'enfiler mon manteau et, tel un destroyer en mission, je passai devant lui avec l'attitude altière d'une reine guerrière. Bien décidée à noyer mon chagrin, je le traînai tout droit jusqu'au Marquis of Anglesey.

Chapitre 30

— J'vais lui... c-crever un œil... non, les deux yeux. Lui arracher les couilles... Déjolée...

Marcus fit la grimace.

— J'vais les accrocher en haut du machin sur le toit... et j'parle que de Felix et c'est qu'un commencement. J'vais brûler tous ses costumes... ses cravates... et ses chaussures et ses CD. Un grand feu d'joie... dans la rue vu qu'on n'a pas d'jardin.

Avachie, je me redressai pour pointer sur Marcus un doigt tremblant. Tout son front se plissa d'inquiétude.

— Vous croyez que j'suis fâchée, hein ?

Ma tête semblait se prendre pour celle d'une marionnette de la série *Thunderbird* ; elle branlait dangereusement sous les immenses efforts que je faisais pour la redresser, mais la pesanteur était la plus forte.

— Vous croyez que j'raconte des conneries, hein ?

Je hochai doctement la tête.

— Ben ouais, j'raconte des conneries.

Je pris mon verre de vin, qu'on venait de remplir et dont les oscillations me déroutaient. La lumière qu'il réfractait ressemblait à l'avertissement lumineux d'un phare. Il arrivait bien trop tard.

— Encore un p'tit coup ?

Je levai mon verre à la santé de Marcus, qui regrettait visiblement de m'avoir offert un quatrième verre.

Je tentai de lui sourire de façon engageante, tâche particulièrement ardue quand tous les muscles de votre visage n'en font qu'à leur tête. Il me regardait l'air de dire que j'avais peut-être suffisamment bu comme ça.

— Même quand vous prenez votre air désapprobateur et supérieur, vous avez un *très* beau visage. Vous le saviez ? De *beaux* yeux. Et ces pommettes hautes. J'parie que toutes les filles de la banque où vous travailliez avant... banque de branleurs... j'parie qu'elles en pinçaient toutes pour vous, hein ? Vous êtes pas mal... quand vous jouez pas les rabat-joie. Là, vous avez l'air mécontent ! Je l'ai déjà dit, pas vrai ?

— Oui, Tilly, vous l'avez déjà dit.

— Pas vrai que je l'ai dit ?

J'avalai une autre gorgée de ce vin qui me montait à la tête.

— Sacrément bon.

Ma tête tournait. Merde, il fallait que je me reprenne. Que j'aie l'air sobre. Je me redressai et me concentrai sur son visage. Nom d'un chien, ce qu'il avait de beaux yeux.

— Vous savez quoi ? Vous avez de sacrément beaux yeux.

— Vous l'avez déjà dit tout à l'heure.

Était-il agacé ?

— Ah bon ?

— Oui.

Il était particulièrement conciliant et condescendant.

J'agitai les mains pour corriger ce que je venais de dire.

— Non, j'veux dire qu'ils sont très beaux... d'un point de vue purement objectif. Ça veut pas dire que vous m'plaisez ni rien. Simple observation.

Je tentai de fixer son visage.

— Non, vous m'plaisez pas du tout. Pas mon genre...

À ces mots, je me sentis m'effondrer et j'éclatai d'un rire effacé et sans joie.

— Mon genre ! Ah ! C'est drôle, hein ? Mon genre. Des mecs qui aiment les mecs... mais pas moi. J'parie que je vous plais même pas, hein ?

Marcus se moquait de moi à présent et n'essayait même pas de le cacher.

— J'vous interdis d'vous moquer de moi.

Voulant pointer un doigt vengeur sur lui, je manquai ma cible et mon doigt se planta dans la banquette capitonnée derrière lui.

Il me prit la main et déposa un baiser sur ma paume, le regard amusé.

— Vous avez la mémoire particulièrement courte.

— Vous vous croyez troooop aimable, hein ?

Ma tête était vraiment lourde. Je me rappelai le baiser de tout à l'heure.

— Aimable et qui embrasse bien. Excep-tionnellement bien. Vous embrassez toutes les filles comme ça ? Vous êtes doué. Vraiment doué. Vous d'vez avoir beaucoup d'entraînement.

Il sourit.

— Je suis aimable et vous êtes complètement bourrée.

Je tentai de rassembler toute ma dignité. J'étais peut-être très légèrement pompette, mais ça allait. Enfin, pas vraiment, vu que la salle penchait bizarrement. Je fermai les yeux une seconde. Non ! C'était bien pire ainsi ! Je les rouvris – non sans peine – et fixai le visage de Marcus. L'ennui, c'est que je le voyais alternativement net et flou. Comment est-ce qu'il faisait ? Trop cool comme tour de magie.

— Comment vous faites…

J'avais l'impression d'être dans la cale d'un poisson rouge… enfin, le bocal, sauf que les poissons rouges n'étaient pas aussi séduisants. Il était vraiment beau gosse.

— Comment est-ce que vous…

J'avais beau plisser les yeux, son visage bougeait sans cesse, sa bouche apparaissait et disparaissait. Plus je la regardais, plus j'avais envie de l'embrasser. Une sacrément belle bouche. Qui eût dit qu'une bouche pouvait être aussi belle et aussi irrésistible ? Je sentais l'attraction qu'elle exerçait sur moi, ou peut-être que je me faisais des idées. Ma tête retomba, je dus de nouveau la hisser à la verticale. Eh ben ses lèvres étaient toujours aussi appétissantes. Et ses yeux verts, on aurait dit des espèces de...

Oh, mes yeux venaient de se refermer et ma tête branlait fortement.

— Tilly ?

— Mmm ?

Mes yeux refusaient de se rouvrir. Dommage parce qu'il offrait un beau spectacle... pour les yeux.

— Tilly ?

La pièce s'était mise à tourner et son visage s'éloignait comme au fond d'un tunnel, mais ce qu'il sentait bon ! En reniflant, je découvris que j'avais le nez dans son cou. Sa peau chaude et divinement parfumée.

J'embrassai cette peau légèrement hérissée de poils, juste sous son menton énergique et ferme. Un délice. Je sortis le bout de ma langue pour la goûter. Goût salé. Barbe naissante. J'inspirai profondément tout en le sentant m'entourer de ses bras.

— Tilly.

Je sentais qu'il essayait de me faire tenir debout et j'étais ramollie comme une nouille.

— Tilly, vous ne pouvez pas être une petite nature à ce point. Vous n'avez bu que quatre verres de vin. Vous ne pouvez pas être aussi...

Il s'interrompit et je le sentis resserrer son étreinte.

— ... aussi saoule.

— Saoule ? Moi ? Nooon.

Je clignai des yeux.

— Enfin, peut-être. Comme une bourrique.

Je lui souris et m'effondrai dans ses bras. Il était sacrément mignon.

— Allons, Tilly.

Il parlait comme cette employée de la cantine. Autoritaire, mais gentil.

Je me débattis avec mon manteau avec l'impression d'habiller une pieuvre. Pourquoi avais-je autant de bras et pourquoi fonctionnaient-ils aussi mal ?

Il me passa mon foulard en soie autour du cou en faisant un tour de trop au lieu de former une boucle et de passer les bouts au travers, pour faire joli, puis tenta de me mettre debout.

— Est-ce que j'ai fini mon verre ? dis-je en tentant de retourner vers la table.

— Non, mais vous avez assez bu.

— Seulement deux, dis-je en brandissant deux doigts devant lui. Seulement deux. Seulement deux. Seulement deux.

Ma voix était chaque fois plus forte et plus aiguë. C'était assez chantant, plutôt joli. J'y joignis une petite danse qui se termina mal puisque je bousculai une table, renversant de la bière partout.

— Oh, désolée.

Je souris aux trois gars qui occupaient la table en leur faisant un petit signe de la main.

Marcus m'entoura de son bras et me conduisit vers la porte. J'ignore pourquoi il se sentait obligé de faire ça, j'allais très bien.

Quand nous sortîmes du pub pour nous retrouver sur le trottoir en plein milieu des passants, je m'immobilisai, arrêtée par le kaléidoscope de couleurs, d'odeurs et de sons : rien ne valait Covent Garden par une froide soirée d'hiver. Touristes affairés, taxis noirs rugissants. Partout, de la vie et de l'énergie. Tout ça était assez joyeux. Je souris à Marcus. Il avait cet air indulgent et patient auquel, franchement, je ne me serais pas attendue de la part d'un fonceur, d'un jet-setter comme lui. Était-il vraiment un jet-setter ? Je devais me tromper de mot.

— On va loin en jet ? demandai-je.

Cela sonnait bizarrement, sans que j'arrive à comprendre pourquoi.

— La geste-tête. Vous connaissez ?

Comme j'oscillai sur place, je lui saisis le bras pour me tenir. Et, malgré le tas d'autres personnes autour de nous qui essayaient d'en héler un aussi, c'est pour lui que le taxi s'arrêta.

— Vous, vous êtes un seigneur des ténèbres, hein ?

— Comment ?

Même perplexe, son visage avait quelque chose de sexy. Des sourcils d'une jolie forme surmontant ses beaux yeux verts.

— On ne dit pas plutôt seigneur des sciences obscures ? Qui fait surgir des taxis des ténèbres ? Suis-je acoquinée avec le démon ?

— Tilly, fermez-la.

Il avait dit cela avec douceur, déposant un petit baiser sur ma tête en m'attirant contre lui. Je savourai un instant son odeur, le contact de son corps, le mouvement régulier qu'avait sa poitrine en respirant. Seigneur des sciences occultes ou pas, j'avais un sentiment de bien-être et de sécurité. Puis, brusquement, je me sentis glisser entre ses bras, appelée par le néant éthylique.

Chapitre 31

Quelqu'un avait ouvert un puits de mine dans mon crâne, où de petits marteaux frappaient allègrement des coups redoublés par la réverbération. N'avais-je donc pas encore appris la leçon ? Vodka, gin et même vin rouge, je peux tout descendre à gogo sans m'en faire, mais je connaissais l'effet du vin blanc sur mon organisme.

Quel foutoir ! Tout le monde était au courant au travail. Et j'avais permis à Felix de rester chez moi. Ils allaient me prendre pour une débile.

Je me retournai pour me blottir dans le matelas et reprendre mon sommeil mais, pas de bol, il était ferme et résistant, pas comme le matelas moelleux que j'avais chez moi. Je fus aussitôt en alerte. Ce n'était pas mon lit. Merde. Je n'étais effectivement pas dans mon lit. Ni dans ma chambre. Ni chez moi.

Une brève recherche dans mon fichier mémoire ne me fournit que des faits vagues. J'avais quitté le théâtre avec Marcus après le travail. Je m'étais cuitée avec Marcus. J'avais quitté le pub avec Marcus. J'étais montée dans un taxi avec Marcus.

La nausée qui montait de mon estomac n'avait rien à voir avec ma gueule de bois. Très classe, Tilly. Vraiment très classe. J'ouvris péniblement mes yeux fatigués et pleins de sable, battis des paupières et me redressai sur les coudes. La pièce m'apparut plus ou moins floue pendant un moment.

Rideaux couleur jacinthe, porte en pin en face, les claquements du radiateur bruyant et la chasse d'eau sifflante des toilettes juste à côté. Je me laissai retomber sur les oreillers. Dieu merci, j'étais dans la chambre d'amis de Jeanie.

— Bonjour !

L'entrain appuyé de la voix de Jeanie perça mon sommeil. Elle se tenait à côté du lit, en robe de chambre à imprimé cachemire, avec ses fameux cheveux rouge et rose dressés sur la tête comme si elle avait eu une frayeur dans la nuit et – gratitude éternelle – une tasse de thé dans une main et, dans l'autre, un verre d'eau où montaient des bulles.

— Alka Seltzer, jeune fille.

Elle attendit que je me sois mise en position assise pour me tendre le verre.

— Bois.

— Méchante, croassai-je.

Elle savait que je détestais ce truc et profitait de mon état semi-conscient, mais je lui pardonnai car elle avait aussi apporté du thé bouillant. J'accueillis avec joie dans ma gorge cette brûlure qui en chassait l'horrible goût de bave crayeuse.

— Seigneur…

— On peut dire ça comme ça, dit Jeanie en se perchant sur le lit. Tu te rappelles quelque chose de la soirée d'hier ?

— Plus ou moins.

Il y avait beaucoup de trous noirs.

— Donc, tu ne t'en souviens pas.

Jeanie savait que j'avais une mémoire à trous.

— Tu étais complètement beurrée quand Marcus t'a amenée hier soir.

J'écartai de mon visage des cheveux ébouriffés. Mon Dieu, oui, Marcus. Tout me revenait avec une horrible acuité, en Technicolor.

— Il semblait trouver ça très amusant. Mais c'est peut-être parce que tu n'arrêtais pas de lui dire qu'il était séduisant et qu'il avait de beaux yeux verts.

— Oh, non...

— Oh, si.

Je laissai tomber ma tête dans mes mains, rouge de honte.

— Tu ne voulais pas qu'il s'en aille. Tu l'as supplié de rester.

Elle esquissa un sourire amusé, presque satisfait.

Je fis la grimace en me rappelant avoir passé mes bras autour de son cou en lui souriant bêtement.

— Ce n'est pas drôle, râlai-je. Est-ce que je me suis complètement ridiculisée ?

— Je dirais que c'est à peu près ça.

J'avalai une autre gorgée de thé brûlant.

— Que doit-il penser de moi ?

— À vrai dire, il a plutôt pris ça en gentleman.

Je regardai Jeanie avec suspicion. Je la trouvais trop gentille. Jeanie ne faisait jamais dans la gentillesse.

— Qu'est-ce qu'il a dit ?

— Pas grand-chose, seulement que tu étais contrariée. Il a aussi dit que tu ne coûtais vraiment pas cher à sortir et qu'il n'avait jamais vu personne aussi ivre, aussi vite.

Jeanie riait carrément de moi maintenant.

— Visiblement, tu n'as pas daigné lui faire part de ton petit problème avec le vin blanc, avant qu'il t'offre un verre.

— Visiblement.

Le plaisir que lui procurait mon dépit ne m'amusait pas le moins du monde.

— J'aurais dû te le dire, fis-je avec un rire amer. Tout le monde était au courant. C'est Vince.

— Vince ?

— Felix et lui.

— Vince !

Je sursautai au cri rauque qu'elle poussa en bondissant du lit.

— Vince ! Ce triple imbécile...

J'essayai de juguler les saccades respiratoires qui annonçaient des sanglots.

— Oh, ma pauvre petite... Le crapaud ! Attends un peu que je lui mette la main dessus.

— Et moi donc ! dis-je, reniflant et riant jaune.

— Comment a-t-il pu faire ça ? Le sale petit fourbe. Ces fichus hommes. Tous les mêmes.

— Même Carlsten ? dis-je souriant de son air dégoûté.

— Il se conduit encore très bien. À l'essayage. On verra. Mais qu'est-ce qu'on va faire pour toi ?

— À l'essai, rectifiai-je machinalement.

Toute cette affaire avait eu au moins une conséquence positive : j'avais bouclé le programme informatique à temps pour mon rendez-vous avec Alison.

— Je voudrais virer ce petit con, dit Jeanie.

Mais son visage disait autre chose. Nous savions toutes deux qu'elle ne le pensait pas.

— Pour quel motif ? C'est interdit de piquer le petit ami de quelqu'un ?

— Je pourrais trouver quelque chose.

— Merci, Jeanie. J'étais inquiète à l'idée de te l'annoncer.

Elle me pressa la main et nous nous tûmes toutes les deux.

— Mmm. Il nous faut un petit-déjeuner. Sandwichs au bacon. Je ne sais pas réfléchir l'estomac vide. Quant à toi, un ton plus pâle et on appelle les Ghostbusters. Habille-toi. Et rejoins-moi dans la cuisine.

Grâce à la sympathie inconditionnelle de Jeanie, j'envisageais beaucoup plus sereinement la perspective d'aller travailler et d'affronter Vince.

Je lui racontai toute l'histoire à la table de la cuisine, tout en mâchant bruyamment d'épais sandwichs de pain de mie et de bacon luisant de graisse.

Jeanie mastiquait férocement le sien pendant que je lui expliquai qui d'autre était au courant.

— Quel est le plan ? Le N.O. ?

— Le N.O. ?

— Le nodus operandi... tu dois connaître ça, avec tous les romans policiers que tu lis.

— C'est du latin et c'est modus operandi.

— Tu es sûre ? Si tu le dis...

J'abandonnai. Je n'allais pas me lancer dans ce débat avec elle et, d'ailleurs, nous avions des choses plus importantes à examiner.

— Je n'en ai pas la moindre idée. D'un côté, j'aimerais faire feu à volonté, lui casser la gueule et lui dire que jamais, jamais plus je ne lui adresserai la parole. D'un autre côté, je voudrais faire comme si tout allait bien... Je voudrais juste que tout redevienne comme avant.

Mon visage se recroquevilla et j'éclatai en larmes.

— V-Vince et F-Felix...

Je posai la tête sur la table.

— Allons, ma chérie, dit Jeanie en me caressant le bras. Je ne sais pas quoi dire.

— J'ai l'impression qu'on a foutu en l'air tout mon univers. Tout le monde savait... Tout le monde sauf moi... et toi. Ils ont dû tous me prendre pour la dernière des crétines. Pourquoi est-ce que personne ne m'en a parlé ?

Un calme relatif régnait dans l'atelier, où seules deux autres personnes travaillaient en silence. Et puis, à l'autre bout de la pièce, il y avait Vince. Il releva la tête quand j'entrai.

Un grand silence se fit dans l'atelier et, soudain galvanisée par une fureur calme et confiante, je marchai sur lui.

Vince se figea, méfiant comme une gazelle flairant le danger et prête à bondir à tout moment, comme s'il savait que quelque chose de très sérieux se préparait.

— Tilly, dit-il en tendant les mains devant lui.

Je reculai, la tête haute malgré une sensation de nausée.

Vince déglutit avec force et sa pomme d'Adam faisait du yo-yo comme s'il cherchait ses mots. J'aurais presque cru le voir en train de réfléchir à une stratégie. Choisir ses mots. Pour faire quoi ? S'excuser ? S'expliquer ?

Une expression suppliante et douloureuse se peignit sur son visage.

— Tilly, supplia-t-il, les mains tendues.

— Je te l'interdis. Ne t'avise pas de te faire passer pour la victime.

Il fallait que je sorte de là. Je ne supportais plus cette pièce. Mais en me retournant, voyant la perruque à demi terminée, une grande détermination me vint tout d'un coup. Pas de sortie. Pas de grande scène. J'avais un travail à terminer. Un métier. Ma vie personnelle devait rester à la porte du théâtre. Je ne voulais pas perdre ce qui comptait pour moi.

Je m'obligeai à me retourner vers lui et lui parlai d'une voix calme et posée.

— Vince, je suis très affectée.

Je levai la tête et me drapai dans toute la dignité que je pus rassembler.

— Je ne souhaite pas discuter de cette histoire au travail.

Vince fit la moue.

— Eh bien, tout le monde est de ton côté. Philippe et Leonie refusent de m'adresser la parole.

— Et tu te demandes pourquoi ? dis-je calmement.

— Je suppose que Jeanie est aussi de ton côté.

Je secouai la tête.

— Grandis, Vince. Il n'y a pas de côté. Tu devrais faire ton examen de conscience. Les vrais amis ne se font pas... ça.

Lui tournant le dos, je regagnai mon espace de travail et m'occupai de la perruque de Juliette. Je ne la reposerais pas et ne ferais rien d'autre avant d'avoir fixé la dernière bouclette. Et je ne lèverais plus jamais les yeux sur Vince, du moins pas avant d'avoir terminé trois boucles.

Ayant terminé la deuxième, je l'aperçus qui traversait mon champ de vision sur la pointe des pieds pour se rendre dans le bureau de Jeanie. Il ne marchait pas vraiment sur la pointe des pieds, mais c'était tout comme, vu la courbure furtive de son dos et le grand détour qu'il fit lentement dans la pièce pour s'y rendre. À travers les vitres du bureau, je le vis avoir une conversation animée avec elle. Leurs mains s'agitaient plus vite que celles d'un interprète en langue des signes.

Une part de moi-même, pas la meilleure, constatait avec plaisir que le visage de Jeanie n'exprimait que du dégoût. Sans entendre ce qu'elle disait, et si j'en jugeais par l'air de chien battu de Vince et la vitesse à laquelle il regagna son propre bureau, il s'était fait rembarrer sans ménagement.

Je pris mon rythme de croisière et j'avais terminé l'arrière de la perruque quand Jeanie sortit en trombe de son bureau, le front plissé de mécontentement. À peine était-elle partie que Vince fila dehors, serrant son portable dans sa main. Pas difficile de deviner qui il allait appeler.

— Je vous ai apporté ceci.

Tel un bon génie, Marcus apparut et me remit une tasse de café. J'en humai le merveilleux parfum. J'en aurais fondu de gratitude.

— Oh, merci.

Je pris la tasse à deux mains, savourant sa chaleur.

— Je crois que je vous aim...

J'eus aussitôt envie de ravaler mes mots, d'autant que je les lui avais dits bien en face.

Son visage se radoucit, il sourit comme s'il avait envie de rire et quelque chose, peut-être la fixité de son regard, me coupa légèrement le souffle.

— Vous n'êtes pas désagréable non plus.

Il s'assit sur mon plan de travail.

— Comment allez-vous ce matin ?

— Pas très fort.

Je fis une grimace. Heureusement, je me sentais encore trop patraque pour avoir honte de ce que je venais de dire.

— Comment va votre tête ? Vous avez fait fort, hier soir.

Un coin de ses lèvres s'était relevé mais il parvint à garder un visage sérieux.

— Ça va, dis-je avec une grimace. Désolée, j'aurais dû vous prévenir à propos du vin blanc.

— Oui, qu'est-ce que c'est que cette histoire ? J'ai déjà entendu parler de filles faciles, mais vous défiez toute concurrence.

— Ça ne m'arrive qu'avec le vin blanc, m'indignai-je.

Encore une chose que je ne pourrais jamais lui faire oublier. Il avait dû me prendre pour une vraie foldingue.

— Ma mère est pareille. Normalement, je ne touche pas au vin blanc.

— Sauf quand vous voulez vous pinter complètement.

— Mmm. Ce n'était pas la meilleure idée que j'aie eue.

Marcus sourit.

— Je ne sais pas. Cela avait ses avantages.

Je me couvris le visage avec les mains.

— Je ne me rappelle pas grand-chose...

Et je ne lui dirais sûrement pas les quelques détails qui m'étaient revenus.

— Ce n'est pas grave. Je peux vous raconter.

Il y avait comme une pointe de défi dans son air mi-amusé.

— Apparemment, vous me trouvez beau et j'ai de très beaux yeux mais je ne vous tente pas. Bon, très bien. Toutefois, vous trouvez que j'embrasse exceptionnellement bien.

J'avalai mon café de travers. Avait-il bien dit « tente » ? Quel âge avait-il ?

— Bref, je suis content que nous ayons tiré cela au clair et je me demandais si cela vous *tenterait* d'aller voir le match samedi. Arsenal-Liverpool. À 15 heures à l'Emirates Stadium. J'ai deux entrées.

J'hésitai entre faire la tête ou le prendre avec bonne humeur.

— Vous plaisantez ?

— Une idée comme ça.

— Mais c'est que j'adorerais... Savez-vous que... Oui, vous le savez, je vous l'ai déjà dit. Waouh. Ce serait carrément formidable.

Ces entrées devaient s'arracher.

— Génial. On pourrait dîner ensemble après.

— O-oui ce serait... serait. Très bien.

Des places pour un match d'Arsenal et un dîner. J'allais sortir avec Marcus. J'aurais voulu bondir sur mon siège mais je parvins à me contenir le temps que nous convenions de l'heure et de l'endroit où nous nous retrouverions et qu'il sorte de la pièce.

Youpi. C'est alors que je bondis sur place dans mon fauteuil et fis même un tour complet. Je poussai un glapissement. Il n'y avait personne dans la salle de maquillage. Ou peut-être que si. Une ombre s'allongea sur mon bureau, m'apprenant que quelqu'un se tenait derrière moi.

— Vous êtes revenu, c'est ça ?

— Je le crains. J'avais une dernière chose à ajouter.

Je restai dos à lui, jouant la nonchalance.

— Juste une dernière chose.

Il se pencha et effleura mon cou des lèvres, comme un baiser murmuré, puis ajouta tout bas :

— Ce n'est pas parce que je ne vous tente pas que vous ne me tentez pas.

Quand j'eus retrouvé suffisamment mes esprits pour me retourner, il était parti, me laissant avec un pouls qui dansait le fandango.

Chapitre 32

— Un match de foot !

Jeanie secoua la tête, visiblement outrée, tout en remplissant mon verre de vin rouge, puis s'étendit sur le canapé en tournant le visage vers le feu qui crépitait dans la cheminée.

— Je ne vois pas ce qu'on peut imaginer de pire, ajouta-t-elle.

J'étais assise en face d'elle dans un fauteuil que j'avais fini par considérer comme le mien, le petit coussin de velours vert bien calé dans le creux de mon dos endolori.

— Tu es déjà allée voir un match ?

— Non.

— Alors qu'est-ce que tu en sais ? Cela te plairait peut-être.

Jeanie abaissa son verre.

— Je n'ai jamais été dévorée par un lion et pourtant je suis sûre que je n'aimerais pas ça.

— C'est n'importe quoi.

— À cette heure-ci et après une aussi longue journée, c'est tout ce que j'ai à te proposer.

Nous étions crevées après un service particulièrement éprouvant. Vince n'était pas venu travailler, s'étant à nouveau fait porter pâle. Malgré le surcroît de travail que cela impliquait, c'était un énorme soulagement. Du moins pour moi. Jeanie se serait probablement passée de devoir réorganiser le travail de toute l'équipe afin que tous les artistes soient prêts en temps voulu.

J'avais toujours autant envie de le tuer. Bizarrement, j'arrivais à pardonner à Felix mais pas à Vince. La journée de la veille s'était étirée en longueur – ma gueule de bois, en durant finalement toute la journée, n'avait rien arrangé. Elle avait été suivie d'une nuit d'insomnie au cours de laquelle mes pensées n'avaient cessé d'osciller entre espoir et plaisir anticipé, et de bifurquer vers Marcus, le découragement et une profonde déception dès que je pensais à Vince et à Felix. Au vu de mes émotions plus que fluctuantes, entrer dans les ordres me semblait un excellent choix de vie. Je m'étais retirée chez Jeanie, incapable de supporter une autre confrontation avec Felix ou de constater que j'avais été assez bête pour l'autoriser à rester chez moi. J'aurais dû lui demander de partir, mais je n'en avais pas la force.

— Que mets-tu pour un match de foot ?

— Ben, des vêtements ?

— Arrête… Je veux dire que portes-tu, toi, miss petits talons ?

— Ah… évidemment, je ne vais pas porter de talons.

Mais qu'allais-je me mettre ? L'époque où j'allais voir jouer Leeds United avec mon père, vêtue d'un gros bonnet à pompons, d'une écharpe à rayures et d'un duffle-coat à la Paddington, était révolue depuis longtemps.

— J'espère seulement qu'il ne neigera pas. D'après les prévisions météo, il y a un risque de neige la semaine prochaine.

Nous nous tûmes un moment.

— Tu peux emprunter mon blouson North Face. Tu auras bien chaud…

J'aurais aussi l'air du bonhomme Michelin… mais ce serait appréciable d'avoir bien chaud. Marcus m'avait déjà vue de nombreuses fois, comme me le rappelait mon côté raisonnable. Mais mon côté plus vaniteux et plus autoritaire soulignait que c'était un premier rendez-vous. Je me devais d'être le plus à mon avantage possible.

— Tu n'aurais jamais dû me poser cette question, râlai-je.

Je savais déjà que je n'allais encore pas dormir de la nuit.

Emmitouflée dans une grande écharpe vert mousse et dans le blouson North Face de Jeanie, vêtue d'un jeans moulant vert foncé (acheté chez H&M le matin même), de bottines basses à lacets et d'un bonnet aux couleurs d'Arsenal, j'attendais l'arrivée de Marcus en espérant avoir l'air suffisamment chic mais pas déplacé dans la foule des supporters. Nous avions convenu de nous retrouver à la jonction de deux rues, au coin de celle où se trouvait le stade. Les rues étaient déjà envahies de groupes de spectateurs bon enfant. Je sautillai sur place, comme si j'avais froid, parce que je n'arrivais pas à me tenir tranquille. Je n'étais pas allée voir de match depuis des années et j'avais oublié l'ambiance. Ce sentiment de communauté quand on rejoint le stade, cet indéfinissable sentiment d'appartenance. Les sourires et les conversations échangés avec de parfaits inconnus qui ont tous le même objectif. L'odeur de bière et de burgers. Les gamins qui sautillent à côté de leur papa, vêtus de bonnets et d'écharpes assortis. L'imposante façade du stade, qui vous donne le frisson, comme si vous étiez au sein d'une armée qui s'apprête à prendre d'assaut une forteresse.

J'aperçus Marcus la première et pris le temps de l'observer pendant qu'il me rejoignait à grands pas. Comment pouvait-il avoir l'air encore plus sexy que d'habitude ? Le jeans, sans doute. Ça aide. Des filles le regardèrent à plusieurs reprises – comment leur en vouloir ? Son blouson de cuir noir qui soulignait sa large carrure se rétrécissait vers le bas, mettant en valeur ses hanches étroites et ses longues jambes. Un vrai régal pour les yeux. Je souris malgré moi, l'eau à la bouche.

Il déposa un petit bisou sur ma joue.

— Tilly. Impatiente de voir le match ?

Je hochai la tête, momentanément à court de mots, tandis qu'il me souriait de toute sa hauteur. Denture blanche parfaite et sourire de star. Il fallait lancer une alerte contre lui, à cause des dangereuses accélérations du rythme cardiaque qu'induisait sa présence.

— Ça devrait être un beau match. Je vous ai apporté des mouchoirs en papier.

— Pour que je puisse essuyer vos larmes quand mon équipe flanquera une raclée à la vôtre ?

— C'est cela, dit-il en m'envoyant son coude dans les côtes.

Je me figeai soudain. Ni bonnet ni écharpe. Impossible de savoir pour quelle équipe il était. Cela n'augurait rien de bon.

— Marcus ?

— Oui, dit-il sur un ton méfiant.

— De quel côté sommes-nous ?

Il me répondit en riant.

— Ne vous inquiétez pas ! J'ai un copain qui vend des billets pour Arsenal. Nous sommes du côté de l'équipe qui joue à domicile. C'est moi qui ai intérêt à ne pas la ramener.

— Ça va être un défi, alors.

Nous échangeâmes des bêtises tout le temps nécessaire pour rejoindre le stade, puis nos places, situées si haut que la tête me tournait.

— C'est aussi mal fichu qu'au Drury Lane, sauf qu'on a un poil plus de place pour les jambes.

— Ça m'aurait étonné que vous ne fassiez pas de comparaison avec un théâtre.

— Moi, au moins, je ne dis pas *mi-temps* au lieu d'*entracte* !

Marcus rit de cette erreur que je lui rappelais.

Les plaisanteries sur le mode flirt étaient de mise. Il n'y avait ni gêne ni timidité entre nous, et ni l'un ni l'autre n'essayaient de se montrer sous son meilleur jour. Il était un peu difficile de rester sur sa réserve en présence de quelqu'un qui agonissait d'injures votre joueur préféré, le comparant à un âne à trois jambes de bois, ou marmonnant des menaces à l'intention du gardien qui avait brillamment évité deux buts. Nous étions tous deux en désaccord avec les décisions de l'arbitre, mais jamais en même temps.

C'était bon de se retrouver dans cette ambiance franche, virile, où tout le monde disait les choses comme il les pensait. Cela me rappelait les premiers e-mails de Marcus. Les poursuites en voitures ! Je souris en y repensant.

— Pourquoi ce sourire en coin ? On est à zéro-zéro.

— Pour rien, dis-je sans cesser de sourire.

Avec un air malicieux, il retira mon bonnet, envoyant mes cheveux voltiger partout. J'ignorais ce qu'il avait prévu de faire ou de dire, mais rien ne se passa car c'était un de ces moments où tout s'arrête et nous restâmes simplement les yeux dans les yeux.

— J'adore vos cheveux.

Il caressa un endroit de mon visage, puis s'en servit pour m'attirer doucement vers lui.

Trop absorbés par le baiser, c'est tout juste si nous remarquâmes le grondement soudain de la foule quand tout le monde se leva autour de nous.

— Je crois que nous avons manqué un but, dis-je quand j'eus enfin réussi à reprendre mon souffle, totalement aux anges après ce baiser approfondi.

Un gobelet en plastique rebondit sur le crâne de Marcus et quelqu'un nous lança :

— Allez faire ça à l'hôtel.

Marcus prit ma main dans la sienne et nous nous tînmes plus convenablement le restant du match.

Au but suivant, je bondis sur mes pieds en hurlant avec la foule. Pour des raisons évidentes, Marcus ne se joignit pas à nous.

Quand nous nous déversâmes dans la rue avec la foule des joyeux spectateurs fêtant la victoire, il faisait nuit. Un flot continu de gens bon enfant se dirigeait vers la station de métro. Je serrai bien fort la main de Marcus dans la cohue.

— Venez.

Il m'entraîna vers une petite rue également encombrée, mais où il y avait du moins assez de place pour marcher sur le trottoir.

Je commençais à être glacée jusqu'aux os.

— Vous avez l'air un peu frigorifié.

— J'ai les pieds gelés.

— Je n'habite qu'à dix minutes d'ici et je vous ai promis un dîner.

— Dix minutes homme ou dix minutes pour de vrai ?

— Quelle est la différence ?

— Avec mon père, dix minutes c'est souvent une bonne demi-heure.

— Non, j'habite vraiment à dix minutes seulement.

— Alors guide-moi, Macduff.

En outre, j'étais curieuse. Je mourais d'envie de voir à quoi ressemblait son appartement. J'imaginais un endroit net et bien organisé, tout en surfaces polies comme son bureau au travail. Pas du tout à mon goût, probablement.

— Si je peux vous corriger, c'est « attaque, Macduff[1] ».

— Vous êtes content, hein ?

Il se vengeait de toutes les vexations que je lui avais infligées au motif qu'il était ignare en matière d'opéra.

— Oui, dit-il en souriant.

Il habitait un hôtel particulier divisé en appartements, ce à quoi je ne m'attendais pas. Après avoir franchi la ravissante porte ancienne ornée d'un vitrail, nous débouchâmes dans une entrée au sol carrelé en noir et blanc et gravîmes un escalier garni d'un beau remplage en fer forgé et d'une rampe en cuivre.

— Je vous imaginais vivant dans un de ces immeubles d'acier et de verre, comme il sied à quelqu'un qui voue un culte au contemporain.

---

1. Allusion à une réplique de *Macbeth*.

— J'y ai pensé, j'étais à deux doigts d'acheter quelque chose sur Canary Wharf… mais mes parents habitent Watford.

— Vous avez des parents ?

L'idiote, évidemment qu'il avait des parents. Il serra ma main qu'il n'avait pas lâchée, même en ouvrant la porte de l'immeuble. Il avait aussi une sœur, dont il m'avait abondamment parlé lors de notre voyage en voiture.

— Oui, je les vois toutes les deux ou trois semaines et ce n'est qu'à quarante-cinq minutes d'ici. C'est pourquoi j'ai choisi cet appartement.

Nous gravîmes une seconde volée de marches avant de nous arrêter devant sa porte.

— Entrez, dit-il en m'entraînant à l'intérieur.

La chaleur nous enveloppa. Je retirai mon bonnet et secouai mes cheveux.

— Quel bonheur !

— Venez, que je vous enlève votre manteau.

Il commença à me le retirer et, pendant que mes bras étaient encore prisonniers des manches, le long de mon corps, se pencha pour m'embrasser avant de laisser glisser le manteau. Ni lui ni moi ne fîmes attention quand il tomba par terre. Je devenais rapidement accro à ses baisers et, tel un couple de danseurs, nous savions déjà comment nous imbriquer l'un dans l'autre. Sa langue chatouilla mes lèvres, j'ouvris la bouche et mes sens commencèrent à s'échauffer sous son baiser.

Avec une minutie charmeuse et pleine de douceur, il explora ma bouche, prolongeant le baiser avec une délicieuse autorité. Il y avait si longtemps que je ne m'étais pas sentie désirée que ces mâles attentions éveillaient des ardeurs laissées à l'abandon depuis un long moment. Marcus était extrêmement viril, cela ne faisait aucun doute.

Quand il se dégagea, je faillis le retenir, mais son sourire indolent était si prometteur que j'éprouvai une agréable satisfaction féminine. La fièvre de son regard me rendait assez fière de moi.

— Ça va ?

— À peu près.

Je caressai mes lèvres, l'air sans doute un peu rêveur. Je rougis : avais-je vraiment dit cela à haute voix ? Je n'étais pas habitué aux effets de ses baisers. Je me sentais comme un peu ivre et flottante.

Dans son jeans qui mettait en valeur ses hanches étroites et ses longues jambes, il semblait très à l'aise chez lui et ces baisers frémissants de désir avaient allumé un feu sourd. Son baiser possessif au seuil de son logis me donnait l'impression d'être prise en charge. J'étais l'invitée, on s'occupait de moi. Je compris soudain combien la vie quotidienne avec Felix avait été épuisante. Toujours obligée d'être raisonnable pour deux, de décider en matière de finances, de vérifier que les factures avaient été payées, que les papiers de l'assurance étaient classés – c'était comme d'avoir à s'occuper d'un enfant. Felix n'avait aucun sens des responsabilités dans aucun domaine. Au début, j'avais trouvé ça super – personne pour m'obliger à faire les choses – mais, au bout d'un moment, je m'en étais lassée. Felix et moi ensemble, c'eût été un beau désastre.

— Est-ce que je peux vous servir un verre ? Vin bl... non pas de blanc. Du rouge ? Vous pouvez boire du vin rouge ? Vodka ? Gin ? Une bière ?

Je lui souris.

— Je peux boire tout ce que je veux sauf du vin blanc.

Je le suivis dans le couloir, qui desservait plusieurs pièces. Il entra dans une cuisine étonnamment grande, équipée d'un îlot central.

— Très joli. Cette cuisine est presque aussi grande que mon appartement.

— C'est ça, les salaires de la City.

Un mur entier était couvert de placards vitrés du sol au plafond, un autre était occupé par une énorme cheminée en brique dans laquelle se tenait un fourneau en inox avec deux fours et cinq brûleurs à gaz.

— Asseyez-vous pendant que je vous sers un verre.

Il désigna les deux tabourets de bar au bout de l'îlot.

— Merci.

Je me hissai sur l'un d'eux et m'accoudai sur le plan de travail en noyer.

— J'ai une bonne bouteille de Barolo.

Il sortit une bouteille d'un porte-bouteilles étroit, inséré entre les éléments de cuisine et l'énorme cheminée.

— Excellent.

Sans connaître grand-chose sur les vins, je le savais car Pietro aimait les bons Barolo et c'était quelqu'un qui pouvait s'offrir des vins coûteux.

— Bon, je cuisine italien, ça ira parfaitement avec.

— Vous cuisinez ?

Je pensai à Felix quand il faisait la cuisine : du bazar partout, trop d'assaisonnement et des pâtes en quantité industrielle.

— Ne prenez pas cet air inquiet.

Je relevai les yeux en secouant la tête.

— Ce n'est rien.

— Ne vous inquiétez pas : personne n'est jamais mort après avoir mangé ma cuisine. Enfin, pas encore.

— Donc, vous savez cuisiner ?

— Ce n'est pas pour rien qu'on me surnomme Jamie Oliver Walker. Attendez un peu d'avoir goûté mes pâtes à la tomate et au jambon cru.

Il fit le geste d'embrasser le bout de ses doigts comme un chef italien et se mit à parler avec un atroce accent italien.

— Charmant... Qu'est-ce que c'était ?

— *Bella pasta, mamma mia, vino rosso. Oregano.*

— *Un bel dì vedremo levarsi un fil di fumo sull'estremo confin del mare. E poi la nave appare.*

Il prit un air effaré.

— Vous êtes bilingue ?

Avec un haussement d'épaules insouciant, j'ajoutai :

— *Come un mosca prigionera l'ali batte il piccolo cuor !*

— Parler une langue étrangère : une chose que je n'ai jamais su faire. Je me sens toujours un peu idiot quand je vais à l'étranger et je n'ai même pas essayé de dire un mot que tout le monde me parle dans un anglais parfait.

Je me détournai en pinçant les lèvres.

— Parlez encore. C'est...

Il haussa les sourcils et termina sa phrase par des signes des mains.

Je pris une voix délibérément rauque.

— *Che gelida manina ! Se la rasci riscaldar. Cercar che giova ? Al buio non si trova. Ma per fortuna – e una notte di luna, e qui la luna l'abbiamo vicina.*

— Qu'avez-vous dit ? À moins que ce ne soit pas répétable ?

Il arqua ses sourcils d'un air horriblement lascif.

Je fis semblant de réfléchir un moment puis, le visage impassible.

— Votre petite main est gelée ! Laissez-moi la réchauffer. À quoi bon chercher ? Vous ne la retrouverez pas dans le noir. Mais, par chance, la lune brille ce soir et, ici, nous sommes tout près d'elle.

Il me frappa d'un coup de serviette.

— C'est de l'opéra... j'imagine.

— Vous voulez dire que vous n'avez pas reconnu ? C'est tiré de votre opéra préféré... *La Bohème*.

— Très drôle.

Il passa la serviette autour de mon cou et m'attira contre lui pour m'embrasser encore longuement.

— Je vais vous emmener le voir un jour.

J'avais dit cela sans réfléchir et mon cœur s'arrêta un instant devant son air sérieux.

— Je l'espère bien. J'ai l'impression que mes connaissances en matière d'opéra vont considérablement s'élargir. Donc...

Il me lâcha et se retourna pour ouvrir la bouteille de vin.

— Vous parlez italien ou connaissez seulement des paroles d'opéra ?

— Juste des paroles d'airs d'opéra ! Désolée mais, à force de les entendre, on finit par chanter aussi. Pas devant des pointures comme Pietro ou Carlsten, bien évidemment. Et il y a un surtitrage en anglais pour le public. Vince et moi, nous...

Je bafouillai.

— J'avoue que je ne comprends pas, dit Marcus.

Marcus me sourit avec douceur et sa sympathie muette fit légèrement frémir mon cœur.

— Mais je suis prêt à essayer. Vous pouvez faire mon éducation.

C'était peut-être la chose la plus gentille qu'il puisse me proposer de faire. Des larmes me montèrent brusquement aux yeux.

— Tilly, dit-il en reposant la bouteille. J'avais oublié pour Vince et Felix.

— Non, ce n'est pas à cause d'eux. C'est tellement gentil à vous de vouloir découvrir l'opéra. Pour tout vous dire, je préfère de loin le ballet. Si je devais aller voir un spectacle musical, je n'irais pas en priorité à l'Opéra. J'aurais trop l'impression d'aller au travail. Je préférerais aller voir les Foo Fighters ou les Imagine Dragons.

— Je me souviens... Snow Patrol.

Nous parlâmes de musique et de nos groupes préférés et je le regardai se déplacer dans la pièce avec efficacité et économie de mouvement, servir deux verres de vin rouge et m'en apporter un. Avec des gestes fluides et silencieux, il sortit des oignons, alluma une stéréo qui répandit dans la cuisine un morceau des Stereophonics, éminça, fit revenir et remua ses ingrédients très à l'aise, sans éprouver le besoin de faire la conversation. Je trouvai cela très apaisant et j'y voyais un signe de son assurance tranquille. Felix aurait rempli le silence de commentaires ineptes, comme si le silence était une sorte de manquement. Marcus me jetait de temps en temps un regard, avec un geste de la tête ou un sourire, battait du pied en rythme et entonnait çà et là les paroles des chansons. Il avait une assez jolie voix... et j'avais entendu les plus belles voix du monde. Mais j'étais surtout contente de le voir aussi détendu, à l'aise dans son espace personnel.

Je sirotai mon vin et l'observai ; je me sentais en sécurité. La bouteille de vin se vidait lentement, la conversation se déroulait sans heurt. Je n'avais pas encore vu le reste de son appartement, mais cela semblait sans importance. Dans le cocon de la cuisine, avec ses parfums de tomate et d'oignon, la musique et Marcus, je me sentais bien. Pas de drame, pas d'activité frénétique, juste un bien-être tranquille. J'étais comme chez moi, chez mes parents, renouant avec l'éducation rassurante et normale contre laquelle je m'étais si longtemps battue et rebellée.

Quand il eut glissé le plat dans le four et réglé le minuteur, un grand silence s'installa soudainement.

J'avalai ma salive. L'air crépitait entre nous – une excitation, un trac, une impression d'alerte, comme si nous comprenions tous les deux que, de la prochaine étape, dépendait quelque chose d'énorme.

Il me prit la main et m'emmena dans le salon, allumant au passage des lampes qui baignaient la pièce d'une lumière tamisée.

Nous trinquâmes en faisant tinter doucement nos verres l'un contre l'autre et Marcus se tourna vers moi sur le canapé, où nos genoux se touchaient.

— Tilly, il y a assez d'électricité entre nous pour propulser cet immeuble au-dessus de Londres...

Il inspira avant d'expirer en pinçant les lèvres.

— Électricité, drame, émotions violentes... Cela ne me ressemble pas. C'est un peu trop pour moi. Je ne suis pas habitué.

Il poursuivit, visiblement perplexe.

— Je n'arrive même pas à croire que je suis en train de vous dire cela. Je n'ai jamais éprouvé de sentiments aussi forts pour quelqu'un. Vous me faites penser à un chaton en colère, crachant à tout bout de champ, mais vous êtes aussi passionnée par ce que vous faites, prise par votre vie, votre travail et vos amis, tout ça mélangé. Tout ça m'est étranger et pourtant je me sens comme un petit garçon, le nez collé à la vitrine, qui a envie d'entrer dans la boutique.

Mon cœur s'arrêta un instant puis fit un bond. Je me mordillai la lèvre en soutenant son regard franc et grave. Un petit sourire pétillait malgré lui au coin de ses yeux. Cela devait signifier qu'il m'aimait bien.

— Je suis arrivé au théâtre profondément cynique, convaincu que vous étiez tous des gens du genre artiste, peu fiables, indisciplinés, nonchalants. J'aurais voulu désapprouver votre façon d'être, mais j'ai découvert l'autre côté.

— Oh, et est-ce que c'était un bon côté ?

Je bus une gorgée de vin pour gagner du temps.

— Pourquoi êtes-vous venu travailler au LMOC si vous pensiez cela ?

— Ce n'était pas une décision réfléchie, un choix de carrière... Plutôt une question de fuite. J'avais une excellente situation dans une banque. J'adorais ce boulot. L'esprit City. Les mecs. Les mâles dominants. Des loups qui s'entre-tuaient. Cela ne me dérangeait pas. Je m'amusais, je gagnais un tas d'argent, je travaillais dur. Un boulot exigeant. Tout le monde était pareil. Même les femmes.

Il eut un rire amer, avec une moue écœurée.

— Sophie. Ma petite amie. Elle était de la même race. Elle travaillait à la salle des marchés. Elle m'a demandé de sortir avec elle. Nous sommes restés ensemble deux ou trois ans. Je croyais que c'était sérieux, du moins aussi sérieux que peut l'être une relation à la City. Nous passions presque tout notre temps libre à sortir.

Repas au restaurant. Soirées dans les bars. Brunch au restaurant. Avec le recul, tout ça était très superficiel.

— C'est celle qui vous a offert la cravate ?

Il hocha la tête et reprit.

— Apparemment, mon boss a fait un pari avec un autre collègue. C'était à celui des deux qui la convaincrait de coucher avec lui alors qu'elle sortait avec moi.

Il déglutit lentement et je devinai son dégoût à la manière dont ses épaules se contractèrent subitement.

— Le genre de concours de testostérone à la con qui était assez normal là où je travaillais. L'ennui, c'est qu'elle l'a appris... et comme elle avait le même esprit de compétition, elle a couché avec un autre collègue pour les emmerder.

— Vraiment ?

Cela me semblait être le comble de la futilité.

Marcus poussa mes genoux de sa main, comme pour esquiver ma question désinvolte, mais elle l'avait fait sourire.

— Je croyais l'aimer. C'est probablement ce qui a aggravé la chose, quand je me suis rendu compte que je m'en fichais complètement. Cela a été un choc. Cette indifférence. J'ai alors compris que je devais fuir cet environnement. J'ai démissionné sur-le-champ. Ce poste s'est créé au LMOC. Je me suis dit que ça boucherait un trou en attendant de trouver mieux et je l'ai choisi parce que c'était aussi loin que possible de la City.

— Et bien que nous soyons tous des losers.

— Non, pas tous. Je pourrais faire une exception pour vous.

Je baissai timidement les yeux vers mes genoux, le cœur au bord de l'explosion. S'il existait une phrase pour emballer une fille, c'était bien ce qu'il venait de dire. Il était prêt à m'accepter telle que j'étais. Même si je n'avais pas déjà été à moitié amoureuse, cette déclaration aurait suffi. Il effleura mon visage et j'osai lever les yeux. Je sentais son pouce frôler ma joue et mon cœur se remit à faire l'idiot, à exécuter des cabrioles surexcitées. Je ne pouvais plus détacher les yeux des siens.

Mystérieusement, tels des aimants, nous nous rapprochâmes jusqu'à ce que le baiser soit inévitable. Je m'y abandonnai en attirant Marcus contre moi et basculai sur le canapé, heureuse de sentir sur moi le poids de son corps, ses lèvres qui erraient sur les miennes. Je l'entendis gémir mon nom, puis le baiser s'intensifia, embrasant tous mes sens. Vraiment, il embrassait divinement. Je me dégageai légèrement pour reprendre mon souffle et me mis à rire.

— Qu'est-ce qui vous fait rire ? murmura-t-il près de mon oreille, en me mordillant le cou.

— Vous embrassez exceptionnellement bien.

— Je crois vous l'avoir déjà entendue dire. Vous n'êtes pas trop mauvaise non plus.

Il me caressa le visage, suivant le contour d'une pommette.

— Vous savez, le jour où vous nous avez maquillés, Fred et moi…

Son doigt glissa sur mon front, puis descendit pour longer un sourcil.

— Rien que de vous voir vous occuper de lui, j'en étais retourné. Et ensuite, mon tour est venu, vos mains sur mon visage, votre attention braquée entièrement sur moi…

Un sourire suggestif vint accentuer les reliefs de son visage.

— Très érotique. J'ai été obligé de penser à des choses horriblement sérieuses en priant pour que vous ne baissiez pas les yeux.

Cela dit, il baissa la tête et ses lèvres s'aventurèrent le long de mon menton tandis qu'une de ses mains descendait, rasant la zone de mes seins, comme une feinte de passe, pour rejoindre ma taille et se poser sur ma hanche.

Nos corps se rapprochèrent encore et mes mains vagabondèrent le long de son dos, rencontrant des muscles fermes. Je me pressai contre lui comme si j'en voulais toujours davantage. Nos halètements rauques ponctuaient le silence. Comme j'avais envie de lui et comme c'était bon de sentir que c'était réciproque ! La passion me montait à la tête et je savourais nos baisers en sentant mon cœur s'ouvrir et s'épanouir sous l'effet du désir. Je m'adonnais à la griserie de me savoir désirée quand soudain, tel un rayon de soleil, une certitude me traversa l'esprit. Je n'étais plus une adolescente à la recherche de sensations fortes, indifférente aux conséquences, sourde aux conseils de la raison. Je voulais davantage, cette fois. Pas vivre seulement un instant après l'autre.

À regret, je m'obligeai à me calmer et à me dégager. Cette fois, je voulais bien faire les choses. Prendre des décisions consciemment au lieu de me laisser aller au gré du courant. Parfaitement synchrone, Marcus réagit en posant son front contre le mien, légèrement haletant. Un sentiment de triomphe me réchauffa le cœur : c'était bon de voir que j'avais sur lui le même effet que lui sur moi. Nous restâmes ainsi une bonne minute, à nous ressaisir, pendant que nos pouls revenaient à la normale, dans une ambiance parfaitement paisible et sans gêne aucune.

— Tilly, veux-tu coucher avec moi ?

Son visage avait cette expression désormais familière et adorablement sérieuse. C'était quelque chose d'adulte. De résolu. J'allais faire un choix et non me laisser entraîner.

Chapitre 33

Chaleur de la peau, parfum musqué. J'inspirai. J'avais oublié la joie d'être lovée contre un autre corps, la tête posée sur une épaule, et d'entendre le battement régulier d'un autre cœur. Marcus caressait paresseusement mes fesses. Nous étions encore un peu chavirés, douillettement blottis sous sa couette après avoir fait l'amour. Sérieusement et continûment. Rien à voir avec les rigolades maladroites et sans réelle envie qu'étaient mes rapports avec Felix, quand il s'en donnait la peine. Je comprenais maintenant pourquoi.

Marcus faisait l'amour avec une intensité et une minutie telles qu'avec lui, une fille avait l'impression d'être unique. Je me sentais réchauffée jusqu'à la moelle par la délicatesse avec laquelle il s'était occupé de moi et il semblait maintenant content de rester collé à moi, blotti dans les dernières lueurs du jour, silencieux mais bien présent.

— Tu n'aurais pas quelque chose en italien à me dire ?

Il changea légèrement de position pour être face à moi. L'une des lampes de chevet était allumée et éclairait suffisamment pour que je voie son expression légèrement amusée.

— *Oh ! Sventata, sventata ! La chiave della stanza dove l'ho lasciata ?*

Il caressa mon dos et m'attira plus près de lui.

— Laisse-moi deviner... Stupéfiant, stupéfiant. Cet homme est un amant exceptionnel, qu'on ne dise pas le contraire.

— Bravo, c'est presque ça, dis-je en battant des cils.

Je le laissai pavoiser un moment avant d'ajouter :

— Oh, quelle étourdie, quelle étourdie ! La clef de ma chambre, où l'ai-je donc laissée ?

Il me tira à lui pour m'embrasser. Si c'était pour me punir de m'être moquée de lui, je voulais bien recommencer.

Nous finîmes par nous décoller l'un de l'autre.

— Vas-tu rester pour la nuit ?

— Il faudrait que j'envoie un texto à Jeanie, pour lui dire que tout va bien.

— Donc, c'est oui.

J'acquiesçai et je l'embrassai.

— Tu te lèves au chant du coq ou tu préfères faire la grasse matinée ?

— Tu plaisantes, j'espère ? Dans mon boulot, je finis assez souvent après 11 heures du soir, après quoi on sort avec les copains. Je suis un oiseau de nuit et... je suis à prendre avec des pincettes le matin.

— Alors nous faisons la paire. Je dois régler le réveil sur deux sonneries. Une pour m'avertir et une autre, la vraie, après laquelle je dois impérativement me lever.

— Nous voilà bien. Alors ce n'est pas toi qui vas m'apporter le thé au lit...

— Nous allons devoir nous procurer une de ces machines à préparer le thé qu'il y a chez les grands-mères. Comment appelait-on ça, déjà ?

— Un Goblin Teasmade. Ma grand-mère en avait un.

— Oui, c'est ça.

— On en fabrique encore ?

Tout en posant cette question, je songeai à ce « nous » qu'il avait employé. Cette conversation ne me déplaisait pas. Elle avait aussi un côté vieux jeu bien loin de la spontanéité inconséquente de Felix qui m'avait semblé si attirante, autrefois. Et où cela m'avait-il menée ?

D'accord, j'étais peut-être en train de passer sans transition d'un homme à un autre, mais je ne voulais pas songer une minute à la manière dont pourrait évoluer ma relation avec Marcus. J'étais là, et tout semblait terriblement évident et juste – deux pièces d'un puzzle faites pour s'emboîter l'une dans l'autre.

— On pourrait chercher sur eBay.

— Chercher quoi ?

— Un de ces trucs à faire le thé.

— Oh !

Je me mis à rire car je pensais encore aux puzzles et mon estomac gargouilla.

— Encore faim ? Quel appétit ! dit Marcus avec un haussement de sourcils suggestif.

— Tu ne m'as encore rien donné à manger !

Marcus m'attira plus près de lui, glissant une jambe entre les miennes, et je me retrouvai collée à lui, le visage contre la peau douce et chaude de son cou. Sa main dessinait des cercles sur ma nuque, à la lisière de mes cheveux. J'enfouis mon nez dans sa chaleur, entre son cou et son épaule, savourant un parfum d'après-rasage resté sur sa peau et une note de tête, plus puissante, celle du mâle.

Je passai une main sur sa hanche, la caressant de haut en bas à un rythme régulier, en effleurant du bout des doigts le haut de sa cuisse, où le duvet était plus épais.

Il réagit en bougeant le bassin et je le sentis se réveiller. Ses lèvres longèrent la racine de mes cheveux, il posa une main sur mon sein et ses doigts allèrent droit au mamelon avec une précision infaillible.

— Mmm.

Les gargouillements de mon estomac nous interrompirent encore une fois.

La main de Marcus descendit sur mon ventre, qu'elle tapota.

— J'espère que tu n'es pas une de ces filles ruineuses qui exigent sans cesse d'être nourries ? murmura-t-il en me mordillant l'oreille.

Je me frottai lascivement contre lui. Peau contre peau. Quelle délicieuse sensation !

— Tilly, si tu n'arrêtes pas immédiatement, je ne...

Nous dûmes commander un plat à emporter chez un traiteur italien, les pâtes ayant carbonisé dans le four.

Quand j'arrivai à l'atelier le lendemain, vêtue d'une chemise blanche appartenant à Marcus et du même jeans que la veille, Jeanie m'accueillit avec un sourire taquin.

— C'était bien, ce match ?

— Très : Arsenal a gagné 2 à 0.

Nous avions regardé *Match of the Day* à la télé, blottis dans le lit avec une tasse de thé que Marcus avait dû se lever pour préparer, étant donné que j'étais toujours considérée comme l'invitée. Mais je l'avais dédommagé de sa peine et j'avais dû le laisser au lit, puisqu'il ne travaillait pas le dimanche. Les postes administratifs, aux ressources humaines, aux relations publiques, à la comptabilité et au service informatique, avaient des horaires de bureau.

— Super. Marcus a aimé le match ?

Je préférai ignorer ses sous-entendus évidents.

— Pas trop, vu qu'il est pour Liverpool.

Je jetai un regard vers le box vide.

— Vince est encore absent.

— Intoxication alimentaire à ce qu'il paraît. Il vomit encore.

Depuis la dernière épidémie de diarrhée, c'était la règle que personne ne revienne travailler moins de quarante-huit heures après une gastro-entérite.

— Ça tombe bien.

— Pas pour nous. Peux-tu appeler Carol pour voir si elle peut venir faire quelques heures supplémentaires pour nous ?

Même avec Carol, qui était libre, nous étions débordées. Si elle pouvait s'occuper des artistes des chœurs, nous allions devoir préparer deux solistes en plus, du fait de l'absence de Vince, et sans disposer de plus de temps. Heureusement, je pus mettre la main sur Pietro assez tôt – il avait une peur bleue d'être en retard et arrivait toujours au théâtre largement à l'avance.

Je le trouvai à la cantine, où il buvait un thé noir léger tout en bavardant avec Guillaume et Philippe.

— Pietro.

— Tilly, répondit-il en singeant mon intonation soulagée.

Je ne prêtai pas attention à Philippe, qui essayait désespérément d'attirer la mienne.

— Bon, j'ai une faveur à vous demander. Serait-il possible que vous arriviez plus tôt en salle de maquillage pour que je m'occupe de vous ? Nous avons un absent.

Pietro se redressa, les épaules en arrière, tel un roi s'adressant à ses sujets.

— Qu'en pensez-vous, messieurs ? Dois-je aider cette damoiselle en détresse ?

J'attendis, la tête penchée sur le côté, les poings sur les hanches.

Guillaume acquiesça avec sa vivacité habituelle. Je le regardai avec la vague impression qu'une idée germait dans la tête. Voyant que je l'observais, il rougit et détourna les yeux. Hum, intéressant.

Philippe s'esclaffa.

— Étant donné qu'elle peut creuser vos rides, vous mettre un double menton, voire deux, et vous faire un front dégarni, je crois qu'il serait plus sage d'accéder aux demandes de cette dame.

— Plus sage, en effet, Philippe, répliquai-je avec un regard dédaigneux.

Pietro se leva et hocha la tête.

— Pour vous, Tilly, je viens de ce pas. Messieurs, je vous fais mes adieux.

Philippe se leva précipitamment.

— Tilly, attends ! Je peux te dire un mot ?

Je haussai les épaules et allai dire non mais, malgré mon évidente réticence, il m'attira dans un coin.

— Je suis désolé, Tilly. Jeanie m'a dit... Je ne savais pas quoi faire. Tu connais Vince, rien ne dure avec lui. Je les ai vus ensemble une fois.

— Tilly, j'ai besoin de vous, dit Pietro en se glissant entre Philippe et moi.

J'aurais voulu l'embrasser. J'étais en colère contre Philippe. Je finirais par lui pardonner ce qu'il avait fait, mais je me sentais encore ridicule de n'avoir rien vu alors que tant de gens savaient.

Nous montâmes dans l'ascenseur.

— Merci, Pietro. J'ai une dette envers vous.

— Non, Tilly, c'est moi qui suis votre obligé. Vous avez été très discrète quand je vous ai dit... vous savez bien.

Mon cœur se mit à cogner bizarrement dans ma poitrine.

J'aurais voulu mourir de honte.

Incapable de prononcer un mot, je lui répondis d'un sourire forcé. Au moins, je n'avais plus à craindre que Felix me cause des ennuis en monnayant d'autres anecdotes.

Chapitre 34

— Les ressources humaines m'emmerdent. Ils veulent me voir maintenant, Tilly. Je suis censée voir Anna Bridgeman, la nouvelle doublure pour Juliette, dans vingt minutes. À 15 h 30. Peux-tu aller la voir à ma place, prendre quelques photos et des mesures ? Ce serait super qu'on puisse utiliser pour elle les perruques de Brigitte, mais je crois que l'implantation de ses cheveux est beaucoup plus basse.

Jeanie me fourra un cahier sous le nez.

— Et tu as vu ce temps ? Il se met carrément à neiger !

— C'est vrai ?

Je courus à la fenêtre. En effet, quelques flocons dansaient et tournoyaient dans le ciel.

— Ça ne tiendra pas, soupirai-je.

— Tant mieux. Je n'ai vraiment pas besoin de ça aujourd'hui.

— Est-ce que tout va bien ?

L'absence de Vince avait-elle soulevé des questions ? Il était réapparu ce matin, l'air très en forme pour quelqu'un qui avait dû passer tout le week-end alité à cause d'une intoxication alimentaire.

— Je n'en sais rien, répondit Jeanie. J'ai été convoquée...

Elle souligna ce terme d'un mouvement de tête irrévérencieux.

— Encore une nouvelle réglementation, sûrement. Franchement, je n'en ai rien à faire des mesures en faveur de l'égalité des sexes, des mesures de santé et de sécurité. Je voudrais juste qu'on me laisse faire mon boulot.

Elle continua avec une moue amère.

— Ça ne rime foutrement à rien. J'ai mieux à faire de mon temps. Et garde Vince à l'œil. Je n'ai pas envie qu'il vomisse quelque part.

Elle se retourna pour le regarder ostensiblement.

Peut-être cette convocation était-elle en rapport avec le poste de chef d'atelier adjoint. Plus que cinq jours avant la fin de ma période de mise à l'épreuve et mon rendez-vous avec Alison. Plus que cinq jours avant le 24 décembre et je n'avais pas encore la moindre idée de ce que j'allais faire à Noël. Et même si je ne devais pas aller chez Judith, la perspective de devoir rester seule me déprimait subitement.

Finalement, Jeanie revint bien avant qu'Anna n'arrive. Elle franchit la porte de l'atelier, les cheveux en bataille, le visage rouge. Avec son pas raide et son attitude prudente, elle me faisait penser à une marionnette forcée de se mouvoir.

— Tilly, il faut que tu montes aux ressources humaines.

— Quoi ? Maintenant ?

— Oui.

Sa voix monocorde ne trahissait aucune émotion, mais je vis bien que sa mâchoire se crispait.

Je lançai un regard en direction de Vince, qui leva les yeux avec une curiosité avide, mais Jeanie secoua légèrement la tête.

J'eus des sueurs froides dans le dos.

— J'ai fait quelque chose ?

— Il faut que tu montes tout de suite.

Elle détourna la tête, mais j'eus le temps de voir les larmes qui brillaient au bord de ses cils.

Je grimpai les marches deux à deux, ignorant mon cœur qui protestait contre l'effort.

Les ressources humaines étaient nichées sous les combles, dans un coin oublié du théâtre. Je fus accueillie par Marsha Munro, la directrice, qui semblait nettement mal à l'aise. Dans son vaste bureau, outre Alison Kreufeld, deux hommes étaient assis autour d'une table ronde : Julian Spencer, le directeur général, et… Marcus.

Je ralentis le pas en le voyant. Que faisait-il ici ? Si l'on voulait me renvoyer, il n'avait rien à faire là-dedans. À moins qu'il soit venu parler de la formation informatique qu'il m'avait donnée. Il avait dit que la direction voulait l'étendre à tout le personnel. Mais il ne croisa pas mon regard et semblait totalement impassible. Bien loin de l'homme taquin et rieur que j'avais embrassé en le quittant la veille au matin.

— Miss Hunter, veuillez vous asseoir, dit Marsha, très guindée.

Je m'assis en face d'eux quatre et mon regard se braqua aussitôt sur la fenêtre située derrière eux.

Dehors, des flocons maintenant plus gros tombaient rapidement en rideaux épais, teintant le ciel d'un gris oppressant. Je ne leur trouvai rien de magique en l'occurrence – ils me faisaient penser à des oiseaux de mauvais augure. Je frissonnai. J'aurais préféré que mon imagination me laisse tranquille, pour une fois.

Chapitre 35

J'entrai dans l'appartement.

Felix était là, un tas de vêtements dans les mains. Il parut aussitôt soulagé, comme s'il me croyait revenue pour le délivrer de la corvée de lessive.

— Tilly ! Viens voir ce que j'ai acheté aujourd'hui.

Laissant tomber son tas de linge, il m'entraîna dans le salon. Je n'eus pas la force de l'en empêcher.

— Regarde, dit-il avec un geste cérémonieux.

Au bout du salon, appuyé contre un mur, j'aperçus l'arbre de Noël le plus triste et le plus rachitique que j'aie jamais vu.

— J'ai tout de suite su que tu aurais voulu le sauver et lui trouver une bonne maison si tu avais été là.

Felix rayonnait, comme si rien de ce qui s'était passé ces derniers jours n'avait existé. Cela lui ressemblait tellement que j'en pouffai de rire. Il ne se laissait jamais abattre très longtemps.

Il saisit l'arbre et le tint debout.

— Ce n'est pas le plus joli, mais... J'ai pensé qu'on pourrait le décorer ensemble, comme au bon vieux temps. On peut rester amis, non ? Tu adores Noël et je ne veux pas te gâcher ça. Et tu peux quand même venir voir Maman avec moi.

Je regardai les branches grêles, dont certaines étaient à peine couvertes d'aiguilles, le tronc qui penchait nettement à gauche et le mur malpropre devant lequel il était posé. Ce sapin avait l'air perdu et esseulé. Un paria, comme moi.

— J'ai perdu mon travail, dis-je tout d'un coup.

— Quoi ?

Felix se redressa de toute sa hauteur et reposa le sapin contre le mur.

J'inspirai par la bouche, répugnant à dire les choses à haute voix, ce qui les rendrait plus réelles.

— J'ai… J'ai… Ils… Ils m'ont suspendue, dis-je en ravalant un sanglot.

— Toi ? Mais pourquoi ? Pas à cause de Vince. C'est ridicule. C'est une affaire privée. Ils ne peuvent tout de même pas te renvoyer parce que je… je suis avec Vince ?

— Non, ils ne peuvent pas.

Il prit mes mains tremblantes et me tira jusqu'au canapé.

— Mais ils ont le droit s'ils pensent que tu as vendu des histoires aux tabloïds.

Je me laissai tomber sur le canapé. Mon pouls cognait dans mes tempes et je regardai fixement mes mains dans les siennes. Les cheveux noirs de Felix pendaient sur son visage. Un adulte ne devait pas avoir les cheveux pendant ainsi. Je libérai une de mes mains pour lui dégager le visage.

— Ils ont des preuves. Que c'est moi.

Et je n'arrivais toujours pas à le comprendre.

— Qui a des preuves ?

— La direction. Les gens de l'informatique.

Je frappai du talon le pied du canapé.

— On s'en fout. J'ai été suspendue. Pour faute professionnelle grave. Moi. Ils pensent que *moi*, j'ai vendu des informations à des tabloïds.

— Mais tu… Tu ne peux pas leur expliquer ?

— Leur expliquer quoi ?

— Que ce n'est pas toi ?

Il ne montrait aucun signe de contrition. Il ne pigeait vraiment rien.

Je secouai la tête tristement, consciente qu'il ne comprendrait jamais et que j'avais perdu mon temps, ô combien, avec lui.

— Felix, ça ne change rien. Je n'aurais pas dû t'en parler.

— Qu'est-ce que tu vas faire ?

Un instant, j'eus comme un vertige et ne parvins pas à dire un mot car je n'en avais aucune idée. Sans mon travail, je n'avais plus rien.

— Tilly ?

Soudain, je me rendis compte que j'étais trempée. Presque catatonique, je sortis du salon, ayant vaguement conscience que Felix m'appelait et, me dépouillant de mes vêtements, je me dirigeai dans la salle de bains où je m'enfermai.

Enfin réchauffée après une douche assez chaude pour me cuire la peau, j'étais parvenue à m'habiller plus ou moins quand Felix cogna à la porte.

— Tilly, c'est ton téléphone !

Je le vis agiter mon portable à travers la vitre dépolie.

— Oh, pour l'amour du ciel, marmonnai-je.

J'entrouvris la porte, sortis la main pour attraper l'appareil et refermai la porte en la claquant.

Je mis l'appareil à mon oreille, où Christelle se mit à déverser un flot de paroles.

— Tilly, mon Dieu, est-ce que ça va ? Guillaume m'a raconté… on t'a raccompagnée à la porte du théâtre. Que s'est-il passé ? Pourquoi ont-ils fait ça ? Qu'est-ce que tu as fait ? Tu es suspendue ?

En tant qu'as du barreau, elle savait ce que ça signifiait. Être raccompagné à la porte de son lieu de travail, ce n'était jamais bon signe. De nouveau, je fus frappée par l'ampleur du désastre. Ma colère envers Felix m'en avait distraite un moment.

La respiration hachée, je laissai échapper un sanglot malgré moi. Un autre le suivit aussitôt, puis un autre, un autre encore.

— Tilly ?

Je m'effondrai sur la cuvette des toilettes. Je ne pouvais plus retenir mon chagrin et, pour la première fois, je pleurai pour de bon.

— Tilly !

Ma sœur m'appelait mais, tel un nageur emporté par le courant, j'étais prisonnière de mes émotions et ne pouvais pas arrêter les sanglots qui me secouaient le corps.

— Je... Je suis désolée... C'est... c'est juste...

J'inspirai, tentai de parler mais, maintenant que j'avais commencé, je ne pouvais plus m'arrêter et j'étais noyée de sanglots.

— Mon... Mon travail. Je... Je l'ai perdu.

Je craquai complètement et me mis à pleurer de plus belle. Je glissai de la cuvette des toilettes et me tassai contre le mur pour me faire aussi petite que possible, et je posai le téléphone par terre pour pleurer dans mes mains.

Quand j'arrêtai enfin de sangloter dans un hoquet, les yeux brûlants, fatigués et bouffis, je m'assis par terre, sur le carrelage froid.

La voix de Christelle me parvint, insistante.

— Tilly. Parle-moi.

Je saisis le téléphone.

— Tu es encore là ? murmurai-je.

Elle était restée en ligne tout ce temps.

— Évidemment que je suis là, où veux-tu que je sois ?

Son intonation sèche et dégagée me fit sourire. C'était tout Christelle, d'une certaine façon, mais très inattendu, d'un autre côté. Ou plutôt non : je ne voyais pas qui d'autre qu'elle aurait pu attendre aussi longtemps sans raccrocher.

— Maintenant, dis-moi ce qui s'est passé.

Entre deux reniflements peu élégants, tout en me mouchant dans du papier-toilette, je lui narrai toute la triste histoire. La lettre, Vince et Felix. J'omis seulement ce qui concernait Marcus. Parler de lui était au-dessus de mes forces.

Elle écouta sans m'interrompre, hormis quelques interjections d'encouragement. Je finis par m'arrêter, la tête posée sur les genoux et les yeux fermés, comme si cela pouvait me protéger du monde.

— Est-ce que tu l'as fait ?

— Non, mais Felix…

— Ce n'est pas ce dont on t'accuse. As-tu vendu ces informations à un tabloïd ?

— Non.

— Ergo, il ne peut exister aucune preuve que tu l'as fait. Quelles preuves ont-ils ?

— Ils ont parlé d'e-mails, mais je n'ai jamais envoyé d'e-mails à personne. Enfin, pas volontairement.

Le virus n'avait quand même pas joué un rôle dans cette histoire ?

— En tant que ton avocate, je serais très curieuse de voir ces preuves.

— Quoi ?

— Tilly, je suis spécialiste du droit du travail. Avocate à l'une des cours les plus importantes de Londres. Barracuda. Un barracuda, tu m'entends ? Ce n'est pas moi qui me suis surnommée ainsi, je me hâte de le préciser, mais on va s'opposer à ça. Tu vas voir comment tu vas la récupérer, ta place !

À l'entendre, on aurait dit la championne du monde des poids lourds.

— Et ce qu'ils vont prendre !

Surprise, je me mis à rire.

— On ne s'attaque pas à ma sœur. Et maintenant, va préparer ton sac.

— Quoi ?

— Je passe dans vingt minutes. Tu viens loger chez moi.

Chapitre 36

Christelle rit parce que Guillaume passait son bras autour d'elle pour chiper quelque chose dans le wok où elle faisait frire un mélange parfumé. Les parfums d'ail, de gingembre et de cinq épices chinoises qui embaumaient l'air m'ouvraient l'appétit. Je n'avais rien mangé de la journée.

S'appuyant contre elle, il tira sur la bretelle de son tablier Kath Kidson en lui glissant quelque chose un peu trop fort à l'oreille. (Il n'y avait que Christelle pour cuisiner avec un tablier.) Elle rit de nouveau puis le repoussa.

Je boudai. Guillaume avait visiblement oublié que je comprenais la moindre des petites douceurs qu'il lui murmurait – la dernière étant d'ailleurs plutôt corsée.

Tel était le problème de cet appartement dépouillé, ainsi que je l'avais découvert au cours des dernières vingt-quatre heures : il n'y avait pas moyen d'échapper aux tourtereaux ni à leurs rituels d'amoureux de fraîche date.

Le fastueux appart de Christelle était magnifique – le dernier cri en matière de luxe : accessoires de salle de bains chics, cuisine avec plans de travail en granite, surfaces brillantes et appareils électroménagers haut de gamme, salon meublé de non pas deux mais trois canapés crème. Rien à voir avec mon petit appartement délabré, mais on s'habituait facilement à vivre dans un endroit où tout fonctionne correctement. Celui de Christelle étant placé sous le signe de l'espace ouvert, il m'était difficile, depuis mon arrivée, d'ignorer l'engouement qu'ils avaient l'un pour l'autre. Et moi, je jouais le rôle de la pauvre, de l'horrible vieille chose déprimée. Comment aurais-je pu en vouloir à Christelle de son bonheur évident, surtout alors qu'elle se montrait si géniale depuis qu'elle était venue me ramasser, tel l'ange de la vengeance ?

Aussitôt après m'avoir ramenée chez elle à bord de sa Golf, luttant contre la neige qui encombrait les routes, elle m'avait installée dans la chambre d'amis, avait insisté pour que je mange de la soupe chaude, des petits pains croustillants et du brie très coulant, puis elle s'était assise, munie d'un bloc-notes aux allures officielles, et m'avait interrogée par le menu. La première question avait été brutale.

— Est-ce que tu as envoyé ces e-mails ?

— Bien sûr que non ! Je pensais que tu me croyais.

— Il ne s'agit pas de savoir si je te crois ou non. Je dois parfois défendre des gens qui mentent comme ils respirent, mais je suis bien obligée de faire avec ce qu'ils me disent. Ergo, je dois te poser la question et peu importe que je te croie ou pas.

Ergo était-il un terme du jargon juridique ou seulement un mot que Christelle affectionnait ? Je hochai la tête, comme si tout ça était logique, bien que l'idée de défendre des gens tout en les croyant coupables me semble venir d'une autre planète.

— Tu fais ça souvent ?

— Oui, ça fait partie du travail.

— Ah.

Cela me semblait mal.

— Vraiment ? Tu fais acquitter des gens que tu sais coupables ?

— Oui, Tilly.

Elle rejeta en arrière ses cheveux noirs, l'air exaspéré.

Je me dégonflai comme un ballon. Ma vision de son métier, de sa situation, changea instantanément. Au moins, je faisais un métier honnête. Nous transportions le public dans un univers d'illusions, mais ce public était consentant ; en payant son ticket, il acceptait de mettre de côté son incrédulité.

À 11 heures du soir, j'étais épuisée mais Christelle se disait enchantée des progrès que nous avions faits. Alors que je n'avais pas l'impression d'avoir avancé d'un pas, elle m'assurait avoir désormais une stratégie. Tout reposait sur les preuves qu'ils avaient. Elle avait rédigé le brouillon d'une lettre tellement remplie de jargon juridique et d'exigences concernant sa cliente qu'elle allait sûrement inspirer la crainte de Dieu à la directrice des ressources humaines. Comme j'aimais à le dire, Godzilla était un agneau à côté de ma sœur.

— OK, ça ira pour ce soir. Et demain, je fais porter une lettre par coursier.

Elle tira sa chaise jusqu'à la mienne et se colla contre moi, épaule contre épaule.

— On va se battre. Et tu peux rester ici aussi longtemps que tu veux. Je... Est-ce que ça te dirait de rester pour Noël ? On pourrait passer le jour de Noël ensemble. Si tu n'as rien prévu d'autre. Tu vois ? Et ça pourrait être... sympa. Tu vois ?

En la voyant manquer ainsi d'assurance avec moi, je me remis à verser de fichues larmes.

Je m'appuyai contre elle.

— J'en serais ravie. Ce serait chouette. Toutes les deux. On pourrait même essayer de skyper avec Papa et Maman.

— Oui, sourit Christelle. Avec un verre de cocktail mimosa, qu'on lèverait à leur santé. Et on mangerait des petits pains et du fromage à tartiner au petit-déjeuner. Et un vrai repas de Noël. Avec le discours de la reine et tout.

— Tu dois me promettre une chose. Ou plutôt deux. On regardera *Dr Who* et…
— Quoi ? demanda-t-elle, l'air circonspect.
— Pas de farce aux marrons !

Elle eut beau me répéter de ne pas me décourager, je me réveillai de bonne heure le lendemain matin avec l'horrible pensée que je n'irais pas au travail ce jour-là ni dans l'avenir immédiat. Il était hautement improbable qu'une commission disciplinaire se réunisse avant Noël et même avant le Nouvel An.

Sans travail, sans pouvoir joindre quiconque au théâtre, je me sentais isolée et seule dans ce quartier de Londres que je ne connaissais pas et où je n'avais pas le courage de m'aventurer. En regardant par la fenêtre, je vis que la neige avait fondu dans la nuit, sans laisser de traces. Je me demandai avec horreur s'il pouvait en être de même de mon travail. Christelle étant partie travailler en me laissant une clef, j'étais libre d'aller et venir mais c'était comme si on m'avait retiré toute ma confiance en moi. Je ne voulais pas quitter la sécurité de son appartement.

Je passai donc toute la journée à broyer du noir devant les merveilleuses vues de la Tamise, que l'on pouvait voir des deux côtés de l'appartement aux nombreuses fenêtres, et à me torturer en relisant les anciens e-mails sur ma tablette.

Marcus. Il aurait dû faire du théâtre. Quel comédien ! Totalement crédible et je l'avais cru. Tout avait l'air si vrai samedi soir ! J'avais la nausée chaque fois que je me rendais compte qu'il m'avait tendu un piège. Il ne pensait pas un mot de ce qu'il m'avait dit ce soir-là. Et cela me surprenait ? Je n'étais pas son genre, c'était évident. Il n'avait même pas l'intention de rester au LMOC. Il allait retrouver son univers de professionnels en cols blancs maintenant que son *enquête* était terminée.

Malgré le chagrin que j'éprouvais en lisant ses e-mails, je ne pus me résoudre à les effacer. Je pourrais peut-être les garder pour me rappeler à quel point je pouvais être profondément, totalement stupide.

— Tilly ? Le dîner sera prêt dans cinq minutes. Tu peux mettre le couvert, s'il te plaît ?

Je me levai sans répondre et m'approchai du tiroir à couverts. Guillaume me jeta un regard horrifié et je ne pus m'empêcher de rire : Christelle m'avait posé la question en français.

— Je-je suis désolé, bafouilla-t-il.

— Ce n'est pas grave. Je commence à m'habituer, dis-je sèchement, avec un sourire en coin.

Il rougit, songeant visiblement à toutes les choses suggestives qu'il avait dites devant moi à ma sœur au cours de la dernière demi-heure.

Christelle, qui nous tournait le dos, resserra le nœud de son tablier à fleurs, le dos secoué d'un rire qu'elle réprimait. Guillaume se tourna nerveusement vers elle, puis vers moi. Il semblait fasciné par ce fichu tablier, et il y avait de quoi.

J'éprouvai une certaine gêne une fois à table avec eux. Guillaume savait-il de quoi on m'accusait ? Parlait-on de moi au travail ? Y avait-il des rumeurs, des questions ? Christelle m'avait déjà avertie de ne pas aborder le sujet : la lettre annonçant ma suspension stipulait clairement que les allégations étaient confidentielles.

Guillaume lança un regard à Christelle, qui secoua discrètement la tête, mais il secoua la sienne à son tour.

— Tilly, personne ne croit que c'est toi, tu sais.

Christelle se mit les mains sur les oreilles en disant « la-la-la-la-la » et Guillaume sourit.

— C'est ce que j'aime chez elle : elle respecte les règles à la lettre.

Il me sourit et ma sœur rougit. Amoureux ? C'était allé très vite.

— À qui le dis-tu ? répondis-je à Guillaume. Mais en l'occurrence, je ne l'échangerais pour rien au monde.

— Oh, Tilly, dit Christelle en me pressant la main.

— Tu n'es pas censée écouter, dis-je pour la taquiner.

— Je sais, et vous deux, vous n'êtes pas censés parler de ça, mais c'est très utile d'avoir quelqu'un dans la place.

Guillaume arqua ses sourcils gaulois.

— Je peux aussi servir à autre chose, tu sais.

— Je sais, dit-elle avec un regard langoureux.

— Je suis là, leur rappelai-je.

— Désolé.

L'irrésistible sourire de Guillaume suggérait qu'il était tout sauf désolé.

— Mais tout le monde en parle, personne n'arrive à croire que tu aies fait quelque chose de mal. On a beaucoup d'estime pour toi. Philippe a proposé qu'on se mette en grève. Jeanie… est très en colère. Même Vince est maussade. Je crois que tu manques déjà à tout le monde. Il règne une horrible tension. Tous ont appris ce que Vince avait fait. Les gens sont écœurés. Vince et Felix…

— Comment l'ont-ils su ?

— Jeanie et lui se sont violemment disputés à la cantine. La plupart des gens les ont entendus. Elle était furieuse contre lui. Elle l'avait évité toute la journée et avait confié à Philippe qu'elle avait même du mal à le regarder. Puis Vince est venu la voir au déjeuner. Il a commis l'erreur de lui demander pardon. On aurait dit une éruption volcanique. Jeanie est devenue… rouge vif, et puis boum ! Elle a explosé. Ils sont tous au courant, maintenant.

J'avais le cœur douloureux d'entendre parler d'eux. Comme cela me manquait ! Qu'allais-je faire si je ne retournais jamais au théâtre ? Christelle, qui devait avoir surpris mon air douloureux, posa la main sur mon poignet.

— Ne renonce pas. Tu dois rester positive. Ils ont dû recevoir ma lettre aujourd'hui.

Elle ajouta avec un petit sourire satisfait :

— Ils doivent être bien emmerdés. Ils ne s'attendaient sûrement pas à ce que tu t'adresses aux grosses pointures.

— Que veux-tu dire ?

— Je l'ai imprimée sur du papier à en-tête de l'étude.

Elle souriait comme un chat qui vient d'avaler toute une laiterie.

— Et c'est bien ?

Je n'avais jamais entendu parler du cabinet pour lequel elle travaillait, mais il est vrai que je n'avais eu aucune raison de le faire.

— Dans le domaine du droit du travail, tout le monde a entendu parler de nous.

Elle cita quelques affaires retentissantes, des dirigeants d'entreprises ayant gagné des procès contre leurs employeurs pour licenciement abusif, rupture de contrat ou discrimination sexuelle.

— Waouh. Je ne me rendais pas compte.

— Oui, mais c'est légèrement différent : dans ces affaires, les plaignants voulaient que justice soit rendue. Toi, tu veux récupérer ton travail. Nous devons donc prouver qu'ils se trompent. Ils doivent produire les preuves. Tant qu'ils ne l'ont pas fait, nous ne pouvons rien faire.

— Mais quelles preuves ont-ils ? Je n'ai envoyé aucun e-mail au journal. Je te le jure.

— Alors c'est à eux de prouver que tu l'as fait. Nous devons voir ces fameux e-mails.

Où es-tu ? Il faut que je te parle d'urgence. Viens me voir à 17 h 30 au café Costa, gare de Waterloo.

Ce texto de Jeanie me réveilla en sursaut à 6 h 30 jeudi matin.

Il me mettait devant un dilemme. Devais-je en parler à Christelle ou pas ? C'était contraire à la règle. La lettre des ressources humaines stipulait clairement que je ne devais m'entretenir avec aucun de mes collègues. Mais j'avais décidé, depuis que Christelle m'avait dit défendre des méchants, que la loi était vraiment glauque.

— Tu es matinale, remarqua Christelle quand j'entrai dans la cuisine.

Vêtue d'une robe noire droite et ajustée, accessoirisée d'un collier turquoise et d'un court cardigan en cachemire, elle était l'élégance même. Le foulard que je lui avais acheté se marierait à merveille avec cette tenue.

— Je t'ai réveillée ? reprit-elle. Je dois être à la cour de bonne heure parce que j'ai rendez-vous avant un procès avec l'avocat d'un défendeur. Ça me fait suer car on a déjà tout passé en revue. On va perdre. Ce type est un idiot, son client aussi. Et ensuite...

Son visage s'éclaira.

— ... on pourra se mettre à penser à Noël.

La voyant fureter dans la cuisine, un morceau de tartine à la bouche, en fourrant des papiers dans une serviette en cuir souple, je pensai qu'il valait mieux ne pas l'embêter avec le texto.

— Et ne t'inquiète pas. J'ai encore jeté un œil à la paperasse. Et à cette clause de confidentialité ridicule, qu'ils ont introduite quand le mal était déjà fait.

Elle saisit un calepin et l'agita dans ma direction.

— Farce à la sauge et aux oignons, ou chair à saucisse ? Mais je devrais aussi pouvoir trouver la recette de Jamie Oliver.

— Comment ?

— J'ai commencé ma liste de courses. J'ai pensé qu'on pourrait aller faire des courses dans la semaine. Je vais tâcher de terminer de bonne heure un soir.

— Christelle, le réveillon c'est après-demain.

— Eh bien, je... Je vais m'arranger pour demain. Pas ce soir mais peut-être demain.

Son excitation me fit sourire. Fini de broyer du noir. J'allais récupérer mon travail. Je devais me débarrasser de ma pesante léthargie. Cela ne me ressemblait pas. Je venais de trouver exactement comment occuper mon temps en attendant mon rendez-vous avec Jeanie.

Chapitre 37

À midi, j'avais déjà bien avancé. J'étais allée chez moi à Clapham, pour récupérer le sac de friandises et de petits cadeaux de Maman oublié avec les événements mouvementés de ces derniers jours, et j'avais fait un shopping marathon au supermarché Sainsbury sur le chemin du retour. Dans mon enthousiasme, j'avais dépassé la quantité de sacs que peut tenir une main, si bien que j'avais dû héler un taxi pour tout rapporter chez Christelle et je me remettais tout juste des sillons creusés dans la chair de mes mains par les lourds sacs en plastique.

J'avais demandé au chauffeur de s'arrêter chez un marchand de fruits et légumes du quartier et, malgré ses réticences, je l'avais persuadé de m'aider à fourrer un sapin de Noël à l'arrière du taxi, en recourbant la flèche pour le faire entrer, en laissant des aiguilles partout. Je dus faire plusieurs voyages pour tout monter chez Christelle au neuvième étage et je faillis m'effondrer sur place en arrivant avec le dernier chargement.

Ayant mis le CD de Noël de Michael Buble à plein volume, j'alignai dans des coupelles tous mes ingrédients soigneusement pesés, comme dans les émissions de cuisine télévisées. Le plaisir de cuisiner chez Christelle, c'est qu'il y avait un tas de matériel. Un vrai blender, des verres doseurs, des emporte-pièces, un vrai pinceau à dorure et une cuisinière en état de marche. J'avais installé son iPad sur le plan de travail et trouvé la recette de Jamie Oliver – heureusement, je m'étais souvenue de tous les ingrédients, même des feuilles de sauge, en faisant mes courses. C'était l'un de nos plats de Noël préférés ; nous l'avions adopté après avoir regardé une émission de cuisine de Noël.

Ma première fournée de *mince pies* était déjà dans le four et j'avais estimé à vue de nez la quantité de jus d'orange à mettre dans la pâte, mais j'espérais qu'ils seraient aussi bons que ceux de Maman. J'avais saupoudré la farce de zeste d'orange avant de refermer chaque petite tourte, comme elle le faisait, et j'avais minutieusement découpé de petites feuilles de houx pour en décorer le couvercle, chose qu'elle ne faisait pas. Je compris pourquoi : je m'étais vite lassée de façonner les petites boules et j'avais décidé que les feuilles enduites de dorure suffiraient bien comme ça. La seconde fournée se passerait de décoration – la vie était trop courte.

Munie d'une tasse de thé, je m'affalai sur l'un des canapés en cuir crème et passai mentalement en revue ma liste de choses à faire en admirant la vue. C'était une de ces journées glaciales au ciel d'un bleu intense et sans nuages et la vue s'étalait devant moi, à travers la baie vitrée, sous un soleil radieux.

Malgré une température extérieure proche de zéro, une agréable chaleur régnait dans l'appartement. Pas de fenêtre laissant passer des coulis d'air froid, pas de radiateur récalcitrant. Bien que cet appartement soit un poil trop moderne pour moi, je me rendais compte combien un endroit bien entretenu et soigné avec amour était plus agréable à vivre. Non sans honte, je songeai à mon appartement, à mon laisser-aller, constatant que toutes les choses auxquelles je m'étais résignée pouvaient être améliorées et réparées. Je m'étais enlisée dans une routine à force d'accepter les choses telles qu'elles étaient.

Cette prise de conscience me fit l'effet d'une révolution. Je pouvais changer. Vendre l'appartement, en acheter un autre. Ou du moins je le pourrais si je récupérais mon travail. J'avais assez de capital pour constituer un apport suffisant à l'obtention d'un petit prêt. Cela me paraissait brusquement la mesure raisonnable et adulte à prendre.

Mon thé fini, je posai la tasse sur un dessous de verre et me redressai dans le canapé. Quand cette histoire de travail serait réglée, je mettrais l'appartement en vente. Cette décision prise, je me sentis bien plus positive. Et maintenant que je m'étais accordé une petite pause, j'avais du boulot. Me levant d'un bond, j'allai fouiller dans le gros sac que m'avait remis Maman. Je fis une découverte : c'était Noël dans un colis. Il y avait deux paquets de décorations de Noël, y compris des guirlandes, argentées pour Christelle, dorées pour moi, et de vieilles décorations familières côtoyaient quelques objets neufs. Avec les décorations que j'avais achetées le matin même, le sapin allait être bien garni.

Il y avait aussi plusieurs cadeaux emballés pour chacune et deux bas de Noël. Je caressai du doigt le M en paillettes brodé sur le mien. Nous les avions toujours connus. Je ne me rappelais pas un 24 décembre où nous ne les avions pas accrochés en grande pompe à nos poignées de porte avant d'aller nous coucher.

Avec un serrement de cœur, je songeai à la maison, aux fêtes en famille, à nos traditions maison. Boire du mimosa au petit-déjeuner, inviter les voisins à boire des cocktails au champagne, Papa vêtu de son tablier d'elfe chargé de découper la dinde et ma mère tentant désespérément de flamber le Christmas pudding.

J'allais tout faire pour que Christelle et moi passions un Noël mémorable ensemble.

La partie la plus problématique de mon Noël parfait entre sœurs s'avéra l'érection de l'arbre de Noël. Je lâchai quelques jurons. Je tenais à ce que tout soit terminé quand Christelle franchirait la porte à son retour du travail. J'avais acheté des décorations et deux guirlandes lumineuses au supermarché sans penser à la manière dont j'allais m'y prendre pour dresser ce fichu sapin.

Je fouillai en vain dans les placards de la cuisine. Ma sœur ne serait sans doute pas ravie que j'utilise sa plus grande casserole et, de toute manière, il me faudrait mettre quelque chose à l'intérieur pour maintenir le sapin. C'est alors que j'aperçus le parasol sur le balcon. Son pied serait parfait pour le sapin.

Presque parfait, comme je le découvris ensuite, mais en taillant un peu le sapin à l'aide d'un couteau bien aiguisé et en suant pas mal, je parvins à enfoncer le tronc dans le pied du parasol. C'est fou ce qu'on peut faire avec un peu de détermination – et avec le plus vieux couteau Sabatier de Christelle.

On était en pleine heure de pointe et la gare de Waterloo était encore remplie de monde et de bruit mais, après être restée terrée dans l'appartement calme et silencieux de Christelle, cette ambiance animée me donnait l'impression de sortir d'hibernation. J'avais accompli beaucoup de choses en une journée et me sentais un peu mieux. Je ralentis le pas, me faufilant entre les passants avec ma jupe qui se balançait. Oui, je me sentais beaucoup plus moi-même. Cela allait être bon de voir Jeanie et peut-être serait-elle porteuse de bonnes nouvelles.

Je reniflai avec délice mon cappuccino. Toujours aucun signe d'elle.

Survolant les tables du regard, je ne le vis pas du premier coup mais, comme mû par une attraction magnétique, mon regard fut attiré vers une table au fond de la salle, dans un angle, où m'observaient des yeux verts que je ne connaissais que trop bien. Le plus ridicule, c'est que je continuai à regarder autour de moi pour voir si je n'apercevais pas Jeanie.

Je rougis, une chaleur brûlante m'enveloppa instantanément comme du sable chaud et mes jambes se mirent à flageoler. Je me figeai sous le coup d'une émotion soudaine, confuse et violente. Merde, je ne voulais pas le voir. Je n'avais rien à lui dire. Je ne me rappelais que cette horrible scène où Marsha, Julian et lui me regardaient fixement, avec une attitude raide traduisant leur accusation unanime.

Prise d'une panique soudaine, je me précipitai vers la sortie. Je devais partir avant d'être submergée. Avant que j'atteigne la porte, il me rattrapa, se prenant les pieds dans des chaises et des tables en passant. Il se glissa entre la porte et moi, me bloquant le passage, et posa une main sur mon bras.

Je m'en débarrassai et fis un pas en arrière, en le regardant méchamment.

— Où est Jeanie ? Tu l'as obligée à m'envoyer ce texto ?

— Non, je lui ai demandé de m'aider parce que nous cherchions tous les deux à le faire.

— M'aider ? Sans blague. Que veux-tu exactement, Marcus ?

— À ton avis ? rétorqua-t-il.

— Je n'en ai pas la moindre idée.

— Je veux t'aider.

— Un peu tard, tu ne crois pas ?

Je plissai les yeux, incommensurablement agacée par l'expression calme et impassible de son visage.

— Tu ne t'es pas précipité pour m'aider, l'autre jour.

— Tu ne veux pas venir t'asseoir ?

— Je ne pense pas que nous ayons quoi que ce soit à nous dire, dis-je en l'écartant.

— Au nom du ciel, Tilly.

Il me saisit le bras avec emportement, puis le lâcha, refroidi par mon regard furieux et glacial.

— Grandis un peu. Cela n'avait rien de personnel.

Je le regardai, pleine de rébellion. En costume et toujours si foutrement beau. Mon cœur s'émut, le sale traître. Je voulais détester Marcus. Je le détestais, sauf que mon corps n'était pas du même avis.

— Facile à dire, pour toi. Moi, je l'ai pris à titre extrêmement personnel quand on m'a retiré *mon* travail et…

Et alors que j'avais couché avec toi.

Cela faisait trop mal de repenser aux moments passés au lit, blottie contre lui. Je me concentrai sur la vapeur qui montait en volutes du trou percé dans le couvercle de mon café. Mais en vain. Des images déferlaient dans ma tête. Ses mains sur ma peau. La pesanteur de sa jambe sur la mienne. La chaleur de son souffle dans mon cou.

Je me raidis pour garder le contrôle sur ces souvenirs et mon estomac se contracta douloureusement. Je ne pouvais pas. Pas avec lui. Quand je levai les yeux vers lui, c'est une toute petite voix vaincue qui sortit de ma bouche.

— Je t'en prie, laisse-moi tranquille, s'il te plaît.

— Je ne peux pas.

Il tendit à nouveau le bras vers moi, mais je reculai la main et serrai les dents. Il n'avait pas le droit de me toucher. Plus maintenant.

— Laisse-moi tranquille, Marcus. Tu as eu ce que tu voulais. Tu as trouvé la fuite. Tu as fait semblant de t'intéresser à moi. Je ne sais pas à quoi tu joues maintenant mais…

— J'essaie de t'aider, nom d'un chien.

Ses joues s'étaient enflammées. Quelque part, j'étais ravie de voir que j'avais réussi à le faire sortir de ses gonds.

— Pourquoi ? demandai-je le plus agressivement que je pus. Problème de conscience ?

— Viens t'asseoir et accorde-moi cinq minutes. Qu'est-ce que tu as à perdre ?

Je pris le temps de réfléchir.

— S'il te plaît, insista-t-il, l'air plus circonspect cette fois.

— D'accord.

Je le suivis jusqu'à la table située dans l'angle et m'assis sans enlever mon manteau, histoire de lui faire comprendre que je ne resterais pas longtemps.

Je tripotai ma tasse de café, essayant à tout prix de ne pas le regarder en face.

— Quelque chose ne va pas. Je ne crois pas que tu aies envoyé ces e-mails.

— Tiens, c'est drôle, tu n'en as rien dit lors de la réunion.

Je continuai à tripoter le manchon de papier entourant la tasse avec un sentiment grandissant d'impuissance totale.

Marcus parut énervé.

— Écoute, c'est ce que j'essaie de faire, là. J'essaie d'y comprendre quelque chose. Je ne devrais même pas être ici. Je pourrais perdre...

— Perdre ton travail ? lui jetai-je au visage.

Comment osait-il ? Je me redressai sur ma chaise, pointant un doigt vengeur.

— Tu es resté assis là, sans rien dire, pendant qu'on m'accusait d'avoir envoyé ces e-mails à un journal. Tu as dit que je les avais envoyés.

Je serrai mon café entre mes doigts, songeant sérieusement à le lui jeter au visage.

— Mais que voulais-tu que je fasse ? Et je n'ai jamais dit que tu les avais envoyés. J'ai dit qu'ils venaient de ta messagerie. Ce n'est pas la même chose. Malheureusement, cela compte comme une preuve. Une preuve accablante pour la direction. Il y a eu échange d'e-mails entre ton compte et un journal national. C'est une preuve incontestable.

— Eh bien, tiens-t'en à ta preuve « incontestable », dis-je en mimant les guillemets avec mes mains. Parce que je n'ai pas envoyé ces e-mails mais il est clair que, pendant que tu me tenais occupée ailleurs, quelqu'un a décidé que si.

— Pardon ? dit-il en se raidissant.

— Tu as bien entendu. Je ne suis pas complètement idiote. Ou plutôt si ! La dernière des idiotes. Tu enquêtais sur les fuites. C'est curieux que tu aies justement trouvé la clef du mystère ce week-end. Baiser, ça fait partie du travail de fouineur ? C'est pour ça que tu as couché avec moi ?

Je lui jetai ces mots au visage en les rendant le plus moches possible. Marcus écrasa son gobelet en carton entre ses mains, le carton se froissa et le café se mit à couler sur ses doigts.

— Merci beaucoup. Tu as une haute opinion de moi. C'est vraiment ce que tu penses ? Ce que tu penses de moi ?

Je haussai les épaules, relevant la tête malgré mon sentiment d'avoir été mesquine.

— Je dirais que la preuve est incontestable. Tu as supervisé l'enquête. Tu devais savoir ce qui se passait, pendant que nous étions au stade et... a-après.

Malgré ma voix qui se cassait, je gardai la tête aussi haute que possible en le toisant froidement.

Il serra les dents, je vis son pouls tressauter dans son cou, mais il parvint à répondre d'une voix froide et maîtrisée.

— Ce n'est pas du tout le cas. Le rapport du consultant sécurité est parvenu directement au directeur général ainsi qu'à moi.

Je ne m'étais pas imaginé avoir aussi mal en voyant qu'il ne niait pas que l'enquête était en cours quand nous étions ensemble.

Il poursuivit.

— Comme je le disais, la preuve était là.

Sa phrase terminée, il posa les deux coudes sur la table, ayant fini son exposé, posé et logique.

Je lui lançai un regard dédaigneux tout en avalant une gorgée de café.

— Tu te répètes, Marcus.

— Nom d'un chien, Tilly ! Cesse d'être aussi mélodramatique. Cela ne nous mènera nulle part. Si je t'ai contactée, c'est parce que je ne pense pas que tu sois coupable…

Il frappa des deux mains sur la table.

— Non, je *sais* que tu ne l'es pas, mais si nous voulons t'innocenter, il va bien falloir que tu me parles et que tu arrêtes tes petites piques. J'ai été aussi pris de court que toi par cette réunion. Tu n'as pas envoyé ces e-mails. D'accord.

Je me laissai aller contre le dossier de ma chaise, choquée par cette sortie, ne sachant que dire.

— Tu ne me crois pas coupable ? Quelle grandeur d'âme !

Il prit son inspiration avec l'ombre d'un regret dans le regard.

— Il ne s'agit pas de croire : je *sais* que tu ne l'as pas fait.

— Et comment êtes-vous parvenu à cette conclusion, Sherlock ?

Il s'immobilisa et soutint mon regard.

— Parce que cela ne te ressemble vraiment pas. Tu… Tu ne ferais jamais une chose pareille.

Sa voix rauque déclencha en moi des sensations indésirables.

— Mais ça ne nous avance à rien, c'est ça ? Tu dis qu'ils ont des preuves.

Je me redressai sur ma chaise, décidée à rester professionnelle.

Marcus ne l'entendait pas de cette oreille. Il tendit le bras et m'effleura le bras avec un regard intense, et dit doucement :

— Mais si tu n'as pas envoyé ces e-mails, quelqu'un l'a fait à ta place.

Je dus lutter contre la chaleur qui s'épanouissait dans ma poitrine. Je ne pouvais pas lui permettre de me toucher encore. Son travail passait avant tout et il était prêt à tout pour obtenir des résultats.

— Eh bien, Sherlock, je crois que je serais arrivée toute seule à la même conclusion.

Il pinça la bouche, mais il avait saisi le message.

— Nous devons prouver que quelqu'un d'autre a envoyé ces messages en utilisant ta messagerie.

Je fis la grimace en secouant la tête.

— Plus facile à dire qu'à faire. J'imagine que si le coupable avait gentiment signé de son nom les messages envoyés depuis mon compte, quelqu'un l'aurait relevé.

Marcus répondit avec un sourire contrit.

— Malheureusement, le journal n'est pas très disposé à nous aider. Il protège ses sources.

— Ça ne m'étonne pas... Autant te le dire : c'est probablement Felix.

Je tressaillis sous le regard évaluateur et froid de Marcus.

— Tu t'en souviens, quand je t'ai dit qu'il avait fait une chose impardonnable. C'est lui qui a vendu la photo de Katerina. Il y a eu aussi d'autres histoires. Le frère d'un de ses amis est journaliste... Je n'y avais jamais pensé mais... j'imagine qu'il a utilisé ma messagerie.

— Ça me paraît logique.

— Pourquoi dis-tu ça ?

— Parce que la personne qui a fait ça a supprimé ses e-mails de la liste de tes e-mails envoyés. Pour effacer ses traces ou pour que tu ne les trouves jamais, mais les consultants auxquels nous avons fait appel les ont tous retrouvés sur le serveur du fournisseur de messagerie.

— Mais ça ne nous avance toujours pas. Felix peut les avoir envoyés depuis son ordinateur portable quand je n'étais pas là. Mon nom d'utilisateur et mon mot de passe apparaissent automatiquement quand je veux me connecter.

Marcus fronça les sourcils en se massant le front.

— Il pourrait avoir envoyé ces e-mails pendant que tu étais ailleurs.

Je ne saisissais pas.

— Si nous relevons l'heure à laquelle ces e-mails ont été envoyés et découvrons où tu étais à ce moment-là, nous pourrions te trouver un alibi. Est-ce que tu tiens... Non, évidemment.

— Est-ce que je tiens quoi ?

— J'allais te demander si tu tiens un agenda électronique. Tu aurais pu me l'envoyer et j'aurais pu comparer les deux.

— Ah, mais j'ai mieux que ça !

Je farfouillai dans mon sac.

— Tu te souviens de ces drôles de petits carnets ?

J'ouvris mon agenda pour lui montrer une semaine sur deux pages couvertes de gribouillis.

— Il y a des dates. Tu sais, écrites avec ces trucs qu'on appelait des stylos. Curieux concept, je l'admets, mais ça a marché pendant des siècles. Tu as déjà entendu parler d'un certain Samuel Pepys. Oh, pardon, j'oubliais. Nous avons déjà parlé de tout ça et tu t'es moqué de ce petit carnet noir si commode.

Je le feuilletai : couturière, déjeuner avec Christelle, soirée poker...

Marcus remonta sa manche et consulta brièvement sa montre.

— Je dois retourner au travail...

Il semblait presque le regretter.

— Mais il faut que nous vérifiions chaque date. J'ai une liste des e-mails envoyés, nous allons pouvoir la comparer à ton agenda.

— Je ne suis pas sûre que ce soit une bonne idée.

Une partie de moi-même avait très envie de le faire tandis que l'autre, dotée d'un sens aigu de l'autoconservation, trouvait cette idée très, très mauvaise.

— Tilly, tu veux récupérer ton boulot ?

Je le voulais plus que tout.

Je ne pouvais pas rencontrer Marcus seule. Je devais garder mes distances, ces rencontres ne devaient pas m'entraîner sur le terrain personnel.

— Écoute, viens me voir chez ma sœur. C'est là que j'habite pour l'instant. Elle est avocate.

— Oui, je sais, elle me l'a dit.

— T'a-t-elle dit aussi qu'elle est spécialisée – heureusement pour moi – dans le droit du travail ?

— Non, j'imaginais qu'elle défendait… des criminels. Mais le droit du travail, c'est bien. Très bien.

— Oui. C'est elle qui va me défendre lors de l'audience et je pense qu'elle voudra être mise au courant. Elle va avoir besoin de voir ces *preuves*.

— Tu es sûre que c'est une bonne idée ? dit Marcus avec une moue dubitative.

Je me levai en repoussant ma tasse, écœurée.

— Ne t'inquiète pas pour ta place. Je dirai bien à Christelle de n'en parler à personne. Laisse-moi lui parler, je t'envoie un texto.

— Tu as mon numéro ?

— Oui.

Il me l'avait donné lorsque nous avions pris rendez-vous pour partir dans le Yorkshire.

Comme j'allais partir, il me retint par le poignet puis son étreinte s'adoucit et je crois même qu'il me caressa légèrement l'intérieur du poignet avec son pouce.

— Je ne m'inquiète pas pour ma place. Ce que je ne voudrais pas, c'est perdre la capacité d'agir que j'ai en étant dans la place. L'accès aux informations. Aux e-mails.

Chapitre 38

Je fus de retour chez Christelle bien avant qu'elle ne m'envoie un texto pour me dire qu'elle avait quitté le travail, ce qui me donna le temps d'allumer la guirlande lumineuse de l'arbre de Noël ainsi que l'autre, que j'avais arrangée de façon assez artistique, je dois l'avouer, dans un vase immense posé sur une console. Quand elle franchit le seuil, des veilleuses brûlaient dans des coupes votives sur la table basse et l'appartement sentait la cannelle et les épices du vin chaud qui chauffait à feu doux sur la cuisinière – idée de dernière minute qui m'était venue à la gare, en passant devant chez Marks et Spencer où l'on en distribuait gratuitement dans de minuscules gobelets en plastique.

— Ma chérie, je...

Elle resta sans voix en entrant dans le salon, puis s'écria d'une voix surexcitée :

— Oh, mon Dieu, Tilly ! C'est magnifique !

Devant l'arbre de Noël, elle applaudit.

— Waouh, tu n'as pas chômé.

— Viens dans la cuisine, je te sers quelque chose.

— Je ne dis pas non, ça sent divinement bon.

Elle prit son verre de vin fumant et le huma longuement.

— Mmm, délicieux. Et moi qui craignais que tu aies broyé du noir toute la journée.

— J'ai fait ça aussi, je te rassure, mais... tu as été tellement géniale que je voulais te remercier.

— Tu n'avais pas à faire tout ça. Je suis contente de t'avoir ici... malgré les circonstances.

— À propos, j'ai des nouvelles.

Je lui parlai du texto de Jeanie et de mon rendez-vous avec Marcus.

— J'espère que ça ne t'ennuie pas. Je lui ai proposé de passer ce soir. À 20 heures.

Au retour, dans le métro, je m'étais dit qu'avec Christelle à mon côté, je pourrais supporter la présence de Marcus. Elle saurait quoi faire de ces informations.

— Ça ne m'ennuie pas du tout ! C'est génial. C'est le type de l'informatique... Attends, c'est celui qui était assis à côté de moi à l'Opéra ?

— Oui.

Devais-je en dire davantage ? *Oh, et, soit dit en passant, c'est aussi le type dont je suis tombée grave amoureuse, avec qui j'ai couché et qui m'a fait un enfant dans le dos.*

Voyant Christelle esquisser une petite danse de réjouissance, je me félicitai d'avoir gardé ces informations pour moi.

— Ça, c'est une bonne nouvelle.

Elle fit le tour de la table en se trémoussant.

— C'est une chance incroyable. Un témoin qui se manifeste. Génial. Cela fragilisera leur dossier.

— Pour le moment, Chris, je croyais qu'il y avait seulement une audience, pas un dossier.

— Ne crois pas ça ou tu te feras manger toute crue.

Je sentis mon ventre se serrer à ces mots. J'avais énormément à perdre, toute information que Marcus pourrait nous fournir était bonne à prendre.

— Et ne m'appelle pas Chris.

— Tu préfères Elle ?

— Ça ne me déplairait pas. Comme Elle dans *La Revanche d'une blonde*. Chris, ça fait trop masculin. Ça me plaît d'être une fille.

Elle rejeta ses cheveux en arrière avec une moue exagérément boudeuse, ce qui me fit sourire. Décidément, je n'arrêtais pas de découvrir de nouvelles facettes de ma sœur.

Mes mains tremblaient quand je les tendis vers la porte pour ouvrir. À l'instant où la voix grave de Marcus avait retenti dans l'interphone, des papillons avaient commencé à s'agiter dans mon estomac.

— Entrez, dis-je, bien décidée à rester sur le plan strictement professionnel.

Il m'avait prise en embuscade tout à l'heure, mais je me sentais calme et maîtresse de moi à présent. La bonne blague ! En tout cas, j'étais décidée à lui montrer un visage impassible et indifférent. Sans lui proposer de le débarrasser de son manteau, je le conduisis dans la pièce à vivre où Christelle était installée à la grande table avec un bloc de papier ministre. Je réprimai un sourire. Dans la tache de lumière où elle s'était placée à dessein, elle avait l'air redoutablement efficace.

— Marcus, ma sœur Christelle. Vous vous êtes vus à l'Opéra.

Elle se leva et lui tendit la main avec un hochement de tête souverain. Je me retins de sourire, d'autant que Marcus, totalement imperturbable, lui serra la main en disant :

— Très heureux de vous rencontrer. Je crois que vous avez toujours mon mouchoir.

Christelle pinça les lèvres.

— Merci d'être venu ce soir. Tilly m'a fait comprendre que vous auriez des informations à nous communiquer.

Marcus nous regarda tour à tour, l'air perplexe.

— Écoutez, je suis là parce que je veux aider Tilly. Pourrait-on arrêter ce petit jeu de confrontation ? Nous sommes tous du même côté.

Christelle lui sourit aussitôt d'un air repentant.

— Touché. D'accord, recommençons. Merci d'être venu. Voulez-vous boire quelque chose ?

Nous repartîmes sur de nouvelles bases, autour d'un café, sur le comptoir de la cuisine. Marcus ouvrit son ordinateur portable et s'assit à côté de moi en approchant sa chaise de la mienne pour que je puisse aussi voir l'écran. J'avais beau essayer de prendre du recul, son odeur familière me nouait l'estomac. Il ne semblait pas s'en rendre compte, mais je m'interrogeai tout de même quand il prit une grande inspiration avant d'ouvrir un tableur. Visiblement, il avait travaillé, même si tous ces chiffres dans des colonnes ne me disaient absolument rien.

Il pointa son doigt vers l'écran.

— J'ai reporté les dates et les heures d'envoi de tous les e-mails partis de la messagerie de Tilly sur ce journal. J'ai pensé que nous pourrions les consulter un par un et voir où Tilly se trouvait à ce moment-là.

Il se tourna vers moi, un vague sourire sur le visage.

— Vous avez votre agenda ?

— Oui, marmonnai-je en l'ouvrant.

— Allons-y. Premier de l'année : le 22 novembre.

Je feuilletai mon carnet.

— Quelle heure ?

— 18 h 30.

— Zut. J'étais à une formation prothèse le matin, mais de service au théâtre en fin de journée.

— Bon. Et le 24 novembre après-midi.

— Journée de travail normale. N'importe qui aurait pu l'envoyer.

— Vous souvenez-vous de cette journée ? Quelqu'un qui se serait comporté bizarrement ? Aurait eu l'air de cacher quelque chose ? Aurait utilisé l'ordinateur ?

Je consultai mon agenda, espérant vainement que quelque chose me revienne en mémoire.

— C'était après le virus.

Christelle intervint.

— Ne parle pas de ce virus lors de l'audience, quoi qu'il arrive. C'est probablement un motif de licenciement.

Elle lança un regard d'avertissement à Marcus. Pour elle, mis à part ce mouchoir qu'il lui avait prêté, il était toujours sur la sellette.

Plus je réfléchissais et plus mes souvenirs me fuyaient. Je secouai la tête, essayant de me rappeler si j'avais vu quelqu'un utiliser l'ordinateur. Bien souvent, je n'avais rien noté d'autre dans mon agenda que l'heure de mon service et le nom du spectacle.

— Ne vous inquiétez pas, dit Marcus en posant la main sur mon bras.

J'essayai de rester indifférente, mais je remarquai un éclair de curiosité dans le regard de Christelle. Je dégageai mon bras.

— Pourrait-on s'en tenir aux faits ? dit Christelle avec humeur.

Marcus ne releva pas et je repris mon agenda.

— Il y en a encore plein. Nous allons finir par trouver quelque chose. Il suffit d'un seul. Le 30 novembre, 21 heures ?

— Chez moi. Seule.

Plus nous avancions dans la liste, plus je perdais espoir. Chaque fois qu'un e-mail avait été envoyé, il aurait pu l'être par moi.

— Je n'en reviens pas. À chaque fois, sans exception, je n'ai aucun alibi. J'étais chez moi toute seule. Felix n'était même pas là.

Au bout d'un moment, je posai la tête sur la table.

— C'est sans espoir. Nous n'avons pas trouvé une seule date.

— Peut-on vérifier ? dit Christelle en tirant l'ordinateur à elle.

Visiblement, elle ne croyait pas Marcus capable de lire et comparer les informations avec suffisamment de soin.

— Avec plaisir, une vérification serait la bienvenue. Je m'en voudrais d'avoir laissé passer quelque chose.

Bien qu'il réprimât son sarcasme, je voyais bien que ma sœur l'agaçait au plus haut point. Je voulais rendre justice à son opiniâtreté, mais nous avions déjà passé en revue toutes les dates.

— Marcus... C'est sans espoir.

— Ne baissez pas les bras, dit-il d'une voix plus douce.

— Nous ne baissons pas les bras, rétorqua Christelle. Mais votre idée ne sert à rien. Tilly est encore plus démoralisée. Êtes-vous certain qu'il n'y a pas un autre moyen de prouver son innocence ?

Des larmes me piquèrent les yeux. Je n'avais pas envie de pleurer tout le temps.

— Écoute, Christelle, on ne pourrait pas faire une trêve ? Je sais que tu ne veux négliger aucune piste mais Marcus cherche vraiment à nous aider.

Elle pinça les lèvres, puis se radoucit.

— Désolée, je suis d'un naturel soupçonneux. Déformation professionnelle. Les témoins ont généralement des intentions cachées, ou un intérêt quelconque à apporter leur aide.

— Allons, faisons une pause pour nous éclaircir les idées.

Christelle sortit une bouteille de rioja entamée.

— Vous en voulez ?

Marcus et moi approuvâmes, elle nous servit un verre à chacun.

— Ne pourrait-on pas se pencher sur le fait que Tilly était seule chaque fois qu'un e-mail était envoyé ?

Marcus fronça les sourcils tout en appréciant sa gorgée de vin.

— Comment ? Vous voulez dire que quelqu'un cherchait à faire porter les soupçons sur elle, sachant qu'elle n'aurait pas d'alibi ?

— Non ! Vous regardez trop *Les Experts*. Ce que je veux dire c'est, si Tilly était seule, où était Felix ? Avec Vince ? Est-ce que Felix connaissait tes mots de passe ?

Je répondis en regardant Marcus, qui penchait la tête de côté, l'air songeur.

— Oui, malheureusement. Vous savez combien je suis nulle en informatique. Il avait configuré son ordinateur portable pour que je puisse consulter mes e-mails à la maison.

Marcus se leva et se mit à faire les cent pas le long de la table.

— Mais si Felix était sorti, il avait probablement emporté son ordinateur avec lui ?

— Et tu ne pouvais donc pas envoyer d'e-mails, ajouta Christelle en se redressant.

Marcus fit la grimace.

— Ce n'est pas un argument très solide et comment le prouver ?

Ils faisaient fausse route tous les deux.

— Désolée, je pouvais quand même envoyer des e-mails : j'utilisais ma tablette quand Felix n'était pas là.

Christelle mâchouilla le bout de son stylo avec une grimace douloureuse.

— *Les Experts-Southampton !* s'écria Marcus.

Il se jeta sur son tabouret, devant son ordinateur.

— Comment ?

Christelle échangea un bref regard avec moi.

— C'est une blague ? dis-je froidement.

Marcus avait ouvert sa messagerie et passait en revue ses e-mails.

— Bingo !

Il tourna l'ordinateur vers moi et Christelle vint se poster derrière moi.

À : Matilde@lmoc.co.uk
De : Redsman@hotmail.co.uk
Objet : High Fidelity

Je me réjouis qu'il vous plaise. C'est un de mes romans préférés. Le film est très bien aussi.

L'avez-vous vu ? On ne peut pas toujours dire du bien des adaptations transposées ailleurs que dans leur bon vieux cadre anglais. On se demande bien pourquoi. La boutique du disquaire n'était-elle pas bien en Angleterre ?

En fait, pourquoi les producteurs de films et de téléfilms veulent-ils toujours situer l'intrigue dans un autre cadre, comme dans *The Killing* ou *Life on Mars* ? Est-ce que nous autres Anglais avons fait une version anglaise de *Friends* ? De *Soul Mates* ? Avons-nous fait *Les Experts - Southampton* ? Heureusement, *High Fidelity* a bien supporté la transposition. Je vous le recommande si vous ne l'avez pas vu. Une des rares adaptations cinématographiques fidèles au roman d'origine.

R.

Je me tournai vers Marcus.

— Je ne pige pas.

— Regardez la date. Regardez l'heure.

— Qui est Redsman ? demanda Christelle en regardant l'e-mail.

Marcus et moi n'y fîmes pas attention.

— J'y suis, dis-je en montrant du doigt la date et l'heure. C'est le même jour et à peu près la même heure que le jour et l'heure où l'e-mail a été envoyé au journal. Mais en quoi est-ce que ça nous aide ? Cela prouve juste que j'étais connectée.

— Oui, mais...

Marcus fit défiler la feuille de calcul et me montra une série de chiffres et de points, qui me parlaient autant qu'un message codé.

— Ce sont des adresses IP.

— Des adresses quoi ?

— Internet Protocol, dit-il en me souriant. Quand vous vous connectez à Internet avec un appareil, il indique votre localisation à l'aide d'une adresse IP. Si des e-mails sont envoyés au même moment depuis des endroits différents, ils n'ont pas la même adresse IP. Donc, si quelqu'un a utilisé votre messagerie en même temps que vous, c'est avec une adresse IP différente. Ce qui veut dire que, si vous étiez chez vous en train d'envoyer cet e-mail, vous ne pouviez pas être ailleurs au même moment.

— Excusez-moi, intervint de nouveau Christelle. Mais qui est Redsman ?

Je me tournai vers Marcus en bondissant sur mon tabouret.

Christelle se glissa entre nous deux.

— L'un d'entre vous va-t-il me dire qui est Redsman, à la fin ?

— C'est…

— Moi.

Christelle recula d'un pas, avec l'ombre d'un rictus amusé.

— C'est vous.

— C'est une longue histoire, dis-je.

Évitant de regarder l'un ou l'autre, je tendis le cou vers l'écran.

— Vous voulez dire que… ceci prouve que je n'ai pas envoyé ces e-mails.

Christelle sourit, et je compris pourquoi on la comparait à un barracuda.

Marcus hésita un instant.

— Cela n'est pas une preuve catégorique : vous pourriez avoir utilisé les deux appareils.

— Ça suffira, dit Christelle avec autorité, l'air soudain très victorieux.

— Ah bon ?

Je n'osai pas encore croire que nous avions trouvé.

— C'est une question de prépondérance de la preuve. La probabilité que tu utilises ton propre appareil contre celle que quelqu'un se connecte avec tes identifiants sur un autre appareil, cela devrait suffire.

Elle prit son bloc-notes et se mit à y griffonner furieusement avant de sourire lentement, l'air calculateur.

— Cela rend notre dossier très solide.

— Mais je dois quand même me présenter devant la commission disciplinaire.

— Oui, mais tu as le droit d'appeler des témoins et de produire tes propres preuves. Et si l'un de leurs témoins te défend, cela arrange considérablement tes affaires.

— Aucun problème, dit Marcus.

Il reprit une gorgée de vin en me lançant un regard pénétrant par-dessus son verre.

Christelle tapota son bloc-notes avec son stylo.

— Et dans mon courrier ? Puis-je dire que vous nous avez fourni cette preuve ?

— Je crois qu'il suffira que vous leur posiez des questions habilement tournées sur les adresses IP utilisées lors de ces envois d'e-mails, plutôt que de dire que je suis venu vous voir. Ils devront s'adresser à moi pour vérifier l'information et je confirmerai ce que vous dites.

Marcus avait parlé d'un ton ferme. Je relevai la tête, malgré la boule que j'avais dans la gorge. Il ne risquait pas de se mettre en danger. Pas pour moi. J'avais bêtement cru qu'il volait à mon secours, mais ces espoirs venaient d'être anéantis d'un coup sec, brutal, tranchant comme une lame de guillotine, ne laissant qu'une sensation de vide, de tourbillon lugubre dans ma poitrine.

— Bien, dit Christelle. Je vais mettre mes notes en forme.

Sans se rendre compte de mon pesant chagrin, elle griffonna quelques lignes sur son bloc.

— Marcus, je peux avoir votre numéro de téléphone, au cas où j'aurais des questions d'ordre technique ? J'ai du travail. Je vais mettre ça au propre et leur faire un courrier disant que de nouvelles preuves semblent indiquer que ces e-mails auraient été envoyés par quelqu'un d'autre et qu'ils doivent vérifier les adresses IP. Je le ferai porter par coursier demain matin à la première heure. Je vous laisse tous les deux.

Elle ramassa ses papiers en m'adressant un froncement de sourcils sévère indiquant que j'allais devoir m'expliquer. Elle frotta ses yeux, légèrement cernés. Il était tard et elle avait derrière elle sa journée au tribunal.

— Cela va nous servir, ajouta-t-elle. Mais...

Marcus et elle échangèrent un regard circonspect.

— Quoi ? Dis-le-moi. Je n'ai plus cinq ans, dis-je en refoulant mes larmes.

— Ils peuvent quand même t'accuser. Dire que tu n'as pas respecté les règles de sécurité adéquates, que tu as prêté le flanc à cette imposture.

Marcus fit la grimace.

Je redressai les épaules et la tête, bien décidée à ne leur montrer ni à l'un ni à l'autre que j'étais à deux doigts de craquer.

— Alors, je ne peux pas faire grand-chose mais je peux au moins prouver que ce n'est pas moi qui ai envoyé ces e-mails. Je ne suis pas allée chercher ce journal. Je n'ai pas fait ce dont on m'accuse. Je sais que j'ai été bête. Et s'ils me virent pour ma bêtise, ce ne sera que justice. Mais je ne supporterai pas qu'ils me croient capable de vendre des ragots à un journal. Il y a de fortes chances qu'ils veuillent faire un exemple avec moi.

Impassible, je me tournai vers Marcus.

— Vous avez essayé de me le dire. Toutes ces histoires de sécurité informatique.

— Oui, mais vous pouvez arguer que vous n'étiez pas censée être compétente en informatique, dans votre métier. C'est...

— C'est une fausse excuse et vous le savez. Au bout du compte, je dois prendre mes responsabilités... Exactement comme Alison Kreufeld me l'a dit.

Et je comprenais pleinement ce qu'elle avait voulu dire, à présent. Je ne pouvais en vouloir qu'à une seule personne : moi-même. Et j'allais devoir en assumer les conséquences. Ma sœur pouvait m'aider à gérer des détails pratiques, par exemple s'assurer que je partirais avec des références, mais je compris soudain avec clarté que je risquais fort de ne jamais récupérer mon travail. J'avais encore une chance de pouvoir au moins laver mon nom. Il y avait d'autres places, peut-être pas aussi extraordinaires, mais j'avais des compétences et de l'expérience, je trouverais.

Je me levai, rejoignis Christelle sur son tabouret de bar et la serrai contre mon cœur.

— Merci, Christelle. Je te suis vraiment reconnaissante. Je... Je t'aime.

Je n'allais pas craquer. Pas maintenant. J'avais tenu toute la soirée. Je pouvais tenir encore un peu.

Dans la lumière tamisée, je vis ses yeux briller de larmes. Elle resta un moment immobile, puis me serra à son tour.

— Je t'en prie, voyons. J'ai hâte d'y être. Nous allons les coincer. On se voit demain matin.

Christelle effleura mon visage.

— Moi aussi je t'aime.

Nous ne nous l'étions jamais dit.

— Bonne nuit. Bonsoir, Marcus.

Elle se rendit dans le petit bureau où elle travaillait souvent une fois rentrée du travail.

— Ça va ?

Je répondis d'un hochement de tête. Marcus aussi avait l'air fatigué.

— Ça va aller. Je voudrais juste que ce soit terminé.

— Ce sera bientôt fini. Votre sœur est redoutable. J'imagine que son courrier va faire l'effet d'un coup de tonnerre.

— Je l'espère.

Je poussai un gros soupir, sans en être certaine, au fond. Mon verre à la main, j'allai vers la baie vitrée. Dehors, les lumières de la ville scintillaient comme des cristaux dansant dans le vent. Des feuilles de houx géantes ornaient un gratte-ciel de Canary Wharf et un autre bâtiment était décoré d'une étoile de David.

Marcus vint se poster derrière moi. Je mourais d'envie de me blottir contre lui. J'aurais voulu pouvoir remonter le temps mais trop de choses avaient changé. Il ne pensait plus qu'à son travail. C'était son métier de découvrir des faits. Il était sans doute pressé de connaître le fin mot de l'histoire.

— Tout le monde sait que ce n'est pas vous. Philippe a menacé de lancer une grève aujourd'hui. Jeanie a dit à la direction que cette accusation est ridicule. Et je ne sais pas ce que votre sœur a écrit dans sa lettre mais ils sont dans leurs petits souliers. Vous n'êtes pas coupable.

Il posa son verre sur la table basse, où les bougies avaient fondu depuis longtemps.

Je m'écartai, pour mettre de la distance entre lui et moi et éviter de céder à la tentation de le toucher et de me couvrir de ridicule.

— Espérons qu'ils vous croiront. Après tout, cela voudrait seulement dire que vous avez commis une erreur. Ne vous inquiétez pas. Je dirai clairement que, du point de vue technique, il est pratiquement impossible que vous ayez envoyé ces e-mails.

— Merci, dis-je froidement. Je vous en suis reconnaissante.

Il consulta sa montre d'un rapide mouvement de poignet.

— Je vous en prie. Je ferais mieux d'y aller. Si vous… avez besoin de quoi que ce soit, vous avez mon numéro de portable.

C'était comme s'il me remettait sa carte de visite à la sortie d'une réunion.

— Merci, ça ira. J'ai Christelle à mon côté.

Il répondit par un haussement d'épaules indifférent. Mon instinct ne s'était pas trompé. Ce que j'avais éprouvé pour lui n'était pas réciproque. Il avait peut-être eu des raisons personnelles de sortir avec moi samedi soir mais, visiblement, il avait compris comme moi que ça ne marcherait pas. Nous étions trop différents l'un de l'autre. Je ferais toujours partie des gens créatifs et sujets aux poussées de fantaisie, tandis qu'il resterait toujours le même col blanc très professionnel, évoluant parmi les faits et la réalité.

Chapitre 39

La radio, réglée sur Heart FM, remplissait le silence, et les chansons se succédaient, toutes des chansons de Noël. Je chantais sur Wizard, George Michael, Mariah Carey et Bing Crosby tout en lavant les tasses du petit-déjeuner. Pour une fois, cela ne me dérangeait pas d'être toute seule. Avant, je devais toujours aller au théâtre. Maintenant, c'était le calme permanent. La camaraderie de mes amis du théâtre me manquait. Les taquineries. La couleur. Le tonnerre des applaudissements. Les voix des chanteurs qui s'élevaient, mélodieuses. Mais après une nuit de débat intérieur précédée d'une bonne crise de larmes, j'avais compris que, si j'avais très peu de chances de garder mon travail, j'en trouverais un autre.

Je me sentais mieux au réveil, comme un petit bateau dansant sur la mer après la tempête. Même Alison avait dit que j'étais une maquilleuse de talent. Souriant amèrement tout en vidant l'évier, je me rendis compte des progrès que j'avais faits. D'aucuns auraient dit que j'avais grandi. Ils auraient probablement eu raison. J'avais même organisé ma journée de manière à rester occupée. Le nettoyage terminé, j'avais prévu d'aller chez moi, pour chercher quelques affaires supplémentaires à rapporter chez Christelle et dresser la liste des choses à faire pour l'embellir avant de rejoindre ma sœur en fin de journée pour le premier volet du Noël des sœurs Hunter.

Christelle m'appela alors que j'étais en train d'emballer son foulard en soie, certaine qu'elle allait l'adorer, tout comme le porte-cartes en cuir gravé d'un C et le DVD de *La Revanche d'une blonde*. Malheureusement, le T-shirt portant l'inscription « Vous ne me faites pas peur, ma sœur est un as du barreau » que j'avais commandé sur Internet n'arriverait pas à temps pour Noël, mais je souriais déjà en imaginant la tête qu'elle ferait quand elle le recevrait.

— Ils veulent te voir, m'annonça-t-elle en jubilant. Aujourd'hui. Le plus tôt possible.

— Mais c'est le 24 décembre...

— Oui, mais ils souhaitent visiblement tirer les choses au clair rapidement.

Inutile de demander qui *ils* étaient.

— Et c'est bon signe ?

— Théoriquement, oui.

— Et en pratique ?

— Voyons les points positifs. Ils disent avoir de nouvelles preuves. Ce doit être bon... sinon, ils suivraient la procédure et convoqueraient une commission disciplinaire. Tu peux me retrouver à l'entrée des artistes dans une heure ?

— Pas de problème.

Les nerfs me chatouillaient l'estomac. Je voulais juste savoir si, oui ou non, j'allais récupérer mon travail. Je voulais aussi savoir pourquoi Marcus ne m'avait pas tenue au courant. Était-ce bon ou mauvais signe ?

Je m'habillai avec soin. Si j'allais au combat, je devais porter une tenue adéquate. Christelle, avec son armure professionnelle tout en noir, devait avoir déteint sur moi car je me surpris à sortir une petite robe noire s'arrêtant au genou que j'avais peu portée. Elle m'allait bien, mais ce n'était pas moi. Je secouai la tête en me regardant dans le grand miroir de ma sœur, encore un détail me rappelant que je n'avais jamais aménagé mon appartement. Chez moi, j'aurais dû me mettre debout sur les toilettes pour voir le bas de mon corps dans le miroir. Pourquoi n'avais-je jamais décidé d'acheter un vrai miroir ? J'évaluai encore une fois mon reflet. Je devais être moi-même. J'enfilai des bottines rouges à hauts talons, un boléro cerise et un béret rouge. Voilà qui me ressemblait davantage. Parée pour le combat, je sortis en serrant comme une bouée de secours mon sac à main en crocodile des années 1950.

J'aurais pu passer tout le trajet à me demander ce qu'ils allaient dire, ce qui allait se passer, mais je refusai de laisser ce fichu épisode accaparer davantage mon espace cérébral. Aussi, je me concentrai sur toutes les choses que je voulais faire dans les six prochains mois. Retaper l'appartement. Le mettre en vente. Trouver un nouveau boulot. Peut-être inviter Papa et Maman à faire un petit séjour. Leur offrir des places pour un spectacle au London Metropolitan Opera.

Puis l'ascenseur me déposa à la sortie de la station Covent Garden, à dix minutes de marche de l'entrée des artistes.

J'avais le trac. Christelle était déjà là, qui m'attendait.

— Ça va ?

Je hochai la tête, pas sûre de pouvoir encore parler. Mes jambes tremblaient quand je signai le registre des entrées.

Ma sœur monta la première dans l'ascenseur.

— Ne t'inquiète pas, Tilly. Le fait qu'ils veuillent te voir maintenant, c'est bon signe. Cela signifie que la situation a changé. Mais… tu dois savoir très clairement ce que tu veux obtenir.

— Que veux-tu dire ?

— Parfois, quand une entreprise suspend un employé, ce n'est pas évident pour elle de reconnaître qu'elle s'est trompée. Les entreprises réagissent parfois bizarrement de peur de créer un précédent.

— Qu'est-ce que tu racontes ?

— Il est possible qu'ils souhaitent acheter ton silence. Pas d'inquiétude, ils accepteront de te fournir des références. Tu auras une compensation mais… il se peut que tu ne retrouves pas ton travail. Je veux juste te prévenir. Te préparer.

— Ne t'en fais pas. J'y ai pensé. Je veux des références. C'est le plus important.

Elle secoua la tête et allait ajouter quelque chose quand les portes de l'ascenseur s'ouvrirent. Alison Kreufeld rôdait sur le palier, comme si elle m'attendait, et m'adressa un clin d'œil en souriant avant que la secrétaire de Marsha ne la contourne pour me rejoindre.

— Par ici, s'il vous plaît, Miss Hunter, dit cette dernière.

Alison nous emboîta le pas.

Quand on nous fit entrer, Marsha et le directeur général étaient installés autour d'une table ronde. Je ne sais si j'étais soulagée ou déçue que Marcus ne soit pas présent. Où était-il ? Et que leur avait-il dit ? Ils lui avaient sûrement parlé après avoir reçu la lettre de Christelle. J'imaginais qu'il travaillait toujours pour eux. Leur avait-il dit qu'il m'avait contactée ?

— Bonjour et merci d'être venues si vite.

— Bonjour. Je vous présente mon avocate, Christelle Hunter.

À force de passer du temps avec ma sœur, elle avait déteint sur moi. Malgré le trac qui me nouait l'estomac, j'étais contente de constater que j'avais l'air posé et professionnel.

— Euh, oui, dit le directeur général d'une voix tendue. Vous avez fait preuve d'un grand zèle envers votre cliente.

Je crois que ce n'était pas un compliment dans sa bouche.

— Merci, dit sèchement Christelle.

Je souris en voyant le directeur serrer les dents. Ma sœur n'avait pas l'intention de lui faciliter la tâche.

Marsha échangea avec Julian un regard mi-exaspéré, mi-impatient.

— Miss Hunter… Tilly. Depuis notre dernière entrevue, nous avons reçu de nouvelles informations qui vous innocentent totalement et établissent clairement que vous n'avez absolument rien à voir avec les e-mails envoyés.

Christelle me fit du pied sous la table et je sentis sa jambe tressauter d'excitation.

— Nous souhaitons vous présenter nos excuses les plus complètes et aimerions vous rétablir dans vos fonctions avec effet immédiat. Vous pouvez reprendre le travail dès que vous le souhaitez.

Christelle ouvrit la bouche, Marsha l'interrompit d'un geste de la main.

— Tilly, nous savons que cette affaire a dû être horriblement pénible pour vous et c'est pourquoi…

Elle lança un regard terrible au directeur général.

— … nous souhaitons vous proposer une compensation. Vous avez toujours fourni un travail exemplaire et certains artistes ont clamé on ne peut plus clairement qu'ils vous soutenaient. Notre directrice artistique, Mme Kreufeld, a vivement insisté pour que nous embauchions quelqu'un en interne et, sur sa recommandation, nous avons donc décidé de vous nommer chef d'atelier adjoint, avec une hausse de salaire significative et un contrat à durée indéterminée.

Je restais sonnée, vaguement consciente que Christelle parlait paperasse et révision de contrat.

— Pouvez-vous nous accorder un instant ?

Elle me poussa du coude en se levant avec un mouvement de tête vers la porte. Je la suivis dans le couloir.

— Est-ce que ça te convient ?

— Tu veux rire ?

Mes jambes tremblaient tellement que je tenais à peine debout, tout en ayant envie de faire des bonds et de hurler de joie.

— Ça me convient parfaitement.

— Nous pourrions encore leur en faire baver, dit-elle avec un clin d'œil.

— Non, c'est… C'est parfait.

Je la pris dans mes bras, tremblante d'émotion.

— Merci mille fois. Je ne sais pas ce que j'aurais fait sans toi.

— Moi non plus, dit-elle avec un sourire crâne en me rendant mon étreinte.

— Non, je t'assure, tu as été épatante.

— C'est uniquement parce que je te croyais entièrement. Tu es épatante.

Nous regagnâmes la salle de réunion sur un petit nuage. Mes mains tremblaient. Je signai un document approuvé par Christelle.

Comme la réunion se terminait, je parvins enfin à me ressaisir.

— Puis-je vous demander quelles preuves vous avez découvertes ?

Je mourais d'envie de savoir comment Marcus m'avait soutenue.

Marsha eut un sourire triste.

— Nous avons reçu les aveux complets d'un autre membre de l'équipe. Il a dit avoir délibérément utilisé votre compte pour ne pas être découvert. Il a immédiatement démissionné.

— Comment ?

Stupéfaite, je regardai Christelle qui semblait tout aussi surprise.

— Vince Redmond.

— Je n'en reviens pas, dis-je pour la énième fois, assise dans le bureau de Jeanie.

Christelle, débordante de triomphe, avait filé acheter une dinde chez Marks, ayant découvert que, malgré mes intenses préparatifs de Noël, j'avais oublié ce détail.

— Vince a avoué.

— Mmm, fit Jeanie, particulièrement grognon.

— Il a dû finir par écouter sa conscience.

Jeanie prit un air renfrogné.

— Allez, tu ne crois pas que tu pourrais lui reconnaître ce tout petit mérite.

Jeanie jeta d'un mouvement brusque une pile de papiers dans sa corbeille.

— Tilly ! Il n'a pas avoué poussé par son bon cœur.

— Pourquoi l'a-t-il fait, alors ?

Je voyais bien qu'elle soupesait ce qu'elle allait dire et un petit sourire déterminé finit par se dessiner sur son visage.

— Marcus l'a convaincu que c'était ce qu'il avait de mieux à faire.

— Marcus ?

— Oui. Disons qu'il a mis Vince dans une position intenable.

— Qu'a-t-il fait ?

— Il a rassemblé plusieurs témoins – Philippe, Pietro, Guillaume, Carol, moi-même – et lui a expliqué qu'il avait des preuves véritables…

— Vérifiables.

— Oui, aussi. Prouvant que tu ne pouvais pas avoir envoyé ces e-mails au moment où ils avaient été envoyés, et il a raconté je ne sais quoi à propos des adresses huppées et de deux endroits à la fois. Ensuite, il s'est planté devant Vince en disant : « Je sais que c'est toi. Et je peux le prouver, ça va juste me prendre quelques jours, mais c'est inéluctable. Pendant ce temps-là, Tilly va passer Noël à se faire du souci pour ce travail qu'elle adore. » Il a regardé tout le monde autour de lui et a dit : « Ce serait dommage, non ? » Vince est devenu très rouge. Alors Marcus lui a chuchoté très fort : « Mais je pourrais aussi te réduire en bouillie. »

— Il a fait ça ?

J'entrecroisai les doigts en les serrant très fort pour cacher le frisson nerveux qui courait dans mes veines.

— Il a été très habile, vraiment.

— Mince alors, et que… Vince a avoué tout simplement ?

— Il a un peu fulminé, ensuite Marcus et lui ont quitté la pièce. Ça s'est passé ce matin.

— Et où est Marcus maintenant ?

— Il a dit qu'il avait des achats à faire.

À 17 heures, je finissais juste d'ajouter les derniers détails à ma liste assez longuette de travaux à effectuer dans l'appartement, après avoir déambulé dans les pièces silencieuses, calepin et stylo à la main, en évitant de me rappeler ce que Felix et moi avions partagé ici. Je venais de mettre dans un sac des vêtements supplémentaires à emporter chez Christelle – nous avions prévu d'aller chanter des Christmas Carols à Trafalgar Square à 19 heures avant de rentrer chez elle boire des cocktails au prosecco – quand la sonnette retentit.

J'ouvris la porte et ne trouvai personne, juste un grand carton sur le seuil.

Pas de bon de livraison, rien – juste mon nom écrit dessus. Comme il était trop grand pour que je le monte, je m'assis à même le béton glacial de la marche où le vent d'hiver s'abattait en rafales.

Soulevant les rabats de carton, je regardai à l'intérieur, écartant mes cheveux rabattus sur mon visage. Je ne voyais qu'un rectangle de plastique opaque, gris pâle. Qu'est-ce que ça pouvait bien être ? Plongeant les mains dans le carton, je les glissai de part et d'autre du plastique pour sortir cette chose mystérieuse. L'une de mes mains rencontra une surface froide et lisse en porcelaine, puis une poignée ; l'autre se posa sur une paroi uniforme. Je saisis l'objet, le tirai hors de la boîte et posai l'encombrante chose sur mes genoux, souriant en comprenant de quoi il s'agissait.

Je rattrapai in extremis un morceau de papier happé par le vent où était écrit mon nom.

Le cœur battant, je dépliai la feuille.

`Joyeux Noël`
`Mx`

Je contemplai ce message. Des milliers de papillons venaient de prendre leur envol dans mon ventre. Puis je me mis à rire. Ce Goblin Teasmade trapu en bakélite était le cadeau de Noël le plus laid qu'on m'ait jamais fait.

— C'est le plus beau ou le pire des cadeaux ?

À travers mes cheveux malmenés par le vent, j'aperçus Marcus qui avait surgi devant moi.

Je me levai lentement et posai soigneusement la machine sur la marche tout en essayant de cacher mon émotion alors que mille pensées optimistes me traversaient l'esprit.

— Où diable l'avez-vous trouvé ? demandai-je, sans arriver à croire qu'il était vraiment là.

— Sur Internet, mais j'ai dû aller le chercher en voiture à Croydon. C'est pourquoi je n'étais pas au travail tout à l'heure.

Il m'observait attentivement et je me rendis compte que je n'avais pas répondu à sa question.

Je baissai les yeux vers le Teasmade, réfléchissant en silence.

Marcus attendait et je cherchais les mots.

— Tout dépend...

Ma voix tremblait. Je voulais rester calme et ne rien trahir, mais c'était dur vu qu'il était là, tellement beau dans un de ses éternels costumes, avec cette expression sérieuse qui m'était familière et mettait en valeur les traits de son visage, avec ses yeux verts plissés qui scrutaient les miens et ses cheveux qui, pour une fois, formaient de petites touffes, comme s'il venait d'y plonger les doigts.

— Ça... Ça dépend...

J'inspirai énergiquement et achevai en me disant advienne que pourra.

— Ça dépend de qui prend le thé avec moi.

Nous nous regardâmes fixement. Mon cœur était tout vibrant de désir devant l'expression de son visage.

— Je... J'espérais que ce pourrait être...

Il y eut un moment adorable, où mon cœur se serra devant son air terriblement peu sûr de lui. J'inspirai et retins mon souffle si fort que j'avais presque mal en attendant qu'il achève.

— ... moi ?

Ce ton interrogateur me liquéfia intérieurement, mais je tins bon.

— Qu'est-ce qui a changé ? Vous... Vous aviez dit que vous ne vouliez pas que Christelle dise à quiconque que vous aviez contribué à découvrir la preuve. Je croyais que vous vous fichiez de ce qui pourrait m'arriver.

Les plis qui entouraient sa bouche et dont je n'arrivais pas à détacher les yeux se durcirent, comme s'il avait mal.

— Je devais paraître impartial. Je ne voulais pas que quelqu'un puisse avoir le moindre doute sur mes raisons d'agir.

Il parlait vite, avec force, presque paniqué.

— Faire en sorte que personne ne puisse m'accuser d'être impliqué au plan affectif.

Mon cœur cogna un grand coup dans ma poitrine.

— Au plan affectif ?

Je serrai mes pouces dans mes poings, comme pour m'accrocher et garder les pieds sur terre, alors que tout le reste de ma personne semblait prêt à s'envoler.

Marcus leva une main hésitante et je le regardai l'avancer vers moi pour repousser une des boucles qu'agitait le vent devant mes yeux. Le bout de son doigt s'attarda sur ma joue et je sus que j'étais fichue. Ce geste avait eu raison de moi, je pouvais à peine parler mais j'avais encore une foule de questions à lui poser et je ne voulais pas m'imaginer quoi que ce soit. J'attendis.

— Oui, dit Marcus. Malgré tout ce que je croyais quand je suis arrivé, je n'ai pas pu l'éviter. Toi et les autres êtes foutrement nuls en informatique et vous me rendez fou avec votre indécrottable mépris de la technologie, mais je n'ai jamais travaillé dans un endroit où les gens aussi... dingues, ridicules, timbrés, stupides, cabotins et bizarres travaillent aussi harmonieusement ensemble. C'est comme un village d'automates où tout s'imbrique par magie : l'orchestre, les costumes, les acteurs, l'éclairage. Le soir venu, une sorte de miracle se produit. Et toi...

Il prit mon visage entre ses mains.

— Tu es incroyable. J'ai déjà connu des centaines de drogués du travail, mariés à leur boulot, qui laissaient leur travail les façonner et engloutir leurs journées sans rien leur apporter. Mais toi, toi, tu vis pour ce travail et t'y donnes avec une telle passion, une telle joie... Tu es bourrée d'énergie et de positivité. Je t'envie. Je n'avais jamais rencontré ça avant. Ce n'est pas pour la gloire, les promotions ou l'argent. Juste parce que tu aimes ce que tu fais.

Ses yeux brillaient d'une émotion qui me toucha et mon cœur faillit s'arrêter. Il poursuivit tout bas.

— Je n'ai jamais rencontré personne comme toi. Je suis redevenu amoureux de mon travail et...

L'expression de mon visage devait en dire long car, d'un brusque mouvement, il m'attira dans ses bras et plaqua ses lèvres sur les miennes, déterminé et possessif, ses mains enveloppant ma tête d'une manière que je trouvai incroyablement sexy. Mes jambes faillirent céder sous le contact électrisant et timide de sa langue, qui contrastait avec la forte pression de ses lèvres, et j'en oubliai presque que nous étions sur le seuil de la porte, exposés à tous les regards. Ce n'était pas notre premier baiser, mais celui-là était d'un tout autre ordre, il incendiait nos âmes et nos peaux s'imprimaient l'une sur l'autre jusqu'à s'embraser. Véritablement enivrant. J'étais perdue. Comme tout était tendre, doux et avait un irrésistible goût de revenez-y ! Sa langue qui taquinait la mienne déclenchait l'alerte rouge dans tout mon corps et mes nerfs vibraient à plein régime.

Quand il libéra mes lèvres, il me caressa le visage et prit ma main pour m'entraîner vers la porte.

— Je suis vraiment impliqué au plan affectif. Avec toi, j'éprouve des choses auxquelles je ne croyais pas. Comme l'amour.

— Oh, dis-je d'une toute petite voix.

— Crois-tu que tu pourrais éprouver quelque chose pour un mec en col blanc qui se fait passer pour le Prince des Ténèbres ?

— Je crois que je devrais pouvoir y arriver. Qui sait ? Je pourrais peut-être même basculer du côté obscur et maîtriser la technologie dont il est spécialiste.

— Du calme. Je ne crois pas être prêt. Je n'ai pas envie de me sentir déjà inutile.

— Je suis sûre que tu pourrais m'apprendre d'autres choses, dis-je avec un sourire coquin.

— Si on installait le Teasmade ?

La lueur suggestive qui pétillait dans son regard me fit rire.

— C'est comme ça qu'on dit maintenant ? Mais, léger problème, je suis censée retrouver Christelle dans deux heures à Trafalgar Square.

Marcus sourit d'une manière particulièrement perverse.

— Pas de problème, j'ai demandé à Guillaume de l'occuper. Nous les rejoindrons à 20 heures.

— Dans ce cas, allons essayer cette petite chose. Ensuite, je te dirai où je la place sur l'échelle des cadeaux de Noël.

Épilogue

Bien emmitouflée pour me protéger du vent, le bras de Marcus enroulé autour de mes épaules, je levai la tête vers la cime de l'arbre de Noël pour regarder l'étoile, allumée et brillante comme un phare étincelant, et je remarquai les premiers flocons. Autour de nous, des voix se joignirent au chœur qui chantait *Douce nuit*, dont les notes enflaient et retombaient, emportées par les rafales qui tourbillonnaient autour de nous. Dans cette ambiance magique d'harmonie et de bonheur, j'éprouvai une brusque bouffée de bien-être et des larmes de joie me montèrent aux yeux.

Malgré mes joues glacées par la bruine que diffusait la fontaine illuminée par des spots colorés, j'étais emplie d'une chaleur intérieure et je rayonnais de félicité. Près de moi, Christelle, enveloppée dans une écharpe et un bonnet à pompon en cachemire, croisa mon regard et son rouge à lèvres rouge vif dessina sur ses lèvres un sourire serein. Elle me fit un clin d'œil avant de se tourner pour murmurer quelque chose à Guillaume, qui sursauta légèrement et l'attira plus étroitement contre lui.

Je fis un signe de tête en direction du ciel, Christelle suivit mon regard et, nous souriant mutuellement, nous offrîmes le visage au firmament, attendant notre premier baiser d'ange. Souriant intérieurement, je me blottis contre Marcus qui réagit en me serrant tout contre lui. Un frisson me parcourut au souvenir de ses caresses. Ses lèvres descendirent le long de mon front pour embrasser le bout de mon nez, avant de planter un baiser brûlant sur ma bouche.

Ce Noël s'annonçait comme l'un des meilleurs de mon existence, bien que je n'aie pas encore essayé le cadeau de Marcus. Nous avions été quelque peu accaparés par d'autres tâches, dont celle qui consistait à nous débarrasser de nos oripeaux, au sens propre comme au sens figuré.

Soudain, une pensée me vint et je me dégageai en me mordant la lèvre. Il était allé jusqu'à Croydon me chercher le cadeau idéal, mais je ne lui avais rien offert. Si seulement j'avais acheté ces boutons de manchette...

Il me regardait. La tendresse qui adoucissait son beau visage me donnait envie de l'étreindre pour ne plus jamais le laisser s'éloigner. Passionné mais aussi fiable et stable, et même par moments sérieux et grave, il était tout ce que j'avais toujours souhaité et désiré sans même le savoir. Il me revint soudain en mémoire une chose que je lui avais dite : « Les cadeaux parfaits sont des choses qu'on désirait sans le savoir et qu'on adore dès qu'on les voit. » Il y avait une chose que je pouvais lui donner pour sceller cet instant unique. Je saisis les bouts de son écharpe et tirai dessus en me haussant sur la pointe des pieds pour murmurer :

— Je t'aime.

AVENTURES & PASSIONS

2 décembre

Mary Balogh

La saga des Westcott - La valse de Noël

Inédit

Elizabeth Overfield est veuve. À trente-cinq ans la solitude lui pèse. Échaudée par l'échec de son premier mariage, elle n'envisage qu'une union de raison. Dans ces conditions, un mariage avec ce raseur Geoffrey Codaire pourrait faire l'affaire. De son côté, le séduisant Colin Handrich, lord Hodges, la coqueluche des mères ayant des filles à marier est de tous les fêtes. À l'occasion d'un bal donner le soir de Noël, Colin invite Elizabeth à danser. Cette première valse scellera leur destin à jamais.

✦

Kelly Bowen

Les nuits de Douvres - L'amour en contrebande

Inédit

Katherine Wright s'est illustrée comme médecin pendant les guerres napoléoniennes. De retour en Angleterre, elle retrouve sa famille de contrebandiers mais elle aspire à une vie plus tranquille. Grâce à ses talents elle souhaite exercer comme sage-femme. Alors que son frère est blessé à la suite d'une rixe, Katherine rencontre le Dr Hayward, baron Strathmore. Immédiatement la jeune femme est intriguée par ce lord-médecin, aussi impassible que séduisant...

Minerva Spencer

Les gentilshommes rebelles - Un soir, au jardin d'hiver

Inédit

Drusilla Clare est une riche héritière sans grâce qui partage son temps entre les bonnes œuvres et les idées féministes du moment. Au cours d'un bal, le duc de Tyndale, passablement éméché, lui manque de respect. Heureusement, le jeune et séduisant Gabriel Marlington intervient juste à temps pour éviter à Drusilla le déshonneur et défie le duc de Tyndale en duel. Pourtant, une rumeur inexplicable se répand dans toute la bonne société de Londres : le soir du bal, dans le jardin d'hiver, Drusilla et Gabriel ont été surpris par le duc en dans une situation fort compremettante !

✦

Elizabeth Keys

Le baiser de Noël

Pour échapper à la pauvreté, Amelia Lawrence a épousé Robert Mitchell, un homme bien plus âgé qu'elle. Hélas, à peine mariée, la voilà veuve et à la tête d'une pension de famille, « Grand Domaine », qui croule sous les dettes. La jeune veuve décide de se battre pour conserver cette maison. Michael Thompson, le neveu de Robert, un homme un brin canaille, pourrait-il l'aider dans cette entreprise ? Mais, pour convaincre cet homme plein de mystères, il faudrait un miracle !

Eloisa James

La belle et la bête

La très belle Linnet Berry Thrynne a vu sa réputation injustement compromise et n'a d'autre choix que d'épouser Piers Yelverton, comte de Marchant, un médecin ombrageux qui vit reclus au pays de Galles. Si ni l'un ni l'autre ne souhaite vraiment ce mariage, Linnett découvre bientôt que cet homme solitaire et rustre refoule de bien lourds secrets et cache des trésors de tact et de séduction.

12264

Composition
FACOMPO

Achevé d'imprimer en Italie
par GRAFICA VENETA
le 7 octobre 2020

Dépôt légal : novembre 2018
EAN 9782290239957
OTP L21EPSN002289N001

ÉDITIONS J'AI LU
87, quai Panhard-et-Levassor, 75013 Paris

Diffusion France et étranger : Flammarion